W0320404

Nachhaltigkeit liegt uns am Herzen.

Hergestellt in Deutschland
Gedruckt auf FSC®-Papier
Lösungsmittelfreier Klebstoff
Drucklack auf Wasserbasis

Natürlich

magellan

SARAH LYU

14 min

GELOGENE WAHRHEIT

Für Jen Fan und Amanda Yao

SARAH LYU

14 min

GELOGENE WAHRHEIT

Aus dem Englischen von
Sandra Knuffinke und Jessika Komina

magellan

MONTAG, 28. AUGUST
TAG 353

1.

Man weiß nie, wann das letzte Mal ist.

Man denkt nie: *Das hier ist das letzte Mal, dass ich sein Lächeln sehe, dieses schüchterne Lächeln voller Geheimnisse, die nur für mich bestimmt sind. Das letzte Mal, dass ich seine Hand halte oder ihm einen Kuss gebe oder in seinen sanften braunen Augen versinke.*

Jack ist nicht mehr da, und ich hatte keine Chance, mich von ihm zu verabschieden. Keine Chance auf ein letztes Lächeln. Auf einen letzten Kuss.

Ich werde ihn nie wiedersehen.

Vor drei Stunden habe ich ihn noch im Arm gehalten, und jetzt werde ich nie wieder seine Stimme hören, sein ausgelassenes Lachen oder wie er meinen Namen flüstert, *Remy*, wie ein Gebet im Dunkeln.

Drei Stunden ist es her, dass sie mich von seiner Leiche weggezogen haben, und jetzt werde ich nie wieder die Finger in seinem dunklen Haar vergraben, nie mehr seine warme Haut an meiner spüren.

Drei Stunden ist es her, dass Elise eine Waffe auf ihn gerichtet hat, und jetzt werde ich nie wieder seinen Kuss schmecken oder den Minzduft seines Shampoos riechen.

»Wir müssen uns eine Geschichte zurechtlegen«, sagen meine Eltern. Irgendwas, um der Polizei zu erklären, was passiert ist und warum ich dort war.

Sie wollen, dass ich lüge, obwohl sie das Wort »lügen« nie benutzen. Sie wollen mich beschützen. Ich kann die Angst in ihren Augen sehen. Sie sorgen sich um mich, wegen dem, was mir bevorsteht. Aber da ist noch etwas anderes.

Sie haben nicht bloß Angst *um mich* – sie haben auch Angst *vor mir*.

Das hier ist die Wahrheit:

Ich bin als Katherine Remy Tsai zur Welt gekommen, aber alle nennen mich Remy. Früher glaubte ich immer ganz genau zu wissen, wie meine Geschichte weitergehen würde, jetzt habe ich nicht mal mehr eine Ahnung, was morgen sein wird. Früher wusste ich noch, wie sich Lachen anfühlt, jetzt kann ich mir nicht mal vorstellen, je wieder zu lächeln.

Wir wohnen nördlich von Atlanta, in einem Vorort namens Lyndens Creek, in dem ich mein ganzes bisheriges Leben verbracht habe. Vor nicht allzu langer Zeit gab es hier nichts als Weideland, grüne Hügel, Tiere und – wie der Name schon vermuten lässt – einen Fluss.

Heute ist es ein nettes Örtchen mit netten Menschen – Menschen, die niemals einem anderen sechs Kugeln in die Brust jagen würden.

Auch die Schulen sind nett. Wir waren alle auf der Riverside High, die für ihr grottenschlechtes Footballteam, aber dafür super Ergebnisse bei den Collegeeingangstests bekannt ist. Eine Schule, die von einer Gemeinde voller golfspielender pensionierter Anwälte und Geschäftsleute finanziert wird und auf die auch Jack ging, der Junge, in den ich mich unter einem Himmel voller Sterne verliebt hatte.

Ja. Das hier ist eine nette kleine Stadt, und es gab eine Zeit, in der auch ich das Gefühl hatte hierherzugehören.

Jetzt dagegen stehe ich vor dem Badezimmerspiegel und starre einer Fremden ins Gesicht. Der Dampf aus der aufgedrehten Dusche lässt das Glas beschlagen und ich kriege keine Luft.

Die Klamotten, die ich vor ein paar Stunden noch anhatte, stecken in einem Beweismittelbeutel auf der Polizeiwache. Das Superman-T-Shirt, das Jack mir an unserem allerersten Abend geschenkt hat, meine Lieblingsjeans, meine ehemals weißen Espadrilles. Alles hin.

Mein ganzer Körper ist ein Abbild der Tragödie, eine Landkarte aus verschmierter dunkelroter Tinte. Jacks Blut klebt in meinem Gesicht, in meinem Haar, an meinen Armen, unter meinen Fingernägeln. Es war so viel, dass die Sanitäter mich sofort auf Verletzungen untersucht haben, aber das Loch in meinem Herzen konnten sie nicht sehen.

Ich heiße Remy.

Ich bin siebzehn Jahre alt.

Das hier ist nicht für immer.

Elise hatte mir das mal eingebläut, damit ich nicht verrückt werde. Daran klammere ich mich fest. Um mir in Erinnerung zu rufen, dass ich mich nicht immer so fühlen werde wie jetzt.

Ich stelle mich unter die Brause und warte, während der heiße Strahl mir alles von der Haut brüht, was von Jack geblieben ist. Sehe zu, wie das Blut im Abfluss verschwindet, bis das Wasser wieder klar wird.

Aber ich werde einfach nicht sauber. Selbst nachdem der letzte Tropfen Shampoo, das letzte Stückchen Seife aufgebraucht ist, schrubbe ich weiter, bis mein Körper von Kopf bis Fuß knallrot ist und brennt.

Bis nichts mehr von mir übrig ist als ein zitterndes, schluchzendes Häufchen Elend auf dem Boden der Dusche.

Ein zitterndes, schluchzendes Häufchen Elend, das mit einem Verlust klarkommen muss, mit dem es sich noch immer nicht abfinden kann. Ich weiß, dass Jack nicht mehr da ist, aber ich will es einfach nicht wahrhaben.

2.

Meine Eltern streiten mal wieder. Zumindest darauf kann ich zählen. Morgens geht die Sonne auf, und meine Eltern streiten, zuverlässig wie ein Uhrwerk.

»Was denn jetzt?«, schnauzt Dad Mom an, die im Wohnzimmer auf und ab tigert. Sie hält sich das Telefon ans Ohr und zischt ihm zu, leise zu sein. In ihrem Blick steht nichts als Verachtung.

»Ich rufe eine Anwältin an«, antwortet, nein, faucht sie.

»Jetzt ist doch kein Mensch wach. Es ist drei Uhr morgens.« Er ist der Frust, sie die Wut in Person. Die Rollen sind seit Jahren klar verteilt.

Mein Bruder Christian und ich sitzen schweigend auf dem Sofa und aus meinen noch nassen Haaren trieft das Wasser. Die Tropfen, die auf dem Leder landen, untermalen das Gezänk mit einem gleichmäßigen Rhythmus. Christian und ich gucken weder einander noch unsere Eltern an. Das alles ist so vertraut, dass es beinahe tröstlich wirkt. Was geschehen ist, ist unerträglich, aber das hier könnte ich locker den ganzen Tag lang aushalten, das ständige Gemecker, die schneidenden Stimmen, meine Eltern, die einander fast an die Gurgel gehen.

»Ja hallo«, sagt meine Mom, als jemand ans Telefon geht. Sie wirft Dad einen triumphierenden Blick zu: *Na bitte!* Sein Mund verzieht sich zu einem schmalen Strich.

Nachdem das Gespräch beendet ist, machen sie genau da weiter, wo sie aufgehört haben. Sie streiten sich über die Anwältin (»Wann kommt sie? Was ist das überhaupt für eine? Wo hast du die aufgetrieben?«). Sie streiten darüber, wer von ihnen das alles satter hat. Und über das, was geschehen ist.

»Wusstest du davon?«, fragt Mom.

»Wovon, Helena?« Dad presst sich die Handflächen auf die Schläfen.

»Wo deine Tochter gewesen ist. Was da im Gange war in letzter Zeit. Mein Gott, Stephen, bist du eigentlich überhaupt zu irgendwas zu gebrauchen?«

Ich sitze daneben, aber ich sage nichts. Christian späht zu mir rüber. Falls er sich Sorgen macht, lässt er es sich zumindest nicht anmerken.

Ich frage mich, ob *ich* vielleicht gestorben bin, ob das hier meine ganz persönliche Version der Hölle ist, in der ich bis in alle Ewigkeit meinen Eltern dabei zugucken muss, wie sie aufeinander rumhacken. Vielleicht ist das ja meine gerechte Strafe.

Eine halbe Stunde später unterbricht sie ein Klopfen an der Haustür. Es ist die Anwältin.

»Ich bin Vera Deshpande«, stellt sie sich vor, als sie ins Wohnzimmer kommt, und ihr Blick gleitet forschend über unsere angespannten Gesichter. »Am besten erzählt mir als Erstes jemand, was passiert ist.«

Alle gucken mich an. Als klar wird, dass ich zum Reden viel zu sehr durch den Wind bin, legen meine Eltern beide gleichzeitig los.

»Ihr Freund –«

»Ihre beste Freundin –«

»Er ist tot –«

»Sie hat ihn erschossen –«

»Nicht Remy! Remy hat niemanden erschossen –«

»Das sagt doch auch keiner –«

»Es war diese Elise –«

»Die ist an allem schuld –«

»Weiß Gott, wo sie die Waffe herhatte –«

Sie versuchen, einander zu übertönen, und wenn ich noch zu irgendeiner Gefühlsregung in der Lage wäre, würde Vera mir jetzt leidtun. Irgendwann halten sie endlich den Mund.

»Genau, wo hatte sie die Waffe überhaupt her?«, fragt Mom, und wieder gucken alle mich an. Ich starre auf den Boden, wünsche mir, ich wäre unsichtbar, wünsche mir, ich wäre überall, nur nicht hier, irgendwer anders, nur nicht ich. »Im Ernst, Remy«, fährt sie ungeduldig fort. »Du könntest dafür ins Gefängnis wandern. Ist dir das eigentlich klar?« Nach außen hin klingt es einfach nur bevormundend, aber darunter liegt eine Schärfe, als hätte die Angst ihre Worte zu Klingen geschliffen. »Jemand ist *gestorben.*« Keiner von ihnen spricht seinen Namen aus. Keiner von ihnen interessiert sich für ihn oder für Elise, selbst jetzt nicht.

Ich kann nicht mal sagen, ob sie sich wirklich für mich interessieren, dafür, wie es jetzt mit mir weitergeht, oder ob sie sich bloß Gedanken darüber machen, in welchem Licht sie dastehen würden, wenn ihre Tochter ins Gefängnis müsste. Wie sich so was auf die Chancen meiner Mutter auswirken würde, in den Krankenhausvorstand gewählt zu werden, oder auf die Beförderung bei Coca-Cola, auf die mein Vater schon so lange aus ist. Wie es das Bild der perfekten Familie trüben würde, für das sie so hart gearbeitet haben. Nicht dass das jemals zwischen uns zur Sprache kommen würde, aber allein aus diesem Grund sind die beiden nach all den streitzerfressenen Jahren überhaupt noch zusammen. Dass ihre Ehe am Ende ist, spielt keine Rolle. Wichtig ist nur, dass niemand davon erfährt, und so wird die Fassade eben weiter aufrechterhalten, ohne Rücksicht auf Verluste.

»Remy, bitte«, fleht Dad mich jetzt förmlich an. »Wir wollen dir doch nur helfen. Wir lieben dich.«

Sie lieben mich, na klar. Sie lieben mich genauso wie den Mercedes in der Garage und die erlesenen Uhren an ihren Handgelenken. Sie lieben mich für das, was ich sein *könnte*. Ich muss mich vorzeigen lassen, aber wehe, ich mache den Mund auf. Ich gehöre irgendwie dazu, aber niemand gibt sich Mühe, mich zu verstehen. Liebe ist für sie eine Waffe, ihre Legitimation für alles.

»Remy«, versucht Dad es noch einmal.

»Sei doch vernünftig«, fährt Mom erneut dazwischen. »Und erzähl uns, was passiert ist.«

Ich umklammere meine Knie, werde zu einer Kugel, mache mich ganz klein. Wie immer, wenn ich das Gefühl habe, mich vor der Welt verstecken zu müssen, wenn mir mal wieder alles zu viel wird. Mir ist klar, dass die beiden allen Grund haben, in Panik zu geraten. Ich weiß selbst nicht, wie es jetzt mit mir weitergeht, und unter einer Schicht aus Schock und Trauer schwelt auch in mir die blanke Angst.

»Remy.« Moms Stimme trifft mich wie eine Ohrfeige. »Das ist jetzt wirklich nicht der richtige Moment, um den zickigen Teenager zu spielen.« Wie immer weiß sie ganz genau, was sie sagen muss, wie sie mich zu einer Reaktion provozieren kann.

»Ich spiele überhaupt nichts. Als ob ich das alles nicht wüsste«, erwidere ich, das Gesicht noch immer hinter den Knien vergraben. »Jack ist tot.«

Jetzt hängen sie in der Luft, die Worte, die ich mir bis zu diesem Moment nicht mal zu denken erlaubt hatte. Er ist nicht mehr da.

»Ja. Und ich weiß, dass du darüber traurig bist«, sagt Mom. »Aber –«

»Traurig?« Ich fasse es nicht. Dabei war Mom schon immer so. Kalt und gefühllos. Früher dachte ich, als Chirurgin müsste sie ihre Gefühle eben auf Eis legen, aber in letzter Zeit bekomme ich immer mehr den Verdacht, dass sie einfach noch nie welche hatte und gerade deshalb eine so gute Ärztin ist.

Sie bedrängt mich weiter. »Aber du musst jetzt erst mal an dich denken. Für ihn kannst du sowieso nichts mehr tun. Glaubst du, Jack würde wollen, dass du –«

»Denkst du so auch über die Leute, die auf deinem OP-Tisch sterben? Dass du sowieso nichts mehr für sie tun kannst?«, schreie ich sie an, und dann bricht es aus mir hervor. »Würde jedenfalls zu dir passen. Weil du dich ja noch nie für irgendwen anders interessiert hast als dich selbst!« Ich lasse meine Beine los und kralle die Finger ins Sofapolster. Dann fange ich an zu weinen, und ich weiß, dass das einer Kapitulation gleichkommt. Ich habe verloren.

»Ja«, antwortet sie, ohne mit der Wimper zu zucken. »Genau das denke ich. Weil nämlich der nächste Patient, der auf meinem Tisch landet, ebenfalls meine volle Aufmerksamkeit verdient hat. Da kann man sich nicht einfach die Bettdecke über den Kopf ziehen und in seiner Verzweiflung versinken.« In diesem Punkt hat sie sogar recht – das ist genau das, was ich gerade am liebsten tun würde. Mir die Bettdecke über den Kopf ziehen und mich von meinem Schmerz in die Tiefe reißen lassen, bis ich darin ertrinke. »Man muss sich auf das konzentrieren, was vor einem liegt.«

»Klar, du vielleicht. Du bist ja auch perfekt. Eine Maschine.

Wie sollen wir da bloß mithalten? Niemand war je gut genug für dich. Dad nicht, ich nicht –« Dieser ganze Streit ist so abgedroschen, alles, was ich ihr an den Kopf werfe, haben wir schon tausendmal durchgekaut. Wie absurd. Der Junge, in den ich unsterblich verliebt war, ist tot, und es fühlt sich an, als wolle die Welt mich erdrücken, aber wir sitzen hier und streiten, als wäre nichts passiert.

»Ich mache das, um weiterleben zu können.« Sie redet jetzt ganz leise, und das ist viel furchteinflößender, als wenn sie mich anbrüllen würde. »Ich muss jeden Tag unglaublich schwere Entscheidungen treffen. Entscheidungen über Leben und Tod. Alles, was du musst, ist zur Schule gehen, gute Noten bekommen und dich nicht in einen Mordfall verwickeln lassen. Wie kann es sein, dass du selbst das vermasselst?«

Von Christian brauche ich keine Unterstützung zu erwarten, das ist mir klar. Er weicht meinem Blick aus und guckt nur auf sein Handy. Vielleicht hält er mich ja auch für dumm, wertlos, einen hoffnungslosen Fall – so wie Mom es tut. Oder für etwas noch Schlimmeres, eine Mörderin, und er erträgt es kaum, mit mir im selben Zimmer zu sein.

»Helena«, mahnt Dad.

Doch bevor die Situation noch weiter eskalieren kann, schaltet sich Vera ein. »Vielleicht sollte ich erst mal mit Remy alleine sprechen«, schlägt sie vor. Alle starren sie an. Wir hatten komplett vergessen, dass sie überhaupt da ist. »Komm, wir drehen eine Runde.«

Als wir in ihrem Auto sitzen, fahre ich das Fenster runter und stecke mir eine Zigarette an. Sie sagt nichts, bittet mich nicht, das Ding auszumachen, oder fragt auch nur, ob ich denn schon rauchen darf. Meine Hand mit der Zigarette zittert, mein gesamter Körper kommt mir unberechenbar vor. Sogar das Atmen tut weh. Am Leben zu sein, tut weh.

»Sie machen sich bloß Sorgen um dich«, sagt sie, während sie den Motor anlässt. Selbst von der Auffahrt aus kann man meine Eltern hören, leiser zwar, aber weiterhin aufgebracht.

»Nein, eigentlich sind sie immer so«, entgegne ich tonlos. Ich könnte auf der Stelle einschlafen, aber gleichzeitig bin ich hellwach. Ein seltsamer Schwebezustand, von dem mir ganz schwummrig wird.

Vera antwortet nicht und fährt los. Es ist jetzt kurz vor vier und außer uns ist niemand unterwegs. Die Welt wirkt wie ausgestorben und unendlich groß. In vier Stunden, höchstens fünf, müssen wir schon wieder auf der Polizeiwache sein. Elise haben sie direkt zur Vernehmung dabehalten, ich dagegen wurde in die Obhut meiner Eltern übergeben. Ich war voller Blut und außerdem nicht diejenige, die geschossen hat, darum durfte ich über Nacht nach Hause.

»Okay, Remy, am besten erkläre ich dir mal kurz, was dich nachher bei der Polizei erwartet.«

Irgendein verschütteter Teil meines Bewusstseins erinnert sich daran, dass heute Montag ist. Normalerweise müsste ich einen Physiktest schreiben, für den ich nicht gelernt habe, über klassische Mechanik, die Gesetze von Schwerkraft und Bewegung – den ganzen Kram, der bestimmt, wie sich die Sterne in einem Sonnensystem verhalten oder wie das Abfeuern einer Schusswaffe funktioniert.

»Als Erstes werden sie dich über deine Rechte belehren, das klingt dann so.« Vera leiert den Text herunter, und ich fühle mich wie in einem Fernsehkrimi, kann nicht fassen, dass das hier tatsächlich die Realität sein soll. »Und dann wird deine Aussage aufgenommen«, redet sie weiter. »Normalerweise macht das jemand von der Kripo, aber manchmal ist es auch ein ganz normaler Polizeibeamter. Wichtig ist dabei, dass du ruhig bleibst. Es kommt auf den ersten Eindruck an.«

Ihre Stimme dringt immer nur für einen Moment zu mir durch und entfernt sich dann wieder, während ich mit meiner Zigarette dasitze und raus auf die Straßenlaternen starre, die an uns vorbeiziehen. Der Fahrtwind schlägt mir kalt ins Gesicht und jetzt fangen die Tränen wieder an zu fließen. Eigentlich müsste ich längst ausgetrocknet sein. Ich komme mir komplett gefühlsentleert vor und gleichzeitig von allem überwältigt. Mein Bewusstsein hat in den Krisenmodus umgeschaltet und sich von allem abgeschottet. Ich empfinde nichts und trotzdem kann ich nicht aufhören zu heulen.

»Dann erzähl mir mal, was passiert ist. Alles. Lass bitte nichts aus. Ich bin auf deiner Seite«, sagt sie. »Nichts von dem, was du mir erzählst, verlässt dieses Auto, aber ich muss alles wissen.«

Ich antworte nicht.

»Remy?« Veras Stimme ist weich wie Butter. Ich wende ihr den Kopf zu. Sie sieht müde aus, aber ihr dickes dunkles Haar ist zu einem Dutt aufgesteckt, ihre Bluse frei von Falten, der Lippenstift perfekt. Ich frage mich, wie meine Mutter sie so schnell gefunden hat, warum sie um drei Uhr morgens ans Telefon gegangen ist, warum sie jetzt hier mit mir im Auto sitzt, anstatt im Bett zu liegen. »Ich weiß, wir haben uns gerade erst kennengelernt, aber du musst mir vertrauen. Du musst mir dabei helfen, dir zu helfen. Und dafür musst du mir ganz genau erzählen, was passiert ist.«

»Okay.« Ich schlucke. Dann überlege ich, was Elise wohl gerade macht. Ob sie immer noch auf der Wache ist oder ganz allein in der Erdbeervilla, ob ihr auch jemand einen Anwalt besorgt hat. Ich mache mir Sorgen um sie, wird mir plötzlich klar. Um uns beide.

»Und nicht lügen«, warnt Vera mich. »Ich muss auf alles vorbereitet sein. Bei so was kommt früher oder später immer die Wahrheit ans Licht.«

3.

Der Kern jeder guten Lüge ist die Wahrheit, hat Elise mal gesagt. *Die besten Lügen sind mindestens zur Hälfte wahr*, meinte sie, als ginge es bloß darum, zwei Farben zu mischen, sie so lange miteinander zu vermengen, bis keiner mehr sagen kann, wo die gelogene Wahrheit aufhört und die wahre Lüge anfängt, und etwas völlig Neues dabei rauskommt.

Nachdem die Polizisten mich von Jacks Leiche weggezogen hatten, haben sie mich in einen Krankenwagen gebracht, mir eine Decke um die Schultern gelegt und gefragt, was passiert ist. »Ich weiß nicht«, habe ich gesagt. Sie haben mir nicht geglaubt, dabei war das überhaupt nicht gelogen.

Die Antwort, die die Polizei erwartet, enthält keine Mehrdeutigkeiten, lässt keinen Raum für Spekulation. Was sie alle wollen, sind harte, kalte Fakten, selbst wenn es keine gibt. Vera ist da keine Ausnahme.

Okay, Fakt ist, dass Elise, Jack und ich am späten Sonntagabend bei ihr waren, in der Erdbeervilla, wie die meisten in der Gegend das Haus mit dem riesigen Grundstück wegen seines rosaroten Anstrichs nennen. Fakt ist, dass Elise mit dem Revolver ihres Großvaters auf Jack geschossen und ihn getötet hat. Fakt ist, dass ich den Notruf gewählt habe, dass ich weinend neben ihm gekniet und die Arme um ihn geschlungen habe, als könnte ich ihn am Leben halten, wenn ich ihn nur fest genug umklammere.

Diese Fakten ergeben eine Geschichte, aber nicht die ganze, die *wahre* Geschichte.

Ein Trauma übt seine ganz eigene Anziehungskraft aus, die stark genug ist, um alles, was davor war, und alles, was danach kommt, zu verzerren. Jede Wunde ist ein Meilenstein auf der Straße unserer Existenz, manchmal auch ein »Durchgang verboten«-Schild, eine zugeschlagene Tür, die dem Menschen, der man möglicherweise hätte werden können, nun für immer verschlossen bleibt, dem Leben, das man hätte führen können, wenn … Ja, *wenn*.

Jedes Trauma hat einen Ursprung, das Urtrauma sozusagen: Und ist das nicht der Punkt, an dem die Geschichte eines jeden Menschen ihren Anfang nimmt?

Elise' Geschichte nahm ihren Anfang zu Weihnachten vor elf Jahren, als ihre Mutter ihre Sachen packte, sich ins Auto setzte und nie mehr zurückkam. Erst sieben Jahre später sah Elise sie wieder, auf ihrer Beerdigung. Sie war wie vom Erdboden verschluckt gewesen, kein Anruf, keine E-Mail, keine Briefe, nichts – bis ihr Auto mit hundertfünfzig Stundenkilometern gegen die Mittelleitplanke eines Highways prallte. Sie war sofort tot. Elise war damals dreizehn.

An besagtem Weihnachtsabend musste Elise erfahren, dass der Mensch, der sie mehr hätte lieben sollen als jeder andere auf der Welt, fähig war, sich aus dem Staub zu machen, ohne auch nur zurückzublicken, und Elise aus seinem Leben zu schneiden wie ein Geschwür.

Bei mir fing es mit einer Nachricht auf unserem Anrufbeantworter an. Ich war damals vier, vielleicht fünf, und hockte mit Christian in seinem Kleiderschrank. Wir hatten ferngesehen, als es anfing – als die leisen, verärgerten Stimmen sich zu einem wütenden, ohrenbetäubenden Crescendo steigerten. Christian packte mich beim Arm und wir flüchteten uns nach oben in sein Zimmer. Wir machten die Tür hinter uns zu, setzten uns auf den Boden und lehnten uns an das Fußende seines Betts, warteten darauf, dass der Sturm sich legte. Nach einer Weile verzogen wir uns in den Schrank. Die Enge und die Dunkelheit dort hatten eine beruhigende Wirkung und die Kleider legten sich um unsere Schultern wie kuschelige Decken. Draußen tobte ein Hurrikan, aber hier drinnen waren wir sicher.

Trotz der eisigen Angst, die an mir nagte, nickte ich irgendwann ein, und als ich wieder aufwachte, war es gespenstisch still im Haus. Im Glauben, dass es vorbei war, wollte ich aufstehen, aber Christian hielt mich am Ärmel fest und schüttelte den Kopf.

Ich musste dringend aufs Klo, setzte mich jedoch wieder hin und umschlang meine Knie.

Und dann hörte ich ihre Stimme von unten, weit weg und doch unerträglich nah. Meine Mutter. »Ich bin's. Geh verdammt noch mal ans Telefon. Dein Leben möchte ich haben. Ständig auf Geschäftsreise und mit anderer Leute Frauen ins Bett steigen. Haust einfach ab, wann immer dir danach ist. Und mich lässt du mit den Kindern allein. Hast du im Fernsehen mal 'nen Bericht über eine dieser Frauen gesehen, die jetzt in orangen Overalls rumlaufen müssen, weil sie ihre Kinder im Pool ertränkt haben? Am Anfang hab ich immer gedacht, wie kann man so was nur machen? Aber weißt du, was? Heute begreife ich, warum. Weil ihre Ehemänner es ständig mit anderen getrieben haben.«

Im Laufe der Jahre habe ich mich an die Nachrichten gewöhnt, die Mom Dad manchmal hinterließ, um ihn aufzurütteln, um ihn dazu zu bringen, nach Hause zu kommen. Aber damals hatte ich noch keine Ahnung.

Damals wurde mir zum ersten Mal klar, dass irgendwas ganz und gar nicht stimmte. Dass der Mensch, der mich mehr lieben sollte als jeder andere auf der Welt, davon redete, mich umzubringen, als wäre ich ihm scheißegal.

Das ist eine meiner frühesten Erinnerungen und vermutlich der Punkt, an dem meine Geschichte ihren Anfang genommen hat, der erste Pflasterstein auf dem langen Weg, der mich bis hierher geführt hat.

Und jetzt bin ich genauso allein wie damals.

4.

Wir kurven ziellos durch die Gegend. Ich weiß kaum mehr, wo wir sind oder wie wir dorthin gekommen sind. Im Dunkeln sieht alles gleich verschwommen aus. Veras Auto hat ein Panoramadach, und ich gucke hoch zum Himmel, aber heute sind keine Sterne zu sehen. Sie verstecken sich alle hinter einer dicken Wolkendecke. In der Luft liegt ein Knistern, als würde es bald anfangen zu regnen.

»Remy?«, holt Vera mich zurück in die Wirklichkeit.

»Ich weiß nicht. Ich kann mich gar nicht richtig erinnern, was passiert ist«, antworte ich, und das ist die Wahrheit.

Das alles ist erst ein paar Stunden her, aber die Ereignisse zucken nur in zusammenhanglosen Fragmenten durch mein Bewusstsein. Schnappschüsse, grell erleuchtet und dann wieder von Dunkelheit umhüllt. Ich sehe Jack an der Haustür der Erdbeervilla. Er sagt: »Vielleicht ist es besser, wenn ich mal allein mit ihr rede.« *Klick.* Elise ist draußen auf dem Balkon, ich sitze auf der Treppe und will nicht in ihrer Nähe sein. *Klick.* Elise legt mir tröstend die Hand auf die Schulter. »Alles wird gut, Remy.« Dann sagt sie noch etwas, aber es ist zu leise, knapp außerhalb meiner Hörweite. Alles dreht sich, fliegt durcheinander und mir wird schwindlig. Ich bin jetzt seit über vierundzwanzig Stunden wach, geht mir auf, und ich schüttele den Kopf. Nein, noch länger, dreißig Stunden, vielleicht sogar vierzig.

»Ich war nicht dabei«, sage ich schließlich, und auch das ist die Wahrheit. Mein Gedächtnis hakt wie eine gesprungene Schallplatte.

»Was denn nun?«, bohrt Vera stirnrunzelnd nach. »Du kannst dich nicht erinnern oder du warst nicht dabei?« Jetzt setzt der Regen tatsächlich ein, ein sanftes Geriesel. Ich werfe meine Zigarette aus dem Fenster und fahre es wieder hoch. Dann lege ich den Kopf in den Nacken und sehe zu, wie die Tropfen auf das Glasdach fallen und einen Schleier über alles legen.

»Ich war nicht dabei, als es passiert ist.«

»Wann bist du denn dazugekommen? Nachdem er erschossen wurde?« Veras Stimme klingt nüchtern, distanziert. Eher als würde sie ein Putensandwich bestellen, statt sich nach einer tödlichen Schießerei zu erkundigen.

»Nein.« Ich muss mich konzentrieren, versuche, es zu erzwingen. Ich fühle mich, als hätte ich den Boden unter den Füßen verloren, als hätte mich ein Sturm aus vagen Erinnerungen erfasst. Ich brauche die Wahrheit. Ich brauche etwas, woran ich mich festhalten kann. Erschöpft reibe ich mir den Schlaf aus den Augen und dann, endlich, hören die Bilder auf zu kreiseln.

Auch das hier ist die Wahrheit.

Wir haben uns gestritten, alle drei, wegen der Streiche. Wie immer ging es um Elise' Streiche.

Ab irgendeinem Punkt taten die beiden nicht mal mehr so, als könnten sie einander leiden, auch nicht mir zuliebe. Sie konnten sich nicht mehr im selben Raum aufhalten, ohne dass es zur Explosion kam. Sie war pures Dynamit, er ein brennendes Streichholz.

Ich versuchte zu vermitteln, beide gegen den jeweils anderen zu verteidigen, sie möglichst nicht aufeinandertreffen zu lassen. Wenn man mich Sonntagmorgen gefragt hätte, vor nicht mal vierundzwanzig Stunden, hätte ich das Ganze noch als kleine Reiberei bezeichnet, kaum der Rede wert, eine Verkettung von Missverständnissen.

»Es war alles ganz harmlos«, sagte ich am Telefon zu Jack, während ich auf dem Weg zu Elise war.

»Du weißt genau, dass das nicht stimmt, Remy. Elise' Aktionen sind nie harmlos.« Ich sah ihn förmlich vor mir, wie er traurig den Kopf schüttelte.

»Es ist ja keinem was passiert.«

»Nur soweit wir wissen. Und darum geht's auch überhaupt nicht.« Er seufzte.

»Es war ein Unfall.« Das stimmte. »Mit Feuerwerk kann immer was schiefgehen.«

»Ganz genau«, entgegnete Jack. »Mit Feuerwerk kann immer was schiefgehen. Und das wusste Elise.«

Schweigen.

»Ich rede mit ihr.«

»Remy –«

»Ich muss auflegen«, sagte ich und beendete das Gespräch.

Elise wartete schon draußen auf mich, als ich die Erdbeervilla erreichte. »Hast du mit Jack geredet?«, fragte sie.

»Ja.« Wir gingen in die Eingangshalle und ich schlüpfte direkt an der Haustür aus meinen Espadrilles.

»Und?«

»Er hat seine Meinung nicht geändert.« Ich wich ihrem Blick aus. »Aber das wird er schon noch. Ich erkläre ihm alles und dann –« Das war alles bloß ein riesiges Missverständnis, dachte ich. Ich musste die beiden nur dazu bringen, dass sie einander zuhörten.

»Hast du ihm erzählt, dass es ein Unfall war?«

»Ja.« Wir gingen raus auf den Balkon. Es war noch immer schwül nach dem heißen Tag.

»Warum musstest du ihm überhaupt davon erzählen?«, fuhr sie mich an. »Wenn du einfach mal –« Als sie meine verletzte Miene sah, stieß sie einen frustrierten Seufzer aus.

»Was willst du jetzt machen?«, fragte ich.

Sie guckte runter auf den Fluss. In den letzten Tagen hatte es viel geregnet und der Pegel war sichtlich gestiegen. Das Rauschen der Strömung erfüllte die Luft mit einer wütenden Symphonie.

»Du hast mich da echt in eine beschissene Situation gebracht«, sagte sie.

An einer Ampel dreht Vera sich zu mir um. Ich spiele mit dem Feuerzeug, das Elise mir zum Geburtstag geschenkt hat, lasse die Kappe immer wieder auf- und zuschnappen. Das Metall liegt schwer und warm in meiner Hand und ich würde mir am liebsten gleich die nächste Zigarette anstecken.

»Zuerst waren wir nur zu zweit, Elise und ich.«

»Elise und du«, wiederholt Vera.

»Genau.« Elise hat mir die Hand auf die Schulter gelegt und gesagt, alles würde wieder gut werden. »Wir haben angefangen, uns zu streiten. Über eine Kleinigkeit.«

»Eine Kleinigkeit?«, hakt sie nach und mustert mich prüfend.

Ich nicke langsam. »Ich weiß gar nicht mehr genau, was es war«, sage ich, obwohl das nicht stimmt. Es ging um Elise' letzten Streich, unser großes Finale aus der Nacht zuvor. Das, was passiert ist, nachdem wir uns von den anderen getrennt hatten. Was wir gemacht haben, als wir nur noch zu zweit waren. Aber davon will ich Vera nicht erzählen.

Sie gibt sich mit meiner Antwort zufrieden, zumindest fürs Erste. »Und dann?«

Dann ging Elise auf den Balkon und hat raus auf den Fluss gestarrt. Ich saß auf der Treppe, gleich hinter der Haustür. Wir waren beide zu sauer, um miteinander zu reden.

»Als Jack kam, hab ich ihn reingelassen. Er hat gesagt, ich sollte nach Hause gehen und er würde mal allein mit ihr reden. Also bin ich gegangen.« Er hat mir noch einen Kuss auf die Stirn gegeben und mir kurz durchs Haar gestrichen, bevor ich mich auf den Weg gemacht habe.

»Elise war draußen auf dem Balkon. Vielleicht war die Tür zu, und sie hat darum nichts mitgekriegt, und als sie dann wieder reinkam –« Ich breche ab, versuche, einen Schluchzer zu unterdrücken, aber die Tränen lassen sich nicht aufhalten. Meine Augen brennen und die Haut drum herum ist schon ganz wund und verquollen von der endlosen Heulerei.

Vera fährt rechts ran und schaltet den Warnblinker ein, obwohl meilenweit niemand zu sehen oder vermutlich auch nur wach ist. Sie legt mir nicht die Hand auf die Schulter oder tätschelt mir den Arm. Bis jetzt hat sie mich kein einziges Mal berührt und darüber bin ich froh. Das Nieseln draußen hat etwas nachgelassen, also fährt Vera ihr Fenster runter. Die kühle Luft hilft ein bisschen.

»Er muss sie erschreckt haben«, rede ich weiter. »Ich war gerade ins Auto gestiegen, als ich die Schüsse gehört habe.« Es ging alles so schnell. Innerhalb von einer, vielleicht zwei Minuten war es vorbei. Ich rannte zurück, ließ die Autotür sperrangelweit offen stehen, zog nicht mal den Schlüssel ab.

Vera wendet den Blick nicht von der Straße. Sie macht sich keine Notizen, aber ich kann geradezu sehen, wie es in ihrem Kopf rattert, wie sie jedes meiner Worte nimmt, alle Fädchen der Geschichte, die ich spinne, bündelt und fest auf eine Spule rollt.

»Also war es ein Unfall«, sagt sie schließlich, aber sie wirkt nicht überzeugt.

»Es muss so gewesen sein.« Ich nicke eifrig und zünde mir mit zitternden Händen eine neue Zigarette an. Ich war nicht dabei. Ich habe nichts gesehen. Und das hier ist die einzige Erklärung, die ich zu bieten habe, die einzige, die irgendwie logisch klingt. Sie muss mir glauben, sie *muss* einfach.

Es war nichts als ein schrecklicher, tragischer Unfall.

»Also hatte deine Freundin eine Waffe zu Hause?«

»Wenn Sie wüssten, was Elise durchgemacht hat, würden Sie das verstehen.« Ich bemühe mich, meine Stimme ruhig klingen zu lassen, souverän, dabei habe ich das Gefühl, in tausend Stücke zu zerfallen.

»Und du hast ihn ins Haus gelassen, ohne Elise etwas davon zu sagen. Lässt du da auch nichts aus? Ist das wirklich alles?« Sie scheint mir nicht zu glauben und ich bekomme selbst Zweifel.

»Ja«, versichere ich ihr. »Das ist alles. Genauso ist es abgelaufen.« So *muss* es abgelaufen sein.

Vera macht zunächst den Eindruck, als wolle sie weiter nachbohren, dann aber nimmt sie eine Frage von vorher wieder auf. »Du hast gesagt, ihr hättet euch gestritten. Worüber?«

Den letzten Streich. Oder vielleicht auch alle anderen davor. Denn am Ende ging es doch immer bloß darum: diese verdammten Streiche.

SAMSTAG, 10. SEPTEMBER
TAG 1

5.

Der Abend, an dem ich Elise kennengelernt habe, war gleichzeitig der Abend des ersten Streichs. Das ist jetzt fast ein Jahr her. Ich war mit meinem damaligen Freund Cameron auf dem Schulball. Er hatte im Mai seinen Abschluss gemacht und gerade sein Studium an der Georgia State University angefangen.

Den Sommer dazwischen genossen wir in vollen Zügen, blieben bis spätnachts auf und kurvten in seinem Mustang durch die Gegend. Wir waren unzertrennlich und bis über beide Ohren ineinander verknallt.

Oft saßen wir bei mir im Keller und guckten Filme, stibitzten eine Flasche Wein aus Moms und Dads Vorrat oder verkrochen uns, wenn seine Eltern nicht zu Hause waren, in seinem Zimmer. Dort küssten wir uns und schworen einander, dass das mit uns was für die Ewigkeit war.

Und dann kam der Schulball, der ein unvergesslicher Abend hätte werden sollen, mir aber am Ende nur ein gebrochenes Herz einbrachte.

Die Cafeteria war leer geräumt worden, und an den Wänden stapelten sich die Tische und Stühle, damit mehr Platz zum Tanzen war. »Hab ich dir eigentlich schon mal gesagt, wie sehr ich dich liebe?«, fragte ich, die Hand in Camerons Haar, während wir uns zu einem langsamen Song wiegten.

»Mhmmm«, machte er, doch seine Stimme klang kalt.

Verwirrt gab ich ihm einen Kuss auf den Hals. Er entzog sich mir.

»Was hast du denn?«, fragte ich.

»Nichts, ist nur so heiß hier drin.«

»Willst du ein Glas Wasser?«

»Nein.«

»Da vorne gibt's auch Gatorade.«

»Nein.«

»Ich glaube, die Elternvertretung hat dieses Jahr Brownies gebacken«, versuchte ich es als Nächstes, einfach, damit er Ja sagte, egal wozu.

»Nein.«

Ich hielt inne. »Hab ich was falsch gemacht?« Ich war völlig durcheinander und verletzt und kurz davor, in Tränen auszubrechen. Alles, was ich wollte, war, dass es zwischen uns wieder so wurde wie vorher.

»Nein.« Er seufzte. »Lass uns mal an die frische Luft gehen.«

Auf den Fluren war es brechend voll, auf dem Schulhof genauso. Er nahm mich beim Arm und zog mich auf die Rückseite des Gebäudes, wo sich die Haltebuchten der Schulbusse befanden.

»Hör mal, Remy, ich mag dich, wirklich«, fing er an, obwohl er ein paar Wochen zuvor noch von Liebe geredet hatte, als wir Hüfte an Hüfte, Lippen auf Lippen in seinem Bett gelegen hatten. »Aber es hat sich so viel verändert. Ich hab meinen Abschluss und die Uni ist eine völlig andere Welt. Dieser ganze Schulkram hier interessiert mich einfach nicht mehr.«

»*Du* hast doch *mich* gefragt, ob ich mir dir zum Ball gehen will«, rief ich ihm mit wachsender Panik in Erinnerung. »Wir hätten ja überhaupt nicht herkommen müssen.«

»Darum geht's gar nicht. Tut mir leid, okay?«

»Hab ich was falsch gemacht?«, fragte ich wieder. »Was Blödes gesagt?«

Ich schlang ihm die Arme um den Hals. Vielleicht konnte ich ja noch irgendwas tun, um den Abend zu retten, vielleicht gab es eine Rückspultaste.

»Nein.«

»Sag mir, was ich falsch gemacht habe. Sag mir, was ich tun soll«, bettelte ich.

Er löste meine Arme von sich und hielt meine Handgelenke fest. Als könnte er plötzlich meine Nähe nicht mehr ertragen, schob er mich weg.

»Ich hab doch gesagt, es tut mir leid«, wiederholte er, als wäre das eine Rechtfertigung für jedes Verbrechen. Seine Gesichtszüge verhärteten sich. »Ich muss jetzt auch los. Soll ich dich nach Hause fahren?« So war es eigentlich geplant gewesen, aber er konnte es offensichtlich kaum abwarten, mich endlich los zu sein, dass ich den Kopf schüttelte. Am Boden zerstört sah ich ihm nach, als er aus meinem Leben marschierte, ohne einen einzigen Blick zurück. Die erste Träne rollte mir übers Gesicht und tropfte auf mein Kleid. Er ließ mich einfach stehen, und ich konnte nichts tun, um ihn daran zu hindern.

Ich wollte nicht zurück auf den Ball, also setzte ich mich auf den kalten Boden, lehnte mich an die Tür und lauschte der wummernden Musik hinter mir. Meine Freundin Melody fragte, wo ich denn abgeblieben sei, aber ich schrieb nicht zurück. Sie hatte Cameron nie besonders gut leiden können und wäre sicher heilfroh, wenn sie von seinem Abgang Wind bekam. Das war das Letzte, was ich jetzt gebrauchen konnte. Stattdessen umschlang ich fest meine Knie und wartete darauf, dass der unerträgliche Schmerz in meiner Brust sich in atemlosen Schluchzern entlud.

In dem Moment hörte ich es. Das Klicken eines Feuerzeugs. Ich hob den Kopf, und da saß sie auf einer Metallbank, eine Zigarette in der Hand, wie ein finsterer Engel. Die Schutzheilige all derer, denen Unrecht geschehen war, und meine Retterin: Elise Ferro.

»Auch eine?«, fragte sie und streckte mir ihre Schachtel Zigaretten hin. An unserer Schule gab es nicht viele Raucher, und ich selbst hatte es nur ein- oder zweimal zusammen mit Cameron und seinen Freunden probiert, aber auch bei denen war es eher die Ausnahme. »Mich beruhigt das immer.« Was für ein dramatisches Bild, wie der Qualm in der Dunkelheit ihr Gesicht einrahmte.

»Danke.« Ich nahm eine und sie gab mir Feuer. Als ich mich zu ihr rüberbeugte, erhaschte ich im Schein der Flamme einen genaueren Blick auf ihr Gesicht, aber ich erkannte sie nicht. Sie musste neu sein, wofür auch die Tatsache sprach, dass sie ganz allein hier draußen auf dem Busparkplatz hockte.

»Was für ein Arschloch«, kommentierte sie und verdrehte die Augen in die Richtung, in die Cameron verschwunden war. Also war sie die ganze Zeit hier gewesen, hatte alles mitbekommen. Mein Gesicht wurde heiß vor Scham. Ich wollte mich nur noch in mein Bett verkriechen und nie wieder rauskommen. Mich in meine Fantasie flüchten, in der Cameron mich noch liebte und es keinen Schmerz gab.

Ihr Blick wurde weich, als sie die Verzweiflung in meinem sah. »Wollen wir hier abhauen?«, fragte sie.

Ich drehte mich zu der Tür hinter mir um, die zurück zum Ball führte, zu der lauten Musik und den fröhlichen Gesichtern, zu Melody und allen anderen. Bald würde jeder wissen, dass ich abserviert worden war.

Ich blinzelte die Tränen weg und nickte. *Ja bitte,* hätte ich am liebsten geantwortet. *Ich will überall sein, nur nicht hier.*

»Ich bin übrigens Elise«, sagte sie auf dem Weg zu ihrem Auto.

»Remy«, erwiderte ich, und sie schenkte mir ein warmherziges Lächeln.

Elise hatte langes schwarzes Haar, und selbst im Dunkeln konnte ich erkennen, dass sie wunderschön war mit ihren hohen Wangenknochen, dem kleinen Schmollmund und der fein geschnittenen Nase. Sie war schlank, mit Handgelenken so dünn wie Zweige, und wirkte zart, beinahe zerbrechlich. Neben dem linken Auge hatte sie eine Narbe, die sich bis unter ihren Haaransatz zog, wie ein Fältchen in ihrer ansonsten makellosen Haut. Das Eindrucksvollste an ihr aber waren ihre stechenden blauen Augen – die funkelten, als rauschte dahinter ein wilder Fluss, faszinierend, aber auch ein bisschen beunruhigend.

6.

Auf halbem Weg zum Schülerparkplatz schnippten Elise und ich unsere Zigarettenkippen auf den Boden und sahen zu, wie die Asche verglühte.

»Welches ist dein Auto?«

»Es ist rosa, gar nicht zu verfehlen.«

»Wow«, hauchte ich, als wir vor einem babyrosa Cadillac-Cabrio stehen blieben.

»Sag ich doch.«

»Ich wusste gar nicht, dass die noch hergestellt werden.«

»Werden sie auch nicht, glaub ich. Das hier hat meiner Grandma gehört«, erklärte Elise und hüpfte hinein.

»Ist ja irre«, sagte ich, als ich neben ihr einstieg und nach dem Anschnallgurt griff. Wir saßen auf einer langen, durchgehenden Bank, ohne Kaffeebecherhalter oder Mittelkonsole zwischen uns. Solche Autos kannte ich bisher nur aus Filmen oder Fernsehserien.

»Sie war Make-up-Vertreterin für Mary Kay oder so und dafür hat sie irgendwann dieses Auto bekommen.« Elise zuckte mit den Schultern und ließ den Motor an.

»Der Hammer«, murmelte ich und strich mit dem Finger über die Türverkleidung.

»Ist ’ne ziemliche Diva«, sagte Elise, aber sie lächelte dabei. »Dafür ist sie nicht kleinzukriegen, das mag ich.«

»Sie?«, fragte ich verwirrt. »Meinst du das Auto?«

»Yep. Ich hab sie Rostige Rosi getauft«, verkündete sie mit einer Handbewegung, als wollte sie uns einander vorstellen. »Okay, wo wohnst du?«

Ich fing an, ihr den Weg zu beschreiben, doch dann hielt ich inne. »Ist dir zufällig auch nach was Süßem?«, fragte ich, denn ich wollte noch gar nicht nach Hause, wollte noch nicht allein sein. Also holten wir uns Bubble Tea, setzten uns zurück ins Auto und starrten raus auf den leeren Parkplatz des Einkaufszentrums.

»Willst du drüber reden?«, fragte Elise. »Über diesen Typen?«

»Nee.« Ich senkte den Blick und strich mit dem Daumen über den Rand meines Bechers, während ich an meinem Strohhalm nuckelte. »Ach, keine Ahnung. Ich dachte echt, er wäre glücklich mit mir. Ich dachte, wir hätten einen super Sommer gehabt. Er hat sogar gesagt, das mit uns könnte was für immer sein.« Ich wischte mir eine Träne aus dem Gesicht. »Tja, dann wohl doch nicht.«

»Wieso machst du dir eigentlich nur Gedanken um ihn?«, fragte Elise ungläubig.

»Hm?«

»Was ist denn mit dir?« Ihre Augen blitzten auf. »Warst du glücklich mit *ihm*? Hattest *du* einen super Sommer? Hast *du* ihn geliebt? Wolltest *du* für immer mit ihm zusammenbleiben?«

»Klar«, antwortete ich, obwohl ich mir da plötzlich nicht mehr so sicher war. »Glaube ich zumindest.«

Sie schwieg.

»Keine Ahnung«, sagte ich schließlich. »Ich war irgendwie hauptsächlich auf ihn fokussiert.«

»Genau das ist das Problem, es ging also die ganze Zeit nur um ihn. Um das, was er wollte und brauchte, stimmt's?«

»Na ja –« Ehrlich gesagt war mir das total egal. Es war mir egal, ob es immer nur um ihn ging, ich wollte einfach nur, dass er bei mir blieb. Wieder fing ich an zu weinen. Die Tränen rannen mir übers Kinn und platschten auf mein Kleid.

Elise schnallte sich ab und streckte mir die Hand hin.

Ich stellte meinen Bubble Tea weg, vergrub das Gesicht in den Händen und heulte noch mehr. Gott, wie erbärmlich.

»Komm mal her«, sagte Elise, den Arm noch immer einladend ausgestreckt. »Du hörst dich ja an wie ein sterbender Wal.«

Ein Lachen quetschte sich zwischen meine Schluchzer und ich musste husten. Dann rutschte ich zu Elise rüber und lehnte den Kopf an ihre Schulter. Obwohl wir uns gerade erst kennengelernt hatten, fühlte ich mich geborgen bei ihr. Irgendwie strahlte sie Verlässlichkeit aus, so als würde sie einfach bei mir bleiben, wenn ich sie darum bat.

»Jungs«, schnaubte sie verächtlich.

»Jungs«, echote ich.

»An meiner alten Schule, da war auch so einer. Dem war klar, dass ich ihn gut fand, weißt du? Ich glaube, er hat sich einfach dran aufgegeilt, dass jemand ihn anhimmelte, über alle seine Witze lachte und ihm an den Lippen hing. Letztes Jahr hat er mich dann gefragt, ob ich mit ihm zum Ball gehen will, und ich war megaglücklich. Ich hab mir ein total schönes rotes Kleid gekauft, neue Schuhe, neues Make-up und alles. Und dann hat er mich am Tag vorher angerufen und gesagt, ihm ginge es irgendwie nicht gut und er würde lieber zu Hause bleiben … Was natürlich gelogen war. Kurz vorher war nämlich das Mädchen, von dem er eigentlich was wollte, von seinem Freund sitzen gelassen worden und hatte auf einmal kein Date mehr für den Ball. Und sobald er das spitzgekriegt hat, hat er mich natürlich fallen lassen wie eine heiße Kartoffel. Hat ihn überhaupt nicht gejuckt, ob ich extra ein neues Kleid gekauft hatte oder er mir vielleicht das Herz gebrochen hat oder so. Er brauchte mich halt nicht mehr und da war ich ihm einfach nur noch lästig.«

Sie klang verletzt, aber irgendwie auch stark. Der Schmerz von damals war abgeklungen, und in dem Panzer, in den sie sich danach gehüllt hatte, konnte ihr nichts mehr etwas anhaben. So wollte ich auch sein. So hart, dass alles einfach an mir abprallte.

Ich hob den Kopf und sah sie an.

»Scheiß auf die Typen«, sagte sie.

»Scheiß auf die Typen«, pflichtete ich ihr bei.

»Na komm.« Sie setzte sich auf. »Fahren wir.«

»Wohin denn?«

»Ich weiß genau, was du jetzt brauchst.«

7.

Als wir in ihre Auffahrt einbogen, klappte mir vor Staunen die Kinnlade runter.

»Du wohnst in der Erdbeervilla?«

Elise schaltete den Motor aus. »Was?«

»So nennt die ganze Stadt das Haus, wusstest du das nicht? Mein Schulbus ist früher immer hier vorbeigefahren. Wir hatten keine Ahnung, ob hier überhaupt jemand wohnt, nur hin und wieder haben wir mal Gärtner rumhuschen sehen.« Das Grundstück war eines der letzten herrschaftlichen Anwesen in der Gegend, während die meisten anderen mit der Zeit in geschlossene Wohnanlagen oder Golfplätze umgewandelt worden waren.

Wir gingen rein und direkt hoch bis auf den Dachboden. Im Haus war es dunkel und ein bisschen zu leise. Das Rosa, das tagsüber so freundlich wirkte, bekam bei Nacht einen unansehnlichen Graustich. Der Park machte einen leicht verwilderten Eindruck, mit kniehohem Rasen und verunkrauteten Beeten.

»Mein Dad ist bei seiner Freundin«, sagte Elise, als würde das irgendwas erklären. Dann zuckte sie mit den Schultern und wandte sich ab, als wollte sie nicht weiter darüber reden. Ich fragte mich, wo wohl ihre Mom war.

Elise lief auf dem Dachboden auf und ab, duckte sich unter den Querbalken hindurch und stöberte in ein paar herumstehenden Kartons. »Irgendwo hier drin muss es sein.«

Ich folgte ihr, nieste ein paarmal wegen des Staubs und bewunderte hier und da ein Bild oder ein bisschen Weihnachtsschmuck.

»Wer ist das denn?«, fragte ich und wischte einen Glasrahmen sauber. Die vergilbte Schwarz-Weiß-Aufnahme darunter wirkte so perfekt wie eins dieser Musterfotos, die man mit dem Rahmen kaufte. Es zeigte eine glückliche Familie: Mutter und Vater, die auf ein kleines Mädchen mit blonden Locken herablächelten.

»Wahrscheinlich meine Mom mit ihren Eltern.« Sie drehte sich nicht mal zu mir um.

Jetzt sah ich mich genauer auf dem Dachboden um. »Wann seid ihr eigentlich hierhergezogen?«

»Vor ein paar Wochen, wieso?«

Die Kisten waren allesamt mit einer dicken Staubschicht überzogen und schienen seit Jahren nicht geöffnet worden zu sein. Insgesamt machte das Haus nicht den Eindruck, als wäre gerade eine Familie neu eingezogen. Nicht nur wegen der alten Kisten auf dem Dachboden, sondern auch wegen der vornehmen Möbel, die so perfekt positioniert waren, dass jemand Jahre an der Einrichtung getüftelt haben musste.

»Ist das Haus meiner Großeltern«, erklärte Elise, die meine Verwirrung bemerkte. »Aber meine Mom ist nicht mehr da, darum hab ich es geerbt, als meine Grandma gestorben ist.« Es dauerte einen Moment, bis ich begriff.

»Oh.« Ich stellte das Foto wieder hin. »Tut mir leid.«

»Schon okay. Na jedenfalls – mein Grandpa hat Feuerwerk geliebt. Und irgendwo hier muss noch was davon sein.«

»Okay …« Ich verstand immer noch nicht so recht, was sie vorhatte, aber eigentlich spielte es auch keine Rolle, solange sie nur bei mir war.

Eine Weile half ich ihr beim Suchen, bis ich schließlich nicht mehr konnte und mich in meinem Balloutfit auf eine der Kisten setzte.

»Jackpot!«, rief Elise irgendwann und hielt triumphierend ein Bündel Raketen hoch.

»Vielleicht ist das doch keine so gute Idee«, gab ich auf dem Weg Richtung Highway zu bedenken. Meine Hände waren schwitzig, und mein Herz raste bei der Vorstellung, Cameron wieder zu begegnen. Ich wollte nach Hause.

»Danach fühlst du dich viel besser, glaub mir«, entgegnete Elise.

»Ich weiß nicht.«

Sie fuhr auf den Highway. »Okay, pass auf, ich kann auch einfach die nächste Ausfahrt nehmen, und wir kehren um. Aber bist du sicher, dass du das willst? Dieser blöde Egoist – wie lange warst du überhaupt mit dem zusammen?«

»Fast ein Jahr.«

»Ein Jahr! Und dann macht er aus heiterem Himmel Schluss – mitten auf dem Ball?« Ihre Stimme wurde immer lauter, und sie fing an, wild mit einer Hand zu gestikulieren. »Willst du jetzt etwa einfach ins Bett gehen und dich damit abfinden? Dich zusammenrollen und in den Schlaf weinen, und das alles nur wegen diesem Arschloch?«

»Äh, nein?«

»Oder willst du lieber was tun? Etwas, was du nie von dir erwartet hättest? Was *er* nie von dir erwartet hätte? Was *niemand* von dir erwartet hätte?« Sie geriet richtig außer Atem vor Wut.

»Na gut«, gab ich schließlich nach. »Wir machen's.«

Ich lotste sie zu Camerons Wohnheim und wir parkten in einer Entladezone. Ein paar Wochen zuvor war ich noch mit ihm zusammen hier gewesen, der Kofferraum meines Autos voll mit seinen Sachen. Zum Abschied hatten wir uns geküsst und ich hätte ihn am liebsten gar nicht losgelassen.

»Fertig?« Elise drehte sich einmal auf dem Fußballen wie eine Ballerina und deutete dabei dramatisch auf die Gebäude um uns, die Bäume, den Himmel. Sie war nicht einfach nur einnehmend. Sie zog mich komplett in ihren Bann.

»Okay.«

»Gleich knallt's«, flüsterte sie. »Aber keine Sorge. Die pennen alle. Und dann fallen sie erst mal aus allen Wolken, wenn nicht sogar aus ihren Etagenbetten, und *dann* wanken sie irgendwann raus, um zu gucken, was hier los ist. Bevor irgendwer auf die Idee kommt, die Polizei zu rufen, sind wir längst über alle Berge.«

Ich nickte und wir trennten uns. Schnell knotete ich meine Böller am Fenstergitter fest und machte einen Schritt rückwärts. Mein Herz hämmerte wie wild, und meine Finger zitterten so sehr, dass mir die Streichhölzer aus der offenen Schachtel fielen.

Eigentlich hatten die Böller als Erstes hochgehen und dafür sorgen sollen, dass alle wach waren, wenn die Show richtig anfing, doch als ich hochguckte, kam Elise auf mich zugerannt, was bedeutete, dass die ersten Raketen bereits gezündet sein mussten. Im nächsten Moment hörte ich sie in den Himmel schießen und kurz darauf explodieren. *Plopp, plopp, plopp.* Wie in Trance sah ich zu.

Der Lärm war groß genug, um alles und jeden im Umkreis von fünf Blocks aufzuwecken.

»Was machst du denn da?« Elise packte mich beim Arm. Sie versuchte, die nächste Rakete anzuzünden, aber die Flamme ging immer wieder aus, und sie schüttelte ihr Feuerzeug. Noch nie in meinem Leben hatte ich mich an jemandem gerächt. Das hier hätte Cameron garantiert nicht von mir erwartet.

Ich selbst ja genauso wenig.

Endlich stieß die dritte Rakete ihr lang gezogenes Pfeifen aus, bevor sie am Nachthimmel explodierte. »Warte.« Aus den Fenstern, die uns am nächsten waren, fiel Licht zwischen die Bäume, aber in Camerons Zimmer war es immer noch dunkel.

»Was machst du denn da?«, fragte Elise erneut. »Wir müssen

hier weg.« Ich kniete mich auf den Boden und tastete nach einem Streichholz. Ein einziges, mehr brauchte ich nicht. Ich riss es an und hielt das schwache Flämmchen ans Ende der Zündschnur, bis sie Feuer fing und ich mir die Finger verbrannte.

»Okay, weg hier.« Wir flüchteten uns zwischen die Bäume, aber vorher blieb ich noch mal stehen, um das Entsetzen in Camerons Gesicht zu sehen, als die Böller direkt vor seinem Fenster losgingen wie eine Gewehrsalve.

Das war unser erster Streich. Der Anfang.

Wir lachten und johlten die ganze Rückfahrt über, und ich fühlte mich so lebendig wie seit Langem nicht mehr, vielleicht sogar wie noch nie zuvor. Ich drehte mich zu Elise um, deren langes Haar im Wind peitschte, und in diesem Moment war ich mir sicher, dass das hier der Startschuss zu einem Abenteuer war, zum Rest meines Lebens.

Wir waren wie ein Flächenbrand, wild und verheerend. Wir waren unser eigenes Sonnensystem aus Millionen funkelnder Sterne.

In diesem Moment schien alles möglich.

MONTAG, 28. AUGUST
TAG 353

8.

Wir sitzen in Veras Auto vor der Polizeiwache und gehen ein letztes Mal meine Aussage durch. Inzwischen ist es Morgen und ich habe keine Sekunde geschlafen. Nachdem Vera mich zurück nach Hause gefahren hatte, habe ich mich ins Bett gelegt und abwechselnd geheult, bis ich keine Luft mehr bekam, oder an die Decke gestarrt, bis mein Kopf komplett leer war.

Während Vera redet, gucke ich aus dem Fenster, ohne ihr wirklich zuzuhören. Im Seitenspiegel erhasche ich einen Blick auf mein Gesicht. Ich sehe furchtbar aus, die Augen verquollen und blutunterlaufen, die Haut fleckig und wund, die Haare strohig vom vielen Waschen. Inzwischen habe ich definitiv seit mehr als achtundvierzig Stunden nicht mehr geschlafen. Mein Herz pumpt manisch das Blut durch meinen Körper, und ich fürchte, jeden Moment ohnmächtig zu werden.

»Hier.« Vera reicht mir einen kleinen Becher Kaffee.

Ich trinke einen Schluck und der bittere Geschmack breitet sich heiß auf meiner Zunge aus. Jack hat Kaffee geliebt, hat sich das Zeug literweise reingekippt und immer behauptet, das sei sein einziges Laster. Ob stylische Cafés, McDonald's, Starbucks, Tankstellen – woher der Kaffee kam, war ihm egal, Hauptsache heiß und stark.

»Remy?«, zerrt Vera mich zurück in die Realität. »Vergiss nicht, je einfacher, desto besser. Länger als eine Stunde sollte es nicht dauern, allerhöchstens zwei. Erzähl einfach, was passiert ist, und wenn sie Fragen stellen, antworte möglichst mit einem knappen Ja oder Nein.« Ihre Stimme dringt wie aus weiter Ferne zu mir durch, ein Echo eines Echos eines Echos. »Remy?«

»Hm?«

»Lass uns das Ganze noch mal durchgehen.« Das haben wir doch schon zweimal gemacht. Gestern Nacht und dann heute Morgen.

Meine Gedanken schweifen ab, ich kann mich einfach nicht konzentrieren. Ich frage mich, wo Elise ist. Wo sie Jacks Leiche hingebracht haben, ob seine Tante und sein Onkel schon bei ihm waren, ob seine Mutter inzwischen gelandet ist. *Oh Gott.* Ich schlage mir die Hände vor die Augen. Was ist mit Evan, Jacks Cousin? Und Lola, seiner Hündin? Wieder brennen Tränen auf meinen Wangen, wie Salz in einer Wunde.

Zweifel breiten sich in mir aus, ich schließe die Augen und versuche, mir alles noch mal in Erinnerung zu rufen. Doch die Gedanken flackern völlig zusammenhanglos und verschwommen durch meinen Kopf. Ich bin so müde, daran hat auch der Kaffee nichts geändert, sondern mich nur zappelig gemacht. Ich konzentriere mich auf den Sonntagabend und irgendwie haben die Bilder etwas Seltsames an sich. Etwas Surreales, als würde ich mich selbst von fern beobachten, als wäre das alles bloß ein Film.

Ich, wie ich allein auf der Treppe sitze, fast erdrückt von der Stille in dem riesigen rosa Haus. Jack, der reinkommt und sagt: *Vielleicht ist es besser, wenn ich mal allein mit ihr rede.* Elise, die sagt: *Alles wird gut, Remy.* Ihre Stimme klingt dumpf und weit weg. Ich kneife die Augen fester zu. Sie sagt noch irgendwas, aber ihre Worte sind undeutlich, verzerrt, und ich verstehe nichts.

Und dann die Schüsse, die mir noch immer in den Ohren hallen.

»Du hast gesagt, du warst allein mit Elise in der Erdbeervilla«, versucht Vera, mir auf die Sprünge zu helfen.

Ich nicke. Schlucke.

»Und dass ihr euch gestritten habt«, redet sie weiter. »Worüber noch mal?«

»Weiß ich nicht mehr. Irgendeine Kleinigkeit.« Dasselbe habe ich gestern Nacht auch schon geantwortet, dennoch beobachte ich aufmerksam ihr Gesicht, auf der Suche nach einem Anzeichen dafür, dass sie mir glaubt. Wenn ich den Polizisten gegenüber erwähne, dass Elise und ich uns über die Streiche gestritten haben, wollen sie nur mehr darüber wissen. Ich will nicht lügen, aber die Wahrheit ist kompliziert und so ist es einfacher.

»Okay. Was ist dann passiert?«, fragt Vera weiter.

»Dann hab ich Jack angerufen und er ist gekommen. Er meinte, er würde mal mit Elise allein reden. Ich bin ins Auto gestiegen und wollte gerade losfahren, als ich die Schüsse gehört habe.« Jetzt ist es meine Stimme, die klingt wie von weit her, als kämen die Worte aus den Radiolautsprechern und ich wäre in Veras Auto eingesperrt und gezwungen zuzuhören.

»Und dann?«, ermuntert sie mich sanft.

»Dann bin ich zurück ins Haus gerannt und –« Mir entfährt ein erstickter Schluchzer. »Ich hab Jack gesehen und er war –« Ich ringe nach Luft. »Da hab ich den Notruf gewählt.«

Vera reicht mir Taschentücher, und ich warte darauf, dass die Tränen kommen, aber diesmal bleiben sie aus. Vor lauter Anspannung muss ich würgen und der Kaffee steigt mir sauer in die Kehle.

»Okay«, beruhigt mich Vera. »Das wird schon.«

Ich sage nichts mehr und sie drängt mich nicht dazu. Schweigend starre ich aus dem Fenster, bis das Weinen langsam abklingt. Wir stehen ganz am Ende des Parkplatzes, vor uns nichts als Bäume, deren Blätter im Wind flattern. Der Anblick ist seltsam beruhigend, beinahe hypnotisch.

Wenn ich Elise Bescheid gesagt hätte, dass Jack kommt –

Wenn ich mich von ihr verabschiedet hätte –

Wenn ich dageblieben wäre –

Dann wäre jetzt alles anders.

Ich denke an den Abend im März, an dem Jack und ich uns kennengelernt haben. Ich habe mich zu ihm aufs Motorrad gesetzt, die Arme um ihn geschlungen und mich an seinen Rücken geschmiegt. Wir sind zum See gefahren und danach auf ein Klettergerüst im Park gestiegen und haben zu den Sternen hochgesehen. Wir rochen nach Erde und Wasser und Jack hat sanft seine Finger mit meinen verschränkt. Wir waren zu groß für die Plattform des Gerüsts und mussten dicht aneinandergedrängt liegen, die Knie angewinkelt.

»Glaubst du, irgendwo da draußen gibt es Leben?«, fragte er, ohne den Blick vom Himmel zu wenden.

»Da?«, erwiderte ich und deutete mit der freien Hand nach oben.

»Man vergisst so leicht, wie klein wir eigentlich sind. Dass wir hier bloß auf einem winzigen Steinbrocken hocken, der um einen Stern in der Mitte der Milchstraße kreist. Man vergisst so leicht, wie groß das Universum ist. Und wie wenig es sich für das Leben hier auf der Erde interessiert, wie unwichtig das alles hier ist.« Er klang nicht traurig, höchstens ehrfürchtig. Seine Augen schimmerten im Sternenlicht.

»Sag das nicht.« Ich drehte mich zu ihm um. »Du bist nicht unwichtig.«

Er wandte sich mir ebenfalls zu und lächelte. Unsere Gesichter waren nur Zentimeter voneinander entfernt. Ich spürte seinen Atem auf der Haut, warm und kühl gleichzeitig.

»Darf ich?«, fragte er leise und schlug liebenswert schüchtern die Augen nieder, als hätte er Angst, ich könnte Nein sagen.

»Ja«, antwortete ich, und er legte seine Lippen auf meine.

Es war, als hätte ich bis zu diesem Moment niemals richtig geatmet.

9.

Auf der Polizeiwache ist es kalt und ich schlinge die Arme um meinen Oberkörper. Hektisch spiele ich mit den Knöpfen an meinen Blusenmanschetten, streiche mit dem Daumen darüber, mache einen davon auf und zu, auf und zu.

»Nicht mehr lange«, versucht Vera, mich zu beruhigen, mir Mut zu machen.

Auf ihrer anderen Seite sitzen meine Eltern, daneben Christian. Ich fange seinen Blick auf, und kurz glaube ich, echte Sorge darin zu lesen, aber dann blinzele ich und er guckt schon wieder woandershin.

Alle haben sich schick gemacht, alle sind schweigsam, erschöpft und gleichzeitig nervös. Ich drehe mich immer wieder zur Tür, jederzeit darauf gefasst, Evan oder Jacks Mutter dort auftauchen zu sehen.

Oder Elise.

Oder Jack selbst, der gekommen ist, um mir zu sagen, dass

er am Leben ist und alles gut wird. Dass das alles nur ein aus dem Ruder gelaufener Streich war und ich einfach zu leichtgläubig bin.

»Musst du noch mal zur Toilette?«, fragt Vera. »Dann wäre jetzt die letzte Gelegenheit.«

Alle gucken mich an, und ich will einfach nur weg hier, aber ich kann mich nicht bewegen. Elise würde niemals so komplett versteinern. Sie weiß immer, was zu tun ist. Ein Teil von mir sehnt sich danach, dass sie mir diktiert, was ich fühlen soll, was ich sagen soll. Ich brauche sie.

Trotzdem krampft sich beim Gedanken daran, sie wiederzusehen, mein Magen zusammen und plötzlich wird mir schlecht.

»Remy?«, fragt Vera besorgt.

Ich schüttele nur den Kopf, denn ich habe zu große Angst davor, dass auf der Toilette Elise auf mich warten könnte, vor dem, was dann passieren würde, was ich sagen würde.

Ich tappe mit der Ferse auf den Boden, schneller, immer schneller, im Takt meines Herzschlags. Meine Hände sind unruhig und vibrieren bis in die Fingerspitzen.

Erschöpfung und Angst rauben mir fast die Sinne, aber knapp darunter lauert noch etwas anderes, und es kostet mich das letzte bisschen Willenskraft, es nicht an die Oberfläche zu lassen.

Ich kann es nicht fassen. *Ich kann es einfach nicht fassen.*

Jack ist nicht mehr da. Ein letztes Mal, denke ich. Ich möchte ihn noch ein letztes Mal in den Armen halten. Mehr will ich doch gar nicht.

Aber noch während mir diese Worte durch den Kopf wispern, ist mir klar, dass sie gelogen sind. Wenn ich ihn noch einmal in den Armen halten dürfte, würde ich ihn nie, nie wieder loslassen. Die Verzweiflung schnürt mir die Kehle zu, ich versteife mich, bis ich zittere – alles, um nicht laut loszuschreien.

Obwohl ich weiß, was passiert ist, macht es das nicht besser. Dass es ein Unfall war, ändert nichts an der Tatsache, dass er nicht mehr da und Elise diejenige ist, die ihn mir genommen hat.

Mein Blick wandert zur Tür, dann den Flur hinunter. Sie ist irgendwo hier, da bin ich mir sicher. Ich spüre ihre Anziehungskraft, wie immer, wenn sie in der Nähe ist.

Wenn in mir auch nur ein Fünkchen Selbsterhaltungstrieb übrig wäre, würde ich die Verbindung zwischen uns kappen und fliehen. Dann würde ich den Plan befolgen, den Vera mir zurechtgelegt hat. Ich würde meine auf ein absolutes Minimum reduzierte Aussage abliefern. Meine Geschichte in so wenigen Worten wie möglich darlegen. Meine Unschuld betonen und mich kooperativ zeigen, ohne etwas preiszugeben, was gegen mich verwendet werden könnte. Ich würde mich schützen und niemanden sonst.

»Ich glaube, du verstehst überhaupt nicht, in welche Lage du dich da gebracht hast«, hat meine Mutter heute Morgen vor Veras Ankunft geschimpft.

»Hier geht es um den Rest deines Lebens«, fügte Dad hinzu. »Willst du den im Gefängnis verbringen? Ja?« Doch ich konnte nur daran denken, dass ich ja sowieso längst alles verloren hatte. Was interessierte mich der Rest meines Lebens, wenn ich ihn ohne Jack, ohne Elise verbringen musste? Wie einsam und unwirklich mir die Zukunft plötzlich erschien.

»Hast du eigentlich eine Ahnung, wie es im Gefängnis ist? Da geht es nicht zu wie im Feriencamp.«

»Denk daran: Du hast nichts falsch gemacht. Du warst nicht diejenige, die den Abzug gedrückt hat, du warst nicht mal in der Nähe, als es passiert ist.«

»Mach bitte keine Dummheiten, nur weil du meinst, du müsstest diesem Mädchen gegenüber Loyalität beweisen oder so. Du bist ihr rein gar nichts schuldig. Du bist niemandem etwas schuldig außer dir selbst.« Sie irrten sich, hatten einfach keine Ahnung. Manche Schulden kann man niemals begleichen. Man kann es sein Leben lang versuchen, aber am Ende ist es nie genug.

»Und lass dich auf keinen Fall von den Polizisten aufs Glatteis führen. Lüg nicht, aber erzähl ihnen auch nichts, was zu deinen Lasten interpretiert werden könnte. Und was das ist, kannst du nicht wissen, also halt dich an kurze Ja-Nein-Antworten«, schloss mein Dad seinen Vortrag.

Vielleicht hatten die beiden einfach zu viele Fernsehkrimis geguckt, aber sie ließen nicht locker. Immer tiefer hämmerten sie die Angst in mein Herz. Und jetzt sehe ich dieselbe Angst in ihren Augen.

Sosehr ich sie manchmal hasse, eigentlich weiß ich, dass ich mich glücklich schätzen kann, jemanden zu haben, der sich um mich sorgt, der mich beschützen will.

Elise hat niemanden. Und darum wahrscheinlich noch viel größere Angst. Sie hat niemanden, der sie vor all diesen Sachen warnt, der ihr sagt, wie sie sich verhalten soll. Der sie beschützt.

Niemanden.

Nur mich.

Du bist ihr rein gar nichts schuldig. Bin ich das wirklich nicht?

Von dem Moment an, in dem wir uns kennengelernt haben, gehörten wir zusammen. An dem Abend, als Elise wie eine Bombe in meinem Leben einschlug, ist meine ganze Welt in den schillerndsten Farben explodiert. Cameron und alle Jungs vor ihm waren bloß Lückenfüller, mit denen ich mich von meinen Eltern ablenken wollte, von meinem Leben. Eine kurze Flucht.

Niemand reichte je an Elise heran. Wenn ich bei ihr war,

musste ich nichts verdrängen. Wenn ich bei ihr war, musste ich nie meine Wunden verbergen, weil sie selbst welche hatte. Weil wir uns beide nach Zuneigung sehnten und sie einander schenkten. Gemeinsam erfanden wir uns neu und wurden als Seelenverwandte wiedergeboren. Endlich fühlten wir uns vollständig.

Elise kennt meine hässlichsten Seiten und liebt mich trotzdem. Sie vergibt mir alles, egal, was es ist.

Und ich bin mir nicht sicher, ob ich das verdient habe.

Ich heiße Remy.

Ich bin siebzehn Jahre alt.

Das hier ist nicht für immer.

Ich habe das Gefühl, innerlich zu zerbröseln, aber ich muss stark sein, ich muss durchhalten.

Was uns nicht umbringt, macht uns stärker: Daran haben Elise und ich fest geglaubt, es uns zur Maxime gemacht. Und ich glaube immer noch daran – ich kann nicht anders, weil all dieser Schmerz und die Qualen schließlich einen Sinn haben müssen.

Es muss einen Grund dafür geben. Es muss einfach.

»Remy?«, reißt Vera mich aus meinen Gedanken und klingt nun ernsthaft alarmiert.

Alle starren mich an.

»Was?« Dann fühle ich es selbst und fahre mit den Händen über meine Wangen. Als ich sie wieder senke, sehe ich Moms Make-up an meinen Fingern kleben, aufgelöst durch Tränen.

»Lass uns –« Veras Blick huscht zwischen mir, meinen Eltern und meinem Bruder hin und her, die mich alle drei nicht aus den Augen lassen wie ein Schwarm hungriger Geier. »Lass uns mal ein bisschen an die frische Luft gehen.«

Draußen wische ich mir das Gesicht ab und versuche, ruhig

zu atmen. Wir stehen hinter der Polizeiwache, aber ich bin noch genauso fahrig wie vorher, aus Angst vor dem, was mich dort drinnen erwartet.

»Was passiert denn jetzt?«, will ich wissen. »Mit mir? Mit Elise?« *Mit uns*.

Vera zögert. »Ich weiß es nicht.«

»Was *könnte* denn passieren?«, frage ich schniefend.

»Das ist schwer vorherzusagen, aber die Staatsanwaltschaft wird zunächst mal entscheiden, ob Anklage gegen Elise erhoben wird oder nicht. Und vielleicht auch gegen dich. Aber wenn die Beweislage mit deiner Aussage übereinstimmt, kann es sein, dass sie auf beides verzichten.«

»Wirklich?« Ich schnappe überrascht nach Luft.

»In Georgia hat jeder Bürger das Recht, auf Personen zu schießen, die ungebeten sein Grundstück betreten.«

»Fällt das dann unter Selbstschutz?« Mein Hals kratzt nach all dem Geheule und ich muss husten.

»Nicht ganz. In gewissem Sinne schon, aber die Beweispflicht ist in einem Fall wie eurem etwas weniger streng. Man muss nicht in tatsächlicher Lebensgefahr gewesen sein. Es reicht schon, wenn man sich bedroht gefühlt hat.« Sie bemüht sich um einen neutralen Tonfall, aber ich höre ihr an, dass sie nicht viel von diesem Gesetz hält.

Mir schwirrt der Kopf und ich lehne mich Halt suchend an die Wand. Die Backsteine sind hart und rau, aber auch so schön kühl, dass ich am liebsten meine Wange dagegengepresst hätte. Ich denke an gestern Abend und schließe die Augen. Wieder sehe ich Elise auf dem Balkon stehen. Jetzt dreht sie sich um und geht zurück ins Haus. Sie hört Schritte, sieht, wie jemand sich ihr nähert, wie *ihr Vater* sich ihr nähert, und sie denkt nicht nach, ist nicht in der Lage dazu. Sie hebt bloß die Waffe und drückt ab.

Selbst jetzt kann ich ihre Angst spüren, obwohl ich nicht mal dabei war. Ich hole zittrig Luft und bekomme wieder einen Hustenanfall.

»Gleich müsste es losgehen«, sagt Vera nach einem Blick auf ihr Handy. »Bist du bereit?«

Ich werde nie bereit sein, aber ich habe ja keine andere Wahl.

»Hör zu, Remy.« Vera sieht mich ernst an, beinahe grimmig, während wir uns auf den Weg zurück machen. »Was du gleich dadrin sagst, ist wichtig. Das hast du verstanden, oder?«

Ich nicke. Mein Herz klopft. Jetzt hängt alles allein von mir ab. Es ist, als läge unser beider Leben in meinen Händen, und die Schwere dieser Erkenntnis droht, mich in die Tiefe zu reißen.

»Du musst jetzt an dich selbst denken«, redet Vera weiter. »Nicht an deine Freundin oder daran, wie es vielleicht weitergeht. Konzentrier dich einfach nur auf das, was du sagen willst.«

»Aber es besteht die Chance, dass sie keine Anklage erheben?«, frage ich leise. Ich fühle mich schwach auf den Beinen, als könnten sie jeden Moment unter mir nachgeben. Elise war immer die Starke von uns beiden. Sie war diejenige, die wusste, was zu tun war, die auf alles eine Antwort hatte. Aber jetzt liegt es an mir.

»Das kommt darauf an«, sagt Vera, kurz bevor wir um die Ecke in den Eingangsbereich biegen, wo meine Familie wartet. Sie bleibt stehen und legt mir fest die Hand auf die Schulter. »Darauf, was die Beweislage für Schlüsse zulässt. Da spielen eine Menge verschiedener Faktoren mit rein, die Stichhaltigkeit der Beweise zum Beispiel, ob sich ein Motiv verzeichnen lässt, sogar die öffentliche Wahrnehmung. Staatsanwälte bringen in der Regel nur dann einen Fall zur Anklage, wenn sie denken, dass sie den Prozess gewinnen können, darum machen sie sich die Entscheidung nicht leicht. Das hängt von allem Möglichen ab.«

»Zum Beispiel von dem, was ich ihnen erzähle?«

Vera runzelt die Stirn – meine Frage gefällt ihr nicht. »Bleib einfach bei der Wahrheit, in Ordnung? Halt es so schlicht, wie du kannst, so wie wir es besprochen haben. Erzähl ihnen genau das, was du mir gestern Nacht erzählt hast.« Sie scheint noch mehr sagen zu wollen, aber da kommt eine Frau um die Ecke gebogen und prallt fast mit uns zusammen.

»Da sind Sie ja«, sagt die Fremde. »Ich bin Detective Sloane Ward.«

Mir ist übel.

»Wir wären dann so weit«, fügt sie hinzu und bleckt kurz die Zähne zu einem Lächeln.

10.

Die Kamera hinter Detective Ward ist auf mich gerichtet und das rote Lämpchen blinkt. Ich bemühe mich, meine wachsende Panik niederzukämpfen, aber es funktioniert nicht – sie ist zu stark und frisst sich durch meinen Körper wie Säure. Mein Brustkorb zieht sich schmerzhaft zusammen und ich bekomme kaum mehr Luft.

Ich reiße den Blick von dem blinkenden Lämpchen los und konzentriere mich auf mein Gegenüber: eine Frau mittleren Alters, weiß, seriös, die Lippen zu einem strengen Strich zusammengepresst, eine tiefe Furche zwischen den Augenbrauen.

Hinter ihrem Ohr klemmt ein Kugelschreiber und ihre krissligen braunen Locken reichen ihr knapp bis zur Schulter. Die weiße Bluse unter ihrer königsblauen Strickjacke wirkt frisch gebügelt. An einer Hand, mit der sie durch eine dünne Akte blättert, trägt sie einen schlichten goldenen Ehering, und ihre unlackierten Fingernägel sind säuberlich kurz gefeilt. So ganz ohne Make-up und auffälligen Schmuck wirkt sie fehl am Platz in einer Stadt wie Lyndens Creek, wie eine Fremde, jemand von außerhalb. Vielleicht hat sie ja Verständnis für Elise und mich. Ich versuche, meine Handflächen an den Oberschenkeln trocken zu reiben. Vera wirft mir einen besorgten Blick zu.

Ich denke an all das, was ich sagen will, und all das, was ich nicht sagen darf. Die Geschichte, die ich mit Vera eingeübt habe, liegt parat: *Elise und ich waren bei ihr zu Hause. Elise und ich haben uns gestritten, worüber, weiß ich nicht mehr. Ich habe sie auf dem Balkon allein gelassen und Jack angerufen. Er ist gekommen und wollte mit Elise unter vier Augen reden. Ich bin zum Auto gegangen, und gerade, als ich losfahren wollte, habe ich die Schüsse gehört.*

»Okay, Katherine«, fängt Detective Ward an, und ich zucke zusammen, als ich meinen eigentlichen Vornamen höre. Es ist, als würde sie mit jemand anderem reden. Der Name hat mir nie gefallen, und erst nach endlosen Diskussionen war Mom endlich damit einverstanden, dass ich meinen Zweitnamen benutze. Jetzt kommt mir Katherine vor wie ein Überbleibsel aus einem völlig anderen Leben und vielleicht ist es das ja auch. So was würde eher zu jemandem wie Christian passen, allseits beliebt und gehorsam.

»Ihr Rufname ist Remy«, merkt Vera höflich an.

»Ach so. Okay, Remy«, korrigiert sich Detective Ward. »Ich werde dir jetzt ein paar Fragen stellen, und ich möchte, dass du sie so genau wie möglich beantwortest, in Ordnung? Das hier hat nichts mit dem zu tun, was du vielleicht aus dem Fernsehen kennst. Du hast nichts zu befürchten. Es ist kein Verhör«, fügt sie dann hinzu, obwohl es sich genau danach anfühlt. »Trotzdem muss ich dich als Erstes über deine Rechte belehren und dann unterhalten wir uns ganz entspannt, ja?«

Während sie dieselben Zeilen rezitiert wie Vera in der Nacht zuvor, schweift mein Blick zurück zu dem roten Lämpchen.

»Mach dir deswegen keine Sorgen«, beruhigt mich Detective Ward. »Die ist nur dazu da, damit nichts verloren geht und wir uns rückversichern können, dass alles einwandfrei abläuft.«

»Okay.« Meine Stimme ist kaum mehr als ein Krächzen. Ich huste, aber danach fühlt sich meine Kehle nur noch rauer an.

»Alles in Ordnung?«, erkundigt sich Detective Ward. Sie bemüht sich, Freundlichkeit in ihre Stimme zu legen, so als würde sie sich tatsächlich dafür interessieren, wie es mir geht. Als ich nicke, fängt sie an: »Bitte bestätige mir einmal deinen Namen.«

Ich öffne den Mund, aber es kommt kein Ton raus. Mit einem Mal fühlt sich der Raum zu eng an, als würden die Wände auf mich zurücken. Es ist zu hell, zu kalt. Mein Herz hämmert mir gegen den Brustkorb, drängt mich zur Flucht, und ich kann nur daran denken, dass ich es irgendwie lebendig hier rausschaffen muss.

Das hier ist nicht für immer.

Der Gedanke beruhigt mich, und ich hole tief Luft, bevor ich antworte: »Ich heiße Katherine Remy Tsai. Aber alle nennen mich Remy.«

»Gut. Na, siehst du? Du musst dir überhaupt keine Sorgen machen.« Sie schenkt mir ein betont ermutigendes Lächeln. »Wie alt bist du, Remy?«

»Siebzehn.«

»Und wann ist dein Geburtstag?«

»Am neunzehnten November.«

»Würdest du mir erzählen, was gestern Abend passiert ist?«

Hinter Detective Ward und der Kamera befindet sich eine ganz normale Wand. Kein Einwegspiegel wie im Fernsehen, nur glänzend weiß überstrichener Beton. Ein bisschen wie die Wände in der Schule, aber mir ist nur allzu bewusst, dass ich hier nicht in einem Klassenraum sitze.

Als ich stumm bleibe, schaltet Vera sich ein. »Könnten wir vielleicht mit einer einfacheren Frage anfangen?«

Detective Ward hat keine Einwände. »Wusstest du, dass deine Freundin eine Schusswaffe besitzt, Remy? Oder wo sie sie hergehabt haben könnte?«

Ich war dabei, als sie sie auf dem Dachboden in den alten Sachen ihrer Großeltern gefunden hat. *Lüg nicht, aber erzähl ihnen auch nichts, was zu deinen Lasten interpretiert werden könnte.* »Ich glaube, sie gehörte ihrem Großvater«, sage ich, und das ist die Wahrheit.

»Ach.« Sie legt ihren Stift hin. »Weißt du, wo die Waffe jetzt ist oder wo sie sein könnte?« Detective Ward beugt sich vor, stützt die Ellenbogen auf den Tisch und legt die Fingerkuppen aneinander, sodass sie ein spitzes Dach formen.

»Wissen *Sie* das denn nicht?«, entgegne ich schockiert. Nachdem Jack erschossen worden war, war das Letzte, was mich interessiert hat, wo der Revolver abgeblieben war. Bis eben bin ich wie selbstverständlich davon ausgegangen, die Polizei hätte ihn konfisziert.

»Nein«, sagt sie mit einem so durchdringenden Blick, dass ich hastig den Kopf senke. Es ist, als wäre ich in einem Spiel gefangen, dessen Regeln ich nicht verstehe.

»Ich habe keine Ahnung«, antworte ich, noch immer vollkommen perplex. Zuerst erschreckt mich der Gedanke, dass die Waffe noch irgendwo da draußen ist. Dann aber rede ich mir ein, dass die Polizei ihn vermutlich einfach noch nicht gefunden hat, dass er im allgemeinen Chaos verloren gegangen und wahrscheinlich bloß unter irgendeine Couch oder Kommode gerutscht ist.

»Was kannst du mir über gestern Abend erzählen? Fang an, wo du willst.« Ward, die langsam ungeduldig zu werden scheint, zieht die Brauen zusammen. »Denk mal an Jack«, sagt sie, als müsste mich allen Ernstes jemand an ihn erinnern, an das Loch, das sein Verlust in mich gerissen hat.

Was glauben Sie denn, was ich die ganze Zeit mache?, würde ich sie am liebsten anschreien. Ich denke an nichts anderes. Wünschte, er wäre hier. Wünschte, ich könnte ihn wiedersehen. Ich habe ihn nämlich geliebt. Und ich liebe ihn immer noch.

Denk mal an Jack.

»Ich hab ihn geliebt«, würge ich hervor, und mehr bekomme ich nicht heraus, bevor ich in Tränen ausbreche.

Aber gleichzeitig spüre ich, wie die Furcht immer weiter in mir aufsteigt. Sie erfüllt auch noch den letzten Winkel meines Körpers, bis kein Platz mehr für Jack übrig ist. Sie ergreift Besitz von meinem Gehirn, bis ich nicht mehr atmen kann, an nichts anderes mehr denken kann als daran zu überleben.

Es fühlt sich an wie Sterben.

»Vielleicht erzähle ich dir mal, was ich glaube, wie es abgelaufen ist«, schlägt Detective Ward vor, ohne meine Tränen zu beachten. »Ich glaube, dass hier eine Dreiecksgeschichte einen sehr unglücklichen Verlauf genommen hat.« Ihre Stimme klingt sachlich, beinahe tröstend in ihrer Nüchternheit. »Die einzige Frage in solchen Fällen ist: Wer hat welche Rolle gespielt? Wir wissen, dass Elise geschossen hat. Wir wissen, dass Jack das Opfer ist. Aber was ist mit dir?«

Ihre Worte schlingen sich um meine Kehle. Einen Moment lang scheint es, als würde die Erde unter mir beben, aber dann wird mir klar, dass nur ich auf meinem Hartplastikstuhl zittere.

»Dieser aggressive Ton ist vollkommen unangebracht«, protestiert Vera. »Wir sind schließlich hier, um zu kooperieren.«

Detective Ward wartet kurz ab und blättert erneut in ihrer Akte, während ich mir die Tränen abwische. Wieder sind meine Hände mit Make-up verschmiert – meine Maske löst sich langsam, aber sicher in nichts auf.

Als ich mich ein wenig beruhigt habe, beugt Ward sich noch weiter zu mir vor und wechselt das Thema. »Erzähl mir mal was über Elise.«

»Was wollen Sie denn wissen?«

»Hast du jemals mitbekommen, dass sie gewalttätig geworden ist?«

»Was?« Es gefällt mir nicht, wie sie mit mir redet. Oder was sie mit ihren Fragen andeutet.

»Hat sie deines Wissens schon mal jemanden verletzt?«

»Nein!« In meinem Kopf schrillt eine Alarmglocke los. Detective Ward macht den Anschein, als hätte sie längst für sich beschlossen, was Elise für ein Mensch und was gestern Abend passiert ist.

»Hat sie dir mal was getan?«

»Nein! Natürlich nicht.«

Sie mustert mich, dann lehnt sie sich wieder zurück und verschränkt die Hände in ihrem Schoß. »Manchmal glauben wir, jemanden zu kennen, und halten ihn für einen großartigen Menschen, aber es ist nun mal nicht jeder so, wie wir ihn gern hätten. Man kann nie genau wissen, wozu jemand wirklich fähig ist.«

»Elise würde nie jemandem wehtun. Und ich weiß, dass sie Jack nicht absichtlich erschossen hat. Ich war ja dabei.« Die Worte sprudeln mir aus dem Mund, bevor ich es verhindern kann.

Es wird mucksmäuschenstill im Raum. Das einzige Geräusch ist das Klicken der anspringenden Klimaanlage, die mir einen Schwall eisiger Luft in den Nacken haucht.

Was habe ich da gerade gesagt?

»Du warst dabei«, wiederholt Detective Ward langsam.

Was habe ich getan?

»Moment mal«, geht Vera dazwischen, eine Mischung aus Verwirrung und Entsetzen im Blick.

»Bist du dir ganz sicher? Bist du sicher, dass das die Aussage ist, die du zu Protokoll geben willst?«, hakt Detective Ward nach, bevor Vera ihr erneut ins Wort fällt. Sie verlangt eine Unterbrechung, um mich allein zu sprechen.

»Wir werden alle Ihre Fragen beantworten, aber Remy hat gerade ihren Freund verloren und heute Nacht nicht geschlafen. Sie braucht eine Pause.« Vera wartet nicht mal auf eine Antwort, sondern packt mich kurzerhand beim Arm und zieht mich den Flur runter Richtung Toilette.

Am Waschbecken schaufele ich mir kaltes Wasser ins Gesicht und sehe zu, wie der Rest meines Make-ups im Abfluss verschwindet. »Kriegsbemalung « hat Mom ihre Schminke mal genannt. Als würde sie allmorgendlich in den Kampf ziehen und nicht nur zur Arbeit gehen. Und sie sieht tatsächlich stets perfekt aus, jedes Haar sitzt und ihr Gesicht wirkt frisch und niemals abgespannt. Äußerlichkeiten waren ihr schon immer wichtiger als alles andere.

Ich hebe den Kopf. Das Mädchen, das mir aus dem Spiegel entgegenstarrt, ist völlig fertig, die Haut um die Augen rot und verquollen. Wie jemand, der in der entscheidenden Schlacht alles verloren hat.

Warum habe ich gesagt, dass ich dabei war?

Ich spritze mir noch mehr Wasser ins Gesicht, hauptsächlich weil ich mich zu sehr schäme, um mir selbst in die Augen zu sehen.

»Remy«, sagt Vera, als ich den Wasserhahn zudrehe. »Wir müssen reden.«

Ich trockne mir das Gesicht ab und stütze mich mit beiden Händen auf den Waschbeckenrand.

»Du hast gesagt, du warst nicht dabei.«

Der Kern jeder guten Lüge ist die Wahrheit. Die besten Lügen sind mindestens zur Hälfte wahr. Aber was, wenn Elise sich geirrt hat? Wenn es genau umgekehrt ist? Was, wenn ich um der Wahrheit willen hätte lügen müssen? Wenn es hier nicht um Fakten geht, sondern darum, was wirklich zählt? Und das ist nun mal, dass das alles ein schrecklicher Unfall war.

Ohne den Waschbeckenrand loszulassen, sinke ich auf die Knie. Mein Kopf sackt schwer nach vorne.

»Remy!« Vera versucht, mich aufzufangen, aber es ist zu spät.

Erst dann lösen sich meine Finger vom Waschbecken, und ich krümme mich auf dem Boden zusammen, als hätte ich gerade einen Schlag in den Magen bekommen. Das Atmen fällt mir immer schwerer. Ich ringe nach Luft, bis mir der bittere Morgenkaffee wieder hochkommt und ich mich auf die Fliesen übergebe.

»Mein Gott«, sagt Vera. Sie steht kurz auf und hockt sich einen Moment später mit einer Handvoll Papiertücher neben mich.

Obwohl ich noch immer huste und würge, fühle ich mich ein wenig besser. Wie ausgehöhlt, aber dafür leichter, und es ist, als könnte ich plötzlich klarer denken. Endlich weiß ich, was ich tun muss, wie ich uns beide retten kann. Zum ersten Mal seit gestern Abend sehe ich einen Ausweg.

Ich *war* nicht dabei, aber wenn das zu behaupten, die einzige Möglichkeit ist, die Wahrheit ans Licht zu bringen – dass Elise Jack niemals getötet hätte, wenn sie gewusst hätte, dass er es ist –, dann habe ich keine Wahl. Ich muss lügen, damit sie die Wahrheit erkennen.

Ich rappele mich hoch und stütze mich an der Wand ab. Vera sagt etwas, aber ich höre sie kaum.

Nach einer Weile dringen ihre Worte wieder zu mir durch. »Mir hast du erzählt, du warst nicht dabei«, wiederholt sie.

»Tut mir leid«, flüstere ich.

»Warum warst du denn nicht von Anfang an ehrlich zu mir?«, fragt sie. Sie klingt nicht böse, eher bestürzt, und ich bin erleichtert. »Du weißt doch, dass ich auf deiner Seite bin, oder?«

»Tut mir leid«, murmele ich wieder, doch was mir leidtut, ist nicht die Lüge, sondern dass ich Vera solchen Ärger bereite.

»Hast du dich nicht getraut, mir das zu erzählen?«, fragt sie.

Ich nicke.

»Du hast also doch alles mitbekommen«, sagt sie.

Jack ist nicht mehr da. Aber Elise schon.

»Remy?«

Ich nicke wieder, suche nach Worten. Jack habe ich schon verloren. Ich will nicht auch noch Elise verlieren.

»Aber alles andere stimmt?«, fragt Vera und blickt mir prüfend ins Gesicht.

»Ja«, bringe ich mühsam heraus. Dann wasche ich mir die Hände, sehe zu, wie sie unter dem Wasserstrahl zittern. Nachdem ich mir den Mund ausgespült habe, werfe ich einen letzten Blick in den Spiegel. Ich trage keine Kriegsbemalung mehr, kann mich hinter keiner Maske mehr verstecken. Jetzt bin nur noch ich selbst übrig. Und ich weiß, was ich zu tun habe.

»Du musst deine Aussage nicht jetzt machen«, sagt Vera. »Wir können einen Aufschub beantragen und morgen wiederkommen.«

»Nein. Ist schon gut.« Ich bin nicht sicher, wer von uns beiden mir weniger glaubt, aber Vera scheint die Entschlossenheit in meinem Blick zu sehen und führt mich zurück ins Vernehmungszimmer.

Detective Ward ist nicht da, als wir uns zurück auf unsere Plätze setzen. Vera fragt mich noch mal und noch mal, ob wir nicht doch lieber morgen wiederkommen sollen, aber ich schüttele bloß den Kopf. Ich bin erschöpft, und mir tut alles weh, aber wenn ich das hier jetzt nicht durchziehe, werde ich nie mehr den Mut dazu finden. Ich wollte immer wie Elise sein, die niemals an sich gezweifelt hat. Bislang habe ich das für pures Selbstbewusstsein gehalten, grenzend an Arroganz, doch jetzt wird mir klar, dass das nicht alles war. Sie hat einfach auf ihr Bauchgefühl vertraut, und genau das muss ich jetzt auch tun. Ich muss mir vertrauen. *Elise* vertrauen.

Ich hole tief Luft und richte mich auf, die Handflächen auf die kühle Tischplatte gepresst. Als Detective Ward zurückkommt, bleibt sie einen Moment in der Tür stehen und lehnt sich an den Rahmen.

»Alles klar?«, fragt sie, eine Augenbraue gehoben. Ich nicke. Sie schaltet die Kamera ein, setzt sich mir mit übereinandergeschlagenen Beinen gegenüber und mustert mich. »Fangen wir am besten einfach noch mal von vorne an.«

Kann man etwas als Lüge bezeichnen, wenn es gefühlt die Wahrheit ist? Wenn die Wahrheit kompliziert ist und die Lüge einfach? Schließlich führen beide Wege zum selben Ziel: Es war ein Unfall, nicht mehr und nicht weniger. Der eine Weg ist lang und verschlungen, der andere gerade und direkt.

Jack würde das verstehen, denke ich. Ich habe ihn nie nachtragend oder rachsüchtig erlebt – ganz sicher hätte er nicht gewollt, dass Elise ins Gefängnis wandert. Für einen einzigen Fehler, für etwas, was nicht ihre Schuld gewesen sein kann.

Mir fällt ein, was Jack mal zu mir gesagt hat: *Du bist immer noch da, du hast es so weit geschafft und wirst auch das hier überstehen, genau wie alles, was noch kommt.* Ich versuche lediglich zu überleben. Versuche lediglich, nicht in Stücke zu zerbrechen.

Die Kamera starrt mich unentwegt an, und das rote Lämpchen blinkt wie eine Zeitbombe, die die Sekunden bis zur Detonation runterzählt. Ohne zu blinzeln, starre ich zurück.

Jack kann ich nicht mehr retten. Aber Elise vielleicht schon.

SONNTAG, 11. SEPTEMBER
TAG 2

11.

In den frühen Morgenstunden nach dem Schulball hielt Elise vor meinem Haus. Die Fenster waren dunkel und alles schlief. Eine Weile saßen wir noch immer aufgekratzt kichernd in der Rostigen Rosi, und ich war so fasziniert von Elise, dass ich mich gar nicht von ihr losreißen konnte.

Ich fühlte mich leicht, als würde ich knapp über dem Boden schweben, als könnte ich einfach die Flügel ausbreiten und davonfliegen. Ihre Energie war ansteckend und strahlte heller als die Feuerwerkskörper, die wir kurz zuvor gezündet hatten.

»Komm mit«, flüsterte ich und führte Elise ums Haus herum in den Garten. Wir setzten uns an den Rand des Swimmingpools und rauchten, rissen ein Streichholz nach dem anderen an und schnippten es ins Wasser.

Als es zu kalt wurde, gingen wir in den Keller, um uns Decken zu holen, und da hörten wir die Stimmen von oben.

»Das ist ja wohl nicht dein Ernst!«, schrie meine Mom. »Für wie blöd hältst du mich eigentlich, verdammt noch mal?«

»Es war nur ein Mal. Wie lange willst du noch darauf rumreiten? Ein einziger Fehltritt, den du mir jetzt wahrscheinlich ewig vorwirfst, stimmt's?«, schrie mein Dad zurück.

Panisch drehte ich mich zu Elise um. Sie mit ins Haus zu

nehmen, war keine gute Idee gewesen. Aber es hatte ja nirgends Licht gebrannt, darum war ich davon ausgegangen, dass keiner wach war.

»Du hast versprochen, dass es anders werden würde«, sagte Mom, und jetzt hörte man, dass sie weinte. Ich bekam fast Mitleid mit ihr, dabei hatte sie das überhaupt nicht verdient.

»Es *ist* doch auch anders«, entgegnete er. »*Ich* bin anders. Du bist diejenige, die in der Vergangenheit feststeckt.«

»Scheiße noch mal, hör auf, mich anzulügen! Hör. Auf.«

Sie war die Verachtung, er die Feindseligkeit in Person. Die Themen, über die sie sich stritten, änderten sich, aber das Drehbuch blieb immer dasselbe.

Wütendes Aufstampfen. Ein frustriertes Stöhnen von Mom. Dann zersplitterte Glas.

Ich spürte ein sachtes Ziehen an meinem Handgelenk und war überrascht, als ich Elise neben mir sah. Scham durchzuckte mich. *Normalerweise sind sie nicht so,* hätte ich am liebsten gesagt. Die Lüge lag mir schon auf der Zunge. *Alles ist gut, alles in Ordnung. Ich bin normal, ich bin glücklich, ich bin wie alle anderen.* Nur das sollten, nein, *durften* die Leute in mir sehen.

Christian und ich waren mittlerweile Experten darin, unser Leben nach außerhalb zu verlegen. Die unausgesprochenen Regeln waren einfach: Geh immer mit zu anderen, bring nie jemanden her, erst recht nicht, wenn du weißt, dass die zwei zu Hause sind.

Sogar von Cameron hatte ich mich nie hier abholen lassen, es sei denn, Mom und Dad waren auf der Arbeit. Melody wohnte am anderen Ende der Stadt, aber als wir noch jünger waren, bin ich jeden Nachmittag nach der Schule mit zu ihr gegangen und habe mich abends von ihrer Mom oder ihrem Dad nach Hause bringen lassen.

Cameron hatte keine Ahnung, was bei uns los war, und Melody, die zumindest einen Verdacht haben musste, hatte mich noch nie darauf angesprochen.

Das hier war ein dummer Ausrutscher. Schlechtes Timing. Wer hätte denn ahnen können, dass die beiden wach waren? Aber jetzt hatte jemand die Wahrheit über sie rausgefunden. Über mich.

Elise' Miene war unmöglich zu deuten. Unsere Blicke trafen sich, und ich zuckte zusammen, als über uns noch mehr Gläser und Teller zu Bruch gingen, das Klirren durchsetzt von wütenden Schreien, die durchs ganze Haus hallten. Ich fragte mich, ob Christian wohl in seinem Zimmer saß und sich die Kopfhörer im Dunkeln fest auf die Ohren presste. Ob ihm das Ganze überhaupt noch etwas ausmachte oder ob er inzwischen immun dagegen war, weil er schließlich Mom auf seiner Seite wusste, die in dieser Familie das Sagen hatte.

»Sind die immer so?«, fragte Elise.

Ihr Blick war nun mitfühlend. Sanft, warmherzig. Ein sicherer Hafen.

»Komm«, sagte sie. »Lass uns abhauen.«

»Wohin denn?« Meine Füße fühlten sich tonnenschwer an, meine Glieder wie versteinert. Am liebsten hätte ich mich in Luft aufgelöst, in mein Zimmer geflüchtet und im Schrank verkrochen, bis alles vorbei war.

»Zu mir.«

»Nein, ist schon okay.« Dabei wollte ich nichts lieber als das. Nichts wie weg aus diesem Haus. Diesem Leben.

»Das gefällt dir, was?«, schniefte meine Mutter jetzt oben. »Du genießt es, mich so zu sehen. Wie ich dich anbettele, so schwach und machtlos.«

»Machtlos? Du hast doch wohl alle Macht hier«, hielt mein Vater dagegen. »Das war schon immer so.«

»Wag es bloß nicht abzuhauen!«, wetterte sie, doch kurz darauf hörte ich die Haustür zuschlagen und Dads Auto wegfahren.

Elise drückte mein Handgelenk.

»Aber ich hab gar nichts zum Übernachten.« Ich warf einen Blick zur Decke, über der Zerstörung und Chaos wüteten. Insgeheim wünschte ich mir, Elise würde einfach gehen, aber gleichzeitig ertrug ich den Gedanken nicht, jetzt allein zu sein.

»Klamotten kannst du von mir haben. Und eine Zahnbürste hab ich auch für dich.«

»Okay«, willigte ich schließlich ein.

Sie legte den Arm um mich, ganz leicht, als wollte sie mich nicht verschrecken. Als wäre ich zerbrechlich wie Glas und wahrscheinlich war ich das auch. Als bräuchte ich jemanden, der mich beschützt, und wahrscheinlich brauchte ich das auch.

Also folgte ich ihr zurück nach draußen. Sie zog lautlos die Tür hinter uns zu. Und dann verschwanden wir. Zusammen.

MONTAG, 12. SEPTEMBER
TAG 3

12.

Nach dieser ersten Nacht kam Elise nicht mehr auf das zu sprechen, was sie bei mir zu Hause mitbekommen hatte. Sie erkundigte sich nicht nach meinen Eltern und guckte mich auch nicht so an wie Melody, wenn ich mal wieder ihren Fragen auswich, so als würde sie sich Sorgen um mich machen oder als hätte sie Mitleid.

Das war es, was ich an Elise am meisten mochte, vom ersten Tag an. Sie vermittelte mir Sicherheit. Weil sie das Gefühl kannte, einen Teil von sich selbst verbergen zu müssen.

In der Schule fanden wir raus, dass wir nur zwei Fächer gemeinsam hatten. Auch dort erlag ich ihrer Anziehungskraft und setzte mich neben sie, sodass wir heimliche, verschwörerische Blicke wechseln konnten. Nach der vierten Stunde, Geschichte, gingen wir zusammen in die Cafeteria und ich nahm sie mit zu Melody an den Tisch.

»Das ist Elise«, verkündete ich in die Runde und ließ meinen Rucksack neben mir auf den Boden plumpsen. »Sie ist gerade erst hergezogen.«

Mit am Tisch saßen noch zwei andere Freundinnen, Danielle und Anjali – wobei sie eigentlich eher Melodys Freundinnen waren. Die drei hatten fast alles zusammen: tausend Fortgeschrittenenkurse, AGs und Ehrenämter, den Debattierklub, Fußball.

»Hi«, sagte Melody.

Danielle und Anjali lächelten höflich.

Die beiden waren ganz lieb und bemühten sich immer, mich in alles mit einzubeziehen, aber ich war einfach vollkommen anders als sie. Ich kassierte keine Bestnoten oder opferte meine Samstage, um Kindern beim Lesenlernen zu helfen. Keiner sprach es je aus, aber im Grunde wussten wir alle, dass ich nur dabei war, weil Melody es so wollte. Und Melody wollte es so, weil wir uns schon ewig kannten.

Als die einzigen beiden Asiatinnen im Kindergarten hatten wir gleich zueinandergefunden und waren beste Freundinnen geworden. Aber im Laufe der Jahre hatten wir uns auseinanderentwickelt. Melody hatte bis heute noch keinen Jungen geküsst, während Cameron mein dritter fester Freund gewesen war. Melody durfte mit einer Sondererlaubnis am Chemiefortgeschrittenenkurs der Stufe über uns teilnehmen, ich dagegen schaffte es gerade mal mit Mühe und Not, nicht sitzen zu bleiben.

Obwohl unsere Schule über die Jahre längst multikultureller geworden war, blieb Melody mir geradezu hartnäckig treu und steckte unbeirrt genauso viel Arbeit in unsere Freundschaft wie in ihre Ausbildung.

Und das war der Grund, abgesehen von unserer gemeinsamen Außenseiterinnenvergangenheit, warum sie mir immer noch wichtig war.

»Wo hast du denn vorher gewohnt?«, fragte Mel Elise.

»Chattanooga.«

»Oh, ich glaube, da war ich mal«, meldete sich Danielle zu Wort. »Da ist doch das Tennessee-Aquarium, oder?«

»Yep.« Elise biss in ihren Apfel.

»Vermisst du dein altes Zuhause? Deine Schule und deine Freunde und so?«, erkundigte sich Anjali, aber Elise zuckte bloß mit den Schultern.

»Mussten deine Eltern aus beruflichen Gründen herziehen?«, wollte Danielle wissen.

»So was in der Art.«

Eine Weile ging es so weiter, mit taktvollen Fragen und knappen Antworten. Ich wurde immer nervöser, weil ich mir nicht erklären konnte, warum Elise sich so reserviert gab. Sie war nicht direkt unfreundlich, bloß still, als wäre es ihr unangenehm, derart im Mittelpunkt zu stehen. Erst als die drei von ihr abließen und sich dem Wohltätigkeitskuchenbasar zuwandten, den sie für kommenden Donnerstag planten, entspannte sie sich ein wenig. Sie schenkte mir ein Lächeln, das jedoch ihre Augen nicht ganz erreichte.

Am Ende der Mittagspause hatte Melody mich zum Muffinsbacken verdonnert und auch Elise gefragt, ob sie etwas beisteuern wollte.

»In so was bin ich nicht so gut«, antwortete sie.

»Ach was, ich ja auch nicht«, entgegnete Melody, was schlichtweg gelogen war. Sie backte jeder von uns zum Geburtstag ihren Lieblingskuchen: Kokostorte für mich, Brownies für Anjali und Red-Velvet-Cupcakes für Danielle. Und alles gelang perfekt.

»Ich kaufe immer einfach 'ne Backmischung oder Tiefkühlplätzchenteig«, winkte sie ab.

»Die würden mir trotzdem im Ofen verkohlen«, erwiderte Elise mit einem weiteren gezwungenen Lachen.

Ich sah zwischen den beiden hin und her und überlegte panisch, wie ich einen Streit über ein paar blöde Plätzchen verhindern konnte.

»Ich könnte Mittwochnachmittag nach der Schule zu dir

kommen und dir helfen«, bot Melody an, die immer noch nichts kapierte. Mir war klar, dass die beiden nicht viel gemeinsam hatten, aber ich wollte trotzdem, dass Elise sie mochte oder ihr zumindest eine Chance gab. Gleichzeitig war ich ziemlich beeindruckt von Elise' Standhaftigkeit – nicht viele Leute schafften es, Melody eine Abfuhr zu erteilen, wenn sie erst mal loslegte. Doch Elise blieb hart.

»Nein danke«, sagte sie jetzt, diesmal ohne eine Entschuldigung folgen zu lassen. Melody runzelte verwirrt die Stirn.

»Aber –«, setzte sie an.

»Ich kann doch einfach auch noch Plätzchen backen«, versuchte ich zu retten, was zu retten war. »Wenn dir das hilft.«

Melody starrte in Elise' regungsloses Gesicht und antwortete, ohne mich auch nur anzusehen: »Klar, danke.«

Als Melody und ich uns nach dem Mittagessen auf den Weg zu Englisch machten, dem einzigen Kurs, den wir noch zusammen hatten, wollte sie wissen, wie ich Elise kennengelernt hatte.

»Wieso fragst du?«

»Nur so.« Sie schob ihren Rucksack zurecht.

»Neulich beim Ball.« Inzwischen war es schon zwei Tage her, dass Cameron mit mir Schluss gemacht hatte, und ich hatte immer noch nicht die Gelegenheit gehabt, Melody davon zu erzählen, deshalb erklärte ich es nicht weiter.

»Ach, darum warst du plötzlich verschwunden«, erwiderte sie. »Ich hab dir geschrieben, aber du hast nicht geantwortet.«

»Tut mir leid. Elise hat mich nach Hause gebracht.« Im Grunde war das sogar die Wahrheit. Wir hatten bloß noch ein paar Abstecher unternommen.

Vor der Klassentür blieb Melody kurz stehen und tippte sich nachdenklich ans Kinn.

»Was ist?«, fragte ich.

»Nichts. Ich finde sie nur … ein bisschen seltsam.«

»Weil sie nicht bei dem Kuchenbasar helfen wollte? Ach, jetzt komm aber, Mel.« Als seltsam konnte man Elise deswegen ja wohl nicht gleich bezeichnen.

»Nein, das meine ich gar nicht. Keine Ahnung, ich hab mir halt echt Mühe gegeben, ein Gespräch mit ihr angefangen, aber sie wirkte irgendwie so …«

»Ja?«, hakte ich nach, als es zum letzten Mal klingelte.

Schließlich fand Melody das Wort, das sie suchte: »… kalt.«

»Was?« Möglich, dass Elise sich beim Mittagessen ein bisschen distanziert gegeben hatte, aber kalt war sie ganz bestimmt nicht. Immerhin hatte sie sich nach dem Ball total lieb um mich gekümmert, obwohl wir uns überhaupt nicht kannten.

»Ja, find ich schon. Sie wirkte kalt.«

»Soll das heißen, man ist gleich ein schlechter Mensch, nur weil man keine Plätzchen backen will?« Langsam keimte Ärger in mir auf.

»Nein, ich sag doch, um die Plätzchen geht's gar nicht.«

»Miss Tsai, Miss Moon«, rief Mr Hunter aus dem Klassenraum. »Haben Sie vor, uns heute noch mit Ihrer Anwesenheit zu beehren?«

»'tschuldigung«, sagte Melody und huschte an ihren Platz.

Aber selbst nach der Stunde ließ sie nicht locker. Sie wirkte regelrecht verstört, als wäre sie noch nie jemandem wie Elise begegnet.

»Warum ist sie denn allen Fragen so ausgewichen?«, wollte sie wissen, als wir uns auf den Weg zu unseren Spinden machten. »Das war echt komisch. Ich meine ja nur.«

Ich hatte keine Ahnung, was ich darauf antworten sollte, weil ich mich insgeheim dasselbe fragte.

Elise war mir ein Rätsel, aber genau das mochte ich so an ihr.

Sie bemühte sich nicht sonderlich, sich anzupassen, und gab kaum etwas von sich preis. Bei ihr wirkte Anderssein so einfach.

FREITAG, 14. OKTOBER
TAG 35

13.

Wenn sie gewollt hätte, wäre Elise wohl in jeder Clique der Schule willkommen gewesen, was mich kaum wunderte. Sie war hübsch und einnehmend, mutig und kompromisslos. Sie war keine Mitläuferin und anders als jeder, den ich kannte.

Elise war alles, was ich jemals hatte sein wollen.

Ein paarmal setzte sie sich nach der ersten Mittagspause noch zum Essen zu uns, aber sie schien lieber zwischen verschiedenen Tischen hin- und herzuwechseln, sodass ich sie mal bei den Zwölftklässlern, mal bei den Gamern sah. Doch es dauerte nicht lange, bis sie sich ihren eigenen Tisch voller interessanter Leute zusammengestellt hatte. Lance Krasinski zum Beispiel, der eine knallrote Mähne hatte und T-Shirts mit Sprüchen wie »Ceci n'est pas une pipe« darauf trug. Julie Adichie mit dem coolen Pixie-Schnitt, die Vorsitzende des Wissenschaftsklubs. Mark Ransom, der für Kaufhauskataloge modelte und jeden Morgen mit einer alten Vespa zur Schule kam. Jae Park, der in der Siebten mal Zaubertricks auf »Good Morning America« vorgeführt hatte.

Und eine Zeit lang dachte ich, das wäre es gewesen für Elise und mich. Eine einzige verrückte Nacht, als hätte für einen kurzen Moment ein Komet meinen dunklen Himmel erhellt.

Irgendwann konnte ich die Trennung von Cameron nicht länger vor Melody geheim halten. Ich erzählte ihr ein paar Tage später davon, woraufhin sie mich kurzerhand mit zu sich nach Hause schleppte. Dort hielten wir einen Marathon ihrer Lieblingsserie »Law and Order: Special Victims Unit« ab und verdrückten dazu einen kompletten Eimer Eis, bis uns richtig schlecht war.

Alles, was Mel über Liebe wusste, hatte sie aus Filmen, unter anderem das Patentrezept für den Umgang mit Trennungen: ein ausschweifendes Fernseh- und Eisgelage. Darum war es so schwierig, mit ihr über so was zu reden. Weil ich mir nie sicher war, ob sie mich verstehen würde.

Mit Cameron hatte sie nie viel anfangen können, was allerdings für so ziemlich jeden Jungen galt, mit dem ich bisher zusammen gewesen war. Sobald ich die Sprache auf das Thema brachte, bekam ich einen Vortrag über unreife Highschool-Jungs zu hören, die es nicht wert wären, dass man ihretwegen die Schule vernachlässigte.

Also hielt ich meistens lieber den Mund, um nicht ständig aufs Neue ein »Ich hab's dir ja gleich gesagt« zu kassieren. Natürlich erzählte ich ihr auch nicht, wie es in der Nacht nach unserer Trennung weitergegangen war: mit dem Rachestreich an Cameron und der überwältigenden Genugtuung angesichts seiner blanken Angst. Irgendwas sagte mir, dass das Ganze besser ein Geheimnis blieb, und Melody hätte es sowieso nicht nachvollziehen können. Ich konnte ihre entsetzten Einwände schon hören: *Aber das ist doch verboten!*

Der Anruf kam am späten Freitagabend. Überrascht stellte ich fest, dass Elise' Name auf meinem Handydisplay aufleuchtete. »Hey«, sagte ich, und mein Herz machte einen kleinen Hüpfer.

»Okay, pass auf«, kam sie gleich zur Sache. »Schnapp dir

ein Glas Erdnussbutter, und mach dich auf den Weg zu der Adresse, die ich dir gerade geschrieben hab, ja?«

»Was?« Ich guckte nach und entdeckte ihre Nachricht. »Wieso?«

»Siehst du dann.«

Ich zögerte keine Sekunde, holte ein Glas Erdnussbutter aus dem Vorratsschrank und rannte förmlich zu meinem Auto. Ohne die Scheinwerfer einzuschalten, damit niemand aufwachte, bog ich aus der Auffahrt. Ich hatte keinen Schimmer, wohin ich unterwegs war und warum. In Wahrheit war ich mir nicht mal ganz sicher, ob Elise überhaupt da sein würde, wenn ich ankam, aber ich musste es einfach rausfinden. Was es auch sein würde, es würde die Monotonie des Alltags – Schule, essen, schlafen und das Ganze wieder von vorn – mit der Wucht eines Vorschlaghammers zerschmettern, da war ich mir sicher.

Ich fuhr zu der Adresse, die Elise mir geschickt hatte, und parkte hinter einem weißen Camry. Neben dem Wagen standen Elise und ein paar andere, alle dunkel gekleidet, und beugten sich über irgendwas.

»Hi«, sagte ich mit klopfendem Herzen.

»Remy!« Elise strahlte und umarmte mich so fest, als wären wir beste Freundinnen. Wir hatten in letzter Zeit kaum miteinander geredet, darum war ich ziemlich überrascht, aber gleichzeitig freute ich mich über die stürmische Begrüßung. Vielleicht waren wir *noch* keine besten Freundinnen, aber ich hatte das Gefühl, wir könnten es eines Tages werden. »Hast du die Erdnussbutter dabei?«, fragte sie, sobald sie mich losgelassen hatte.

Nickend hielt ich das Glas hoch. »Reicht das? Ich kann auch noch mehr holen, wenn du willst«, bot ich eifrig an. Ich hätte alles für sie getan.

»Nein, ist genau richtig so.« Ein breites Lächeln erhellte ihr

Gesicht, bevor sie sich umdrehte und mir Julie, Mark und Jae vorstellte. Vom Sehen kannte ich sie zwar alle, aber bislang hatte ich noch mit keinem von ihnen mehr als zwei Worte am Stück geredet. »Lance liegt mit Grippe im Bett. Danke, dass du eingesprungen bist. Ich wusste, dass ich mich auf dich verlassen kann«, sagte sie, als hätte ich ihnen allen soeben den Abend gerettet.

»Ach, na klar«, winkte ich ab. Mir war regelrecht schwindlig vor Aufregung. »Was habt ihr denn vor?« Erst da fiel mir die Schachtel in Julies Händen auf, über die sie sich eben noch so interessiert gebeugt hatten. Als kurz alle still waren, hörte ich aus dem Inneren Kratzgeräusche und leises Quieken. »Sind das etwa –«

»Mäuse?«, kam Elise mir zuvor. »Genau, und für die brauchen wir auch die Erdnussbutter.«

Ich guckte sie verwirrt an.

»Ich hab den anderen erzählt, was wir mit Cameron gemacht haben«, erklärte sie. Überrascht stellte ich fest, dass mich das traf. Ich hatte gedacht, die Nacht wäre unser Geheimnis, eine Sache nur zwischen uns beiden. »Jae hat gerade rausgefunden, dass seine Freundin mit seinem besten Freund fremdgegangen ist.«

»Ach du Kacke.« Ich sah, wie Jae die Zähne zusammenbiss. Seine Wut war fast schon körperlich spürbar. Er erinnerte mich an mich selbst am Abend des Schulballs, und auch heute war Elise zur Stelle, um alles zu richten – um Rache zu üben.

»Leider sind mir die Feuerwerkskörper ausgegangen, aber dafür hatte ich eine andere Idee«, redete sie weiter, und in ihren Augen lag wieder dieses Funkeln.

Jaes Freundin, Dana Wolfert, bewohnte die Kelleretage im Haus ihrer Eltern. Leise schlichen wir uns in den Garten und prüften die Hintertür. Abgeschlossen. Dann teilten wir uns auf und nahmen uns der Reihe nach die Fenster vor. Ich hielt mich dicht bei Elise und überlegte, wie es wohl weitergehen würde, wenn wir auf diesem Weg nicht ins Haus kämen.

»Das hier ist offen«, flüsterte Elise. »Glück gehabt, sonst hätten wir eins einschlagen müssen.«

Das überraschte mich nun doch, aber ich sagte nichts, weil ich mir nicht vorstellen konnte, dass sie allen Ernstes für einen albernen Streich so weit gehen würde. Aber dann sah ich ihren entschlossenen Blick und war mir plötzlich nicht mehr so sicher. Großartig Sorgen machte ich mir trotzdem nicht. Ich fand ihren Einsatz eher heldenhaft, die Tatsache, dass sie bereit war, für einen ihrer Freunde ein solches Risiko einzugehen.

Drinnen übernahm sie höchstpersönlich die gefährlichste Aufgabe und schmierte Erdnussbutter rund um Danas Bett, auf ihre Kissen, ihren Nachttisch.

»Neben Dana könnte 'ne Bombe hochgehen, die kriegt nichts mit«, hatte Jae uns versichert. Und Tatsache, sie schlummerte tief und fest weiter.

Mark stellte sich an die Treppe, um auf Geräusche von oben zu lauschen, während Julie ein Fläschchen Öl aus der Tasche holte und damit den inneren Türknauf bestrich. Das große Finale jedoch blieb Jae überlassen, der die Schachtel mit den Mäusen nahm und sie gerade weit genug öffnete, dass die Tiere rauskrabbeln konnten. Dann zogen sie leise die Tür hinter sich zu, bemüht, nicht loszuprusten vor Lachen.

»Meinst du, sie wacht überhaupt auf?«, fragte Elise Jae, als alle draußen waren.

»Keine Ahnung«, sagte er.

Kurz darauf beantwortete Dana selbst die Frage, indem sie einen markerschütternden Schrei ausstieß. Die Mäuse mussten die Erdnussbutter gefunden haben – und sie.

»Oh mein Gott«, flüsterte Julie mit weit aufgerissenen Augen, doch sie grinste breit dabei.

»Los, los, los«, zischte Elise und zog mich mit sich. Als wir die Autos erreichten, sagte sie zu den anderen: »Fahrt ihr ruhig. Ist eh zu eng dadrin für uns alle. Remy kann mich nach Hause bringen.« Überrascht sah ich sie an. Ich war so glücklich, sie mal wieder für mich allein zu haben, selbst wenn es nur für eine Autofahrt war.

Noch mehr Schreie gellten durch die Nacht. Überall in der Straße gingen Lichter an.

»Scheiße, Leute, wir müssen hier weg«, sagte Mark und sprang ins Auto. Auch die anderen stiegen hastig ein und sie rasten kurz darauf los.

»Sollen wir hinterher?«, fragte ich, während ich hektisch den Zündschlüssel drehte und anfuhr.

»Nö«, winkte Elise lässig ab. »Mit denen kann ich mich auch wann anders treffen.«

»Ah.« Ich wurde langsamer.

»Aber nach Hause will ich trotzdem noch nicht «, fügte sie hinzu, als wir vor einer Ampel hielten. »Lass uns zu dir fahren.«

»Lieber nicht«, erwiderte ich reflexartig, bevor mir einfiel, dass Mom bei irgendeiner Konferenz war. »Ach okay, von mir aus.«

Bei mir angelangt, legten wir uns direkt an den Pool, und Elise steckte uns Zigaretten an. Der wetterfeste Stoff des Liegestuhls war rau unter meiner Haut.

»Warum hast du mich eigentlich angerufen? Ihr brauchtet mich doch überhaupt nicht.«

»Doch, klar! Du hast die Erdnussbutter mitgebracht. Ohne die hätte das Ganze niemals funktioniert.« Sie schenkte mir ein schläfriges Lächeln.

»Die Erdnussbutter hätte ja wohl jeder besorgen können.« Ich bohrte nur weiter, weil ich insgeheim hoffte, dass es ihr in Wahrheit nicht um die Erdnussbutter gegangen war, sondern um mich.

»Und du hast Schmiere gestanden! Du warst total wichtig für die ganze Operation, hör gefälligst auf, das kleinzureden«, sagte sie und kam rüber auf meinen Liegestuhl gerutscht. »Und außerdem hast du mir gefehlt.«

Das war es, worauf ich gewartet hatte. »Ja? Wieso hast du dann nicht einfach mal –« *Geschrieben? Angerufen? Dich in der Mittagspause zu mir gesetzt?*

Sie seufzte. »Du bist ja immer mit Melody zusammen und die kann mich nicht leiden.«

»Stimmt doch gar nicht!«, rief ich, obwohl ich wusste, dass sie recht hatte.

Elise verdrehte die Augen. »Schon klar.«

»Sie kennt dich bloß einfach nicht«, beharrte ich und legte den Arm um sie. Es war alles so selbstverständlich zwischen uns, genau wie in der Nacht nach dem Ball, als wäre seither überhaupt keine Zeit vergangen. »Gib ihr doch noch eine Chance. Ihr zwei habt eine Menge gemeinsam.« Ich wollte Elise nicht wieder verlieren, aber Melody genauso wenig.

Elise hob eine Augenbraue. »Melody und ich? Das glaubst du ja wohl selber nicht. Ich würde lieber tot umfallen, als den ganzen Abend in der Küche zu schuften, nur um in der Cafeteria trockene Plätzchen zu verticken.«

»Erstens sind Melodys Plätzchen superlecker. Zweitens ist sie ja nicht immer so. Sie kann echt witzig sein. Und drittens seid ihr zwei euch darin einig, dass Jungs Idioten sind.«

Sie seufzte theatralisch und fing an, mit ihrem Feuerzeug zu spielen, ließ die Kappe auf- und zuschnappen oder die Flamme kurz hochzüngeln, bis sie vom Wind ausgeblasen wurde.

»Okay, meinetwegen. Aber wenn sie mir noch einmal mit Backtipps kommt, bin ich raus.«

»Gut«, erwiderte ich erleichtert. »Werd ich ihr ausrichten.«

Elise lachte leise, dann legte sie den Kopf auf meine Schulter und schloss die Augen.

SAMSTAG, 19. NOVEMBER
TAG 71

14.

Ich wurde in Elise' rosa Cabrio siebzehn. Wir lümmelten nebeneinander auf der Vorderbank – ich hatte die Füße gegen das Armaturenbrett gestemmt, während Elise' Beine über die Fahrertür baumelten – und guckten hoch in den dunklen Himmel.

Melody hatte am Freitag Kuchen mit zur Schule gebracht, und eigentlich hätte ich bei ihr übernachten sollen, um reinzufeiern, so wie wir es immer machten. Aber als Elise fragte, ob ich Zeit hätte, sagte ich doch noch im letzten Moment ab und behauptete, ich hätte Bauchschmerzen. Ich hatte sie oft angelogen in letzter Zeit, obwohl ich es gar nicht bewusst darauf anlegte, ihr aus dem Weg zu gehen. Elise setzte sich jetzt öfter beim Mittagessen zu uns, aber die beiden waren allenfalls höflich zueinander.

»Ich werde einfach nicht warm mit ihr«, beklagte sich Melody einmal, und ich hätte fast losgelacht, weil es Elise umgekehrt genauso ging.

»Sie ist echt witzig«, erwiderte ich und beließ es dabei.

Es war nicht so, dass ich keine Zeit mehr mit Mel verbringen wollte. Ich merkte bloß immer öfter, dass ich lieber Elise zusagen wollte, mit ihr zusammen sein wollte und sie umkreiste wie ein Satellit.

Wir waren gerade bei der zweiten Zigarette, als die Uhr auf Mitternacht umsprang. Neues Jahr, neues Ich.

»Alles Gute«, sagte Elise und klopfte ihre Asche auf dem Rand der Autotür ab. »Jetzt bist du siebzehn, du Glückliche!«

»Ich hasse Geburtstage«, brummte ich und wickelte mich fester in meine Jacke. Meine Finger waren schon ganz taub vom Wind, aber wenn wir das Verdeck geschlossen hätten, wären die Sterne nicht mehr zu sehen gewesen.

»Wieso das denn?« Neugierig wandte sie sich mir zu.

»Da passiert meistens irgendwas Blödes.« An meinem fünften Geburtstag hatte ich meine Eltern in einem Kaufhaus verloren. Als ich neun wurde, war mein Dad gerade wochenlang verschwunden und rief nicht mal an. Und dass ich schon längst dreizehn geworden war, fiel meiner Familie erst Anfang Dezember ein.

Aber obwohl die meisten meiner Geburtstage im besten Fall vergessenswert und im schlimmsten Fall traumatisch gewesen waren, gab es auch Ausnahmen. Eine meiner Lieblingserinnerungen ist die an meinen sechsten Geburtstag, zu dem ich ein Fahrrad bekommen hatte. Himmelblau mit glänzend silberner Klingel und Körbchen am Lenker – es war Liebe auf den ersten Blick.

Dabei hatte der Tag schrecklich angefangen. Es war Wochenende, aber Dad hatte gleich morgens verkündet, er müsse ins Büro, und überließ es Mom, mir das Radfahren beizubringen. Mom hielt generell nichts von zu viel Unterstützung im Leben und schickte mich ohne Festhalten los, weshalb ich schon nach kurzer Zeit eine beachtliche Sammlung an Schürfwunden an Knien und Ellenbogen, Händen und Schienbeinen vorzuweisen hatte.

»Ich verstehe das nicht«, stöhnte Mom nach der fünften

Bruchlandung. »Christian hat es doch auch sofort hingekriegt.« Ich war kurz davor, in Tränen auszubrechen, aber ich wusste, dass sie mich dafür bloß ausgeschimpft hätte, weil Tränen ein Zeichen von Schwäche wären oder so. Und als Mädchen, so ihre Überzeugung, sollte man erst recht nicht weinen, weil die Leute nämlich genau das von einem erwarteten.

»Tut mir leid«, sagte ich nur.

Dass in dem Moment Dad aus dem Haus kam, Hemd und Hose frisch gebügelt, das Haar zurückgegelt, seine Laptoptasche über der Schulter, machte es nicht besser.

»Christian hat es sich praktisch selbst beigebracht«, informierte mich Mom, während sie mir aufhalf.

»Hey, jetzt sei doch nicht so streng«, sagte Dad und lief zu uns rüber.

»Halt du dich da raus, Stephen«, fauchte Mom und stellte mein Fahrrad wieder auf. »Müsstest du nicht sowieso längst unterwegs sein?« Sie drehte sich nicht mal zu ihm um. Ich guckte zwischen den beiden hin und her, voller Panik, dass sie direkt wieder zu streiten anfangen würden.

Dad antwortete nicht, sondern sah schweigend zu, wie Mom mich abermals unsere Auffahrt runterschickte. Inzwischen hatte ich gelernt, dass es klüger war, möglichst nah an der Rasenkante zu bleiben, und landete ein paarmal vor seinen Augen im Gras, bevor er sich erneut einschaltete.

»Am besten kaufe ich nachher auf dem Rückweg schnell irgendwo ein Paar Stützräder. Dann können wir es heute Abend noch mal probieren.«

Ich wäre sehr dafür gewesen, aber Mom lehnte ab. »Du sollst dich da raushalten, hab ich gesagt.«

»Aber so macht es ihr doch überhaupt keinen Spaß – sie fällt bloß ständig hin und tut sich weh. Komm schon, sie hat immerhin heute Geburtstag.«

»Da muss sie eben durch. Sie darf nicht immer so zimperlich sein. Je eher sie das begreift, desto besser.«

»Sie ist *sechs*«, merkte Dad kopfschüttelnd an. »Den Ernst des Lebens lernt sie schon noch früh genug kennen.«

Ich schloss die Augen und wünschte mir, ich könnte einfach verschwinden. Oder, besser noch, ich könnte sein wie Christian. Seinetwegen stritten die beiden sich nie. Mom hatte recht: Christian kam prima allein klar.

»Na gut, wenn du dich unbedingt einmischen musst, bitte.« Sie stand auf und marschierte zurück ins Haus. Dad und ich wechselten einen überraschten Blick. Mom gab sich nicht oft freiwillig geschlagen, wenn überhaupt jemals. Vielleicht hatte sie ja ein schlechtes Gewissen, weil sie an meinem Geburtstag so viel mit mir geschimpft hatte. Oder vielleicht hatte sie auch einfach die Nase voll gehabt. Von mir.

Dad meldete sich kurzerhand krank, kaufte mir ein Paar Stützräder, und dann brachte er mir das Fahrradfahren bei.

»Jetzt hast du's raus«, lobte er mich, als wir nachmittags Schluss machten, und wirkte richtig stolz.

Es war so ein gutes Gefühl, Moms Eissturm entronnen zu sein und mich stattdessen in Dads warmen Worten zu sonnen.

»Hat Christian das wirklich ohne Stützräder gelernt?« Ich konnte mir die Frage nicht verkneifen. Denn sie war einfach immer da, *er* war einfach immer da – zwei Schritte voraus, während ich verzweifelt versuchte, irgendwie den Anschluss zu behalten.

»Ich weiß es nicht mehr«, antwortete Dad. »Wirklich nicht.«

Natürlich glaubte ich ihm kein Wort. Christian war ein Wunderkind, immer ein bisschen besser, immer ein bisschen schneller als alle anderen.

»Deine Mom –« Er brach ab und seufzte. »Hör mal, Remy. Das spielt überhaupt keine Rolle. Was Christian geschafft hat oder nicht, ist kein bisschen wichtig. Und wir zwei hatten doch einen richtig schönen Tag zusammen, stimmt's?«

In dem Licht hatte ich das Ganze noch gar nicht betrachtet, weil ich niemals auf die Idee gekommen war, dass er gerne Zeit mit mir verbrachte.

»Das üben wir jetzt jeden Tag, so lange, bis du die Tour de France gewinnst.« Er zwinkerte mir zu.

»Die Tour-de-was?«

Sein Lachen war ansteckend. »Schon gut, war nur ein Scherz. Aber wir machen trotzdem weiter, bis du zumindest die beste Radfahrerin in der ganzen Nachbarschaft bist«, versprach er.

»Sogar besser als Christian?«, fragte ich skeptisch.

»Die beste von allen.« Am Ende der Woche schraubte er meine Stützräder ab. Ich brauchte sie nicht mehr, aber das hieß noch lange nicht, dass ich auch meinen Dad nicht mehr brauchte.

»Ich liebe Geburtstage«, holte Elise mich zurück in den Cadillac unter dem Sternenhimmel. »Mit jedem davon rückt die Freiheit ein Jahr näher.« Sie reckte die Arme über den Kopf und gähnte ausgiebig.

»Auch wieder wahr. Ich kann's echt nicht abwarten, endlich hier weg zu sein.« Weg von meinen Eltern und ihrer Zerstörungswut. Irgendwann würde ich einfach gehen und nie mehr zurückkommen.

»Was hast du denn dann vor? Wo willst du hin?« Elise schnippte ihre Zigarettenkippe aus dem Wagen und die glühende Spitze zeichnete einen orangen Bogen in die Dunkelheit.

Ich stieß einen Mundvoll Rauch aus und sah zu, wie er sich in der Luft verteilte. »Keine Ahnung. Hauptsache weg.«

»Ach komm.« Elise fixierte mich mit ihrem Blick. »Sei mal ein bisschen kreativ.«

»Wahrscheinlich erst mal aufs College.« Ich zuckte mit den Schultern und warf ebenfalls meine Kippe nach draußen. Sah zu, wie sie auf dem Asphalt landete, kurz aufglomm und dann verlosch.

»Echt jetzt? Das ist alles?« Elise schüttelte ungläubig den Kopf und ihr Haar fiel ihr ins Gesicht. »Und danach?«

»Was man nach dem College eben macht. Mir einen Job suchen oder so.« Melody redete ständig von ihren Wunschunis und davon, dass sie auf jeden Fall Ärztin werden wollte. So weit hatte ich noch nie vorausgedacht. Ich hatte keine Ahnung, was einmal sein würde. Aber ich war mir ganz sicher, dass irgendwo da draußen ein vollkommen anderes Leben auf mich wartete. Eine andere Remy Tsai, in die ich mich verwandeln würde, sobald ich hier weg war. Eine Remy, die immer wissen würde, was zu tun war, und sich niemals hilflos fühlte.

»Arbeiten, heiraten, Kinder kriegen, in Rente gehen, auf den Tod warten«, seufzte Elise, als wäre sie enttäuscht von mir. »Wie langweilig. Willst du denn nicht mehr?« Sie zündete eine neue Zigarette an und reichte sie mir. »Mehr als unsere Eltern haben? Mehr als ein stinknormales Leben in einer stinknormalen Stadt wie Lyndens Creek? Mehr als ein Nullachtfünfzehn-Leben? Einfach *mehr*?« Ihre Stimme sprühte vor Energie und ihre Augen waren weit aufgerissen.

Mir lief ein Schauer über den Rücken. *Nimm mich mit,* hätte ich am liebsten gesagt. *Lass mich nicht zurück in meinem Nullachtfünfzehn-Leben.* Elise schnippte ihr Feuerzeug auf und zu und das Metall schimmerte in der Dunkelheit. Wieder seufzte sie, dann wandte sie sich von mir ab und sah hoch zum Himmel.

»Was denn zum Beispiel?«, flüsterte ich so gebannt, als wäre Elise dabei, mir ein Märchen zu erzählen.

»Ich weiß immer besser, was ich *nicht* will als was ich will«, antwortete sie, ihr Blick leer. »Und ich will mein Leben nicht verschwenden, nicht blind irgendwelche Punkte von einer dämlichen Checkliste abhaken. Ich will nicht einfach vergessen werden.« Sie ließ ein letztes Mal das Feuerzeug zuschnappen und das Klicken hallte in meinen Ohren wider.

»Dich könnte doch niemand vergessen.« Ich streckte die Hand nach ihr aus und holte sie zurück auf die Erde. Sie riss den Blick von den Sternen los und lächelte mich an.

»Ich will, dass mein Leben eine Bedeutung hat, dass die Leute sich an mich erinnern. Was macht man denn sonst auf dieser Welt, wenn man keine Spuren hinterlässt und seine Zeit hier überhaupt nicht nutzt?«

So hatte ich das noch nie betrachtet. Eigentlich war ich sogar eher bemüht, möglichst wenig Spuren zu hinterlassen, möglichst unsichtbar zu sein, hauptsächlich um meine Eltern nicht gegeneinander aufzubringen.

Auf der Rückfahrt redeten wir nicht viel und ihre Worte schwirrten mir weiterhin durch den Kopf. »Sollen wir noch zu mir?«, fragte sie, kurz bevor wir bei mir ankamen. Eigentlich hatte sie mich nur absetzen wollen, aber anscheinend wollte sie noch nicht, dass der Abend zu Ende war, und mir ging es genauso. »Mein Dad ist nicht da«, fügte sie hinzu.

»Wo ist er denn?« Ich warf ihr einen neugierigen Blick zu.

»Ach, wieder bei seiner neuen Freundin.« Sie zuckte mit den Schultern.

Elise redete nie über ihren Vater, außer um zu sagen, ob er zu Hause war oder nicht. So selten, wie er da war, schien er einiges mit meinen Eltern gemeinsam zu haben. Aber anstatt sich in seiner Arbeit zu vergraben, fuhr er lieber seine Freundin besuchen.

Ich wusste so gut wie gar nichts über diese Freundin, nur ihren Namen: Heidi. Und dass sie Immobilienmaklerin war.

Elise nannte sie liebevoll »die Hausfrau«. Gut möglich, dass sie selbst nicht mehr über sie wusste.

Nachdem Elise' Grandma ihr in ihrem Testament die Erdbeervilla überschrieben hatte, wollte ihr Dad das Haus so schnell wie möglich »abstoßen«. So drückte Elise es zumindest aus, mitsamt in die Luft gemalten Anführungszeichen. Also waren die beiden im letzten Sommer, bevor Elise mit der elften Klasse anfing, für ein Wochenende von Chattanooga hergekommen, um sich mit ein paar Immobilienmaklern zu treffen. So hatte ihr Vater Heidi kennengelernt.

»Magst du sie eigentlich nicht?«, wollte ich jetzt wissen. Ich hatte mich schon länger gefragt, warum er immer nur bei ihr war und sie nie bei ihm.

»Ich hab sie erst ein paarmal getroffen. Sie ist ganz in Ordnung, glaub ich«, antwortete Elise, als hätte sie noch nie ernsthaft darüber nachgedacht. »Immerhin versucht sie nicht, so zu tun, als wäre sie meine Mom.«

Während Elise kaum über ihren Vater sprach, erwähnte sie ihre Mutter nie. Alles, was ich über ihre Mom wusste, war das, was Elise mir in der Nacht nach dem Ball erzählt hatte. Ich konnte nicht einschätzen, ob sie nicht über sie reden wollte, weil sie ihr so fehlte, oder ob das Gegenteil der Fall war.

Es war kurz vor ein Uhr, als wir in ihrer Auffahrt hielten. Sie parkte den Wagen, stieg jedoch nicht aus, sondern starrte bloß ins Leere. Mir war inzwischen eiskalt und ich griff zitternd nach den Zigaretten. Elise zündete uns zwei an. Der Wind hob sachte ihr Haar von ihren Schultern, und im Mondlicht wirkte sie wie eine Himmelsgestalt: blasse Haut, funkelnde Augen, den Hauch eines Lächelns auf den Lippen. Ich fragte mich, ob sie gerade darüber nachdachte, was wohl die Zukunft für sie bereithielt.

»Warum sitzt du hier eigentlich mit mir?«, fragte ich. Ich hörte selbst, wie jämmerlich das klang, aber ich musste einfach wissen, was sie in mir sah. »Ich meine, wieso magst du mich überhaupt? Ich bin doch gar nicht …« Den Rest ließ ich ungesagt. *So hübsch wie du, so witzig oder so klug wie du. So interessant wie du.*

»Ich versuche aus Prinzip, mir zu jedem Menschen eine Meinung zu bilden, und normalerweise hab ich ein ziemlich gutes Gespür.« Sie wandte sich mir zu. »Vor dem Ball hab ich dich hin und wieder in der Schule gesehen. Da dachte ich noch, du wärst eine klassische Hermine.«

»Hermine?« Ich guckte sie verwirrt an.

»Na, du weißt schon: gute Noten, langweilig, brav. Ist nicht böse gemeint, aber ein bisschen wie Melody.«

»Wow.« Ich war verletzt, obwohl ich versuchte, es zu überspielen. »So hast du mich eingeschätzt?«

»Ja, aber ich hab mich geirrt«, sagte sie und legte mir den Arm um die Schultern. »Ich hab mich noch nie so sehr in jemandem getäuscht wie in dir.«

Ich warf ihr einen zweifelnden Blick zu, aber ich fühlte mich schon ein bisschen besser.

»Im Ernst. Dein Ex hat sich echt scheiße benommen, aber um ehrlich zu sein, bin ich total froh, dass er mit dir Schluss gemacht hat. Weil ich dich dadurch überhaupt erst kennengelernt habe. Dich, wie du wirklich bist«, fügte sie hinzu und spielte mit einer meiner Haarsträhnen.

»Tja, Achtung, Spoiler: Ich bin die Langeweile in Person«, witzelte ich.

Elise schüttelte den Kopf. »Nein, bist du nicht. Du bist wie ich. Du bist tough und hast schon eine Menge durchgemacht, mehr als die ganzen anderen Loser in der Schule.« Ihr Blick schien mich bis auf den Grund meiner Seele zu durchdringen.

»Und das macht dich zu was Besonderem. Zu überleben – überleben zu *müssen* – macht einen stärker. Leute wie wir haben es nicht leicht im Leben, Rem. Und darum bin ich echt froh, dass wir uns kennengelernt haben.«

»Ich auch.« Ich lächelte und wurde ein bisschen rot. Noch nie hatte jemand zu mir gesagt, ich wäre tough oder was Besonderes.

»Hier, das schenke ich dir.« Elise drückte mir ihr Feuerzeug in die Hand und schloss meine Finger darum. Ich konnte die Wärme ihrer Berührung auch noch spüren, nachdem sie mich wieder losgelassen hatte. »Guck mal auf die Unterseite.«

Ich drehte das Feuerzeug um und hielt es ins Mondlicht. »Elise + Remy« war dort in schlichten Buchstaben eingraviert.

»Alles Gute zum Geburtstag.« Ihr Lächeln war so liebevoll.

»Wann hast du das denn machen lassen?« Überrascht starrte ich sie an. Ich konnte es nicht fassen, dass ihr aufgefallen war, wie sehr ich sie um dieses Feuerzeug beneidet hatte, und dass sie mir etwas schenkte, was ihr offensichtlich selbst eine Menge bedeutete. Schließlich hatte sie es ständig in der Hand und spielte damit herum. Ich strich mit dem Daumen über das silberne Metall. Das Feuerzeug wirkte antik, wie ein wichtiger Teil ihrer Vergangenheit, ein Teil von ihr. Noch nie hatte ich ein so persönliches Geschenk bekommen. So was schenkte man sich doch allerhöchstens innerhalb der Familie. Aber vielleicht wollte Elise mir ja genau das sagen – dass wir eine Familie waren. Ich schloss die Hand um das Feuerzeug, als wäre es der Beweis dafür, dass jemand mich liebte, und vielleicht stimmte das sogar. »Bist du sicher?«

»Hundertpro.« Sie lächelte noch immer. »Na los, komm.« Wir gingen ins Haus und direkt in ihr Zimmer. Als wir uns bettfertig machten, legte ich ihr Geschenk auf mein Kopfkissen und bewunderte es. Der sanfte Schein der Straßenlaternen vor dem Fenster brachte das Metall zum Schimmern. Vielleicht war es ja wirklich ein Teil von ihr, dachte ich später, während ich langsam wegdöste.

Elise war pure Elektrizität. Ich war die Nacht. Sie vertrieb die Dunkelheit aus meinem Leben und ließ mich in gleißendem Licht erstrahlen.

SAMSTAG, 26. NOVEMBER
TAG 78

15.

Jede Beziehung hat ihre Schlüsselmomente, die sie definieren. Elise' und meiner war der Abend der Wohltätigkeitsgala von Moms Krankenhaus, die jedes Jahr zu Thanksgiving im Four Seasons stattfand. Wir waren schon vorher Freundinnen gewesen, vielleicht sogar beste, aber nach diesem Abend waren wir unzertrennlich.

Elise verbrachte die ersten Tage der Thanksgiving-Ferien mit ihrem Vater in Chattanooga, wo die beiden ihre alte Wohnung zu Ende ausräumten. Sie schickte mir Bilder von allen möglichen verrückten Sachen, die sie in ihrem Schrank gefunden hatte – ein Makkaroni-Selbstporträt, das sie im Kindergarten gebastelt hatte, eine halb leere Packung Haar-Extensions –, und ein paar lustige Selfies, auf denen sie mitten im Chaos erschöpft auf dem Boden lag. Dann, am späten Samstagabend, schrieb sie mir, sie sei wieder zu Hause und ob wir uns treffen könnten.

Ich: **Geht nicht**

Ich: **Muss zu so ner schicken Gala und einen auf glückliche Familie machen, damit Moms Krankenhaus reichen alten Leuten Geld aus dem Kreuz leiern kann**

Elise: **Okay, bin dabei**

Elise: **Wie schick genau wirds denn?**

Erstaunt starrte ich auf ihre Antwort. Christian und ich hatten noch nie Freunde zu solchen Veranstaltungen mitgenommen, aus demselben Grund wie dem, aus dem wir nie jemanden zu uns nach Hause einluden.

Bevor ich mir eine Ausrede einfallen lassen konnte, schickte Elise ein Bild von einem dunkelroten Cocktailkleid.

Elise: **Ungefähr so?**

Was soll's, dachte ich, und antwortete mit einem Daumen-hoch-Emoji. Irgendein freies Plätzchen für Elise würde sich wohl finden lassen und in der Öffentlichkeit rissen meine Eltern sich ja meistens zusammen. Schließlich sollten die Leute glauben, in ihrem Leben wäre alles perfekt – ihre Ehe, ihre Kinder. Es war so gruselig, wenn meine Mutter mir den Arm um die Schultern legte oder wenn mein Dad über Moms Witzchen lachte und sie ansah, als würde er sie noch lieben. Sie würden viel zu beschäftigt mit ihrer Inszenierung sein, um mir wegen Elise eine Szene zu machen.

Der Abend begann wie erwartet, mit einem Haufen feiner Pinkel, die sich in einem großen Festsaal tummelten und die Krabbencocktails und Minipastetchen vertilgten, die von Kellnern in makellosen Uniformen serviert wurden. Elise und ich positionierten uns an einem Ende der Bar, schlürften alkoholfreien Sekt, und ich lachte mich schlapp über ihre Kommentare zu den Outfits mancher Gäste: »Oh Mann, Pailletten gehören echt verboten.«

Mom wanderte mit Christian umher, hielt hier und da Small Talk und sah immer wieder suchend zur Tür, weil Dad noch nicht da war. Er hatte morgens seinen Anzug mit ins Büro genommen und wollte erst hier zu uns stoßen, aber selbst, als es schließlich Zeit fürs Essen wurde, fehlte noch immer jede Spur von ihm. Mom lächelte und ließ sich alle möglichen Entschuldigungen für ihn einfallen, aber ich sah sogar über den Tisch hinweg, wie sich die Zornesfältchen um ihre Augen vertieften.

Elise bekam von alldem nichts mit, denn sie starrte ununterbrochen auf den Platz neben meiner Mutter.

»Mir war gar nicht klar, dass Christian dein Bruder ist«, sagte sie gedankenversunken.

Ich drehte mich zu ihr um. »Wir haben doch denselben Nachnamen.«

»Schon, aber ich hab euch trotzdem nie miteinander in Verbindung gebracht«, erwiderte sie, ohne den Blick von ihm zu wenden. Christian war eine regelrechte Berühmtheit an der Riverside. Alle an unserer Schule schienen in ihn verknallt zu sein, vom Kapitän der Volleyballmannschaft bis zur Präsidentin des Debattierklubs. Sogar Melody, nach deren Auffassung Jungs ja reine Zeitverschwendung waren, konnte sich der Wirkung seines guten Aussehens und seiner astronomischen Noten nicht entziehen. Und Christian hatte noch viel mehr zu bieten als akademische Höchstleistungen. Er war in jedem einzelnen Jahr zum Klassensprecher gewählt worden, bis er es vor Kurzem sogar zum Schulsprecher gebracht hatte. Er war in drei Sportmannschaften, Kapitän des Basketballteams und wurde von den Talentscouts der Brown und der Princeton University umworben.

Genau wie unsere Mom arbeitete Christian mit Feuereifer daran, mehr zu sein als das Stereotyp eines asiatischstämmigen Amerikaners. Mom predigte uns andauernd, dass wir genauso Amerikaner waren wie alle anderen, und erinnerte die Leute gern daran, dass sie und Dad beide in den Staaten geboren worden waren. Einmal hat sie uns beim Abendessen einen flammenden Vortrag über die Internierung japanischstämmiger Amerikaner während des Zweiten Weltkriegs gehalten, dabei hatten wir überhaupt keine japanischen Vorfahren. »Die haben damals Leute weggesperrt, einfach weil sie so aussahen wie wir«, sagte sie und zeigte auf ihr Gesicht. »Aber haben sie vielleicht auch Deutsche zusammengetrieben oder Italiener in Lager gesteckt? Nein, natürlich nicht. Zwei Drittel der Menschen, die sie interniert haben, waren hier geboren, aber das hat natürlich niemanden interessiert. Meine Großmutter hat jahrelang einen Anstecker mit ›Ich bin Chinesin, keine Japanerin‹ darauf getragen. Jeden Tag. Über *Jahre*. Weil sie Angst hatte, die würden ihren Laden dichtmachen und sie sonst wohin verschiffen.«

Man hätte meinen können, meine Mom hätte am liebsten einen Anstecker mit dem Text »Ich bin Amerikanerin, keine Chinesin« darauf getragen, als müssten wir immer noch allen beweisen, dass wir hierhergehörten.

Auf Christian hatte diese Einstellung ziemlich abgefärbt, an mir hingegen war das Ganze relativ spurlos vorübergegangen. Vielleicht lag es daran, *dass* er das Stereotyp eines akademischen Überfliegers war und darum das Gefühl hatte, allen beweisen zu müssen, dass er noch mehr zu bieten hatte. Genau wie Mom, die nicht umsonst Ärztin war – Gehirnchirurgin, um genau zu sein. Vielleicht bin ich von dieser Art Druck verschont geblieben, weil jeglicher schulische Erfolg, den ich zu verbuchen hatte, sowieso immer nur Melodys Verdienst war.

Aber Christian – jeder wollte wie er sein oder ihn wenigstens zum Freund haben. Er war ein Goldjunge, der einfach nichts falsch machen konnte, aber was viel wichtiger war: Er wurde respektiert. *Geliebt*. In unserer Familie hatten sich schon früh Lager gebildet – Christian und Mom, Dad und ich. Mom hat nie ein Geheimnis daraus gemacht, dass Christian ihr Liebling war, ihr Ein und Alles. »Das Aushängekind«, nannte sie ihn manchmal im Scherz. Er würde es mal ganz bis an die Spitze schaffen, während ich weiter am Boden rumkrebste. Tja, wenn er das Aushängekind war, dann war ich wohl eins, das irgendwo in einer dunklen Ecke ganz hinten im Regal verstaubte, ein Mängelexemplar, das den guten Namen unserer Familie in den Dreck zog.

Darum kam niemand je auf die Idee, Christian und ich könnten verwandt sein.

»Ist das so schwer zu glauben?«, riss ich Elise aus ihren Träumereien, woraufhin sie endlich aufhörte, ihn anzustarren.

»Ich dachte einfach, du wärst ein Einzelkind«, sagte sie und wechselte dann rasch das Thema. »Wo ist denn dein Dad?«

»Keine Ahnung«, antwortete ich. Langsam machte ich mir wirklich Sorgen. Ich wusste nicht, wo er war oder ob er heute Morgen überhaupt wirklich ins Büro gefahren war. Mom sah aus, als wäre sie drauf und dran, irgendwas gegen die Wand zu schmeißen, darum konnte ich nur hoffen, dass er bald auftauchte.

Mom plauderte weiter mit unseren reichen Tischgenossen, aber ihre Stimme wurde immer angespannter. »Schreib deinem Vater«, zischte sie Christian in einer kurzen Sprechpause zu. Dann bedachte sie mich mit einem finsteren Blick, als wäre es meine Schuld, dass Dad nicht kam.

»Hab ich doch schon«, erwiderte Christian. »Fünf Mal.«

Mom sah kurz auf Dads leeren Stuhl und dann zu ihrem Assistenten Greg hinüber, der zwei Tische weiter saß. Da ich ungeplanterweise Elise mitgebracht hatte, war er auf den Platz eines Gasts verfrachtet worden, der kurzfristig abgesagt hatte. Ich konnte förmlich sehen, wie die Rädchen in ihrem Kopf arbeiteten. Sie überlegte, ob sie Greg herrufen sollte, damit er die Lücke zwischen uns füllte.

Ich fragte mich, ob Dad überhaupt noch vorhatte zu kommen. Einmal, gleich im zweiten Jahr, nachdem Mom angefangen hatte, uns hierherzuschleifen, hatten er und ich zusammen die Spendengala geschwänzt. Damals waren wir auch einfach nicht aufgetaucht, ohne ihr Bescheid zu sagen.

»Komm mit«, hatte er zu mir gesagt, gerade als ich mein Kleid anziehen wollte. »Ich hab heute keine Lust auf so langweiligen Erwachsenenkram.« Mom und Christian waren schon früher ins Four Seasons gefahren, um beim Aufbau zu helfen, und wir hatten den Befehl, eine halbe Stunde vor allen anderen da zu sein.

»Hast du Mom Bescheid gesagt?«, fragte ich. Ich war Feuer und Flamme, aber gleichzeitig hatte ich ein mulmiges Gefühl im Bauch.

Er zwinkerte mir verschwörerisch zu und schüttelte den Kopf. »Besser nachher um Entschuldigung bitten als vorher um Erlaubnis.«

Ich zögerte.

»Mach dir keinen Kopf«, sagte Dad, als hätte er meine Gedanken gelesen. »Auf dich wird sie nicht sauer sein.«

Wir gingen ins Kino, und ich erinnere mich noch, wie aufregend es war, mich Moms Anweisungen zu widersetzen. Dads Handy klingelte ein paarmal, aber er ging nicht dran, und als Mom es schließlich bei mir versuchte, machte ich es genauso. Uns war klar, dass unsere Aktion Konsequenzen haben würde und sich am Horizont ein Donnerwetter zusammenbraute, aber gleichzeitig war es beruhigend, Dad auf meiner Seite zu wissen. Als wären wir ein Team.

Später gingen wir Eis essen, setzten uns mit einem riesigen Schoko-Minze-Becher nach draußen und sahen zu, wie am Himmel die Sterne erschienen. »Hast du Mom eigentlich lieb?« Diese Frage hatte ich ihm schon seit Ewigkeiten stellen wollen, aber bisher nie den Mut dazu gefunden.

»Das ist kompliziert«, antwortete er nach einer langen Pause.

Ich weiß noch, wie verwirrt ich war, fast sogar wütend. Ich

war damals elf Jahre alt und fand, so was wäre doch wohl eindeutig. Menschen sollten nur zusammen sein, wenn sie sich lieb hatten.

»Aber ich weiß ganz sicher, dass ich *dich* lieb habe.« Er gab mir einen Kuss auf den Scheitel und ich musste grinsen. Christian hatte Mom und seine Noten und alles andere, worum ich ihn beneidete, aber dafür hatte er nicht Dad und diesen Moment mit ihm.

Jetzt jedoch, auf der Spendengala, als ich neben Dads leerem Stuhl saß, fragte ich mich, ob ich ihn immer noch hatte.

Mom wandte sich mir zu. »Ruf du ihn an«, kommandierte sie leise. Vielleicht hatte sie sich an denselben Abend erinnert und dachte, wir würden vielleicht auch diesmal unter einer Decke stecken, um ihr alles zu verderben. Ich zog mein Handy aus der Tasche, hielt es so, dass sie das Display sehen konnte, und wählte seine Nummer. Doch nachdem es zweimal geklingelt hatte, stand Dad plötzlich da, die Krawatte schief, das Haar windzerzaust, gerade als die Kellner die Salatteller abräumten.

»Tut mir leid, tut mir leid«, sagte er und ließ sich auf seinen Platz fallen. »'tschuldigung allerseits.«

Mom lächelte, aber ihr Blick war eiskalt. »Wo warst du?«, zischte sie ihm zu.

»Ich hatte einen Platten und musste den Abschleppdienst rufen.«

»Und da konntest du mir nicht kurz Bescheid sagen?«, flüsterte sie durch gebleckte Zähne.

Er zuckte mit den Schultern. »Jetzt bin ich doch da, oder?«

Moms Augen blitzten vor Wut.

»Und davor?«

»War ich im Büro«, antwortete er, während er schwungvoll seine Serviette entfaltete. »Hatte ich doch gesagt.«

»Da hab ich's versucht und bin immer nur auf dem Anrufbeantworter gelandet«, entgegnete sie, bemüht, ihre Stimme kontrolliert und ruhig zu halten.

»Dann hab ich wohl vergessen, die Rufumleitung rauszunehmen.« Das war seine Standardtaktik – für alles eine glaubhafte Erklärung liefern. Er winkte nach einem Kellner und bestellte einen Wodka-Soda.

Während ich die beiden aus dem Augenwinkel beobachtete, versuchte ich, Ruhe zu bewahren. Wir waren unter Leuten, da würden sie sich schon nicht an die Gurgel gehen. Bestimmt nicht. Ganz bestimmt nicht. In der Öffentlichkeit hatte ich mich mit ihnen schon immer am sichersten gefühlt.

Sie mussten schließlich den Schein wahren. Immer schön freundlich gucken, hin und wieder ein lahmes Witzchen reißen und gekünstelt lachen. Ich sah zu Elise rüber, aber ihr schien nichts aufzufallen, und wenn doch, dann ließ sie sich nichts anmerken. Es war, als könnte sie meine Beunruhigung spüren und wollte es nicht noch schlimmer machen, indem sie meinen Eltern Beachtung schenkte.

Als der Hauptgang serviert wurde, stieß Dad einen gequälten Seufzer aus.

»Was denn nun schon wieder?«, fragte Mom.

»Die verhunzen das Steak hier doch immer so«, beschwerte sich Dad.

»Du warst ja nicht da, darum musste ich eben für dich mitbestellen.« Ihr Lächeln war wie in Beton gegossen.

»Guck mal, viel zu lange gebraten.« So machte Dad das manchmal – eine Breitseite nach der anderen abfeuern, wenn er wusste, dass er selbst was verbockt hatte. Hauptsache, den ersten Treffer landen. Über das Essen meckern und Mom in die Defensive zwingen.

»Dann lass es halt zurückgehen«, sagte sie.

»Als ob das was bringen würde.« Er schüttelte den Kopf.

»In diesem Laden kann man ein bluttriefendes Stück Fleisch bestellen und kriegt trotzdem ein Brikett.« Dann fiel sein Blick auf meinen Teller. »Und Remys Risotto erst mal. Das ist ja die reinste Suppe.«

»Das Risotto ist völlig in Ordnung. Findest du nicht, Remy?« Moms Stimme klang messerscharf.

Doch bevor ich mir eine Antwort überlegen konnte, die niemanden noch weiter auf die Palme brachte, verdrehte Dad die Augen und fragte: »Bedeutet *in Ordnung* neuerdings *mittelmäßig*?«

Mom legte laut scheppernd ihre Gabel auf den Teller, woraufhin alle in unserer Nähe ihr die Köpfe zuwandten. »Ich bestelle dir den Lachs.«

»Nein.« Wieder seufzte Dad. »Schon *in Ordnung*.«

So ging es den ganzen restlichen Abend weiter – mit geflüsterten Seitenhieben und beißendem Sarkasmus. Elise versuchte, mich abzulenken, indem sie sich Geschichten zu den Gästen an den anderen Tischen ausdachte, aber ich konnte mich nur auf das Gezanke meiner Eltern konzentrieren. Als die Gala endlich, endlich vorbei war, gingen wir nach draußen und warteten darauf, dass der Parkservice Moms Auto brachte. Dad lief wie selbstverständlich zur Fahrerseite, aber Mom riss ihn so heftig zurück, dass er stolperte.

»Das ist *mein* Auto«, fauchte sie. »Deins ist in der Werkstatt, schon vergessen?« Sie ließ ihn nicht los.

»Glaubst du, ich hab mir absichtlich einen Platten gefahren? Die Reifen sind uralt, und es ist ja wohl nicht meine Schuld, dass sie das Rad nicht abbekommen haben und den Wagen abschleppen mussten.«

»Nein, natürlich nicht«, schnaubte Mom. »Du bist ja nie an irgendwas schuld.«

Elise warf mir einen Blick zu. Ich war knallrot vor Scham.

Mal wieder. Warum hatte ich nicht einfach irgendeine Ausrede erfunden, warum sie nicht mitkommen konnte? Sie griff nach meiner Hand. Irgendwann gab Dad nach und setzte sich auf den Beifahrersitz, aber er knallte die Tür so heftig hinter sich zu, dass der ganze Wagen wackelte.

Ich saß hinten zwischen Christian und Elise und hielt die ganze Fahrt über ihre Hand. Unsere Blicke trafen sich im Dunkeln und keine von uns ließ die andere los.

Zu Hause gingen Elise und ich in den Keller, aber wir hörten sie trotzdem über uns, laute Stimmen und aufgebrachte Schritte.

»Ist ganz schön spät«, sagte ich zu Elise. »Vielleicht solltest du lieber fahren.« Ich wollte nicht allein sein, aber sie sollte nicht noch mehr mitbekommen als sowieso schon.

Sie schüttelte den Kopf. »Nicht, solange ich nicht sicher sein kann, dass es dir gut geht.«

»Alles *in Ordnung*«, erwiderte ich mit einem kläglichen Lächeln, und sie guckte mich an, als glaubte sie mir kein Wort.

»Mein Dad ist heute zu Hause«, sagte sie dann, und ich wusste sofort, was das bedeutete. Wenn er da war, konnten wir nicht dorthin, aus mir noch immer unbekannten Gründen. Ich wünschte, Elise hätte sie mir endlich mal verraten, aber obwohl sie inzwischen selbst erlebt hatte, wie verkorkst meine Familie war, hielt sie mit der Wahrheit über ihre noch immer hinterm Berg.

Wir setzten uns auf den Boden und lehnten uns an die Couch. Ich zog Elise' Feuerzeug, mein Geburtstagsgeschenk, aus der Tasche und strich mit den Fingern über die Gravur, bevor ich die schwere Kappe auf- und zuschnappen ließ, genau wie ich es bei ihr gesehen hatte.

»Was hast du eigentlich für ein Problem?«, schrie Mom oben.

»Was mein Problem ist?«, blaffte Dad zurück. »Hast du das etwa immer noch nicht kapiert? Mein Problem bist *du*!«

»Ich hab dich um einen einzigen Gefallen gebeten, aber nicht mal den konntest du mir tun. Du wusstest ganz genau, wie wichtig mir diese Gala war, aber es war dir scheißegal.«

»Ich hatte einen Platten!«

»Das erklärt nicht, wo du den ganzen Tag warst!«

»Ich will die Scheidung.«

Es wurde totenstill im Haus.

»Remy …«, flüsterte Elise.

»Pst«, machte ich und beugte mich vor Richtung Treppe, um besser lauschen zu können. Das hier war nicht das erste Mal, oder auch nur das zweite, dass ich diesen Satz von meinem Dad gehört hatte. Aber er war immer aufs Neue beängstigend – all der Wahnsinn hätte zwar endlich ein Ende, aber was dann?

Schließlich brach Mom das Schweigen. »Was?«

»Ich will die Scheidung«, wiederholte Dad mit bemüht ruhiger Stimme.

Eine ganze Weile sagte sie nichts. Und dann … fing sie an zu lachen.

Dad rastete aus. »Ich hab gesagt, ich will die Scheidung!«

»Ich bin müde.« Sie seufzte. »Ich gehe ins Bett.«

»Hast du mir eigentlich zugehört?«, schrie er hinter ihr her.

»Gute Nacht, Stephen.« Ich sah meine Mom regelrecht vor mir, wie sie herablassend abwinkte und ihn einfach stehen ließ.

»Diesmal meine ich es ernst. Ich hab mir einen Anwalt genommen.«

Ihre Schritte hielten inne. »Ach wirklich?« Jetzt sah ich förmlich ihr Gesicht, die herausfordernd hochgezogenen Augenbrauen.

Elise drückte meine Schultern und holte mich damit zurück in die Wirklichkeit. »Remy?«, flüsterte sie. »Nicht weinen.«

Überrascht hob ich eine Hand an die Wange. »Oh. Hatte ich gar nicht gemerkt.«

Sie ließ mich los und stand auf.

»Bleib hier«, flehte ich.

»Ich will nur Taschentücher holen.«

»Bleib hier.« Ich hasste mich dafür, wie schwach und hilflos ich klang.

Sie setzte sich wieder neben mich und schloss ihre tröstlich warmen Hände um meine.

Über uns tobte der Krieg weiter. »Ach, dann erzähl doch mal, was hat der Anwalt denn gesagt?«, wollte meine Mutter wissen.

»Du glaubst mir nicht, stimmt's?«, fragte Dad.

Sie schnaubte. »Natürlich nicht. Und langsam wird es lächerlich, wie du jedes Mal, wenn wir uns streiten, von Scheidung anfängst. Wenn es dir wirklich ernst damit wäre, hättest du die Sache längst durchgezogen. Ich weiß genau, worauf du aus bist. Ich soll dich anbetteln, bei mir zu bleiben, aber darauf kannst du lange warten, das mache ich nie wieder.«

»Nein«, widersprach er, aber es klang schon viel weniger entschlossen. »Diesmal meine ich es ernst.«

»Okay, dann schieß doch mal los. Wie hast du dir das Ganze denn gedacht? Wer kriegt das Haus? Wer die Autos? Wer die Kinder?«

»Remy?« Elise schüttelte mich sanft. »Lass uns abhauen.« Ihr Blick wanderte zur Kellertür, die nach draußen in den Garten führte. »Wir fahren ein bisschen rum, ja?«

Aber ich war wie erstarrt, unfähig, mich von der Stelle zu rühren.

»Ich nehme Christian, du nimmst Remy«, fuhr Mom selbst fort. Sie musste wissen, dass ich jedes Wort mitbekam, aber vielleicht war es ihr einfach egal. Ich fragte mich, ob Christian oben in seinem Zimmer war und auch alles mit anhörte oder ob ihm rechtzeitig die Flucht gelungen war.

Kurz keimte Hoffnung in mir auf. Wir waren ein Team, Dad und ich. Vielleicht kam jetzt der Moment, auf den ich seit so vielen Jahren gewartet hatte – der Moment, in dem wir endlich dieses Haus verlassen würden.

Und dann sagte mein Dad: »Das ist ja wohl unfair. Christian geht bald aufs College.«

Seine Worte trafen mich wie ein Messer ins Herz. Er wollte mich nicht bei sich haben.

Er wollte mich nicht.

Ein Schluchzer kämpfte sich meine Kehle hoch, doch selbst für mich klang es wie aus weiter Ferne. Aber er musste mich doch wollen, wir mussten doch zusammenhalten. Das war alles, was mir durch den Kopf ging. Wir waren die Ausgestoßenen, die Widerständler. Wir waren die, die übrig blieben. Christian hatte Mom und ich hatte Dad.

»Remy, lass uns gehen.« Elise zerrte jetzt nachdrücklicher an mir. Als ich mich immer noch nicht bewegte, kniete sie sich vor mich. »Atmen, ja? Einfach atmen.« Sie atmete selbst langsamer, und ich machte mit, tief ein, tief aus. »Und jetzt sprich mir nach: Ich heiße Remy. Ich bin siebzehn Jahre alt. Das hier ist nicht für immer.«

Ich nickte.

Ich heiße Remy.

Ich bin siebzehn Jahre alt.

Das hier ist nicht für immer.

Elise hatte recht. Das hier war nicht für immer.

16.

An einem Donnerstag in dem Sommer, bevor es bei mir mit der Highschool losging, kam mein Dad in mein Zimmer geplatzt und fragte, ob ich ihn auf eine Geschäftsreise begleiten wollte. »Nach Chicago!«, sagte er. »Tagsüber habe ich zwar zu tun, aber wir könnten abends was zusammen unternehmen, vielleicht ins Musical gehen oder so.«

»Au ja«, antwortete ich, erfreut über die Aussicht, ihn ein paar Tage nur für mich zu haben.

»Super.« Ich weiß noch, dass ich darüber staunte, wie glücklich er aussah. Einen Moment lang grinsten wir uns beide nur breit an. »Okay, dann mal los. Fang an zu packen.«

»Wie, jetzt?«, fragte ich verblüfft.

»Ja, heute Nachmittag geht der Flug. Ich muss nur noch schnell meinen Assistenten anrufen, damit er dir auch ein Ticket bucht«, sagte er, als wäre das alles, was es zu bedenken gab, und tippte rastlos mit den Fingern an den Türrahmen.

»Aber …«, fing ich an. *Aber was ist mit Mom?* Sie würde hundertprozentig Nein sagen, wie immer.

»Die wird einfach nicht gefragt.« Als er mein Gesicht sah, zwinkerte er mir zu. »Du kennst ja mein Motto.« *Besser nachher um Entschuldigung bitten als vorher um Erlaubnis.*

»Ja.« Ich lachte. »Okay.«

An unserem ersten Tag in Chicago, während Dad einen Vortrag hielt oder irgendeinen Workshop leitete, guckte ich Filme, bestellte mir was zu essen aufs Zimmer, schwamm ein paar Runden im Pool auf dem Hoteldach und ließ mich im Wellnessbereich massieren.

»Mach, worauf du Lust hast«, hatte Dad gesagt. »Und setz einfach alles auf die Zimmerrechnung.«

Abends rief er mich an, und wir trafen uns in der Lobby, um essen zu gehen. »Remy«, sagte er. »Ich möchte dir Brenda vorstellen.«

Ich lächelte die Frau neben ihm höflich an.

»Wir arbeiten zusammen«, fuhr er fort. »Ohne sie wäre ich komplett aufgeschmissen.«

Sie winkte ab. »Ohne *dich* wäre *ich* aufgeschmissen.«

Verwirrt sah ich zwischen den beiden hin und her.

»Brenda und ich sind die Einzigen von unserem Team hier, darum dachte ich, sie könnte doch mit ins Restaurant kommen«, erklärte er wie nebenbei, aber sein Lächeln wirkte unsicher.

»Natürlich nur, wenn das in Ordnung ist«, sagte Brenda.

»Ja. Klar.« Ich zuckte mit den Schultern. Im Taxi saß Dad vorne, während Brenda und ich uns die Rückbank teilten. Sie war mittleren Alters und zierlich, hatte sehr helle Haut und sanfte braune Augen. Insgesamt machte sie einen freundlichen, harmlosen Eindruck, lächelte viel und überschüttete mich mit Komplimenten. »Ich hätte auch gern solche Haare wie du«, schwärmte sie an diesem ersten Abend und irgendwann später: »Du hast so wunderschöne Haut.«

Am nächsten Abend ging sie wieder mit uns essen und anschließend sahen wir uns alle zusammen »Wicked« an. Am letzten Morgen ließ sie sogar ihre Meetings sausen und nahm mich mit zur Mani- und Pediküre, was unerwartet lustig wurde.

»Und, wie fandest du Brenda?«, fragte Dad auf dem Rückflug.

»Nett«, sagte ich. »Sie ist echt cool.«

Das zauberte ein Lächeln auf sein Gesicht, und als das Bordpersonal nicht hinguckte, ließ er mich einen Schluck von seinem Champagner probieren.

»Remy, ich muss dir was sagen«, eröffnete er mir zum Ende des Flugs hin und wirkte plötzlich ganz ernst. »Kannst du ein

Geheimnis für dich behalten? Aber du darfst wirklich niemandem davon erzählen, okay? Nicht mal Christian. Zumindest bis auf Weiteres.«

Ich nickte, begeistert, dass er mir etwas anvertrauen wollte, was ihm offenbar so wichtig war.

Als der Pilot durchsagte, dass wir zur Landung ansetzen würden, holte Dad tief Luft. »Du weißt ja, dass deine Mutter und ich so unsere Probleme miteinander haben«, fing er an. »Und, tja, ich fürchte, die werden sich auch nicht lösen lassen.« Durch das Fenster hinter ihm kamen Highways in Sicht, auf denen die Autos dahinkrochen wie Ameisen. »Darum«, seine Stimme überschlug sich ein bisschen, »äh … was würdest du dazu sagen, wenn Mom und ich uns trennen würden?«

Mein Herz sackte ein paar Etagen tiefer, und eine Sekunde lang dachte ich, ich müsste mich übergeben. Auf gewisse Weise hatte ich fast mein ganzes Leben lang auf diesen Satz gehofft. Aber jetzt, als es tatsächlich so weit war, überkam mich Panik. Hieß das, er würde uns verlassen – *mich* verlassen?

»Du willst doch, dass Mom und ich glücklich sind, oder?«

»Klar«, antwortete ich, ohne zu zögern.

»Gut.« Wieder holte Dad tief Luft. »Und wie fändest du es, wenn du anschließend bei mir wohnen würdest?«

»Wirklich?«, fragte ich, überglücklich beim Gedanken an einen Neuanfang ganz allein mit Dad.

»Nur wenn du möchtest.« Er lächelte schüchtern, als machte er sich Sorgen, ich könnte Nein sagen.

»Ja!«, rief ich, und wir lachten beide erleichtert.

Das Flugzeug landete mit einem Ruck, aber ich hatte noch immer das Gefühl zu schweben.

»Da ist noch was – ich war nicht ganz ehrlich«, fuhr Dad fort und räusperte sich. »Brenda … sie ist mehr als eine Kollegin. Ist kompliziert.«

Mit einem Mal ergab alles einen Sinn. Warum Brenda überall dabei gewesen war, warum sie so nett zu mir gewesen war.

»Oh.« Es war, als hätte ich einen Schlag in den Magen bekommen. Also hatte Dad mich angelogen.

»Ich wollte einfach, dass du sie ganz unverbindlich kennenlernst«, brabbelte er weiter, während wir Richtung Gate rollten. »Damit du mir deine ehrliche Meinung sagst. Und du mochtest sie ja, also hat es wohl funktioniert.«

Ich schenkte ihm ein kleines Lächeln, obwohl mir absolut nicht danach war.

Als wir ausstiegen und uns auf den Weg zur Gepäckausgabe machten, stand ich noch immer unter Schock. Eine Million Fragen schwirrten mir durch den Kopf. War das alles Brendas Idee gewesen? Oder hatte Dad diesen Plan ausgeheckt? Seit wann waren die beiden überhaupt zusammen? Und, oh Gott, *Mom*. Dad hatte mich gebeten, sein Geheimnis für mich zu behalten, und gerade konnte ich mir nicht vorstellen, ihr je wieder unter die Augen zu treten.

»Alles wird gut, Remy«, sagte Dad auf dem Nachhauseweg im Auto. »Wir kriegen das schon hin. Im Moment bin ich einfach nur froh, dass du zu mir hältst. Solange ich das weiß, komme ich mit allem klar.« Und wie durch Zauberhand lösten sich alle meine Sorgen in Luft auf. Wir waren ein Team, wir waren eine Familie, er und ich. Ich war sein Lieblingskind, genau wie Christian Moms war. Jemand wollte mich bei sich haben, jemand *liebte* mich. Alles würde wieder gut werden.

Elise hörte schweigend zu, als ich ihr von dem Wochenende in Chicago erzählte, eine warme Hand auf meiner Schulter. Wir saßen in der Rostigen Rosi und teilten uns ihre letzte Zigarette.

»Was ist denn dann schiefgegangen?«, fragte sie, sobald ich fertig war.

»Weiß ich nicht. Ein paar Wochen lang war mein Dad richtig gut drauf. Aber dann ist er wieder auf Geschäftsreise gefahren, diesmal ohne mich, und als er zurückkam, wirkte er total niedergeschlagen.« Ich wandte mich ab, blies einen Schwall Rauch aus und sah zu, wie er sich in der Dunkelheit auflöste. Wir hatten das Verdeck runtergeklappt und zitterten trotz unserer dicken Mäntel. Fast fiel mir die Zigarette aus den steif gefrorenen Fingern. »Anscheinend hatten Brenda und er sich getrennt.«

Eine einzelne Träne rollte mir über die Wange. Ich verstand einfach nicht, was sich in den zweieinhalb Jahren seit damals geändert haben sollte, wie es sein konnte, dass ich für ihn plötzlich nur noch ein Klotz am Bein war.

»Komm mal her.« Elise zog mich zu sich rüber und bettete meinen Kopf auf ihre Schulter. Ich spielte mit ihrem Feuerzeug.

»Niemand will mich.« Jetzt weinte ich wirklich. »Cameron nicht, meine Mom nicht und jetzt nicht mal mehr mein Dad.«

»Schh«, machte sie leise. Sie ließ mich weinen und weinen und strich mir sanft übers Haar. »Hab ich dir eigentlich mal von meiner Mom erzählt?«

Ich sah hoch und wischte mir die Tränen ab. Das war eine rhetorische Frage – wir wussten beide, dass die Antwort Nein lautete.

»Eigentlich gibt's da gar nicht viel zu sagen. Sie ist abgehauen, als ich sechs war.« Ich schwieg, hörte einfach nur aufmerksam zu. »Eines Tages hat sie die Tür hinter sich zugemacht, sich ins Auto gesetzt und ist weggefahren.« Selbst nach all den Jahren war Elise der Schock noch anzuhören. »Seitdem hab ich nur noch meinen Dad. Und der ist auch nicht gerade ein Anwärter auf den Vater des Jahres.«

Ich wartete ab, aber als sie nicht weiterredete, fragte ich schließlich: »Wie meinst du das?«

»Ach, nur so«, erwiderte sie rasch. »Ich wollte bloß sagen, ich weiß, wie das ist, Eltern zu haben, die sich einen Dreck um einen scheren.«

Wieder fing ich an zu weinen, diesmal um uns beide.

»Na komm.« Sie zog mich noch fester an sich. »Mach dir nichts draus, das sind halt alles Idioten. Wir sollten den ganzen Scheiß einfach hinter uns lassen und von vorne anfangen, wir beide zusammen.«

Durch einen Tränenschleier blinzelte ich zu ihr hoch. »Wir beide?«

Sie nickte. »Klar. Wir zwei sind ab jetzt unsere eigene Familie, okay?«

»Okay.« Ich schniefte.

»Solange wir einander haben, brauchen wir niemanden sonst.«

Noch nie in meinem Leben habe ich mich verstandener gefühlt als in diesem Moment, weinend in Elise' Arm.

MONTAG, 28. NOVEMBER
TAG 80

17.

Nach dem großen Streit verschwand mein Dad mal wieder und war zwei Tage später immer noch nicht zurück. Die Zeit verlangsamte sich zu einem Tröpfeln. In der Schule ertappte ich mich dabei, wie ich nach jeder Stunde mein Handy checkte, ohne zu wissen, worauf ich eigentlich hoffte. Dad würde mich ganz sicher nicht mitten am Tag aus dem Unterricht holen, um mich mit in sein neues Leben zu nehmen. Er würde nicht zu meiner Rettung eilen.

Er war weg, diesmal vielleicht für immer.

Christian juckte das natürlich nicht die Bohne. Der war viel zu beschäftigt damit, mit seinen Kumpels rumzublödeln. In der Mittagspause trafen sich unsere Blicke einmal quer durch die Cafeteria, und als ihm klar wurde, dass ich ihn schon eine Weile angestarrt haben musste, erlosch sein Grinsen, und er sah schnell weg.

Nach der Schule fing er mich an meinem Spind ab, was er noch nie gemacht hatte. »Was soll das?«, fragte er und lehnte sich mit verschränkten Armen an die Wand.

»Was soll was?«

»Das vorhin in der Cafeteria.«

Doch bevor ich antworten konnte, rief jemand am anderen

Ende des Flurs: »Hey, Chris, kommst du? Training fängt gleich an.« Es war Cory aus dem Basketballteam.

»Ja, bin gleich da. Muss nur kurz mit meiner Schwester reden.«

»Ach. Wusste gar nicht, dass du 'ne Schwester hast.« Cory musterte mich kurz und wandte sich dann wieder an Christian. »Okay, bis gleich auf dem Platz.« Er salutierte und machte sich allein auf den Weg.

»Erzählst du deinen Freunden eigentlich, du wärst Einzelkind?« Ich riss mein Chemiebuch aus dem Spind und stopfte es in meine Tasche.

»Was? So 'n Quatsch«, antwortete er.

»Ach, kann mir auch egal sein.« Ich drehte mich zum Gehen.

»Warte mal.« Er hielt mich am Arm fest. »Warum bist du denn so komisch?«

Noch nie hatte ich ihn so sehr gehasst wie in diesem Moment. »Warum ich so *komisch* bin?«, fauchte ich. »Vielleicht ja, weil Dad weg ist und dich das einen Scheiß zu interessieren scheint.«

»Im Ernst jetzt? Darum machst du so ein Theater?« Er schnaubte. »Ist ja nicht so, als wäre er zum ersten Mal abgehauen. Und nur damit du's weißt, es interessiert mich wohl.«

»Nein, tut es nicht. Wieso auch? Du hast ja schließlich Mom.«

»Was soll das denn bitte heißen? *Wir* haben Mom. Beide. Dad ist derjenige, der uns sitzen gelassen hat, und zwar uns alle. Ich hab ihn bestimmt nicht drum gebeten. Er ist ganz von alleine gegangen. Mal wieder.«

»Er ist wegen Mom gegangen.« Christian verdrehte völlig die Tatsachen. Keine Ahnung, warum ich mir überhaupt die Mühe machte, ihm die Wahrheit vor Augen zu führen. Er stand ja sowieso vollkommen unter Moms Fuchtel. Als hätte ich dagegen eine Chance. »Warst du Samstagabend zu Hause? Hast du überhaupt mitgekriegt, was da los war?«

»Ja, hab ich«, antwortete er. »Ich wollte mir gerade den Autoschlüssel schnappen und mich vom Acker machen, aber da haben die beiden unten angefangen zu streiten und ich konnte nicht mehr weg.«

»Hast du bis zum Ende zugehört?« Mir hallte noch immer Moms höhnische Stimme durch den Kopf, als Dad von der Scheidung angefangen hatte. *Ach wirklich?*

»Ja, hab ich, stell dir vor. Wieso? War doch dieselbe Leier wie immer.« Er verdrehte die Augen. »Dad baut irgendwelchen Mist, Mom tickt aus, Dad haut für ein paar Wochen ab und kommt irgendwann wieder angekrochen. 'ne Weile lang reißen sie sich zusammen und dann fängt alles wieder von vorne an.« Seine Stimme war völlig emotionslos, als würde er mir den Wetterbericht vorlesen. Stark bewölkt mit Aussicht auf Scheidung. »Ich weiß echt nicht, warum du dich so aufregst. Du weißt doch, dass er wieder zurückkommt.«

Das war ja das Problem. Diesmal war ich mir da nicht so sicher.

»Hey, ihr zwei.« Plötzlich tauchte wie aus dem Nichts Elise neben uns auf. Ihr Blick huschte ein paarmal zwischen uns hin und her, dann lächelte sie Christian an. »Wie läuft's?«

»Alles super, lass uns gehen«, sagte ich und zog sie mit.

»Was ist denn los?«, fragte sie, sobald wir außer Hörweite waren. Ich schüttelte bloß den Kopf. Als wir kurz darauf in der Rostigen Rosi saßen, zog ich die Knie an die Brust und machte mich ganz klein.

»Ich hasse ihn«, flüsterte ich.

»Deinen … Dad?« Elise reichte mir eine Zigarette und steckte sich selbst eine an.

»Christian.« Die Zigarette klemmte unangezündet zwischen

meinen Fingern. »Dad ist seit zwei Tagen weg, aber er tut so, als wäre überhaupt nichts passiert.«

Elise sagte nichts, sondern musterte mich nur prüfend und blies lang gezogene Rauchschwaden in die andere Richtung.

»Wie kann er einfach –« Ich brach ab. Das Problem war nicht, dass er nicht kapierte, was mich so aufregte – sondern dass er es nicht kapieren *wollte*. Es war eben leichter, in seiner hübschen kleinen Blase weiterzuleben, in der alles perfekt war.

Elise nahm mir die Zigarette aus der Hand, zündete sie an und gab sie mir zurück. »Jeder geht eben unterschiedlich mit so was um.« Sie zuckte mit den Schultern.

»Verteidigst du ihn jetzt etwa?«

»Nein«, versicherte sie mir hastig, aber ich glaubte ihr nicht ganz. Sie kannte Christian nun mal nicht so gut wie ich und sah in ihm dasselbe wie alle anderen: den Schulsprecher, den Musterschüler, den Starsportler, den alle für sein verschmitztes Lächeln und seine selbstironischen Sprüche liebten, den geborenen Anführer. Sie sah das, was er für alle war, nur nicht für mich.

»Früher standen wir uns total nah. Wenn es zu Hause zu schlimm wurde, haben wir uns zusammen im Schrank versteckt. Damals –« Damals gehörten wir zusammen, er und ich. Bevor die Fronten in unserer Familie sich verhärtet hatten, waren wir eine Einheit gewesen. Zumindest so lange, bis er anfing, Moms Gelaber darüber, wie besonders er war und wie viel besser als ich, Glauben zu schenken. »Christian interessiert sich nur für sich selbst«, fuhr ich fort. Er hatte mir nie den Rücken gestärkt, war nie zu mir gekommen, wenn ich mich mal wieder mit Mom gestritten hatte, um mir zu sagen, dass er meiner Meinung war, oder auch nur, um mich zu trösten.

»Okay, aber vielleicht *ist* er ja traurig und will es bloß nicht zeigen. Vielleicht –«

»Hör auf, ihn in Schutz zu nehmen!«, schnitt ich ihr das Wort ab. »Nicht du auch noch. Alle, aber nicht du, das ertrage ich nicht.«

»Was denn?« Sie wirkte aufrichtig verdutzt. »Das mache ich doch gar nicht.«

»Ich will einfach nur, dass mal jemand auf meiner Seite ist.« Ich spürte, wie mir die Tränen in die Augen stiegen.

»Hey, ich bin voll und ganz auf deiner Seite. Immer. Komm her.« Sie nahm mich in den Arm.

Als Elise mich später zu Hause absetzte, hielt sie mich fest, bevor ich aussteigen konnte. »Ich meinte das eben ernst. Ich werde immer auf deiner Seite sein. Okay?«

Wir lächelten uns an, und ich dachte: *Solange ich Elise habe, ist alles gut.*

FREITAG, 9. DEZEMBER
TAG 91

18.

Schon nach ein paar Monaten bei uns war Elise an der ganzen Schule berüchtigt.

Es war ihr scheißegal, was andere von ihr hielten, und noch dazu war sie so unangestrengt hübsch mit ihrem langen, glänzenden Haar, den dichten Wimpern und den leuchtend blauen Augen, dass die Leute sie umschwärmten wie Motten das Licht. Diese Kombination verlieh ihr eine Aura der Unbesiegbarkeit, und das wusste sie.

Aber Elise setzte ihre Kräfte immer nur zum Guten ein und stand denen bei, die Hilfe nötig hatten. Sie sah sich selbst gern als eine Art Schutzengel der Unterdrückten, eine Heldin des Alltags.

Jane aus unserem Mathekurs zum Beispiel wurde ständig damit aufgezogen, dass ihre Mutter wegen Veruntreuung im Gefängnis saß.

»Hey, Jane«, rief Ian, eine unverbesserliche Hohlbirne, einmal, »wenn deine Eltern sich scheiden lassen würden, bei wem würdest du lieber bleiben?«

»Na, da fällt die Entscheidung ja wohl leicht«, sprang sein Kumpel George sofort darauf an. »Unser schnarchiges Lyndens Creek gegen die volle Knast-Action? Also, da wüsste ich sofort, was ich nehme!« Woraufhin sie beide in selbstgefälliges Gewieher ausbrachen und einander abklatschten.

Ein anderes Mal schlugen sie dramatisch eine Ausgabe der aktuellen Schulzeitung auf. »Sieh mal einer an«, sagte George mit Unschuldsmiene. »Die Schule hat fast zehntausend Dollar für das Rote Kreuz gesammelt. So viel wie noch nie. Hey, Jane, hat deine Mom nicht früher die Spenden verwaltet?«

»Kein Wunder, dass dieses Jahr mehr zusammengekommen ist«, pflichtete Ian ihm bei, wieder gefolgt von Gelächter.

Jane, die still und schüchtern war, ließ die meisten Sprüche wortlos über sich ergehen. Elise dagegen warf den beiden finstere Blicke zu oder fuhr sie an, die Klappe zu halten. Und dann kam der Tag, an dem sie zu weit gingen und Elise sie endgültig zum Schweigen brachte.

»Wann hast du eigentlich deine Mom zum letzten Mal gesehen, Jane?«, fragte Ian gespielt besorgt. Als Jane ihn nicht beachtete, pikste er ihr mit seinem Stift in den Oberarm. Sie ignorierte ihn weiter, was ihn erst richtig in Fahrt brachte. »Na ja, wen interessiert's? Hab gehört, die haben ihr zehn Jahre gegeben. Oh Mann, aber was ist denn eigentlich, wenn sie im Knast *stirbt*? Dann siehst du sie ja nie wieder!« Jane fing an zu weinen.

»Alter«, kommentierte George, der anerkennend nickte. »Das wär ja mal echt bitter.«

Elise drehte sich auf ihrem Platz um. »Hey, ihr Arschlöcher, noch ein Wort und ich mache euch alle.«

Die beiden verstummten. Es war nicht die Drohung an sich, die sie erschrocken innehalten ließ. Sondern Elise' Tonfall, der unmissverständlich klarmachte, wer hier das Sagen hatte – und wer der letzte Dreck war.

Gut möglich, dass sie von der Racheaktion an Jaes Ex-Freundin gehört hatten. Es hieß, dass Danas Eltern einen Kammerjäger hatten rufen müssen, um die Mäuse loszuwerden, und sie sich seither nicht mehr traute, im Keller zu schlafen.

Vielleicht spürten sie aber auch einfach, dass man sich Elise Ferro besser nicht zur Feindin machte. Egal, was es war, danach hörten sie auf, Jane zu triezen, zumindest wenn Elise sich in der Nähe befand.

Eines Freitags in Geschichte übernahm eine Vertretungslehrerin die Stunde. Als diese Mrs Jones sich durch die gesamte Kursliste quälte, geriet sie bei meinem Namen vollends ins Stocken. »Katherine … *Tsej.*« Vor solchen Momenten graute es mir.

»Einfach ›Tsai‹, wie in ›Zeit‹ oder ›Zeile‹«, sagte ich schnell. »Und mein Rufname ist Remy.«

»Tsssaiii«, zog sie das Wort in die Länge, merklich ungehalten darüber, dass ich sie korrigiert hatte. »Und Remy. Seltsamer Name. Aber hier steht nun mal Katherine, und ich finde, gegen den Namen ist nichts einzuwenden, also werde ich dich auch so nennen.«

Während ich auf meinem Stuhl immer kleiner wurde, um bloß nicht noch mehr Aufmerksamkeit auf mich zu lenken, fing ich Elise' Blick auf, und in ihren Augen loderte Wut. Ich schüttelte unauffällig den Kopf: *Bitte mach es nicht noch schlimmer.* Zu meiner Erleichterung unternahm sie nichts, aber ich sah ihr an, dass sie innerlich kochte. Den Rest der Stunde über redete sie kein Wort, und sobald es klingelte, marschierte sie nach vorne zu Mrs Jones. Ich fürchtete schon, sie könnte irgendwas sagen, was ihr eine Runde Nachsitzen einbringen würde, aber stattdessen knipste sie ihr Tausend-Watt-Lächeln an und begann, mit Mrs Jones zu plaudern. Sie lachte sogar. Verwirrt wartete ich draußen vor der Tür auf sie.

»Komm.« Sie hakte sich bei mir ein und steuerte mich von

der Menge weg, die sich zum Mittagessen Richtung Cafeteria schob.

»Wohin?«, wollte ich wissen, als wir das Gebäude verließen.

Grinsend zog Elise einen Autoschlüssel aus der Hosentasche.

»Moment mal, ist das etwa …«

»… der Schlüssel von der blöden Kuh?«, vervollständigte sie meine Frage. »Yep.« Darauf war sie also aus gewesen. »Lag einfach auf ihrem Pult rum.« Wir schlenderten zum Lehrerparkplatz und drückten auf die Entriegelungstaste auf dem Schlüssel, um das passende Auto zu finden.

»Und was machen wir jetzt?«, fragte ich, als wir davorstanden. Mit einem Mal war ich besorgt, was Elise vorhatte. Ich wusste ja, dass sie ein großer Fan von Rachestreichen war, aber in der Schule hatten wir noch nie welche gespielt und erst recht nicht jemandem, der uns in ernsthafte Schwierigkeiten bringen könnte.

»Nichts Schlimmes«, beruhigte sie mich und ließ sich auf den Fahrersitz plumpsen. »Komm.«

»Willst du etwa ihr Auto klauen?« Ich rührte mich nicht vom Fleck.

»Quatsch, nur mal kurz ausleihen. Entspann dich«, sagte sie und schnallte sich an.

Dass ich schließlich einstieg, war wohl der Beweis dafür, wie blind ich ihr vertraute. »Okay.«

Wir fuhren nicht weit, nur bis auf den Parkplatz eines nahen Einkaufszentrums. Elise holte ihre Zigaretten raus. Das war zu einer Art Ritual zwischen uns geworden: Elise zündete zwei Zigaretten an und reichte mir eine. »Siehst du? Alles gut«, sagte sie. »Wir fahren gleich wieder zurück und schmeißen den Schlüssel in die Fundbox. Wenn sie merkt, dass er weg ist, kriegt sie erst mal ’nen Schreck, aber dann taucht er ja wieder auf.«

»Das hättest du echt nicht für mich machen müssen«, sagte ich leise. Ich war ein bisschen verlegen, aber gleichzeitig überglücklich, dass ihr so viel an mir zu liegen schien.

»Ich wollte aber! So was geht ja wohl echt gar nicht! ›Seltsamer Name‹, sagt die, was soll das denn?«, schnaubte Elise mit eisigem Blick. »Ist doch das Allerletzte, dass wir uns gegen so was nicht wehren können, bloß weil sie in einer Machtposition ist.« Solche Dinge wurmten Elise extrem. Die Welt war unfair, da musste eben irgendjemand für Gerechtigkeit sorgen. Und dieser Jemand war Elise.

Ich starrte sie ehrfürchtig an.

»Was ist?«, fragte sie. »Hab ich was im Gesicht?«

Ich lachte. »Nein, bloß … danke. Dafür dass du dir solche Gedanken machst.«

Sie lächelte.

Nachdem wir aufgeraucht hatten, bekam ich eine Nachricht von Melody.

Melody: **Wo bist du?**

Inzwischen saß ich in der Mittagspause meist mit Elise und ihren Freunden zusammen, und je öfter ich Melody links liegen ließ, desto stärker bemühte sie sich, mich zurückzugewinnen.

Ich: **Esse heute mal außerhalb**

Melody: **Das dürfen wir doch gar nicht!**

»Melody?«, fragte Elise und verdrehte die Augen. »Lass mich raten, sie will dich verpetzen.«

»Ach was«, erwiderte ich. »Oder keine Ahnung, vielleicht doch.«

»Sie ist sauer auf dich, oder?«

»Kann sein«, gab ich zu. »Aber wen interessiert's.«

»Eigentlich wollte ich dir das gar nicht erzählen, aber sie hat mich neulich mal beiseitegenommen.«

»Was?«

»Ja, wir haben doch Spanisch zusammen. Und letztens hat sie mich nach dem Klingeln draußen kurz abgefangen und mir einen richtig krassen Einlauf verpasst. Hat mich regelrecht bedroht.«

»Äh … wie jetzt?« Ich konnte mir beim besten Willen nicht vorstellen, wie die kleine, zierliche Melody jemanden bedrohte, und schon gar nicht Elise.

»Okay, vielleicht nicht richtig bedroht, war eher 'ne Art Verwarnung. Sie war sauer, weil du neuerdings so viel Zeit mit mir verbringst, dabei wärt ihr zwei doch schon viel länger befreundet und bla, bla, bla.« Elise lachte.

»Wow.« Ich bekam sofort ein schlechtes Gewissen, dass Mel anscheinend keinen anderen Ausweg gesehen hatte, als sich Elise persönlich vorzuknöpfen. Mel war stur und verlässlich, aber so besitzergreifend hatte ich sie eigentlich noch nie erlebt. Vielleicht war es ja bloß ein Missverständnis gewesen. Vielleicht hatte sie Elise gar nicht bedrohen, sondern bloß ein bisschen Dampf ablassen wollen. Vielleicht wünschte sie sich nur, dass wir alle mehr Zeit miteinander verbrachten. Aber was immer sie damit bezweckt hatte, es war gründlich in die Hose gegangen. »Und was hast du gesagt?«

»Ich dachte mir, die Klügere gibt nach, also hab ich bloß gelächelt und bin gegangen.« Sie stieß einen tiefen Seufzer aus. »Manchmal wünschte ich echt, ich wäre nicht immer so nett. Manchmal sollte man einfach ganz direkt sagen, was man denkt.« Ich blinzelte überrascht – tat sie das denn jemals nicht? Was genau behielt sie denn für sich?

»Was hättest du denn gerne gesagt?«

Elise grinste und ein verschlagenes Funkeln trat in ihre Augen. »Du und ich. Nach der Schule. Draußen.« Sie hob die Fäuste und boxte ein paarmal in die Luft.

»Oh mein Gott!« Ich riss die Augen auf und prustete los.

Elise lachte mit. »Tja, wer den Hauptgewinn will, muss eben mit harten Bandagen kämpfen.«

»Wie jetzt, und der Hauptgewinn bin ich?«, fragte ich belustigt, aber insgeheim fühlte ich mich geschmeichelt.

»Klar.« Sie legte mir den Arm um die Schultern. »Du bist der absolute Jackpot!« Es war schon verblüffend, wie sie mit nur ein paar Worten dafür sorgte, dass ich mich leicht wie eine Feder fühlte.

Natürlich wusste ich, dass Elise nur rumalberte, aber ich war trotzdem erstaunt, dass ich etwas so Besonderes sein sollte, etwas, worum andere sich stritten. Dass ich jemandem wie Elise, die so selbstbewusst und warmherzig und lebensfroh war, derart viel bedeutete. Einem Mädchen, das tausend beste Freundinnen hätte haben können, aber sich aus irgendeinem unerfindlichen Grund für mich entschieden hatte.

Ich bekam erneut eine Nachricht aufs Handy, aber ich guckte nicht nach.

»Schon wieder Melody?«

Ich zuckte mit den Schultern.

Elise stöhnte auf, als langweilte sie allein der Gedanke an Melody zu Tode. »Sie ist so was von angepasst – null Fantasie. Eine wie sie wird bestimmt irgendwann mal Ärztin oder Anwältin oder Ingenieurin.«

»Sie will tatsächlich Ärztin werden«, sagte ich. Manchmal redete Mel so bewundernd über meine Mom, dass es mich ganz wahnsinnig machte, zumal ich so erst recht nie den Mut fand, ihr jemals die Wahrheit über meine Familie zu erzählen.

»Siehst du? Genau das meine ich. Ich kann dir jetzt schon ihr komplettes Leben vorhersagen. Das ist wie Malen nach Zahlen. Erst ein Abschluss mit Bestnote, dann irgendeine Eliteuni, um ein ›wertvolles Mitglied der Gesellschaft‹ zu werden.« Elise malte Anführungszeichen in die Luft. »Dann heiratet sie irgendeinen Typen, der genauso langweilig ist wie sie, die beiden kriegen ein paar langweilige Kinder, und schon geht das ganze Elend wieder von vorne los. Mit einundneunzig schläft sie schließlich friedlich ein, ihre Familie trauert erst ein bisschen, aber am Ende erinnert sich keiner mehr an sie. Wenn ihre Kinder und Enkelkinder erst tot sind, wird es sein, als hätte es sie nie gegeben. Was hat das Leben denn für einen Sinn, wenn man es nicht *lebt*? Wenn man irgendwann einfach vergessen wird?«

Sie hatte mit keinem Wort meine Eltern erwähnt, aber ich musste trotzdem an sie denken, daran, wie besorgt sie um ihren Ruf waren, wie besessen davon, perfekt zu wirken. Wozu denn überhaupt? Am Ende war doch sowieso alles umsonst. Sie belogen sich selbst, redeten sich ein, dieses Leben sei erstrebenswert. Aber Elise konnte über so etwas nur die Nase rümpfen.

»Ich werde jedenfalls dafür sorgen, dass die Welt sich an mich erinnert«, verkündete sie. »Ich will Spuren hinterlassen.« Elise war wild und frei und überlebensgroß. Sie würde garantiert niemand vergessen.

Nicht dass ich mir noch nie gewünscht hätte, mich von der Masse abzuheben, aber ich war nicht annähernd so dazu entschlossen wie Elise, nicht so überzeugt, mein Ziel auch zu erreichen. Und selbst wenn, hätte ich es niemals laut ausgesprochen. Aber Elise nahm nun mal selten ein Blatt vor den Mund.

»Die Welt wird sich an *uns* erinnern«, fügte sie dann hinzu und lächelte mich an. »Uns beide.«

»Okay.« Ich erwiderte das Lächeln.

»Wir sind anders, du und ich«, fuhr sie fort. »Was Besonderes. Melody führt das totale Vorzeigeleben. Eltern perfekt, Klamotten perfekt, einfach alles perfekt. Und früher war ich tatsächlich mal neidisch auf solche Leute.« Das Gefühl kannte ich nur zu gut, hörte noch immer manchmal das Echo der

Verzweiflung in mir nachhallen, mit der ich mir früher andere Eltern, ein anderes Leben gewünscht hatte.

Was Elise sagen wollte, war: Unsere Wunden machten uns zu etwas Besonderem.

»Aber weißt du, was, Rem? Inzwischen bin ich sogar froh, dass ich es nicht leichter hatte. Ich bin nämlich stärker als alle anderen zusammen, und ich weiß genau, was ich kann. Egal, jedenfalls besteht Familie für mich aus den Menschen, die man liebt, und nicht aus denen, die einen in die Welt gesetzt oder großgezogen haben. Denen ist man überhaupt nichts schuldig. Treu bleiben sollte man nur sich selbst und den Leuten, die man in seinem Leben haben will. Sobald ich meinen Abschluss in der Tasche hab, bin ich hier weg.«

»Nimmst du mich mit?«, fragte ich, nur halb im Scherz, und wartete auf ihre Reaktion.

»Na klar«, antwortete sie, als stünde das ja wohl außer Frage. »Du bist doch meine Familie.«

Elise gefiel es, dass ich Schutz brauchte, und mir gefiel es, dass sie mich beschützen wollte. Wir brauchten einander, wir hatten uns bewusst füreinander entschieden und darin lag eine tiefe Kraft.

MONTAG, 28. AUGUST
TAG 353

19.

Es lag eine so tiefe Kraft in unserer Entscheidung füreinander, dass ich sie noch immer spüren kann, obwohl das alles schon fast ein Jahr zurückliegt.

Elise und ich sind eine Familie. Damals brauchte ich Schutz und sie hat mir geholfen. Und jetzt ist es Elise, die mich braucht.

»Vielleicht fangen wir einfach noch mal von vorne an«, sagt Detective Ward und wir kauen das Ganze von Neuem durch.

»Warum seid ihr zu Elise nach Hause gefahren?«, fragt sie.

»Wir wollten allein sein.«

»Weil ihr Streit hattet?«

Ich nicke.

»Worum ging es bei dem Streit?« Beiläufig zieht sie ihre Ärmel glatt. Sie wirkt so ruhig und entspannt, während ich schon wieder Sekunden vor dem Nervenzusammenbruch stehe.

»Ich weiß nicht mehr«, lüge ich und versuche, in ihrem Gesicht zu lesen. »Irgendeine Kleinigkeit.« Ihre Miene bleibt neutral, und ich habe keine Ahnung, ob sie mir glaubt oder nicht.

»Und dann hast du Jack angerufen«, sagt sie.

»Genau, und er ist vorbeigekommen. Ich hab ihn reingelassen, aber Elise war noch hinten auf dem Balkon.« Ich sehe es jetzt genau vor mir: Jack an der Tür, ich, die an ihm vorbei nach draußen geht. *Vielleicht ist es besser, wenn ich mal allein mit ihr rede*, hat er gesagt und mir einen Kuss auf die Stirn gegeben. *Fahr du ruhig nach Hause und leg dich hin.*

Okay. Ich bin die Auffahrt runtergegangen und in mein Auto gestiegen. Gerade wollte ich den Zündschlüssel umdrehen, als ich die Schüsse hörte. Ich bin gerannt, gerannt, gerannt, aber es war zu spät.

Von der Erinnerung überwältigt fange ich direkt wieder an zu weinen und das Salz brennt auf meiner Haut. Vielleicht trage ich einfach ein Meer in mir, das niemals austrocknet.

Detective Ward schiebt mit dem Ende ihres Kugelschreibers eine Taschentücherbox zu mir rüber, ohne mich dabei aus den Augen zu lassen.

»Elise war noch auf dem Balkon, aber dann ist sie reingekommen und hat Jack gesehen. Es war so dunkel drinnen und da … da –« Der Schmerz in meiner Brust wird unerträglich und ich kann nicht weiterreden. *Elise braucht dich,* wispert ein Stimmchen in meinem Kopf. Irgendwie gelingt es mir, mich wieder zu fassen, meine letzten Kräfte zu bündeln. »Ich konnte Elise selber kaum erkennen. Ich wusste nur, dass sie es war, weil sie niemand anders sein konnte. Jack war vor mir. Ich glaube, sie hat mich überhaupt nicht gesehen. Sie –« Ich schlage mir die Hände vors Gesicht und schluchze ungehemmt, ertrinke in meinen eigenen Tränen. »Elise hatte Angst. Darum hat sie ihn erschossen!«

Es war keine Absicht. In der Dunkelheit hat sie nur nicht erkannt, wer sich ihr da näherte. Elise muss vollkommen in Panik gewesen sein.

Wenn ich die Augen schließe, läuft alles vor mir ab wie ein Film. Ich versuche, mich in sie hineinzuversetzen. Das Haus still, zu still, als ich vom Balkon zurück ins Wohnzimmer gehe. Ich bin noch aufgewühlt von dem, was zuvor passiert ist. Dann sehe ich hoch und erkenne, wie im Dunkeln jemand auf mich zukommt.

Ich spüre Elise' Furcht wie ein Brennen im ganzen Körper. Ich sehe, wie sie nach der Waffe greift, beinahe ein Reflex. Und dann –

Es tut zu weh. Ich kann nicht.

Detective Ward wartet darauf, dass ich aufhöre zu weinen. Es dauert gefühlt Jahre, bis ich mich endlich wieder unter Kontrolle bekomme. Dann beugt sie sich erneut zu mir vor, die Ellenbogen auf den Tisch gestemmt, die Hände verschränkt.

»Das ist interessant«, sagt sie langsam, eine Silbe nach der anderen. »Ich habe nämlich gestern Abend mit Elise gesprochen, und sie hat gesagt, du warst gar nicht dabei.«

»Was?«, fragen Vera und ich wie aus einem Mund. Vera dreht sich zu mir um und wirft mir einen scharfen Blick zu: *Kein Wort mehr.*

»Eine von euch lügt«, stellt Detective Ward fest. »Und ich will wissen, warum.«

SAMSTAG, 31. DEZEMBER
TAG 113

20.

Elise liebte Actionfilme, besonders welche mit richtigen Helden, ob mit oder ohne Superkräfte. Geschichten, in denen Gut gegen Böse kämpfte. Mit Menschen, die sich auf eine Mission begaben, um ein Unrecht aus der Welt zu schaffen. Menschen, denen Gerechtigkeit so sehr am Herzen lag, dass sie in ihrem Streben danach hin und wieder mal das Gesetz brechen mussten.

Sie liebte dramatische Showdowns zwischen dem Helden und seinem Gegenspieler. Und obwohl das Ende sowieso immer gleich ausfiel – Gut besiegt Böse –, fieberte sie bei diesen Szenen so extrem mit, als könnte es genau dieses eine Mal anders sein.

Ihr Lieblingsfilm war »Kill Bill«, in dem Uma Thurman Jagd auf ein Attentatskommando machte, das die Probe für ihre Hochzeit in ein Blutbad verwandelt und sie dabei in ein jahrelanges Koma befördert hatte. Die Attentäter waren mal ihre Freunde gewesen, ihre Familie. Sie war eine von ihnen gewesen. Und so beschloss sie, kaum dass sie aus dem Koma erwacht war, Rache zu nehmen.

Das erste Mal, als wir den Film guckten, saßen wir mit einer Flasche Wein, die wir meinen Eltern stibitzt hatten, bei mir im

Keller, stießen auf das neue Jahr an und genossen es, das ganze Haus für uns zu haben.

»Das ist mein absoluter Lieblingsfilm aller Zeiten«, erklärte Elise.

»Ich hab ihn nur einmal gesehen. War mir … ein bisschen zu blutrünstig«, gestand ich.

»Ich kann dich ja warnen, wenn die schlimmen Szenen kommen«, bot sie an und schenkte uns Wein nach.

Es schien ihr wichtig zu sein, dass ich den Film mit ihr guckte, obwohl ich nicht recht wusste, warum. Also sagte ich Ja, kuschelte mich neben sie aufs Sofa und legte den Kopf auf ihre Schulter.

Hin und wieder ertappte ich Elise dabei, wie sie während des Films zu mir rüberspähte, und ich merkte ihr an, wie sehr sie hoffte, dass er mir gefiel.

Am Ende des ersten Teils wandte sie sich mir zu und wartete schweigend auf mein Urteil.

»War gut«, sagte ich diplomatisch.

»Gut?« Sie klang enttäuscht.

»Wirklich«, bekräftigte ich. »Richtig gut.«

»Ganz ehrlich?«

»Ja.«

»Welche Szene fandst du am besten?«, fragte sie, noch nicht überzeugt.

»War alles toll«, antwortete ich ausweichend.

»Nein, im Ernst.«

»Okay«, versuchte ich, Zeit zu schinden. »Also wenn ich mich entscheiden müsste, dann wahrscheinlich für die mit Hattori Hanzo. Als sie ihn dazu bringt, ihr ein Schwert zu schmieden?«

Elise nickte begeistert. »Und welche noch?«

»Äh. Der Kampf mit O-Ren Ishii im Schnee. Als die sich

bei der Braut entschuldigt.« Die Szenen hatte ich tatsächlich gemocht, aber in erster Linie wollte ich Elise nicht enttäuschen.

Wieder nickte sie. »Siehst du? Ich wusste doch, dass er dir gefällt.«

»Mhm.« Ich hoffte, dass die Fragerunde damit beendet war.

»Der ganze Film ist pure Poesie«, fuhr Elise aufgeregt fort. »Nimm alleine mal die Braut – die hat alles verloren, wurde von ihrer Familie verraten, aber sie ist trotzdem kein Opfer. Sie lässt sich nicht kleinkriegen von dem ganzen Mist, der ihr passiert. Sie ist eine Kämpferin. Sie wartet nicht darauf, dass ihr die Gerechtigkeit einfach widerfährt, sondern nimmt das Ganze selbst in die Hand.« Elise setzte sich auf. Sie redete immer schneller und fing an, dabei wild zu gestikulieren. »Sie hat niemanden auf der Welt, aber sie braucht auch niemanden mehr. Sie ist die menschgewordene Rache. Wünschst du dir nicht auch manchmal, dass das wirkliche Leben so sein könnte?«

»Wie jetzt, voller willkürlicher Morde und Killerkommandos mit Katana-Schwertern?«, fragte ich und musste ein bisschen lachen.

»Nein, ich meine: Wünschst du dir nicht auch manchmal, du könntest gründlich mit gewissen Leuten abrechnen?« Ihre Wangen glühten und ihre Stimme wurde immer lauter, aufgeregter.

»Vielleicht schon«, antwortete ich verwirrt. »Aber ist ja nun mal nicht so, als könnte man einfach jeden, den man nicht mag, um die Ecke bringen.« Das war ein Scherz, aber irgendwas blitzte in Elise' Augen auf, hart wie Stahl. »Wir können nicht alle nach Japan fliegen, uns ein Samurai-Schwert schnappen und Jagd auf jedes Arschloch machen, mit dem wir noch eine Rechnung offen haben. Ist halt nur ein Film.« Ich hob die Schultern.

»Ja klar. Nur ein Film.« Mit einem Seufzer ließ sie sich zurück aufs Sofa sinken. »Ich meine nur – mir ist klar, dass das nur ein Film ist, aber gleichzeitig ist es eben auch so viel mehr. Mir geht's um die Grundsätze, nach denen sie lebt. Es geht nicht nur um Rache. Sondern um Selbstachtung. Um die Überzeugung, dass man die ganze Scheiße, die andere einem zufügen, nicht einfach hinnehmen muss. Darum dass man, selbst wenn einen jemand zu Boden trampelt, weiß: Irgendwann kommt der Tag der Abrechnung. Irgendwann kommt der Tag, an dem man aufersteht wie Phönix aus der Asche und es den Leuten heimzahlt, die einen fertigmachen wollten.« Elise sah aus, als würde sie jeden Moment anfangen zu weinen, aber sie blinzelte die Tränen weg und holte tief Luft. »Es gibt einen Grund dafür, dass die Heldin im ersten Teil keinen Namen hat, weißt du? Weil sie jede sein könnte. Jede von uns könnte die Braut sein.«

»Wie kommst du denn auf einmal auf das alles?«, fragte ich leise, erschrocken über die Wut in ihrer Stimme. Vielleicht war es ja bloß der Wein, dachte ich.

Elise öffnete den Mund, als wollte sie direkt zum nächsten Monolog ansetzen, aber dann überlegte sie es sich anscheinend anders und seufzte nur erneut.

»Tut mir leid, Remy«, sagte sie. »Du hast natürlich recht. Es ist nur ein Film und hat mit dem echten Leben nichts zu tun. Hier gibt es kein Karma, das böse Menschen bestraft.« Jetzt rann ihr doch eine Träne übers Gesicht. »Ich weiß, dass es nur ein Film ist. Ich *weiß* das, okay? Aber manchmal brauche ich einfach was, das mich daran erinnert, dass ich mich nicht immer so hilflos fühlen werde. Dass ich stark bin und die alle irgendwann merken werden, wie sehr sie mich unterschätzt haben.« Wieder stieß sie scharf die Luft aus und wandte sich ab.

»Was ist denn los mit dir?«, fragte ich und legte ihr behutsam die Hand auf den Arm. Sie zuckte zurück, obwohl wir uns gerade noch so nah gewesen waren. »Elise?«

Sie schüttelte den Kopf. »Ich will nicht drüber reden.«

Und von einer Sekunde auf die andere war mir der eine Mensch, den ich besser zu kennen geglaubt hatte als mich selbst, plötzlich nur noch ein einziges Rätsel. Doch bevor ich nachbohren konnte, kam sie mir zuvor.

»Ich will wirklich nicht drüber reden. Tut mir leid, dass ich so ein Theater mache.« Sie schnappte sich die Weinflasche, setzte sie an und leerte sie in einem Zug. »Oh Mann, Remy«, fügte sie dann hinzu. »Du weißt gar nicht, was für ein Glück du hast.«

Ich starrte sie verständnislos an.

»Ich meine, klar, deine Eltern sind die Hölle«, fuhr sie fort. »Aber es könnte noch viel, viel schlimmer sein.«

»Was?«

»Und wenigstens hast du Christian.«

»Na super«, höhnte ich.

»Eigentlich wirkt er echt nett«, sagte sie, und ich hätte schwören können, dass ich einen Hauch von Verliebtheit in ihrer Stimme hörte.

»Ist er aber nicht«, entgegnete ich. »Alles nur Fassade.«

»Wie meinst du das?«

»Ach, vergiss es. Und außerdem hat er eine Freundin, glaube ich.«

»Was? Wen?«

»Die Kapitänin vom Hockeyteam, Vanessa Dingsbums.«

»Oh«, sagte sie und schaffte es, einen ganzen Ozean voll Enttäuschung in die eine Silbe zu quetschen.

»Wieso?«, hakte ich nach. »Willst du etwa was von ihm?« Wir kannten beide die Antwort, aber ich musste sie aus ihrem

Mund hören. Wir waren beste Freundinnen, eine *Familie*, aber sie vertraute mir trotzdem nicht.

»Was? Quatsch«, stritt sie ab. Unsere Blicke trafen sich, und einen Moment lang starrten wir einander an, keine von uns bereit, als Erste wegzugucken.

»Was meintest du damit«, wechselte ich schließlich das Thema und senkte den Kopf, »dass meine Eltern viel, viel schlimmer sein könnten?«

»Ach, nur –« Wieder sah sie mich an. »Na ja, es gibt halt Abstufungen. Und deine Eltern sind scheiße, aber es geht halt noch schlimmer. Viel schlimmer.« Damit musste sie ihre Mutter meinen und wie sie von ihr verlassen worden war.

»Alles, was die machen, ist streiten und hin und wieder mal das Wort Scheidung fallen lassen«, fuhr sie mit geschlossenen Augen fort, ohne sich der Wirkung ihrer Worte auf mich bewusst zu sein. »Du hast Glück, in vielerlei Hinsicht.«

»Was?« Jetzt rückte ich ein Stück von ihr ab und kauerte mich zusammen. Ich konnte es nicht fassen, wie sie unsere Kindheiten miteinander verglich und bestimmte, wer es schlimmer gehabt hatte. Sie hatte doch selbst miterlebt, wie die beiden waren und wie ich darunter litt. Nur weil meine Mom mich nicht verlassen hatte, als ich sieben war, konnte man doch nicht behaupten, dass ich Glück hatte. Manchmal dachte ich sogar, es wäre besser so gewesen.

Wir sind anders, du und ich, hatte Elise gesagt. *Was Besonderes. Melody führt das totale Vorzeigeleben. Eltern perfekt, Klamotten perfekt, einfach alles perfekt.* Ja, wir waren anders, aber bisher waren wir es immer zusammen gewesen. Wir hatten gelitten und das hatte uns stärker gemacht. Das war die Geschichte gewesen, die Elise bislang erzählt hatte. Unser Schöpfungsmythos, wenn man so wollte. Wir gegen den Rest der Welt, aber niemals sie gegen mich.

Als ich eine Weile nichts sagte, öffnete sie die Augen.

»Ich habe *Glück*?«, wiederholte ich, noch immer fassungslos. »Wie kannst du das sagen?«

Sie blinzelte verdutzt. »Warte mal –«

»Worin genau besteht denn mein Glück? Darin dass meine Eltern mich nicht lieben und es auch noch nie getan haben?« Ich weinte jetzt vor Wut. »Darin dass ich niemanden habe?«

»Tut mir leid.« Bestürzt blickte sie auf meine Tränen. »Tut mir leid, Remy. So meinte ich das nicht.« Sie schob ihr Weinglas weg, setzte sich auf und schüttelte energisch den Kopf. »Tut mir so leid, ich weiß gar nicht, warum ich mich so aufführe. Stimmt natürlich, du hast kein Glück.«

Was mich am meisten erschütterte, war, sie von dieser völlig neuen Seite kennenzulernen und zu merken, wie mühelos sie mich verletzen konnte. Es musste am Wein liegen, versuchte ich, mir wieder einzureden, aber gleichzeitig wurde ich das Gefühl nicht los, dass da noch mehr war, etwas, was sie mir verschwieg.

»Aber wie kommst du denn auf einmal auf so was?«, wollte ich wieder wissen und hoffte, dass sie einfach mit mir redete.

»Ach, ich –« Sie holte tief Luft. »Ich mache gerade einfach ’ne schwierige Phase durch.«

»Wieso?«

»Vor drei Jahren um diese Zeit ist meine Mom gestorben?«, sagte sie so zögerlich, dass es mehr wie eine Frage klang. »Ich musste zu ihrer Beerdigung, obwohl ich seit fast zehn Jahren kein Wort mit ihr geredet hatte.«

Es war, als hätte mich jemand in kaltes Wasser geschubst, und ein eisiger Schock durchzuckte meinen Körper. Endlich, *endlich* begann Elise, sich zu öffnen. Ich wischte mir die Tränen ab und setzte mich auf.

»Meine Mom mochte mich auch nicht besonders«, sagte

sie mit einem kläglichen Lachen. »Und mein Dad, tja …« Sie hob die Schultern und wandte sich ab. »Und meine Großeltern genauso wenig. Die haben uns schon immer gehasst, weil sie fanden, ihre ach so tolle Tochter hätte eine schlechte Partie gemacht. Meistens haben sie so getan, als würde es uns gar nicht geben.« Mit einem Mal klang ihre Stimme dumpf, beinahe monoton. »Und jetzt wohnen wir in ihrem Haus, trinken aus ihren Gläsern und schlafen in ihren Betten.« Sie schüttelte ungläubig den Kopf. »Vielleicht sollten wir die Hütte einfach abfackeln.«

Eine Weile wirkte sie tief in Gedanken versunken. »Stell dir nur mal vor, die Enkelin, für die sie sich schon immer geschämt haben, würde alles zerstören, was sie ihr Leben lang aufgebaut haben. Die verstoßene Prinzessin würde das Schloss ihrer Großeltern in Schutt und Asche legen.« Sie lachte. »Die pure Poesie, oder?« *Die pure Poesie* – genauso hatte sie kurz zuvor »Kill Bill« beschrieben.

Ich lachte mit, obwohl ich das Ganze nicht sonderlich witzig fand. Ich war noch immer verstört darüber, dass sie gesagt hatte, ich hätte Glück, weil meine schrecklichen Eltern noch viel schrecklicher sein könnten, aber andererseits glaubte ich zu verstehen, was sie mit den Abstufungen meinte. Außerdem wirkte sie so traurig, also beließ ich es dabei.

»Und, sollen wir den zweiten Teil auch noch gucken?«, fragte ich, um sie aufzuheitern, obwohl ich eigentlich keine große Lust darauf hatte.

»Echt jetzt?« Sie lächelte unsicher.

Ich nickte. »Ich will doch wissen, wie es weitergeht.«

Es war fast sieben Uhr morgens, als wir mit dem Film durch waren. Den Kopf an Elise' Schulter gelehnt dümpelte ich irgendwo an der Grenze zum Schlaf und konnte kaum noch die Augen offen halten.

»Rem?«, flüsterte sie.

»Hmm?«

»Ich hab dich lieb.«

Meine Lider öffneten sich flatternd und ich lächelte. »Ich dich auch.«

FREITAG, 3. FEBRUAR
TAG 147

21.

Die ersten paar Wochen nach Neujahr behielt ich Elise sorgsam im Auge. Ich fragte mich, ob sie irgendwann noch mal auf die Silvesternacht zu sprechen kommen oder erneut versuchen würde, meine Probleme kleinzureden, aber das tat sie nicht. Es war nur zu leicht, mir einzubilden, dass die Elise, die ich an Silvester erlebt hatte, eine Ausnahme gewesen war. Nicht die Elise, die ich kannte.

Sie fing an, mehr Zeit bei mir zu Hause zu verbringen. Zwar verriet sie mir nie, warum, aber ich erklärte es mir damit, dass sie für mich da sein, mich vor den Streitereien meiner Eltern abschirmen wollte. So etwas war mir vollkommen neu: jemanden zu haben, der sich so für mich aufopferte. Klar, ich war nicht Elise' einzige Freundin, aber ich war ihre beste.

Die Mitglieder ihrer Clique variierten, und neben Julie Adichie und Jae Park, die nach wie vor jeden Mittag an Elise' Cafeteriatisch saßen, waren zwei neue Gesichter dazugekommen: Julies neue Freundin Madison Laurent und Ben Torres, der mitten im Schuljahr aus Florida hergezogen war.

An manchen Abenden überredete Elise mich, etwas mit ihnen zu unternehmen. Dann gingen wir zu McDonald's oder ins Waffle House für ein mitternächtliches Frühstück oder fuhren einfach ziellos durch die Gegend. Bei unserem ersten Ausflug trafen wir uns auf dem Footballfeld an unserer Schule. Wir setzten uns auf den Kunstrasen, rauchten und quatschten. Jae holte sein Handy raus und machte Musik an, woraufhin Julie Madisons Hand ergriff und die beiden im Dunkeln zu tanzen anfingen.

»Komm«, sagte Elise, zog mich ebenfalls auf die Füße und wirbelte mich herum. Ich lachte ausgelassen und die kalte Winterluft brannte mir auf den Wangen. Irgendwann waren wir alle außer Puste und ließen uns zurück auf den Rasen fallen.

Melody würde einen Anfall kriegen, dachte ich bei mir. Zwar war am nächsten Tag Wochenende, aber es war trotzdem ganz schön spät und wir hatten unerlaubt das Schulgelände betreten. Andererseits hatten Melody und ich uns im Moment sowieso nicht sonderlich viel zu sagen.

Das letzte Mal, dass wir überhaupt miteinander geredet hatten, war über zwei Wochen her, als sie mich nach dem Unterricht abgefangen hatte. »Ich mache mir Sorgen um dich«, hatte sie gesagt, und eigentlich reichte es mir schon da.

»Wieso?«, fragte ich. Vermutlich dachte sie wirklich, sie würde sich Sorgen um mich machen, aber ich wurde den Gedanken nicht los, dass sie in Wahrheit bloß neidisch auf mich war.

»Du wirkst so verändert. Ich weiß nicht, erst warst du total besessen von Cameron und jetzt von Elise«, erklärte sie stirnrunzelnd.

Ich winkte ab. »Was willst du von mir, Mel?«

»Gar nichts«, erwiderte sie verletzt. »Du warst halt einfach lange meine beste Freundin.«

Jetzt bekam ich doch ein schlechtes Gewissen. »Das klingt ja, als wären wir auf einmal nicht mehr befreundet.«

»Sind wir das denn noch?«, fragte Melody. »Wir sehen uns so gut wie nie und meistens antwortest du nicht mal auf meine Nachrichten.«

»Tut mir leid.« Das meinte ich zwar ernst, aber wir wussten beide, dass sich nichts ändern würde. Ich hatte mich nie richtig wohlgefühlt bei Mel und ihren Freundinnen, und jetzt hatte ich eben Elise, jemanden, der mich so kannte und mochte, wie ich wirklich war.

»Elise – ach, keine Ahnung.«

Sofort ging ich innerlich in Kampfstellung. »Was ist mit Elise?«

»Ich finde sie irgendwie ziemlich … egoistisch.« Melody klang unsicher. »Oder warte – das trifft es nicht ganz.«

»Elise ist einer der *un*egoistischsten Menschen, die ich kenne«, entgegnete ich und dachte an unseren allerersten gemeinsamen Abend: Ich ohne Sicherheitsnetz in freiem Fall und Elise, die mich aufgefangen und wieder zusammengeflickt hatte. Sie wusste immer genau, was ich brauchte, sie sorgte für mich.

»So meinte ich das gar nicht«, versuchte Melody es erneut, aber ich hatte mich schon abgewandt.

Elise sagte oft, Melody und ich hätten uns auseinandergelebt. »Aber mach dir keine Sorgen«, beruhigte sie mich dann. »Uns beiden wird das nie passieren.« Und ich glaubte ihr.

Jetzt, auf dem Footballfeld, lagen wir auf dem Kunstrasen und lachten noch immer. Elise' Hand ruhte locker auf meinem Unterarm.

Unsere Blicke trafen sich und selbst im Dunkeln erkannte ich das elektrisierende Blitzen in ihren Augen. Sie drückte kurz meinen Arm und zog dann die Hand weg.

»Mir ist langweilig«, meckerte Jae, als das Gelächter verstummt war.

»Na, das geht natürlich nicht. Was machen wir denn dagegen?«

»Keine Ahnung. Irgendwas. Ist mir egal.«

»Ich hab eine Idee«, meldete sich Julie zu Wort. »Wir könnten Mr Dawkins' Klassenraum verwüsten.«

»Was? Wieso das denn?«, fragte Ben.

»Wäh, ja, der Typ ist so widerlich«, pflichtete Elise Julie bei. Dawkins, der Englisch unterrichtete, hatte sich zwar noch nie irgendwas Meldenswertes zuschulden kommen lassen, aber es beschwerten sich immer wieder Mädchen darüber, wie er sie anguckte, und außerdem lud er ständig irgendwelche Schüler – vor allem Schülerinnen – ein, nach dem Unterricht auf ein Pläuschchen zu bleiben. Darum machte ich lieber einen Bogen um ihn. Ob er sich Julie gegenüber irgendwas Ekliges geleistet hatte?

»Keine Ahnung, woher, aber auf jeden Fall wusste er das von Madi und mir«, klärte Julie uns auf. »Und da hat er sie beiseitegenommen und über uns ausgefragt.«

Alle setzten sich auf und guckten erwartungsvoll Madi an. »Na ja, so schlimm war's jetzt auch nicht, aber klar, angenehm ist anders. Er meinte, er wäre ›bloß neugierig‹. Wollte wissen, warum ich für Julie mit meinem Freund Schluss gemacht hätte, was ja überhaupt nicht stimmt.« Ich konnte es nicht fassen, dass er Madison derart ins Kreuzverhör genommen hatte.

»Er hat behauptet, er würde sich nur Sorgen um sie machen«, fügte Julie abfällig hinzu. »Und dass er sichergehen will, dass sie keine falschen Lebensentscheidungen trifft.«

»Bitte was?« Ben beugte sich vor und stemmte die Ellenbogen auf die Knie.

»Er hat kein einziges Mal Julies Namen gesagt, sondern immer nur ›dieses Mädchen‹.« Madison griff nach Julies Hand.

»Arschloch«, schnaubte Elise.

»Ich bin dafür«, verkündete Jae. »Lasst uns seinen Klassenraum verwüsten.«

»Nein«, lehnte Madison ab. »Vergesst es einfach. Ich meine, klar, der Typ ist zum Kotzen, aber ansonsten harmlos. Der nervt halt nur ein bisschen. In ein paar Monaten hab ich sowieso meinen Abschluss.«

»Hm«, machte Elise. »Ich finde, wir sollten trotzdem was tun.« In solchen Momenten war ich unendlich froh, Elise zu haben. Bei ihr konnte man sich darauf verlassen, dass sie die Initiative ergriff und für Gerechtigkeit sorgte.

Madison schüttelte den Kopf. »Das ist schon Wochen her und seitdem hat er nichts mehr gesagt. Eigentlich tut er mir eher leid. Der Kerl ist doch bloß ein ganz armes einsames Schwein.«

»Du bist einfach viel zu nett«, befand Julie. Am Ende jedoch schlug sie sich auf Madisons Seite und wir redeten nicht weiter darüber.

»Was muss eigentlich passieren, damit man so wird?« Ben steckte sich die nächste Zigarette an.

»Hä?«, fragte Elise.

»So wie Dawkins. So ein erbärmlicher kleiner Fiesling.«

»Vielleicht war er einfach schon immer so«, sagte Julie.

»Glaub ich nicht«, meldete ich mich zu Wort, und alle guckten mich überrascht an. Da ich immer noch ziemlich eingeschüchtert von Elise' Freunden war, hielt ich eigentlich die meiste Zeit den Mund.

»Wie kommst du darauf?«, fragte Elise.

»Na ja –« Ich dachte an meine Eltern. Die konnten schließlich auch nicht schon immer so gewesen sein, wie sie heute waren. Irgendwann mussten die beiden sich mal gerngehabt haben. Bei uns zu Hause gab es Fotos, auf denen sie aufrichtig lächelten und sich richtig liebevoll anguckten. »Menschen verändern sich eben«, sagte ich. »Manche werden hart und verbittert oder eben zum Ekeltypen.«

»Oh Mann, ich hoffe, mir passiert so was nie.« Madison ließ sich hintenüber sinken und zog Julie zu sich runter.

»Darüber denke ich auch manchmal nach«, sagte Jae leise und starrte zu Boden. »Ich meine, *mögt* ihr irgendwelche von den Erwachsenen, die ihr so kennt? Wollt ihr mal so sein wie die? Wie eure Eltern, eure Lehrer? Eigentlich will ich mit keinem von denen überhaupt was zu tun haben.«

»Ja«, sagte Elise. »Geht mir genauso.«

»Meine Mom ist eigentlich ganz okay«, wandte Julie ein. »Aber tauschen will ich trotzdem nicht mit ihr. Ihr ganzes Leben wirkt total festgefahren. Echt schrecklich.« Madison drückte ihre Hand.

»Als ich damals mit dem Zauberkram angefangen habe, fanden meine Eltern erst, das wäre Zeitverschwendung«, sagte Jae. »Aber sobald sie dann gemerkt haben, wie erfolgreich ich damit war, sind sie total durchgedreht und haben mich ständig zum Üben gezwungen, bis es mir überhaupt keinen Spaß mehr gemacht hat. Die zeigen heute noch jedem meinen bescheuerten Auftritt bei »Good Morning America«, obwohl ich direkt danach alles hingeschmissen habe.« Er legte sich ebenfalls auf den Rücken und schloss die Augen. »Vielleicht ist den ganzen Erwachsenen ja auch so was passiert.«

»Was?«, fragte Madison.

»Dass das Universum ihnen die Sachen wegnimmt, die ihnen wichtig sind, und sie ihnen verdirbt«, erklärte er. Wieder dachte ich an meine Eltern und das, was das Universum ihnen alles weggenommen hatte. Wie unglücklich und festgefahren sie heute waren und wie verzweifelt sie versuchten, ihr Elend vor anderen zu verbergen, was das Ganze nur noch schlimmer machte.

»Nein, deine Eltern sind einfach bloß scheiße«, befand Elise. »Ich werde jedenfalls nie wie meine.«

»Woher willst du das denn wissen?«, fragte Jae.

Elise lächelte. »Das Universum kann einem nur was wegnehmen, wenn man es lässt. Und darum muss man sich dagegen wehren.«

Als später nur noch Elise und ich übrig waren, fuhren wir in die Erdbeervilla, die wir ganz für uns hatten, denn ihr Vater war mal wieder nicht zu Hause. Wir entschieden uns für den Balkon, und Elise setzte sich auf die Brüstung, was mich ein bisschen nervös machte. Dahinter ging es tief runter zum Fluss, und außerdem konnte man im Dunkeln kaum was sehen, wodurch der Boden noch weiter entfernt wirkte.

»Komm da runter«, bat ich sie.

»Keine Angst.« Elise lächelte. »Ich falle schon nicht.«

»Elise«, beharrte ich. »Bitte.«

»Vertrau mir einfach. Komm lieber rauf, ist total cool hier.«

Ich schüttelte den Kopf und sie zuckte mit den Schultern.

»Weißt du, was ich mir überlegt habe?«, fing sie dann aufgeregt an.

»Nein, was?«

»Dass wir Dawkins einen Denkzettel verpassen sollten.« Ihre Augen funkelten. »Der hat's echt nicht besser verdient. Sozusagen als Geschenk für Julie und Madi.«

»Madison hat aber doch gesagt, sie will sich gar nicht an ihm rächen.«

»Will sie wohl«, beharrte Elise. »Sie hat nur zu viel Schiss.«

»Ich weiß nicht.«

»Es muss auch nichts Schlimmes sein.« Endlich sprang sie von der Brüstung. »Nichts mit Mäusen oder aufgeschlitzten Reifen oder so. Wir finden einfach raus, wo er wohnt, und dann veranstalten wir ein kleines Feuerwerk vor seinem Fenster, so wie bei Cameron.«

Am Ende gab ich klein bei. »Okay, von mir aus.« Ich folgte ihr zurück ins Haus und auf den Dachboden. In der Hoffnung, dass wir letztes Mal nicht gründlich genug gesucht hatten, durchwühlten wir noch mal Kiste um Kiste, aber es waren wirklich keine Feuerwerkskörper mehr übrig.

Stattdessen fanden wir eine Waffe.

Es war ein kleiner Revolver samt Munition, alles säuberlich in einem Lederfutteral verstaut. Elise zog ihn heraus, und der metallene Lauf reflektierte das Dachbodenlicht, sodass es aussah, als würde er Funken sprühen.

Unwillkürlich wich ich zurück.

Elise sah nach, ob die Waffe geladen war. »Entspann dich. Da sind keine Kugeln drin.« Sie zielte von uns weg und drückte auf den Abzug. *Klick.* »Siehst du? Alles halb so wild.«

»Mann, nimm den runter!«, schimpfte ich entsetzt.

»Was denn? Der ist doch überhaupt nicht geladen!«, wiederholte sie, als wäre sonst alles in Butter.

Ich musste ein paarmal tief durchatmen, bevor ich antworten konnte. »Trotzdem. Und wieso liegt hier oben überhaupt so was rum? Wusstest du das?«

»Nee«, antwortete sie. »Der muss meinen Großeltern gehört haben.«

»Dann sollten wir ihn einfach zurücklegen«, sagte ich, beide Hände erhoben.

Aber Elise beachtete mich gar nicht. Stattdessen stand sie auf und posierte mit der Waffe wie eine Actionheldin, die drauf und dran war, eine Tür einzutreten, eine Geheimagentin mit der Lizenz zum Töten. Ihr dunkles Haar schimmerte im spärlichen Licht kupferfarben, beinahe golden. Sie warf es sich schwungvoll über die Schulter und zwinkerte mir zu.

»Leg ihn zurück«, wiederholte ich und erhob mich ebenfalls langsam. Ich konnte nur staunen, wie lässig sie mit der Waffe hantierte.

Elise seufzte. »Ist ja gut. Was hast du denn auf einmal?«

»Ich mag halt keine Waffen«, sagte ich. »Bitte.«

»Okay.« Sie schob den Revolver zurück in das Futteral und ließ es zuschnappen. »Da, schon weg. Besser?«

Ich nickte.

»Komm, wir fahren zu dir und gucken einen Film.« Sie klopfte sich den Staub von den Klamotten. »Ich bin müde. Dawkins kann noch warten.«

»Ich bin auch müde«, sagte ich, insgeheim froh, dass sie ihren Plan fürs Erste verworfen hatte. »Lass uns doch einfach hierbleiben.«

Sie hielt inne, und wieder fragte ich mich, warum Elise eigentlich seit Neustem so viel Zeit bei mir zu Hause verbringen wollte. Zuerst hatte ich gedacht, sie würde es mir zuliebe tun, um mir beizustehen, falls bei meinen Eltern mal wieder die Fetzen flogen, aber wäre ich nicht hier in der Erdbeervilla viel sicherer vor ihnen gewesen?

»Besser nicht«, fing sie an und zögerte kurz, bevor sie fortfuhr. »Kann sein, dass mein Dad morgen früh nach Hause kommt.«

Das war also der Grund. Ihr Vater.

Elise holte tief Luft. »Wir kommen gerade nicht so gut klar.« Sie klang gequält, als wollte sie nicht zugeben, dass sie Probleme hatte.

»Ist irgendwas passiert?«, fragte ich. Endlich, dachte ich. Vielleicht würde sie mir jetzt endlich mal erzählen, was zwischen ihr und ihrem Dad eigentlich los war.

»Nein«, antwortete sie einen Tick zu schnell. »Alles okay so weit. Manchmal kann er bloß einfach ein ziemliches Arschloch sein.« Nicht sehr überzeugend. Als sie mein skeptisches Gesicht sah, fügte sie hinzu: »Aber das wird schon wieder, keine Sorge.« Sie versuchte sich an einem Lächeln, das allerdings eher wie eine Grimasse wirkte. Mehr wollte sie nicht erzählen, so viel stand fest, und ich wusste, wenn ich jetzt zu sehr nachbohrte, würde sie komplett dichtmachen. Gefrustet, dass sie mich immer noch ausschloss, ließ ich das Thema wohl oder übel fallen.

»Worauf hast du denn Lust?«, fragte ich wenig später, als wir bei mir im Keller saßen und versuchten, uns für einen Film zu entscheiden.

Sie überlegte kurz. »Christian Bale?«

Ich lachte. »Okay.«

Irgendwann in den frühen Morgenstunden nickten wir auf der Couch ein, noch bevor »The Dark Knight Rises« zu Ende war.

In dieser Nacht wurde mir klar, dass Elise Superhelden deshalb so mochte, weil die nun mal Superkräfte hatten und Elise nichts mehr hasste, als sich hilflos zu fühlen. Auch darum spielte sie wohl so gern Streiche und opferte sich derart für ihre Freunde auf – weil sie es genauso wenig ertragen konnte, wenn andere sich hilflos fühlten.

MONTAG, 28. AUGUST
TAG 353

22.

»Ich gebe dir jetzt eine letzte Chance, Remy«, sagt Detective Ward. »Eine letzte Chance, deine Aussage zu revidieren.«

»Ich würde gern kurz mit Remy reden«, schaltet sich Vera ein. »Unter vier Augen.«

»Nein«, schlage ich ihr Angebot aus. »Ist schon okay. Ich will nichts revidieren. Ich war dabei, und Elise behauptet nur was anderes, weil sie mich beschützen will.« Natürlich hat Elise die Wahrheit gesagt – ich war nicht dabei –, aber meine einzige Möglichkeit, sie zu retten, ist, so zu tun, als würde sie lügen.

»Und wovor genau beschützt sie dich deiner Meinung nach?«, fragt Detective Ward. Die leichte Schärfe in ihrem Tonfall und das kurze Aufblitzen ihrer Zähne lassen ahnen, dass ihre Geduld wieder nahezu aufgebraucht ist.

»Vor gar nichts«, erwidere ich, und meine Stimme klingt plötzlich fest, so fest, dass es mich selbst überrascht. »Sie denkt nur, sie müsste mich beschützen. Sie macht sich halt Sorgen um mich. So –« Ich breche ab. »So ist sie eben.«

»Eine Lügnerin?«, fragt Detective Ward, die sich eine Notiz macht.

»Nein!« Irgendwie muss ich es schaffen, dass sie Elise aus

meiner Perspektive sieht, aber ich weiß nicht, wie. Einen Moment lang starren wir einander an. Das hier ist der Kampf meines Lebens – nein, der Kampf *um* mein Leben. Um Elise' Leben.

Jack habe ich schon verloren.

Ich kann nicht auch noch sie verlieren.

Mit hämmerndem Herzen halte ich Wards Blick so lange stand, bis sie ihn schließlich abwendet. Mir wummert der Kopf, aber dieser kleine Sieg verleiht mir neue Kraft.

»Gehen wir das Ganze noch mal durch«, schlägt Detective Ward vor und überfliegt kurz ihre Notizen. »Ein letztes Mal, von Anfang an. Was hast du gemacht, bevor du zu Elise gefahren bist?«

Ich stutze. Bislang habe ich über gar nichts anderes nachgedacht als die Momente unmittelbar vor und nach Jacks Tod. Meine Erinnerungen wirken wie in unerreichbare Ferne gerückt, verschwommen und bruchstückhaft. Was ich vorher gemacht habe. Mein Notruf. Andere dagegen sind so gestochen scharf, dass ich bloß die Augen schließen muss, und schon ist alles wieder da. Elise' tröstende Hand auf meiner Schulter. Jack, der mir einen Kuss auf die Stirn gibt. Die Schüsse.

Der Revolver, der verdammte Revolver. Wenn wir den nicht gefunden hätten, wäre Jack jetzt noch am Leben. Klar, Elise hätte immer noch gedacht, sie würde ihren Vater auf sich zukommen sehen, und sie und Jack hätten sich trotzdem über die Streiche gestritten. Aber ohne den Revolver wäre das alles nicht passiert. Dann würden wir drei jetzt ganz normal in der Schule sitzen. Ich würde meinen Physiktest schreiben und mich danach mit Jack zum Mittagessen treffen. Und später würden wir zum See fahren.

Egal, was gewesen wäre, ohne diesen verdammten Revolver hätten wir alle die letzte Nacht überlebt.

»Remy? Weißt du es noch?«, reißt mich Wards Stimme zurück in die Wirklichkeit, zurück in die Welt, in der Jack tot ist. Und in der ich kurz davor bin, auch noch Elise zu verlieren.

»Nein, tut mir leid.« Sie scheint mir zu glauben. Ich habe ja auch keinerlei Grund, sie anzulügen. Meine Erinnerungen sind wie die Scherben einer zerbrochenen Vase, die ich mühsam wieder zusammenzusetzen versuche.

»Aber vielleicht, was du überhaupt an dem Tag gemacht hast?«

»Ich glaube, ich habe mich mit Jack getroffen.« Er hat mich getröstet, weil ich wegen des Streichs in der Nacht davor so sauer auf Elise war. Wenn ich die Augen schließe, spüre ich noch immer Jacks Arm um meine Schultern, schwer und warm.

»Und was habt ihr gemacht?« Ward beugt sich zu mir vor und ihr Stift schwebt erwartungsvoll über dem Zettel.

»Bloß gequatscht.« Von einer Sekunde auf die andere kommen mir wieder die Tränen. Jack fehlt mir so sehr, dass ich anfange zu zittern. Mein ganzer Körper erinnert sich an seine Berührung, seine Stimme und sehnt sich danach. Ich kann mir nicht vorstellen, dass ich jemals wieder für irgendwen so empfinden werde. Ich kann mir niemanden sonst an meiner Seite vorstellen.

Ich weiß nicht, was schlimmer ist – dieses quälende Verlangen nach ihm oder die Angst davor, ihn irgendwann komplett zu vergessen. Mir graut es jetzt schon vor dem Tag, an dem ich morgens aufwache und mich nicht mehr an den Klang seiner Stimme erinnern kann, an das Gefühl unserer verschränkten Hände, meine vorne, seine hinten.

Detective Ward hört auf, mich über den Ablauf dieses schrecklichen Tages auszufragen. Stattdessen sagt sie: »Erzähl mir von Jack.«

FREITAG, 31. MÄRZ
TAG 203

23.

Elise' Geburtstag fiel dieses Jahr auf den Samstag nach dem Schulball und sie versuchte, mich den gesamten Freitagnachmittag zu überreden, stattdessen mit ihr eine Zwölftklässlerparty zu crashen und dort reinzufeiern.

»Das wird der Hammer«, versprach sie. »Madison und Julie kommen mit. Und Jae.«

Inzwischen waren von unserer Clique nur noch wir fünf übrig. Lance und Mark waren schon relativ zu Anfang ausgeschieden, und auch Ben hatte sich bald andere Freunde gesucht – Elise war eben nichts für schwache Nerven.

»Madi meinte, die Party ist auch gar nicht nur für Zwölfer«, fügte sie hinzu.

Wir lümmelten auf zwei Liegestühlen am Pool bei uns im Garten und reichten die letzte Zigarette aus Elise' Schachtel zwischen uns hin und her. Es war fast schon warm genug zum Schwimmen.

»Ach komm, Remy! Ist schließlich mein Geburtstag!« Sie rollte sich zu mir rüber.

»Da hängen doch bloß irgendwelche besoffenen Idioten rum. Lass uns lieber alleine feiern, so wie bei mir«, schlug ich vor. Für mich war das der beste Geburtstag seit Jahren gewesen, vielleicht sogar seit eh und je. »Wir könnten noch mal beide Teile von ›Kill Bill‹ gucken und uns dabei mit Torte vollstopfen.«

»Klingt verlockend.« Elise grinste. »Vielleicht später. Erst mal will ich auf die Party. Los, das wird bestimmt lustig! Ist so was wie die Gegenveranstaltung zum Ball.«

»Die bei Summer?«, fragte ich. Summer Stevens war an der ganzen Schule für ihre liebenswerte Art und ihren gefürchteten Tennisaufschlag bekannt. Und außerdem dafür, dass sie die besten Partys schmiss. Sie war schon in der ersten Auswahlrunde an der Cornell University aufgenommen worden und konnte jetzt den Rest ihres Abschlussjahrs beneidenswert entspannt angehen.

»Genau, da wollen alle hin!«

Ich hob die Augenbraue. »Alle?« Wann würde sie endlich zugeben, dass sie in Christian verknallt war? Wann würde sie endlich damit anfangen, mir auch mal Geheimnisse anzuvertrauen?

»Ja, alle.«

»Und wer zum Beispiel so?«

»Na ja, sag ich doch, Julie und Madi und Jae.«

»Und sonst?«, bohrte ich weiter. »Christian vielleicht?« Sie redete so gut wie nie über ihn und erst recht nicht *mit* ihm, aber nach der Wohltätigkeitsgala an Thanksgiving hatte ich sie schon mehrmals dabei ertappt, wie sie ihn anstarrte. Sie war eindeutig an ihm interessiert.

»Was? Mr von und zu Schulsprecher? Der wird ja wohl hundertprozentig zum Ball gehen«, erwiderte sie, aber es klang einen Tick zu bemüht lässig. Recht hatte sie trotzdem. Natürlich würde Christian auf dem Ball sein.

»Okay, ich bin dabei«, gab ich mich schließlich geschlagen. »Wir bleiben auch nicht lange, versprochen.«

Ich hatte Elise' Geburtstagsgeschenk schon vor Monaten bestellt – ein Vintage-Zigarettenetui wie aus einem alten Film, mit einer ganz ähnlichen Gravur wie der an meinem Feuerzeug: »Remy + Elise«. Ich hatte mich extrem beherrschen müssen, um es ihr nicht sofort zu geben, nachdem es angekommen war.

Jetzt packte ich es in eine mit rosa Seidenpapier ausgelegte Schachtel und steckte sie in meine Tasche. Mit Sicherheit würde Elise sich nach spätestens einer Stunde auf der Party langweilen, sodass wir danach zu mir konnten und noch jede Menge Zeit bis Mitternacht hätten.

Das traf allerdings nur zur Hälfte ein.

Elise hatte zwar tatsächlich nach einer Stunde die Nase voll, aber fahren wollte sie trotzdem nicht. Nach kurzer Zeit waren schon die Getränke aus und wir saßen zu fünft auf Summers Veranda und schlürften irgendeinen furchtbar überzuckerten alkoholfreien Cocktailmix. Elise zündete zwei Zigaretten an und reichte mir eine.

»Ich würde das alles total anders aufziehen«, bemerkte sie und nickte in Richtung der Party im Haus. »Ist ja das reinste Trauerspiel hier.«

»Dann mach doch«, forderte Julie sie heraus.

Elise' Grinsen wurde breiter. »Okay.« Sofort fing sie an, Pläne zu schmieden, und ihre Begeisterung wuchs mehr und mehr. Die Party sollte auf dem Footballfeld stattfinden. Julies Schwester hatte eine Musikanlage inklusive Mischpult. Ansonsten mussten sie nur noch ein bisschen was einkaufen und dafür sorgen, dass sich das Ganze rumsprach.

Als sich schließlich alle zum Aufbruch bereit machten, zog ich sie zur Seite. »Es ist schon zehn«, merkte ich an und versuchte, nicht allzu weinerlich zu klingen.

»Echt? Hätte ich gar nicht gedacht.«

»Ist ja nicht schlimm«, sagte ich. »Aber lass uns einfach zu mir fahren, ja?«

»Jetzt? Nee, wir müssen doch unsere Gegen-Gegenparty schmeißen.« Sie lachte.

»Du hast es versprochen«, erinnerte ich sie und hasste mich dafür, dass ich klang wie eine quengelige Fünfjährige.

»Nicht mehr lange«, lenkte sie ein. »Zwei Stündchen noch, okay?« Sie steckte sich eine neue Zigarette an und blies eine Rauchwolke in die Nachtluft.

Ihr Geschenk war noch immer in meiner Tasche. Ich hatte vorgehabt, es ihr um Mitternacht zu geben, wenn wir allein waren. Damit ich das Lächeln, das sich auf ihrem Gesicht ausbreiten würde, nur für mich hatte. Damit sie mir in aller Ruhe sagen konnte, wie viel ihr das Geschenk und unsere Freundschaft bedeuteten.

»Okay?« Elise guckte mich erwartungsvoll an.

»Ich …« Ich öffnete meine Tasche und holte das Geschenk raus. »Eigentlich wollte ich damit bis Mitternacht warten, aber egal.« Ich reichte ihr das Päckchen. »Alles Gute zum Geburtstag.«

»Oh«, sagte sie überrascht. Sie warf ihre Zigarette auf den Boden und trat sie aus. Dann griff sie nach dem Geschenk und machte mit einem einzigen Ruck an der kunstvoll verschlungenen Schleife meine ganze schöne Verpackungsarbeit zunichte. »Wie toll ist das denn?«, rief sie. Und da war es, das Lächeln. »Danke.«

»Guck mal auf die Unterseite«, drängte ich nervös. Ich wünschte mir so sehr, dass ihr das Etui genauso viel bedeutete wie mir ihr Feuerzeug. Ich wollte, dass sie es wie einen Schatz behandelte.

Remy + Elise.

»Das ist ja superschön.« Sie holte ihre Zigarettenschachtel

raus und fing sofort an, das Etui zu befüllen. »Superschön, echt.« Vorsichtig strich sie über die Gravur.

»Ja, gefällt's dir?« Ich war glückselig. Jetzt würden wir doch bestimmt endlich die Biege machen, ohne die anderen, und den Rest des Abends zu zweit verbringen. Ich hatte gehofft, dass sie ihre Gegenpartypläne in den Wind schlagen würde. Dass sie sich beim Anblick des Zigarettenetuis darauf besinnen würde, wie kostbar unsere Freundschaft war. Und wichtiger als jede Party.

»Und wie.« Sie sah mir tief in die Augen und umarmte mich.

»Freut mich«, sagte ich, und nachdem wir uns wieder losgelassen hatten, nahm ich sie beim Handgelenk. »Na komm, lass uns fahren.«

»Äh.« Sie trat einen Schritt zurück. »Nein, Remy, das geht nicht.«

»Was?«

»Die anderen zählen auf mich. Julie und Jae sind schon dabei, Leute zusammenzutrommeln, die kann ich doch jetzt nicht einfach hängen lassen.« Klar wäre es den anderen gegenüber nicht sonderlich nett gewesen, einfach abzuhauen. Aber Elise machte schließlich immer ihr eigenes Ding. Wenn sie die Party hätte sausen lassen wollen, dann hätte sie das einfach getan. Was schlicht bedeutete, dass sie den Abend nicht mit mir verbringen wollte, oder zumindest, dass ihr im Moment etwas anderes wichtiger war als ich. Dabei wurde Elise zusehends zu meinem gesamten Universum. Mit Melody redete ich nicht mal mehr, weil ich mich eben für Elise entschieden hatte. Sie war mein Lieblingsmensch, aber manchmal war ich mir nicht sicher, ob ich auch ihrer war.

»Wie willst du denn überhaupt den Alkohol beschaffen?«, fragte ich in der Erwartung, dass sie vorschlagen würde, die Vorräte unserer Eltern zu plündern.

Sie guckte mich an, als läge das doch wohl auf der Hand. »Mit meinem gefälschten Führerschein.«

»So was hast du?« Ich hatte das Ding noch nie gesehen. Gut, ich hatte sie zwar nie danach gefragt, aber trotzdem wurde ich das Gefühl nicht los, dass sie ein weiteres Geheimnis vor mir gehabt hatte.

»Was glaubst du denn, wie ich an unsere Zigaretten komme?«

»Ich …«, setzte ich an. »Keine Ahnung, du gehst die ja immer an derselben Tankstelle kaufen. Ich dachte einfach, der Typ da würde vielleicht nicht kontrollieren.« Ich merkte selber, wie naiv das klang.

»Äh, nein.« Sie steckte das Zigarettenetui in ihre Tasche und holte stattdessen ihr Portemonnaie raus. »Hier.« Der Führerschein war in Tennessee ausgestellt worden und laut dem Geburtsdatum darauf war sie zweiundzwanzig. »Hab ich dir den noch nie gezeigt?«

Ich schüttelte den Kopf. »Hast du keine Angst, dass wir Ärger kriegen?«

»Weißt du, was, Remy?« Sie seufzte. »Ich glaub, das hier ist nichts für dich.«

»Was?«

»Versteh mich nicht falsch, aber du bist halt einfach ein kleines bisschen verklemmt. Oder nein, das ist nicht das richtige Wort, entschuldige. Unflexibel, ja, das trifft's eher. Du magst es, wenn immer alles schön vorhersehbar ist. ›So, zehn Uhr, Zeit zu fahren‹, weißt du? Das meine ich.«

Ich war zu perplex, um zu antworten. Elise konnte mich mit wenigen Worten in den siebten Himmel versetzen, aber genauso mühelos konnte sie mich in Grund und Boden stampfen.

»Warum fährst du nicht einfach nach Hause? Ich kann ja später nachkommen. Nimm mein Auto. Ich lasse mich dann von Jae oder irgendwem bringen, okay?« Sie drückte mir den Schlüssel zur Rostigen Rosi in die Hand und umarmte mich flüchtig, dann drehte sie sich um und schloss zu den anderen auf.

»Okay?«, murmelte ich, obwohl sie längst weg war. Ich konnte nicht fassen, dass sie mich einfach hier stehen lassen hatte und es ihr nicht mal was auszumachen schien.

Da ich keine Lust hatte, schon zu fahren, setzte ich mich auf die Stufe vor Summers Haustür und starrte in die Dunkelheit. Ich fühlte mich so hintergangen. Kurz überlegte ich, ob ich doch zu Elise und den anderen aufs Footballfeld sollte. Dann würde mich keiner mehr eine unspontane Spaßbremse nennen.

Elise' Worte hatten wehgetan. Auch weil sie dabei geklungen hatte, als würde sie über jemanden wie Melody reden, so herablassend. Aber was mir wirklich das Herz brach, war etwas anderes. Es war die Erkenntnis, dass sie genug für mich war, aber ich nicht genug für sie.

In dem Moment ging hinter mir die Tür auf und ich zuckte erschrocken zusammen. Als ich mich umdrehte, sah ich einen Typen in Jeans und verwaschenem Superman-T-Shirt, der genauso überrascht wirkte wie ich.

»Nicht dein Abend?«, fragte er und ließ sich neben mich fallen.

»Kennen wir uns?«, fragte ich zurück, in der Hoffnung, dass er daraufhin abzischen würde.

»Glaub nicht«, antwortete er. »Ich bin Jack. Hi.«

24.

Mein Herz setzte keinen Schlag aus, als ich ihm zum ersten Mal in die Augen sah. Es sprühten keine Funken und die Erde fing auch nicht an zu beben. Wenn ich Elise nicht bei mir haben konnte, dann wollte ich einfach allein sein.

»Ich hasse so was«, eröffnete Jack mir und nickte Richtung Haus.

Ich spähte zu ihm rüber und versuchte, sein Gesicht einzuordnen. Konnte schon sein, dass ich ihn drinnen gesehen hatte, aber mehr fiel mir nicht zu ihm ein. Er war groß, und mit seinem kantigen Kinn und den dunklen Haaren sah er aus, als könnte er sich tatsächlich jeden Moment sein rotes Cape überwerfen und als Superman davonfliegen. Er wirkte wie ein Star-Quarterback, nicht wie jemand, der keine Partys mochte.

»Und was machst du dann hier?«, fragte ich und wünschte immer noch, er hätte sich nicht neben mich gesetzt. Ich wollte einfach nur in Ruhe meinen trüben Gedanken nachhängen.

»Kleiner Ausrutscher«, antwortete er, und seine Mundwinkel hoben sich ein Stückchen. Dann wurde er wieder ernst und fügte hinzu: »Sagen wir einfach, ich hab versucht, jemand zu sein, der ich schon lange nicht mehr bin.«

Ich zog die Augenbrauen hoch.

Er fuhr sich mit der Hand durchs Haar und seufzte. »Vor einem Jahr wäre das hier noch genau mein Ding gewesen. Da wäre ich derjenige gewesen, der die Musik bis zum Anschlag aufgedreht hätte. Der mit einer Flasche Tequila hier aufgelaufen wäre und alle dazu gebracht hätte, mit ihm Shots zu trinken. Aber jetzt erscheint mir das irgendwie so – ach, keine Ahnung.« Wieder seufzte er. »Sinnlos wahrscheinlich. Mir kommt's vor, als würde ich die anderen überhaupt nicht mehr verstehen, als würden wir auf verschiedenen Planeten leben oder so. Schätze, ich hab diesen Kram einfach hinter mir gelassen.«

Genau das Gefühl hatte ich auch. Dass alle immer nur versuchten, etwas zu sein, was sie gar nicht waren, und keinem ihr wahres Ich zeigten. Nur zwischen Elise und mir war es anders, das hatte ich zumindest gedacht. Was wir hatten, war *echt*. Und genau darum tat ich mich so schwer damit zu verstehen, wie ihr diese Party wichtiger sein konnte als ich.

»Aber manchmal ist es halt leichter«, fuhr Jack fort, »so zu tun, als wäre man noch der Typ von früher. Der Typ, den alle mochten, weil man mit ihm jede Menge Spaß haben konnte.« Er klang nicht verbittert. Eher traurig.

Diesmal musterte ich ihn genauer, aber ich konnte ihn immer noch nicht einordnen. Seine Augen waren dunkel und irgendwie tiefgründig, was in seltsamem Kontrast zu seinem sonstigen Äußeren stand, das eher sorgfältig auf lässig getrimmt wirkte und womöglich besser zu dem Typen passte, der er mal gewesen war. Vielleicht war er ja wirklich anders, und wir hatten mehr gemeinsam, als ich dachte.

Er wandte sich mir zu, und als wir uns diesmal in die Augen sahen, setzte mein Herz tatsächlich einen Schlag aus.

»Hey, was hältst du davon, wenn wir hier abhauen?«, fragte er. Ich zögerte und sah zur Rostigen Rosi rüber. Elise würde nicht zurückkommen, so viel stand fest.

»Alles okay?«

»Ja.« Ich schüttelte den Kopf, um wieder klar denken zu können. »Abhauen klingt gut.« Ich überlegte, ob wir zum Footballfeld fahren sollten, aber Elise würde sich höchstwahrscheinlich sowieso nicht um mich kümmern, weil sie viel zu beschäftigt damit war, ihre Party zu schmeißen.

Unflexibel hatte sie mich genannt.

Jack stand auf und hielt mir seine Hand hin.

Ein kleines bisschen verklemmt.

»Dann mal los. Ich bin übrigens Remy«, sagte ich.

Jack hatte ein Motorrad. Als er mir seinen Ersatzhelm reichte, sah er meine skeptische Miene.

»Erstes Mal? Keine Sorge, ich fahre auch extra langsam und vorsichtig. Halt dich einfach gut fest.« Zuerst legte ich bloß ganz leicht die Hände an seine Taille, sodass nur meine Fingerspitzen sein Superman-T-Shirt berührten, und er fing an zu lachen. »Du kannst dich auch an der Stange hinter dir festhalten, aber so ist's bequemer.«

Also schlang ich schließlich die Arme um ihn, und in dem Moment dämmerte es mir – das hier passierte wirklich. Ich hatte noch nie auf einem Motorrad gesessen. Und ich war noch nie mit einem Typen von einer Party abgehauen, den ich gerade erst kennengelernt hatte.

»Wo fahren wir denn hin?«, fragte ich.

»Warst du schon mal im Morgan Falls Overlook Park?«

»Nein.«

»Das ist so ziemlich mein Lieblingsort auf der ganzen Welt.«

Wir fuhren an der Schule vorbei und dann weiter auf den Highway. Zwanzig Minuten redete keiner von uns, während über uns die grellen Lichter vorüberhuschten. Trotz des kühlen Fahrtwinds strahlte Jacks Körper eine Wärme, fast schon Hitze aus. Ich fragte mich, ob er wohl meinen Herzschlag an seinem Rücken spürte, und traute mich kaum zu atmen aus Angst, uns damit irgendwie zum Umkippen zu bringen.

»Und, war's schlimm?«, fragte er, als wir wieder abstiegen.

Ich tat so, als würde ich meine Gliedmaßen zählen, dann meine Finger und Zehen. »Scheint noch alles dran zu sein.«

Er lachte. »Ach, jetzt komm aber.«

»Klar, ein bisschen Todesangst hat ja noch keinem geschadet«, witzelte ich zurück und grinste. Ha, dachte ich bei mir. Wer war hier verklemmt?

Im Park gab es Spazierwege und eine Reihe von Hollywoodschaukeln mit Blick auf den riesigen Stausee.

Wir lehnten uns zusammen ans Geländer und starrten eine Weile auf das Wasser, dessen spiegelglatte Oberfläche sanft im Mondlicht schimmerte.

»Komm mit«, sagte Jack, und ich folgte ihm zum Bootsanleger, einer schwimmenden Kunststoffplattform. »Nachts, wenn sonst keiner da ist, ist es hier am schönsten.« Er zog die Schuhe aus, krempelte seine Hosenbeine hoch und tauchte die Füße ins Wasser.

Ich schlüpfte aus meinen Flip-Flops und ließ ebenfalls die Beine baumeln. Jack legte sich auf den Rücken und verschränkte die Hände unter dem Kopf. Ich tat es ihm nach, und wir sahen hoch zu den Sternen, während die Plattform unter uns sich sanft auf dem Wasser wiegte. Es war, wie wenn Elise und ich nachts in der Rostigen Rosi saßen und in den Himmel guckten, aber gleichzeitig völlig anders. Irgendwie neuer, aufregender, aber auch stiller, nachdenklicher.

»Wirst du auch manchmal so komisch wehmütig?«, fragte Jack in diesem Moment.

»Was meinst du?«

»Fühlt sich an, als würde es einem ganz unvermittelt einen scharfen Stich versetzen. Fast ein bisschen wie Heimweh, aber nicht ganz«, versuchte er zu erklären. »Dafür muss man gar nicht weit weg von zu Hause sein, manchmal *ist* man sogar zu Hause, und trotzdem packt einen auf einmal so eine … Sehnsucht. So ein Gefühl, als wäre man unvollständig. Als würde einem irgendwas Wichtiges fehlen.« Er wandte mir den Kopf zu und lachte. »Jetzt hältst du mich für komplett irre, oder?«

»Nein, ich …« Sein unvorhergesehenes Bekenntnis überraschte mich, aber nicht so sehr wie die Tatsache, dass er gerade ein Gefühl beschrieben hatte, das ich schon mein Leben lang kannte, nur dass ich es nie in Worte hatte fassen können. »Ich weiß, was du meinst.« Es war, als sehnte man sich nach einer anderen Vergangenheit, einem anderen Leben. »Aber ich glaube, im Grunde ist das doch eine Art von Heimweh«, fuhr ich fort. »Nur eben nicht nach zu Hause. Es fühlt sich mehr an, als würde ein Teil von einem fehlen. Als hätte man ihn verloren oder vielleicht noch nie besessen, auf jeden Fall ist irgendwas einfach nicht da, und man hat keine Ahnung, wo man danach suchen soll. Heimweh, aber nicht nach einem Ort, sondern nach einem anderen Leben. Nach einem anderen Selbst.«

»Ja!« Jack setzte sich ruckartig auf. »Genau. Manchmal hab ich das Gefühl, ich bin irgendwo falsch abgebogen und in einem falschen Leben gelandet. Als falsche Version von mir selbst. Und auf einmal weiß ich überhaupt nicht mehr, wo ich hinsoll.«

»Aber zurück kann man eben auch nicht«, pflichtete ich ihm bei.

Unsere Blicke trafen sich und ich sah einen Funken in seinen Augen. Ein kleines Lächeln erschien auf seinem Gesicht, und ich wusste, dass er dasselbe dachte wie ich.

Dieses Gefühl – das war keine Einsamkeit. Sondern eine Mischung aus Hoffnungslosigkeit und Verzweiflung, Angst und Wehmut. Es war das Bedürfnis, sich nach etwas zu recken, in der Dunkelheit danach zu tasten, ohne zu wissen, wonach man sich überhaupt sehnte. Ein Gefühl von Verlorenheit, sich nach etwas sehnen zu *wollen*, nur dass man nicht wusste, wonach. Ein erschöpfendes Gefühl von Ziellosigkeit.

Ich hatte es schon lange nicht mehr gespürt, nicht mehr, seit ich Elise kannte. Seit sie mir begegnet war, hatte ich mich nie mehr so verloren gefühlt. Seit ich sie hatte, musste ich keine

Angst mehr haben. Bloß dass ich mir plötzlich nicht mehr so sicher war, dass ich sie immer haben würde.

Ich holte mein Feuerzeug raus – Elise' Feuerzeug – und starrte auf die Spiegelung des Mondlichts in seinem glänzenden Metall. Elise war wild und unabhängig und machte, wonach ihr der Sinn stand. Sie strahlte hell und genauso wollte ich auch sein. Unberechenbar und vielleicht sogar ein kleines bisschen gefährlich.

Ich wollte nicht neidisch sein auf sie oder das, was sie gerade auf ihrer Gegen-Gegenparty erlebte. Ich wollte, dass *sie* neidisch auf *mich* war und auf das, was ich ohne sie machte.

Kurz entschlossen stemmte ich mich von der Plattform hoch, grinste Jack an und zog erst meine Jeans und dann mein Top aus. »Na komm, jetzt ist aber Schluss mit Trübsalblasen«, sagte ich, mehr zu mir selbst als zu ihm, und sprang ins Wasser.

»Warte«, rief er mir nach. »Da sind so gefährliche Steilabbrüche unter Wasser.«

Ich tauchte auf und strich mir das Haar zurück.

»Außerdem ist es zu dunkel.«

»Wir müssen ja nicht weit raus«, entgegnete ich. »Wir bleiben einfach hier beim Dock.«

»Ich weiß nicht.«

»Schwimmen kannst du doch wohl, oder?«, fragte ich.

Er lachte. »Ja, kann ich.« Und dann sprang er in Boxershorts zu mir ins Wasser.

Wir blieben dicht bei der Anlegestelle, wo wir mit den Füßen bis auf den Grund kamen. Eine Weile planschten wir herum und schließlich tauchte Jack unter. Ich versuchte, ihn in dem tintenschwarzen Wasser zu entdecken, und rief nach ihm. Und plötzlich schoss er ganz dicht vor mir nach oben und lachte sich schlapp. Bevor ich ihm entwischen konnte, hielt er meine Hand fest.

»Hey«, sagte er sanft.

»Hey«, erwiderte ich, und der Rest der Welt schien zu verblassen.

Die Nacht war kühl und ich zitterte. Ganz behutsam zog Jack mich an sich, bis ich seinen Atem auf der Haut spürte. Ich schloss die Augen und kurz darauf berührten sich unsere Lippen und die Kälte war vergessen.

Klitschnass gingen wir zurück zu seinem Motorrad. Wir waren so lange im Wasser geblieben, wie wir es aushielten, und erst rausgeklettert, als ich schon zu niesen anfing. »Hier.« Er hielt mir sein Superman-T-Shirt hin.

»Danke, geht schon«, lehnte ich ab, obwohl ich in meinem Tanktop bibberte. Ich wollte tough wirken, als käme ich wunderbar alleine klar, so wie Elise.

Er stand da, in dem dünnen schwarzen Shirt, das er drunter gehabt hatte, die Hand noch immer ausgestreckt. »Komm schon, du zitterst ja.«

»Alles gut«, sagte ich und musste natürlich prompt wieder niesen.

Jack lachte und bot mir noch mal sein T-Shirt an. Er war so umsichtig – zuerst unten am See, als er nicht im Dunkeln schwimmen wollte, und jetzt legte er so viel Wert darauf, dass ich nicht fror. So war keiner der Jungs, die ich kannte.

»Na gut.« Ich zog es mir über den Kopf. Es war weich und warm und roch nach ihm, irgendwie leicht nach Pfefferminz. Wir hielten kurz an einer Tankstelle, um uns Kaffee zu holen, und dann, auf der Rückfahrt, ließ ich mich entspannt gegen ihn sinken, schmiegte mich an seinen Rücken und schloss die Augen.

Ich fragte mich, wo Elise wohl war und ob sie sich amüsierte.

Dann schob ich den Gedanken an sie beiseite und konzentrierte mich auf Jack, darauf, wie warm und verlässlich er sich in meinen Armen anfühlte. Darauf, wie wir uns geküsst hatten, während sich unsere Körper sachte im Wasser streiften, seine Haut weich wie Seide.

Es mussten Stunden vergangen sein, aber als wir zurück zu Summers Haus kamen, stand die Rostige Rosi noch immer in der langen Autoschlange am Straßenrand.

Ich konnte mich noch nicht von Jack trennen und ihm schien es genauso zu gehen. Er nahm meine Hand und wir spazierten zu den Schaukeln auf dem Spielplatz beim Tennisklub.

»Ich bin schon ewig nicht mehr geschaukelt«, sagte ich und nahm kräftig Schwung. »Bist du als Kind mal abgesprungen? Ich hatte immer zu viel Schiss davor.«

»Klar.« Jack lachte, während er versuchte, meinen Rhythmus beizubehalten. »Und hab mir prompt den Knöchel verknackst.«

»Echt?« Ich wandte mich ihm zu, halb belustigt, halb bewundernd.

Er nickte. Sein Lächeln war hypnotisierend.

Wir schaukelten, bis wir genug hatten, und gingen weiter zum Klettergerüst. Knie an Knie legten wir uns auf die oberste Plattform und starrten in den Himmel. Jack fragte, ob ich meinte, dass es irgendwo dort draußen Leben gab, ob ich mich jemals winzig fühlte in diesem unendlichen Universum, und ich rief ihm in Erinnerung, dass *er* wichtig war.

Und dann küsste er mich unter den Sternen, und ich hatte das Gefühl, mein Herz würde zerspringen. Ich schloss die Augen und kuschelte mich an ihn.

»Wir riechen nach See«, merkte ich an.

Er schnüffelte an meinem Haar. »Oha, stimmt.«

»Frechheit!« Ich stieß ihm den Ellenbogen in die Seite.

»Nee, ich find's ganz angenehm. Erdig irgendwie.«

»Erdig? So wie Dreck?«

»Schhh«, machte er und küsste mich erneut. Und dann flüsterte er mir gespielt verführerisch ins Ohr: »Du bist so schön. Und du riechst so gut nach … Schmodder.«

Ich kicherte und er küsste mich auf die Stirn. Dann schloss ich wieder die Augen und wir verfielen in einträchtiges Schweigen. Fast wäre ich eingeschlafen, als er mich sanft rüttelte. »Remy?«

»Hm?« Ich rieb mir die Augen.

»Heute Abend war unglaublich«, sagte er leise. »Ich hab mich schon seit Ewigkeiten nicht mehr so sehr wie ich selbst gefühlt.« Ich musste an seine Worte von ganz am Anfang denken. Dass er sich so sehr verändert hatte.

»Wie meinst du das?« Ich legte ihm die Hand auf die Wange. Meine Fingerspitzen streiften sein Haar.

Er zögerte, wirkte plötzlich unsicher.

»Sag es ruhig.«

»Ich will uns das hier nicht verderben.« Er wandte sich von mir ab und guckte hoch zu den Sternen. »Die meisten Leute wissen nicht, wie sie damit umgehen sollen, wenn ich …«

Meine Hand glitt seinen Arm hinunter und legte sich auf seine. »Sag's mir.«

Ohne den Blick vom Himmel zu wenden, fing er an. »Letztes Jahr ist mein Großvater gestorben. Wir standen uns ziemlich nahe.«

»Tut mir leid«, murmelte ich. Christian und ich sahen unsere Großeltern kaum, nicht mal zu Feiertagen, darum hatten wir nie ein sonderlich enges Verhältnis zu ihnen gehabt. Der Schmerz in Jacks Stimme jedoch wirkte noch immer so frisch, dass es mich direkt ins Herz traf.

Jack war tatsächlich anders als alle Jungs aus meiner Schule, alle Typen, die ich je kennengelernt hatte. Er wirkte älter, dabei war er im selben Jahrgang wie Christian. Irgendwie *echter*, als hätte auch er eine innere Wunde, die sich nie richtig schloss. Der kaputte Teil meiner Seele erkannte, dass er die Scherben seines gebrochenen Herzens mitnahm, wohin er auch ging, was ich tragisch fand, aber gleichzeitig irgendwie romantisch.

»Als ich klein war, hat meine Mom zwar gut für mich gesorgt, aber sie musste ständig arbeiten«, erzählte Jack weiter. »Sie ist Flugbegleiterin und oft tagelang unterwegs, darum hat mich eigentlich mein Grandpa aufgezogen. Er war der einzige Mensch, auf den ich mich immer verlassen konnte.«

Am liebsten hätte ich ihn in den Arm genommen und getröstet.

»Ich hätte nicht gedacht, dass er mich jemals anlügen würde. Das war das Schlimmste. Er hat mir bis zum Anfang der Zwölften nicht erzählt –« Er brach ab und guckte weg.

»Was denn?«, fragte ich leise.

»Ihm ging es den ganzen Sommer schon nicht gut. Nichts wirklich Ernstes, er war bloß ständig erkältet, hatte Kopfschmerzen, und jeden Tag tat ihm irgendwas anderes weh. Er hat immer gesagt, das wäre das Alter.« Jack seufzte und blinzelte hektisch, als versuchte er, die Tränen zurückzuhalten. »Am Ende hab ich mir den Rest des Schuljahrs freigenommen, um mehr Zeit mit ihm zu verbringen, und da ist er richtig sauer geworden und meinte, ich sollte nicht so ein wichtiges Jahr in meinem Leben verschwenden.«

»Tut mir so leid.« Etwas anderes fiel mir nicht ein, also rückte ich ein Stück näher an ihn heran und küsste ihn auf die Stirn.

Eine Weile blieben wir so liegen, ich auf einen Ellenbogen hochgestemmt, als würde ich über ihn wachen, während meine andere Hand auf seiner Brust ruhte und kleine Kreise auf sein schwarzes Shirt zeichnete.

Jack wirkte so verletzlich. Er erinnerte mich an mich selbst, bevor ich Elise begegnet war, so allein und schutzbedürftig. Und in dem Moment wurde mir klar, dass ich der Mensch sein konnte, der ihn beschützte.

»Remy?«, murmelte er jetzt. »Sag mir was Wahres.«

Ich sah ihm in die Augen. »Ich bin unendlich froh, dich kennengelernt zu haben.«

Sein Lächeln hätte die ganze Welt erleuchten können.

»Jetzt du«, forderte ich ihn auf.

»Du bist der erste Mensch seit Langem, mit dem ich das Gefühl habe, wirklich reden zu können«, sagte er, und er sah so schön aus im Mondlicht.

SAMSTAG, 1. APRIL
TAG 204

25.

Sobald ich wieder zu Hause war, schrieb ich Elise. Ich konnte es nicht erwarten, ihr von Jack zu erzählen, und mein Ärger über sie war durch die Aufregung der letzten Stunden so gut wie vergessen. Vielleicht hatte sie ja bloß einen schlechten Tag gehabt. Oder vielleicht hatte ich ihr auch zu sehr meine Meinung aufdrücken wollen. Ich war wie selbstverständlich davon ausgegangen, dass meine Art, Geburtstag zu feiern, die beste war, aber Elise war anscheinend mehr in Partystimmung gewesen.

Egal, was es war, ich hatte ihr noch nie lange böse sein können. Bestimmt würde sich schon alles wieder einrenken.

Ich: **Wo bist du?**

Ich: **OMG muss dir was erzählen!!**

Sie schrieb nicht zurück. Ich war so müde, dass ich beim Warten auf ihre Antwort einschlief.

Der Anruf kam um drei Uhr morgens. »Hallo?«, murmelte ich noch im Halbschlaf.

»Remy?« Elise klang, als hätte sie geweint. Und Elise weinte nie. Nie.

»Elise?« Ich rieb mir die Augen, strich mir die Haare aus dem Gesicht und setzte mich auf.

»Kannst du mich abholen kommen?«, fragte sie schwach.

»Klar, wo bist du?« Ich hatte mich schon aus dem Bett gequält.

»Vor der Apotheke an der Schule«, sagte sie. »Beeil dich.«

Die Straßen waren verlassen und über der Stadt lag eine gespenstische Atmosphäre. Elise stand allein da, zitternd, die Arme um sich selbst geschlungen. Ich hielt neben ihr.

»Was ist passiert?«, rief ich sofort, als sie einstieg. Ich fragte mich, wo die anderen abgeblieben waren und wie sie überhaupt hierhergekommen war. »Bist du okay?« Ihre Haare waren zerzaust, der Eyeliner vom Weinen verschmiert – sie so zu sehen, machte mir Angst.

»Mir geht's gut. Ich will nicht drüber reden.« Nachdem sie sich angeschnallt hatte, starrte sie stur geradeaus. »Wo ist mein Auto?« Sie wirkte erschöpft, aber auch gereizt. War sie sauer, weil ich nicht schneller hier gewesen war? Ich hatte einfach eine Weile gebraucht, um wach zu werden, bevor ich mich rausgeschlichen hatte. Und warum wollte sie mir nicht erzählen, was los war?

»Steht bei mir zu Hause.«

»Okay.« Irgendwie klang sie seltsam, und es dauerte einen Moment, bis bei mir der Groschen fiel.

»Du bist ja betrunken.« Es war mehr eine Feststellung als ein Vorwurf.

»Kann sein.« Sie schloss die Augen. »Bitte, Rem, können wir einfach los?«

Die Fahrt verlief schweigend. Ich wünschte mir so sehr, sie würde mir erzählen, was passiert war. Immerhin war ich ihre beste Freundin. Die ganze Zeit über ratterten die schrecklichsten Szenarien durch mein Gehirn. Sie hatte zwar gesagt, dass es ihr gut ging, aber was hieß das schon?

Als wir bei mir zu Hause ankamen, stolperte sie neben mir

her durch den Kellereingang und gab sich sichtlich Mühe, leise zu sein, um niemanden zu wecken.

»Lass uns raufgehen«, sagte ich und versuchte, sie Richtung Treppe zu schieben. Ich hatte mir ihren Arm über die Schultern geschlungen und trug sie mehr, als dass ich sie stützte.

»Nein, können wir nicht hierbleiben?« Sie ließ sich auf die Couch fallen und vergrub ihr Gesicht in einem der Kissen.

»El…«

»Schhh«, machte sie. »Erst mal schlafen. Können ja später reden.« Ich war ernsthaft beunruhigt, aber ich wollte auch nicht, dass sie sauer wurde, also holte ich ihr ein Glas Wasser und stellte es neben ihr auf den Couchtisch.

Dann knipste ich das Licht aus, legte mich hin und griff nach einer Wolldecke. Gerade als ich fast eingeschlafen war, streckte sie auf einmal die Hand aus und tastete nach meiner Schulter.

»Remy?«

Ich schrak zusammen. »Ja?«

»Ach, schon gut«, sagte sie und dann nichts mehr.

»Was denn?« Ich drehte mich zu ihr um. »Du weißt, dass du mir alles erzählen kannst, oder?« *Bitte,* dachte ich. *Bitte rede doch mit mir.*

Sie schluckte und wandte sich mir dann ebenfalls zu. »Du und ich, wir sind eine Familie«, murmelte sie. »Stimmt's?«

Ich nickte, obwohl ich daran denken musste, wie sie mich ein paar Stunden zuvor sitzen gelassen hatte und mit den anderen abgezogen war. Wie sie mir das Gefühl gegeben hatte, ihr nur ein Klotz am Bein zu sein.

»Das ist alles, was zählt. Du und ich, wir zwei«, sagte sie, und ich beschloss, ihr zu verzeihen.

»Du und ich«, wiederholte ich ihre Worte wie ein Versprechen.

26.

Als ich das nächste Mal aufwachte, war es kurz vor Mittag. Elise saß im Schneidersitz auf dem Sofa und guckte »Kill Bill: Volume 2« mit ausgeschaltetem Ton.

»Hey.« Sie lächelte mich an.

»Hey«, antwortete ich, rieb mir übers Gesicht und setzte mich neben sie. »Warum hast du denn den Fernseher stumm geschaltet?«

»Wollte dich nicht aufwecken. Den Film kenn ich doch sowieso auswendig.« Dann rückte sie ein Stück näher und legte den Kopf auf meine Schulter.

»Was war denn nun gestern Nacht?«, fragte ich leise. Noch immer konnte ich es kaum erwarten, ihr von Jack zu erzählen, davon, wie wir im Dunkeln im See geschwommen waren und uns unter dem Sternenhimmel geküsst hatten. Aber das war jetzt nicht wichtig. »Hat dir jemand was getan?«

»Ach was, nein.« Sie seufzte. »Also, wir sind zum Footballfeld gefahren. Das mit der Party hatte sich rumgesprochen und alle sind gekommen. Und ich meine wirklich *alle*. Eigentlich war es gar keine Gegen-Gegen-, sondern mehr eine Schulball-Afterparty.«

»Klingt doch gut?«, merkte ich an, unsicher, worauf sie hinauswollte.

»War es auch, am Anfang.«

Im Fernseher nahm die Braut gerade ihr nächstes Opfer ins Visier, Bills Bruder Budd. Sie näherte sich mit gezogenem Schwert seinem Wohnwagen, aber bevor sie auch nur einen Fuß hineinsetzen konnte, jagte er ihr mit der Schrotflinte eine Ladung Steinsalz in die Brust. Ich zuckte zusammen, obwohl der Ton noch immer ausgeschaltet war.

»Aber dann ist Christian gekommen.« Elise' Stimme klang jetzt angespannt. »Und wir …«

»Was?«, fragte ich argwöhnisch.

Ob sie darauf spekuliert hatte, dass er kommen würde? Hatte sie mich darum so eiskalt sitzen lassen?

»Und *was*?«, bohrte ich weiter und fragte mich gleichzeitig, ob Christian auch schon wieder zu Hause war und Elise deswegen darauf bestanden hatte, im Keller zu schlafen.

Sie verzog gequält das Gesicht. »Erst muss ich dir was erzählen«, sagte sie. »Über Christian. Und mich.« Sie senkte den Blick.

Ich war wie vor den Kopf geschlagen. »Wie jetzt?«

»Irgendwann hab ich mal bei dir übernachtet und bin nach unten gegangen, um mir was zu trinken zu holen. Und er war auch wach. Zuerst haben wir uns nur unterhalten. Aber dann …«

Ich sah die beiden vor mir, wie sie in der Küche saßen, plauderten und lachten. Flirteten. Vielleicht sogar über mich redeten. Was könnte Christian über mich gesagt haben? Oder Elise?

Schon seit der Wohltätigkeitsgala war ich mir relativ sicher, dass sie in ihn verknallt war. Zwar hatte ich nie was Genaueres aus ihr rausbekommen, aber sie hatte ihn andauernd verteidigt. Und jetzt kam mir der Verdacht, dass sie diese Party auf dem Footballfeld überhaupt nur angeleiert hatte, weil sie gehofft hatte, dass er kommen würde. Vielleicht hatte sie mich ja nicht dabeihaben wollen, weil er mein Bruder war und sie wusste, wie ich über ihn dachte.

Aber das war nicht das Schlimmste, bei Weitem nicht. Sie hatte mich angelogen. Okay, nur indem sie mir etwas verschwiegen hatte, aber wo war da der Unterschied?

»Und dann?« Jetzt drehte ich mich zu ihr um und auch Elise hob den Kopf und sah mir in die Augen.

»Er hat mir erzählt, er hätte sich mit seiner Freundin gestritten. Wir haben darüber geredet, keine Ahnung, und ich –« Sie starrte auf ihre Hände. »Und dann hat er mich geküsst.«

Mir wurde schwindlig. Ich konnte einfach nicht glauben, was ich da hörte. Konnte nicht glauben, dass sie so was vor mir geheim gehalten hatte. Das tat weh. Wir waren beste Freundinnen, wir waren eine *Familie*.

Sie packte mich bei den Handgelenken. »Tut mir leid, dass ich's dir nicht früher erzählt habe, okay? Tut mir echt leid.«

So krank es mir vorkam, aber in dem Moment konnte ich nur denken, dass Elise mir gehörte. Dass sie der einzige Mensch war, den ich hatte in einer Welt, in der Christian immer alles bekam, was er wollte – und selbst das, was er nicht wollte, wie Elise. Sie war der einzige Mensch, der sich jemals für mich entschieden hatte. Wir hatten uns füreinander entschieden. Und jetzt war es, als wäre das alles von Anfang an eine Lüge gewesen, obwohl ich wusste, dass das nicht stimmte.

»Wann?«, flüsterte ich. Mehr bekam ich nicht raus.

»Vor ein paar Wochen.« Sie hielt noch immer meine Handgelenke umklammert, wie um mich daran zu hindern, mich von ihr abzuwenden. »Das war dumm, ich weiß. *Ich* war dumm. Und gestern Abend war er plötzlich wieder mit seiner Ex zusammen und hat nicht mal mit mir geredet, mich nicht mal angeguckt, obwohl ich direkt vor ihm stand. Hat sich einfach weggedreht und ist gegangen.«

»Lass mich los«, sagte ich. »Du tust mir weh.«

»Tut mir leid.« Sofort löste sie ihren Griff.

Ich kauerte mich zusammen, zog die Knie an die Brust und umschlang meine Schienbeine.

»Das war so was von demütigend«, fuhr sie fort. »Du hattest recht, er ist ein totales Arschloch.«

Obwohl ich stinksauer war, spürte ich, dass irgendwas an

Elise' Geschichte nicht ganz stimmig war. So ein Theater, nur weil die beiden sich ein Mal geküsst hatten? Vielleicht gab es noch etwas, was sie mir verschwieg. Vielleicht war es doch nicht bei einem Kuss geblieben.

»Ich hätte auf dich hören sollen«, redete sie weiter. »Ich …«

Aus dem Augenwinkel sah ich, wie die Braut gefesselt in einer Holzkiste lag, während über ihr der Deckel zugenagelt wurde.

»Sag doch was.« Elise warf mir einen flehenden Blick zu.

Aber ich wusste nicht, was. Es war deutlich, dass diese Geschichte sie furchtbar mitnahm, aber wie hatte sie denn nicht vorhersehen können, was für ein Schlag diese Heimlichtuerei für mich sein würde? Sie hatte Christian geküsst und mir nichts davon erzählt, obwohl sie wusste, wie ich zu ihm stand. Oder, viel wichtiger, wie ich zu *ihr* stand. Ich erzählte ihr schließlich alles. Und weil ihr der ganze Mist um die Ohren geflogen war, sollte ich jetzt über ihren Verrat hinwegsehen? Jetzt, da sie kapiert hatte, was für ein Arschloch er war und dass ich die ganze Zeit recht gehabt hatte? Jetzt erwartete sie, dass ich Mitleid mit ihr hatte?

Ich drehte mich zum Fernseher, wo die Braut inzwischen lebendig begraben wurde. »Ich weiß, die soll eine Heldin oder so was sein«, merkte ich an. »Aber eigentlich wird sie doch fast den ganzen Film über nur zusammengeschlagen.«

»Was? Stimmt doch gar nicht«, widersprach Elise. »Ich meine, okay, wird sie schon, aber sie geht jedes Mal stärker daraus hervor.« Sie musste mir meine Skepsis angehört haben, denn sie fügte hinzu: »Jeder Superheld braucht einen Gegner, der ihm ebenbürtig ist. Je stärker der Böse, desto stärker der Held. Ist doch immer so in solchen Geschichten – der Held scheitert und scheitert und scheitert, aber er wächst daran, und irgendwann ist er dann bereit für den großen Showdown.«

Ich starrte sie an.

»Und genau darum muss man stark sein«, fuhr sie fort. »Darum muss man jedes Mal wieder aufstehen, wenn man am Boden liegt. Und darum finde ich solche Filme toll. Den hier ganz besonders.«

Wieder wandte ich mich dem Fernseher zu, wo jetzt eine Rückblende lief, in der die Braut unter dem grausamen Pai Mei trainierte. Man sah, wie sie litt, aber auch, wie sie immer besser wurde. Und als hätte sie Kraft aus dieser Erinnerung gezogen, schlug die Braut zurück im Jetzt ein Loch in den Sargdeckel und buddelte sich an die Oberfläche. Langsam begriff ich, was Elise sagen wollte: *Was uns nicht umbringt, macht uns stärker*.

»Hör mal, das mit Christian tut mir leid, okay? Willst du jetzt den ganzen Tag sauer auf mich sein?«

»Nein, ist mir eigentlich echt egal«, log ich. Natürlich war es mir nicht egal, aber mir war klar, dass ich ihr sowieso nicht lange böse sein konnte. Außerdem hatte sie sich entschuldigt und dabei aufrichtig gewirkt. Sie hatte zugegeben, dass sie einen Fehler gemacht hatte. Und jetzt wusste sie wenigstens, wie Christian wirklich war.

»Gut«, sagte sie. »Du hast mich nämlich gerade auf eine Idee gebracht und dabei brauche ich deine Hilfe.«

27.

Elise' Plan war einfach. Sie hatte vor, sich Flüssigkreidestifte zu besorgen, wie Autohändler sie benutzten, um Preise auf die Windschutzscheiben zu schreiben, und noch am selben Abend, wenn alle schliefen, zuzuschlagen.

»Ist ja nur Kreide.« Elise zuckte mit den Schultern. »Die kann man ganz einfach abwaschen.«

Sie wollte sich an Christian dafür rächen, dass er ihr falsche Hoffnungen gemacht hatte. Ihr Plan bestand darin, seinen Mercedes vollzuschmieren, ein Foto davon zu machen und es auf der Facebookseite der Schule zu posten. Und dann würde sie jede Menge Leute darauf verlinken. Sie wollte ihn genauso demütigen wie er zuvor sie. Sie wollte ihn leiden sehen. Sie hatte noch mehr Ideen gehabt, sich aber am Ende für diese entschieden. Es war die persönlichste von allen und perfekt auf Christian zugeschnitten. Den Goldjungen. Das Aushängekind. Den allseits beliebten Schulsprecher, dem immer alles in den Schoß fiel. Die Aktion musste so viel Aufsehen erregen wie möglich.

»Ich frag mich immer: Was würde die Braut jetzt tun?«, sagte Elise, die zunehmend aufgeregt klang. »Wobei, das hier wäre wahrscheinlich noch viel zu nett.«

»Nett?«, fragte ich.

Sie nickte. »Ist doch bloß Kinderkram.«

In dem Moment war ich froh, nicht mit auf dem Footballfeld gewesen zu sein, froh, nicht mitbekommen zu haben, was ihrer Meinung nach eine solche Maßnahme rechtfertigte.

»Keine Sorge, Remy, ich weiß, was ich tue«, fügte sie dann hinzu. »Das ist mein kleines Geburtstagsgeschenk an mich selbst.«

»Aber …« Ich zögerte. Elise' Plan war brillant, trotzdem kam mir die Strafe für Christian viel zu hart vor. Cameron und ich waren immerhin ein ganzes Jahr lang zusammen gewesen, bevor er ausgerechnet beim Ball mit mir Schluss gemacht hatte. Jaes Freundin Dana hatte ihn mit seinem besten Freund betrogen. Christian dagegen hatte Elise ein einziges Mal geküsst und ihr vielleicht ein paar Wochen lang falsche Hoffnungen gemacht. Da wirkte ihr Vorhaben schon ziemlich übertrieben.

»Oh, ich hab deine Nachricht ja ganz vergessen«, sagte Elise unvermittelt. »Was gab's denn so Wichtiges?«

Jack. Wie sollte ich ihr denn jetzt von ihm erzählen? Unsere Nächte hatten sich in komplett entgegengesetzte Richtungen entwickelt, nachdem sie von Summers Party abgehauen war. Und sie wirkte wegen der Sache auf dem Footballfeld so niedergeschlagen, dass ich es nicht über mich brachte, ihr von meiner unglaublichen Begegnung mit Jack zu berichten.

»Ach nichts«, antwortete ich und beschloss, mir meine Neuigkeiten für später aufzuheben. Ich redete mir ein, dass ich das aus Rücksicht auf ihre Gefühle tat. Aber vielleicht hatte ich auch einfach Angst. Sie war so aufgebracht, dass ich unmöglich einschätzen konnte, wie sie auf meine Geschichte reagieren würde.

Ich konnte nur hoffen, dass sie sich das mit dem Rachestreich an Christian noch mal anders überlegte. Den restlichen Tag über guckten wir Filme, fuhren ziellos durch die Gegend und saßen rauchend im Auto – alles das, was ich am Abend zuvor mit ihr hatte machen wollen. Christian erwähnte ich kein einziges Mal, bis Elise am späten Samstagabend, als wir zurück auf dem Weg zu mir nach Hause waren, selbst wieder davon anfing. Anscheinend war sie immer noch fest entschlossen, ihren Plan durchzuziehen.

»Bist du sicher, dass es das wert ist?«, fragte ich, als wir in meine Straße einbogen. »Ich meine, glaubst du, dann fühlst du dich besser?«

Sie fuhr zu mir herum. »Natürlich fühle ich mich dann besser. Das ist doch überhaupt der Sinn der Sache. An deinem Ex haben wir uns schließlich auch gerächt.«

»Schon, aber –« *Das ist ja wohl nicht dasselbe,* wollte ich sagen. Und Christian war immerhin mein Bruder. Diesmal konnten wir uns nicht einfach aus dem Staub machen und die Sache abhaken.

Klar, ich hasste ihn, aber ich musste schließlich weiter mit ihm zusammenleben. Mal ganz abgesehen von dem Ärger, den ich mir dadurch mit meinen Eltern einhandeln konnte.

»Warum ist dir das eigentlich so wichtig?«, fragte ich langsam genervt. Bei mir zu Hause war es schon schrecklich genug und das wollte ich nicht noch schlimmer machen.

»Ist es eben«, entgegnete sie spitz.

»Ja, aber *warum*?« Christian hatte in Bezug auf Dad recht gehabt – er war zehn Tage weggeblieben, aber dann zurückgekommen. Seitdem herrschte bei uns zu Hause ein angespannter Waffenstillstand. Mom und Dad gingen einander aus dem Weg und schliefen getrennt. Der eine verschwand frühmorgens zur Arbeit und die andere kam erst spätabends zurück.

Ich hasste Christian dafür, dass er mal wieder richtiggelegen hatte, und meine Eltern, weil sie in dieser albernen Endlosschleife gefangen waren, aber hauptsächlich war ich erleichtert, dass Dad wieder da war.

Elise hielt ein Stück von unserem Haus entfernt und ließ den Motor laufen. »Pass auf. Ich kann mich nicht für alles in meinem Leben rächen, aber wenn ich mal die Chance dazu habe, dann nutze ich sie auch.«

»Was redest du denn da?«

»Würdest du eh nicht verstehen.«

»Was würde ich nicht verstehen?« So resigniert hatte ich Elise noch nie erlebt. Sie war furchtlos, erst recht, wenn sie irgendwo Ungerechtigkeit witterte.

»Gar nichts, schon gut«, erwiderte sie kühl und wandte sich ab.

»Jetzt fang nicht wieder so an!« Ich stöhnte. »Außer uns ist keiner hier. Nur du und ich. Du weißt, dass du mir alles erzählen kannst. Sperr mich nicht aus!« Als sie nicht antwortete, griff ich nach ihren Zigaretten, steckte für jede von uns eine an, und endlich drehte sie sich wieder zu mir um.

»Es gibt nichts zu erzählen«, sagte sie, aber sie wirkte hin- und hergerissen, wich meinem Blick aus und paffte hektisch ihre Zigarette.

Da war eindeutig etwas, worüber sie nicht mit mir reden wollte, und das hielt ich nicht mehr aus. »Was meintest du damit, als du gesagt hast, du kannst dich nicht für alles in deinem Leben rächen?«, bohrte ich nach. Ich konnte sie nicht direkt nach dem fragen, was sie mir verschwieg, also versuchte ich, sie wenigstens am Reden zu halten, in der Hoffnung, dass sie früher oder später von selbst damit rausrücken würde.

Doch sie winkte ab. »Vergiss es einfach. Wir lassen Christian in Ruhe und fertig.« Sie klang gequält.

»Was?« Ich war erleichtert, aber gleichzeitig schrillten in mir sämtliche Alarmglocken. Elise neigte nicht dazu, spontan ihre Meinung zu ändern. Und schon gar nicht dazu, klein beizugeben. Nie.

»Lass uns einfach zu mir fahren«, sagte sie. »Mein Dad ist bestimmt nicht vor morgen zu Hause.«

»Nicht mal an deinem Geburtstag?«, rutschte es mir raus. Dass ihr Vater nicht zu Hause war – als würde der Geburtstag seiner Tochter ihn überhaupt nicht interessieren –, machte mich traurig.

Sie warf mir einen grimmigen Blick zu. »Glaub mir, das ist das beste Geschenk, das ich mir vorstellen kann.« Dann, ohne ein weiteres Wort, trat sie aufs Gas.

Elise wollte nie über ihren Vater reden und tat alles, damit ich ihm nicht begegnete, aber ich hatte immer noch keine Ahnung, warum.

»Alles okay mit dir?«, fragte ich, obwohl das offensichtlich nicht der Fall war.

»Ja«, sagte sie in einem Ton, der das Gespräch unmissverständlich für beendet erklärte, und guckte demonstrativ geradeaus.

An diesem Abend gingen wir runter zum Fluss hinter ihrem Haus. In den letzten Monaten hatte es kaum geregnet, darum stand das Wasser niedrig und plätscherte ruhig und entspannt vor sich hin. Wir rauchten beide eine Zigarette und dann noch eine, während über uns der Nachthimmel aufriss und vereinzelte Sterne zum Vorschein kamen.

»Tut mir leid, dass Christian dich so mies behandelt hat«, brach ich nach einer Weile das Schweigen.

»Ist doch nicht deine Schuld«, entgegnete sie und seufzte. »Ich hab halt einfach Pech gehabt.« Auf meinen fragenden Blick hin zuckte sie mit den Schultern. »Jeder tut gerne so, als hätte er sein Leben unter Kontrolle, dabei trifft das auf die wenigsten von uns zu. Manchmal geht eben was in die Hose, ohne dass man was dagegen hätte unternehmen können.« Das klang schon wieder nicht nach der Elise, die ich kannte. Nach der Elise, die niemals einlenkte, sich niemals geschlagen gab.

»Was ist denn los mit dir?«, versuchte ich es erneut.

»Nichts«, sagte sie und stand auf. »Komm, hier draußen wird's kalt.«

Ich folgte ihr zurück ins Haus. Wir gingen in ihr Zimmer und legten uns hin, aber keine von uns konnte schlafen.

»Mann, bin ich fertig«, murmelte Elise und setzte sich wieder auf. »Nicht müde. Nur vollkommen fertig.«

Ich stemmte mich auf einen Ellenbogen hoch und zog die Beine an.

»Ich hab's echt so satt.« Sie lehnte sich an das Kopfteil des Betts und starrte geradeaus in die Dunkelheit, das Kinn auf die Knie gestützt, die Arme um die Schienbeine geschlungen.

Ich sagte nichts, fragte nichts. Mir war klar, dass ich sie damit höchstens wieder zum Schweigen bringen würde. Schließlich war es so schon den ganzen Tag gelaufen: ein im Keim ersticktes Gespräch nach dem anderen, ich, die zu wissen verlangte, was mit ihr los war, und sie, die daraufhin verstummte.

»Du nicht auch?«, fragte sie leise. »Wie soll man diese ganze Scheiße denn ertragen? Besteht das Leben aus nichts anderem als Sachen, die man will, aber nicht haben kann?« Sie redete schon wieder von Christian, dachte ich. »Oder Sachen, denen man einfach nicht entkommt?«

Bei der Traurigkeit in ihrer Stimme horchte ich auf. Normalerweise war sie so stark und selbstbewusst, als hätte sie ihr Leben und ihre Zukunft fest in der Hand. Ich dagegen zog mein Selbstbewusstsein daraus, in ihrer Nähe zu sein, ließ mich permanent von ihr inspirieren, selbst wenn sie gar nicht dabei war. Wie am Abend zuvor, als ich mit Jack in den dunklen See gesprungen war und ihn unter dem Sternenhimmel geküsst hatte. Bevor ich Elise kannte, hätte ich so was nie gemacht.

»Manchmal weiß ich einfach nicht, ob ich es schaffe«, sagte sie und klang dabei so ehrlich, dass ich Angst bekam.

»Was?«

»Ob ich es hier rausschaffe«, sagte sie. »Raus aus dieser Stadt, aus *allem*.«

»Ach so.«

»Machst du dir nie Sorgen, dass es das gewesen sein könnte?

Dass diese mickrige Existenz alles ist, was für dich drin ist, und du nichts daran ändern kannst?«

Ich verstand gar nichts mehr. Die Elise, die ich kannte, wollte Spuren hinterlassen und dafür sorgen, dass die Welt sich an sie erinnerte. Die Elise, die ich kannte, hatte keine Angst, nichts verändern zu können.

»Ist das jetzt immer noch wegen Christian?«, fragte ich. »Denn falls ja: Das ist er nicht wert, glaub mir. Und außerdem ist deine Existenz nicht mickrig.«

»Nein, nicht wegen Christian«, antwortete sie. »Oder na ja, nicht *nur*.«

»Was ist gestern passiert?« Ich zog die Beine in den Schneidersitz und hörte, wie sie sich zu mir umdrehte.

»Ich weiß, es kommt vielleicht so rüber, als wüsste ich immer genau, was ich tue, aber …« Sie holte tief Luft. »… aber das stimmt gar nicht.« Sie wandte den Blick nicht ab, und ich hatte das Gefühl, bis auf den Grund ihrer Seele sehen zu können. »Sag's nicht weiter, ja? Aber die meiste Zeit über hab ich keinen Schimmer, was ich tue. Ich stelle mir einfach bloß den Menschen vor, der ich gern wäre, und überlege, was *der* tun würde. Vom Schein zum Sein, weißt du?«, schloss sie mit einem traurigen kleinen Lachen.

Ich weigerte mich, ihr zu glauben. Vielleicht war heute einfach nicht ihr Tag und das hier die große Ausnahme von der Regel. Selbstbewusst und lässig – *das* war die wahre Elise. Aber dann dachte ich daran, wie oft Elise von der Braut redete. Sie wollte genauso tough sein, genauso knallhart. Genauso unbesiegbar. *Was würde die Braut jetzt tun?* Wenn sie nicht weiterwusste, bat sie die Braut um Hilfe, ihre Heldin, die ihr Mut verlieh.

»Du weißt, dass du mir nichts vormachen musst, oder?«, fragte ich. »Dass ich dich genauso liebe, wie du bist, oder?

Dass du mir gegenüber nie so tun musst, als wärst du jemand anders? Nie!«

»Remy, ich …« Und dann brach sie in Tränen aus.

Ich wusste nicht, was ich sagen sollte, also rückte ich näher, legte ihr die Arme um die Schultern und wollte sie an mich ziehen.

Sie zuckte zusammen und schüttelte mich ab.

»Tut mir leid«, sagte ich und war besorgt, ihr wehgetan zu haben.

»Hast du auch manchmal das Gefühl, dass wir in einem Film feststecken, in dem wir am laufenden Band zusammengeschlagen werden, aber irgendwie werden wir trotzdem nicht stärker?«, fragte sie. »Also mir ist klar, dass das hier kein Film ist, aber du weißt, was ich meine, oder? Dieser Teil, in dem es wirkt, als gäbe es keinen Ausweg, in dem man vollkommen erschöpft ist und kurz davor aufzugeben, aber« – Ein Schluchzer schüttelte sie – »aber irgendwie muss man trotzdem weitermachen.«

»Ja«, antwortete ich, obwohl ich keine Ahnung hatte, was das alles mit Elise zu tun hatte.

»Wenn ich dir ein Geheimnis verrate, versprichst du mir dann, es für dich zu behalten?«

Ich nickte. Endlich war er da, dachte ich. Der Moment, in dem sie mir erzählen würde, was sie mir seit Monaten verschwieg.

»Versprich's mir«, beharrte sie.

»Versprochen.« Sie war immer für mich da gewesen und ich wollte sie auf keinen Fall im Stich lassen.

Elise holte tief Luft, als hätte sie Angst, den Mut zu verlieren. Sie zog ihr T-Shirt aus und schaltete die Nachttischlampe ein. Dann strich sie sich das Haar nach vorn, drehte sich ein wenig von mir weg und schob einen ihrer BH-Träger nach unten, bis ich etwas auf ihrer Schulter entdeckte: einen unansehnlichen grüngelben Fleck – ein fast verheilter Bluterguss.

»Was ist *das* denn?« Ich war zutiefst schockiert. Da hatte ich mich so oft gefragt, worin wohl ihr Geheimnis bestand, aber auf das hier wäre ich im Leben nicht gekommen.

Sie strich ihr Haar zurück nach hinten, schob den BH-Träger an seinen Platz und zog ihr T-Shirt wieder an. »Kleines Souvenir von meinem Vater.«

28.

In dem Moment fiel mir wieder ein, was sie an Silvester zu mir gesagt hatte.

Deine Eltern sind die Hölle. Aber es könnte noch viel, viel schlimmer sein.

Es gibt halt Abstufungen. Alles, was die machen, ist streiten und hin und wieder mal das Wort Scheidung fallen lassen.

Du hast Glück, in vielerlei Hinsicht.

Die ganze Zeit hatte sie eine Mauer aus Schweigen um sich und ihren Vater gebaut, eine Barrikade, um sich selbst zu schützen, aber nachdem das erste Stückchen abgebröckelt war, fiel auch der Rest in sich zusammen.

»Das hier ist noch gar nichts«, sagte sie, während sie ihr T-Shirt wieder gerade zog. »Er hat mich vor ein paar Tagen geschubst. Ich hab das Gleichgewicht verloren und bin mit der Schulter gegen die Küchentheke gestoßen.«

»Mein Gott.«

Wieder kauerte sie sich am Kopfende des Betts zusammen. Und ohne den Blick von der gegenüberliegenden Wand zu lösen, fing sie an, mir von den Sachen zu erzählen, die ihr Dad ihr im Laufe der Jahre angetan hatte.

»Als ich elf oder zwölf war, hat er mich von einer Übernachtungsparty abgeholt und mich mit dem Kopf gegen einen Fensterrahmen geknallt – zweimal –, weil ich roten Lippenstift drauf hatte. Meinte, ich würde aussehen wie ’ne Nutte.«

Ihr Tonfall war ruhig, beinahe gelangweilt, als würde sie mir die Gerichte einer Speisekarte vorlesen.

»Als ich acht oder neun war, hat er mich so heftig gestoßen, dass ich im Fallen mit dem Gesicht gegen eine Stuhllehne gekracht bin. Daher hab ich die hier.« Sie hob die Hand an die kleine Narbe über ihrem linken Auge. Ich hatte mich schon immer gefragt, wo sie die wohl herhatte, und war von einem harmlosen Unfall als Kind ausgegangen. Mein Entsetzen wuchs und wuchs. Hatte ich noch mehr übersehen?

»Wenn er sauer wird und mich nicht sofort erwischt, schnappt er sich einfach das Nächste, was er in die Finger kriegt. Einen Kaffeebecher. Eine Bratpfanne. Einmal hat er das dickste und schwerste Buch, das wir haben, aus dem Regal gerissen und es nach mir geworfen, immer wieder, und als ihm das zu langweilig wurde, hat er es aufgehoben und damit auf mich eingeprügelt.«

Es war unheimlich, sie so abgeklärt davon erzählen zu hören, als redete sie über jemand Fremden. Als wäre über sich selbst zu reden zu schmerzhaft.

»Aber am schlimmsten ist, dass er jedes Mal sagt, ihm würde das viel mehr wehtun als mir und dass er mich nur schlägt, weil er mich liebt.«

Nun erbebte ihr Körper unter lautlosen Schluchzern. Sie so zu sehen, jagte mir unbeschreibliche Angst ein, auch wenn ich es mir nicht eingestehen wollte. Elise war doch die Starke von uns. Elise war diejenige, die immer wusste, was zu tun war.

Nicht ich.

»Verstauchtes Handgelenk, ausgekugelte Schulter und mehr blaue Flecke, als ich zählen könnte. Einmal wurde es so schlimm, dass ich eine Woche lang bei einer Freundin gewohnt habe, bis er irgendwann vor der Tür stand und mich buchstäblich an den Haaren nach Hause gezerrt hat.« Jetzt kamen auch mir die Tränen und schon bald schluchzte ich genauso heftig wie sie. »Er hat mich ins Auto gesperrt und sich mit den Eltern meiner Freundin ein Schreiduell im Vorgarten geliefert. Sie haben die Polizei gerufen. Da dachte ich kurz, es wäre endlich vorbei. Aber die Polizisten haben nur einen einzigen Blick auf mich geworfen und keine Verletzungen gesehen – weil ich ja eine Woche von ihm getrennt gewesen war –, und dann durfte er mich mit nach Hause nehmen. Sie meinten, sie würden Meldung beim zuständigen Jugendamt machen. Haben sie aber nicht. Oder zumindest ist keiner von denen je bei uns aufgetaucht. Und da ist mir klar geworden, dass ich von der Polizei keine Hilfe erwarten brauchte. Von niemandem.«

»Warum haben die denn nichts unternommen?«, rief ich entsetzt. Das waren immerhin Polizisten gewesen, die hätten ihr doch helfen, sie beschützen müssen.

Elise wischte sich die Tränen ab, aber sie flossen unaufhörlich weiter. »Sie haben halt meinem Dad geglaubt«, schniefte sie.

»Wie konnten die nur?« Es brach mir das Herz, dass Elise keine Hilfe bekommen hatte, als sie sie so dringend brauchte.

»In Filmen und Serien und so werden Polizisten immer als Helden dargestellt, aber manchmal sind sie eben keine. Ich hab mal gelesen, dass ziemlich viele Polizisten ihre Ehepartner oder Kinder schlagen. Dabei sollten sie die Schwachen doch gerade beschützen.« Sie schüttelte den Kopf. »Ich hab jedenfalls schon lange nicht mehr die Hoffnung, dass irgendwer mich retten kommt.«

Eine Weile saßen wir einfach zusammen auf dem Bett und weinten. Ich war so überwältigt von ihrem Geständnis, dass ich mich gar nicht mehr traute, sie zu berühren. Das Ganze war einfach zu viel, und es kam mir vor, als hätte unser Fundament plötzlich Risse bekommen. Alles, was uns verbunden hatte, erschien wie eine Illusion, zerschmettert von der furchtbaren Wahrheit.

Ich war wütend und schämte mich für so vieles, was ich zu Elise gesagt hatte. Sachen, die harmlos gemeint gewesen waren, aber in diesem neuen Licht bestenfalls rücksichtslos wirkten. Ich hätte stutzig werden müssen, als sie von den Abstufungen geredet hatte. Hätte erkennen müssen, dass hinter alldem mehr steckte, etwas viel Schlimmeres. Meine Kindheit war, trotz der endlosen Streitereien und Fehltritte meiner Eltern, nichts gegen das, was Elise hatte durchmachen müssen – gegen das, was sie immer noch durchmachte.

Elise wischte sich mit den Handballen über die Wangen und schniefte. »Er hat mir immer eingeredet, es wäre alles meine Schuld. Und ich hab das ewig lang geglaubt. Ich war zu nichts nutze, wusste es nicht zu schätzen, wie hart er arbeitete, damit ich was zu essen hatte, und meine Mom hatte ihn einfach mit mir – mit dieser *Last* – alleingelassen. Sie kam aus einer reichen Familie und musste keinen Tag in ihrem Leben arbeiten. Er meinte, ich wäre dumm und würde es niemals zu was bringen, genau wie sie. Und dass ich abgehärtet werden müsste, wenn ich in dieser Welt bestehen will. Er würde nur dafür sorgen, dass ich nicht so wie sie ende.« Sie schlug sich die Hände vors Gesicht.

»Aber«, fuhr sie dann mit stockendem Atem fort, »in Wirklichkeit hat das alles überhaupt nichts mit mir zu tun. Hatte es nie. Selbst wenn ich die perfekte Tochter gewesen wäre, ich hätte es ihm trotzdem nie recht machen können.«

»Oh Gott, Elise«, flüsterte ich. Meine Panik drohte, mich zu überwältigen. Mit einem Mal fühlte der Raum sich zu klein an. Ich wollte nur noch weg. Wollte diesem Gespräch entfliehen. Ich hatte keine Ahnung, wie ich sie trösten sollte. Keine Ahnung, was ich tun sollte.

»Als ich dann älter wurde, hab ich langsam ein Muster erkannt«, erzählte sie weiter. »Wenn er einen schlechten Tag hat, sorgt er dafür, dass ich auch einen habe, das ist heute noch so.«

Elise brauchte mich. Ich musste mich zusammenreißen, musste stark sein und tun, was sie umgekehrt auch für mich getan hätte. Aber ich war wie versteinert.

»Weißt du, wie man sich in Filmen einfach sicher sein kann, dass sich am Ende alles zum Guten wendet? Dass der Held schon irgendwann siegen wird und dass die Rückschläge, so bitter und verheerend sie auch sein mögen, nur vorübergehend sind?«

Sie sah mich erwartungsvoll an und ich nickte langsam.

»Ich wünschte, ich könnte mir da genauso sicher sein.« Sie drehte sich von mir weg und ihre Schultern bebten. »Ich wünschte, ich wüsste, dass irgendwann alles gut wird.« Dann sah sie zu mir hoch, als hätte ich die Antwort auf ihre Frage, als könnte ich ihr garantieren, dass irgendwann alles gut werden würde, dass sie alle Rückschläge mühelos wegstecken würde, dass sie unbesiegbar war. Niemand hatte mich je zuvor so angesehen. Hatte mich je zuvor derart *gebraucht*.

Sie vertraute mir, das wurde mir in diesem Moment klar, und ich wollte mich dessen würdig erweisen.

»Doch, ich glaube, du kannst dir sicher sein«, sagte ich leise.

»Ja?«

»Ja.« Meine Stimme klang überzeugter, als ich es tatsächlich war. *Vom Schein zum Sein*, das waren Elise' eigene Worte gewesen. »Im Film wissen ja auch nur wir, dass der Held am Ende triumphieren wird, aber er selber weiß es nicht. Und genauso wenig weißt *du*, wie es mit dir weitergehen wird, aber *ich* dafür schon.« Ich rutschte wieder neben sie und legte sanft meine Hand auf ihre. »Ich gucke nämlich gerade den Film deines Lebens, und ich versichere dir: Das sind alles bloß vorübergehende Rückschläge. Ich weiß, dass nichts und niemand dich aufhalten kann.« Genau das hätte sie an dieser Stelle zu mir gesagt, aber vor allem war es genau das, was sie jetzt hören musste.

Einen Moment lang starrte sie mich bloß an, bevor sie kaum merklich nickte.

»Du hast recht. Wir sind die Heldinnen in dieser Geschichte, wir müssen unserem schlimmen Schicksal trotzen, aber wir sind stark genug, damit fertigzuwerden. Am Ende gewinnen wir«, verkündete sie, als wäre es uns vorbestimmt, eines Tages den ultimativen Sieg zu erringen. Sie wischte sich die Augen und rang sich ein schwaches Lächeln ab, dann lachte sie leise über sich selbst.

»Besser?«, fragte ich, nahm ihre Hände in meine und drückte sie sanft.

Sie nickte. »Irgendwann werden alle da draußen unsere Namen kennen«, versprach sie, als wären wir zwei Feldherrinnen, die zu ihrem großen Eroberungszug aufbrachen. »Deinen und meinen.«

Jetzt lachte ich auch und war erleichtert, dass es ihr tatsächlich besser zu gehen schien. »Okay.«

»Du und ich für immer«, sagte sie, und ich nickte.

Wir glaubten, unsere Wunden würden uns zu etwas Besonderem machen. Wir glaubten, was uns nicht umbrachte, würde uns stärker machen. Wir glaubten, unser Leid würde uns zu einer Art tragischen Heldinnen machen.

Oder zumindest redeten wir uns das ein. Aber in dieser Nacht klang es zum ersten Mal nicht nur wie ein Motto, nach dem wir lebten, sondern mehr wie ein Mantra, das wir uns immer wieder in Erinnerung rufen mussten, um zu *über*leben.

Elise gegenüber hatte ich behauptet zu wissen, wie alles ausgehen würde, dass sie am Ende siegen würde. Aber in Wahrheit hatte ich keinen Schimmer.

Die Enthüllungen über ihren Vater hatten mich bis ins Mark erschüttert. Da hatte ich mich so lange gefragt, was mit ihr nicht stimmte, aber jetzt, nachdem sie es mir endlich verraten hatte, fühlte ich mich hilfloser denn je. Ich wollte stark genug für uns beide sein, aber ich war mir nicht sicher, ob ich dazu in der Lage war.

29.

»Er war nicht immer so schlimm«, flüsterte Elise später in derselben Nacht. Ich döste neben ihr im Bett vor mich hin.

»Hmm?«, machte ich, ohne die Augen zu öffnen.

»Ich wollte zum Beispiel immer einen Hund haben, aber mein Dad hat eine Tierhaarallergie«, redete sie weiter. »Irgendwann ist er an meinem Geburtstag mit mir ins Tierheim gefahren und wir haben den ganzen Tag mit den Hunden da gespielt. Danach waren seine Augen knallrot und total zugeschwollen.« Ich hörte das Lächeln in ihrer Stimme.

»Wir durften auch nie Haustiere haben«, sagte ich. »Zu viel Schmutz, zu viel Arbeit.«

»Das ist das Erste, was ich mache, sobald ich achtzehn bin«, sagte sie. »Ins nächste Tierheim fahren und mir einen Hund holen.«

»Das ist ein super Plan.«

»Wir könnten ja zusammen einen haben.« Sie drehte sich zu mir um.

»Meinst du?« Ich blinzelte müde.

»Klar«, sagte sie, und als ich einschlief, träumte ich von dem Leben, das wir irgendwann führen würden.

Mitten in der Nacht wachte ich auf, weil ich fror, und stellte fest, dass Elise weg war. In die Bettdecke gewickelt, machte ich mich auf die Suche nach ihr.

»Elise?«, rief ich gedämpft, und meine Stimme hallte durchs Haus, das riesig und dunkel dalag wie ein Spukschloss. Ich sah die Tür zum Schlafzimmer ihres Dads offen stehen und fand sie auf dem kleinen Balkon davor. »Was machst du denn da?«

Sie drehte sich mit einer Zigarette in der Hand zu mir um. Ihr Haar wehte im Wind.

»Ich hab dir vorhin noch nicht alles erzählt«, eröffnete sie mir. »Über meinen Dad.«

»Nein?«, fragte ich besorgt.

»Mein Dad –« Sie holte tief Luft, bevor sie fortfuhr. »Es tut ihm leid, jedes Mal. Und das Verrückte ist, dass ich ihm meistens sogar glaube.«

»Wie jetzt?« Ich trat neben sie, stützte die Ellenbogen auf die Brüstung und beugte mich vor.

»Er fängt richtig an zu weinen und bittet mich, ihm zu verzeihen. Und dann verspricht er mir, dass es nie wieder vorkommt, und obwohl er mir das schon hunderttausend Mal geschworen hat, denke ich trotzdem jedes Mal: Ab jetzt wird alles anders. Ist das nicht krank?«

Ich steckte mir eine Zigarette an und blies eine Rauchwolke in die Nachtluft, um einen klaren Kopf zu bekommen.

»Irgendwie weiß ich natürlich, dass sich nichts ändern wird, aber ich kann einfach nicht anders, als es trotzdem zu hoffen. Und manchmal wird es sogar besser, zumindest für eine Weile. Vor dem hier« – sie zog kurz die Schulter mit dem Bluterguss hoch – »hat er sich fast zwei Monate zurückgehalten. Seit wir hier wohnen, ist es auch nicht mehr ganz so schlimm. Das Geld, das meine Großeltern mir hinterlassen haben, hilft ein bisschen und die Hausfrau auch.« So nannte sie noch immer die Freundin ihres Dads.

»Es gibt halt Abstufungen«, erklärte sie erneut. »Und es könnte schlimmer sein. Es könnte immer schlimmer sein.«

»Ich weiß nicht«, sagte ich.

»Ich hab dir doch erzählt, dass meine Mom mich verlassen hat, als ich noch klein war. Sie hat einfach ihre Sachen gepackt und danach hab ich nie wieder was von ihr gehört.« Sie schnippte ihre Zigarette über die Brüstung und sah zu, wie sie in der Tiefe verglomm. »Sie hat mich nie geschlagen oder so, aber manchmal weiß ich nicht, was von beidem schlimmer ist.«

»Im Ernst?« Der Nachthimmel war klar, und der Mond nicht zu sehen, aber die Sterne leuchteten hell.

»Keine Ahnung. Immerhin ist mein Dad bei mir geblieben. Vielleicht ist das ja auch was wert«, schloss sie gedankenverloren. »Muss es doch, oder?« Ich begriff nicht, wie sie so über ihren Vater reden konnte. Warum versuchte sie immer noch, etwas Gutes an ihm zu finden?

»Willst du deinen Dad jetzt etwa verteidigen?« Ich war komplett verwirrt und zog mir die Bettdecke fester um die Schultern.

»Nein«, antwortete sie bedächtig. »Ich verteidige ihn ja gar nicht, ich will damit nur sagen, dass – ach, vergiss es.«

»Nein, was?«

»Es wäre halt einfacher gewesen, verstehst du? Abzuhauen. So wie meine Mom oder wie dein Dad das ständig macht.« Elise stand vollkommen reglos da und nur ihre Augen funkelten in der Dunkelheit. Sie versuchte, mich davon zu überzeugen, dass ihr Vater kein komplettes Monster war, und an dem Punkt kam ich einfach nicht mehr mit. Was er ihr antat, war unverzeihlich. Daran hatte sie selbst zuvor keinen Zweifel gelassen, aber jetzt schien sie sich plötzlich nicht mehr sicher zu sein.

Ich zog ihr Feuerzeug – für mich war es immer noch ihres – aus der Tasche und ließ es geistesabwesend auf- und zuschnappen, in der Hoffnung, dass das Zischen und Klicken mich beruhigen würde.

»Meine Mom hätte mich ja nicht bei ihm lassen müssen«, redete Elise weiter. »Sie hätte sich einfach von meinem Dad trennen können. Aber sie hat es trotzdem gemacht.«

Ich verstand nicht ganz, inwieweit das Verhalten ihrer Mom die Gewalttätigkeit ihres Dads rechtfertigte, aber sie wirkte so überzeugt, dass ich ihre Schlüsse nicht weiter infrage stellte. Eine Weile hüllten wir uns in Rauch und Schweigen, und meine Finger, in denen ich die Zigarette hielt, wurden langsam taub vor Kälte. Ich wusste nicht, was ich sagen, wie ich ihr helfen sollte.

»Weißt du, was ich gelernt habe, Remy? Liebe reicht nicht aus. Liebe reicht nicht aus, damit jemand bei dir bleibt.« Ihre Stimme wurde lauter und sie redete immer schneller, wie gehetzt. »Weißt du, wann man nicht verlassen wird? Wenn der andere einen braucht. Meine Mutter hat mich verlassen, weil sie mich nicht brauchte.«

»Wo ist denn da der Unterschied?« Ich schüttelte den Kopf.

»Das ist doch alles dasselbe. Wenn man jemanden liebt, dann braucht man ihn auch.« Doch noch während ich das sagte, kamen mir Zweifel, und Beklommenheit breitete sich in mir aus.

»Klar kann man das so sehen. Man könnte sogar behaupten, dass wahre Liebe nichts anderes ist, als jemanden zu brauchen.« Elise klang ihrem Alter weit voraus, so weise, so als hätte sie auf alle Fragen des Lebens eine Antwort.

Ich schwieg verwirrt.

»Ich brauche dich, Remy«, sagte sie dann leise. Und damit meinte sie: Ich liebe dich.

»Ich brauche dich auch«, erwiderte ich nach einem Moment. Und damit meinten wir beide: Liebe heißt brauchen und gebraucht werden. Liebe ist dann am aufrichtigsten und am stärksten, wenn man einander braucht. Wenn man ohne einander nicht leben kann. Alles andere ist bedeutungslos. Alles andere bricht einem früher oder später das Herz.

Wir brauchten einander. Also war das zwischen uns Liebe.

Unser Leben lang waren wir zwei Heimatlose gewesen, die nirgends wirklich Platz fanden. Aber dann wurde plötzlich alles anders. Plötzlich gab es einen Ort für uns. Wir gehörten zusammen. Denn ein Zuhause war mehr als ein Haus. Es war mehr als ein Punkt auf der Landkarte. Mein Zuhause war ein Mensch und dieser Mensch war Elise. Wir waren unsere eigene kleine Familie, und ich war fest davon überzeugt, dass es nichts gab, was uns jemals trennen konnte. Ich war fest davon überzeugt, dass ich nie etwas anderes wollen würde.

MONTAG, 28. AUGUST
TAG 353

30.

Während ich Elise' und meine Geschichte Stück für Stück rekonstruiere, durchbohrt Detective Ward mich förmlich mit Blicken. Wir sind wie zwei Haie, die zusammen in einem Aquarium eingesperrt sind und sich unaufhörlich umkreisen. Sie erfährt, wie ich Jack kennengelernt habe, und von Elises Gegen-Gegenparty.

Es ist ein surreales Gefühl, das alles einer vollkommen Fremden zu erzählen. Manchmal bin ich so vertieft in meine Erinnerungen, dass ich fast vergesse, wo ich bin und was ich hier mache.

Fast vergesse ich, dass die Erinnerungen an Jack alles sind, was mir von ihm geblieben ist.

Fast vergesse ich, dass keine neuen Erinnerungen mehr dazukommen werden, weil er für immer fort ist.

Fast vergesse ich, dass ich ihn vor ein paar Stunden zum letzten Mal im Arm gehalten habe.

Fast.

Ich könnte für immer und ewig in der Erinnerung an unseren ersten Abend am See weiterleben. Als die Sterne auf uns herabfunkelten und alles möglich schien.

Ich berichte ausführlich von diesen Stunden, und Detective

Ward unterbricht mich kein einziges Mal oder bittet mich, mich kürzer zu fassen. Tatsächlich scheint es sie sogar eher ein wenig zu erweichen, mich über ihn reden zu hören.

Aber irgendwann komme ich unweigerlich bei Elise' Anruf mitten in der Nacht an und allem, was er nach sich gezogen hat.

Sag mir was Wahres, höre ich auf einmal Jacks Stimme in meinem Kopf.

Das gibt mir Halt, wie ein Stück Wirklichkeit, und ich klammere mich daran fest.

Die Wahrheit ist: Ich habe Elise im Stich gelassen. Ich habe mich von ihr zurückgezogen, als sie mich am dringendsten gebraucht hätte.

Detective Ward dreht an ihrem Ehering herum und beobachtet mich. Hinter ihr zwinkert mir die Kamera zu, langsam und gleichmäßig. Vera sitzt schweigend da und macht sich Notizen.

Ich lasse kein Detail aus, wiederhole jedes Wort, das in jener Nacht gefallen ist. Beschreibe den Bluterguss an Elise' Schulter, ihr tränenüberströmtes Gesicht. Ich klinge müde, fast so müde wie Elise, als sie mir gestanden hat, was ihr Vater ihr über die Jahre angetan hat. Als rede ich über jemand Fremden.

Ich wünschte, es wäre so. Dass es jemand anders wäre, dem das alles hier passiert.

Es ist ein merkwürdiges Gefühl, von dieser Nacht zu erzählen. Die Worte laut auszusprechen. Besonders weil ich doch Elise geschworen habe, es niemandem weiterzusagen.

Detective Ward nimmt eine Mappe vom Tisch und schlägt sie auf ihrem Schoß auf, aber ich kann trotzdem den Namen auf der Vorderseite lesen: »Elise Ferro«. Ich weiß, was in der Akte stehen muss. Alles, was ich erzähle, sind Versatzstücke einer Geschichte, die Ward längst kennt. Also ist das hier eigentlich kein Verrat an Elise, oder?

Während sie durch die Akte blättert, wappne ich mich für die eine Frage, die sie mir noch immer nicht gestellt hat: Warum ich damals niemandem davon erzählt habe.

Ich habe Elise so oft im Stich gelassen, in so vieler Hinsicht. Ich hätte so viel wiedergutzumachen.

Vielleicht sieht Ward die Verzweiflung in meinem Gesicht, denn sie klappt die Akte wieder zu. Dann legt sie sie mit der Rückseite nach oben auf den Tisch. Als hätte ich Elise' Namen nicht längst gesehen.

»Es ist nicht deine Schuld, ist dir das klar?«, fragt sie leise, aber ihre Worte haben keinerlei Bedeutung. Ich kenne die Wahrheit, also mache ich mir nicht mal die Mühe zu antworten.

»Es ist nicht deine Schuld«, wiederholt sie, aber ich kann nur denken: *Ach nein?*

Seit jener Nacht vor drei Wochen verfolgt mich diese Frage. Wenn ich jemandem davon erzählt hätte, dann hätte Elise vielleicht keine Angst mehr haben müssen. Wenn ich etwas unternommen hätte, dann wären wir heute vielleicht nicht mal hier. *Wenn.*

Aber gleich darauf zucken mir wieder die tausend Gründe, die dagegensprechen, durch den Kopf. Elise wollte nicht, dass jemand davon erfuhr. Sie hatte bereits versucht, sich Hilfe zu holen. Sie war vor Kurzem siebzehn geworden und musste nur noch ein Jahr durchhalten.

Ich hatte Angst. Ich wusste nicht, was ich tun sollte. Ich wollte Elise' Geheimnis nicht ausplaudern. Tausend Gründe, aber keiner davon gut genug.

Denn hinter all diesen Ausflüchten lauert immer dieselbe Wahrheit: Vielleicht war es auch einfach bequemer, nichts zu tun. Darauf zu vertrauen, dass Elise schon alles im Griff hatte. Klar, es war schlimm, aber vielleicht ja nicht *so* schlimm – nicht schlimm genug, um zur Polizei zu gehen und unsere Freundschaft aufs Spiel zu setzen. Zu riskieren, dass ihr auch diesmal keiner glaubte und ihr Vater nur noch wütender wurde. Oder dass die Leute ihr doch glaubten und ich sie gerade dadurch verlor, weil sie ins Heim gesteckt wurde.

Vielleicht war es einfach leichter, uns beide als angehende Heldinnen zu betrachten und mir einzureden, dass das alles bloß vorübergehende Rückschläge auf dem Weg zum großen Showdown waren. Dass wir uns noch in dem Teil des Films befanden, in dem die Heldinnen permanent einstecken mussten, in dem wir beinahe die Hoffnung verloren, dem dunkelsten Kapitel, bevor alles besser wurde. Aus all dem Schmerz, all dem Leid würde Elise nur gestärkt hervorgehen, so stark, dass sie es irgendwann mit der ganzen Welt aufnehmen konnte.

Detective Ward scheint noch etwas hinzufügen zu wollen, aber da klopft es leise an der Tür.

»Entschuldigen Sie die Störung«, sagt ein Polizist und hält einen Notizblock hoch. »Sie wollten ja, dass ich Ihnen Bescheid gebe.«

»Ich bin gleich wieder da«, wendet Detective Ward sich an uns. Sie lässt die Tür einen Spaltbreit offen, und ich sehe, wie die beiden am anderen Ende des Flurs stehen bleiben und sich unterhalten. Der Mann zeigt ihr etwas in seinen Notizen und sie nickt.

Vera nutzt die Gelegenheit, um sich zu erkundigen, wie es mir geht, und ich sage, dass alles okay sei. Dann blende ich sie wieder aus und versuche zu hören, worüber die beiden im Flur reden. Unzählige Gedanken fluten meinen Kopf. Ist etwas mit Elise? Geht es ihr gut? Oder hat es mit Jacks Mutter zu tun? Seinem Cousin Evan? Sind die beiden hier? Mein Herz schlägt so schnell, als wolle es jeden Moment explodieren. Es ist, als wäre sämtliche Luft aus dem Raum gesaugt worden. Ich muss würgen, hebe die Hände an meine Kehle.

»Remy!« Veras Stimme scheint von unendlich weit her zu

mir durchzudringen, übertönt von meinem hämmernden Herzen.

Nach einer Weile verschwindet Detective Ward aus meinem Blickfeld und kommt kurz darauf zurück ins Vernehmungszimmer. Sie hat eine bemüht neutrale Miene aufgesetzt.

»Wir müssen noch mal über gestern Nacht reden.«

Ich starre weiter auf die Tür, die noch immer offen ist und den Blick auf einen Streifen Flur freigibt. Auf der Polizeiwache ist nicht sonderlich viel los und es laufen nur vereinzelt Leute vorbei. Wo Elise wohl ist? Aber ich habe so ein Gefühl: Sie ist hier, ganz sicher.

»Remy hat Ihnen doch schon alle Fragen dazu beantwortet. Zweimal«, protestiert Vera, während Detective Ward sich vergewissert, ob die Kamera noch läuft.

»Es gibt neue Informationen. Wir haben die Berechtigung eingeholt, dein Handy zu überprüfen, und uns deine Anrufliste und deine Nachrichten angesehen«, sagt sie zu mir. »Ich will bloß prüfen, ob sich alles deckt.« Dann setzt sie sich zurück an den Tisch, vor sich den Notizblock des Polizisten.

Vera reißt ihn ihr weg und blättert durch die Seiten. »Diese Aufzeichnungen müssen wir erst mal allein durchgehen. Das wurde uns doch noch überhaupt nicht vorgelegt.«

Detective Ward überlegt kurz und lenkt dann widerwillig ein. »Na gut. Fünfzehn Minuten. Als Vera abermals zum Protest ansetzt, fügt sie beschwichtigend hinzu: »Es geht nur um die letzten Einträge«, und Vera gibt nach.

Nachdem Ward uns allein gelassen hat, spähe ich über Veras Schulter, während sie alles überfliegt. Dann beantworte ich ihre Fragen darüber, welche Jacks Nummer ist und welche Elise'. Ich weiß sie nicht auswendig, aber die von Elise erkenne ich an der Vorwahl von Tennessee und Jacks daran, dass er mir mit Abstand die meisten Nachrichten geschrieben hat.

»Oh«, sagt Vera, als wäre ihr gerade etwas Schreckliches aufgefallen, doch da klopft es schon wieder an der Tür, und Detective Ward setzt sich zurück an ihren Platz. Ich sehe Vera an und frage mich, was sie entdeckt hat.

»Wir haben die Nachrichten und Anrufe mit dem Handy des Jungen abgeglichen, das am Tatort gefunden wurde«, erklärt Ward. »Sein Cousin hat uns freundlicherweise mit dem Pin-Code geholfen, darum konnten wir schon darauf zugreifen. Natürlich werden wir uns auch noch mal die Unterlagen seines Netzanbieters vornehmen, sobald wir sie reinbekommen, aber da erwarten wir keine großen Überraschungen. Also offenbar hast du Jack um 23:02 Uhr angerufen. Um 23:18 Uhr hat er dir geschrieben, er sei jetzt da. Und dann, vierzehn Minuten später, also um 23:32 Uhr hast du die Notrufnummer gewählt. Du hast erzählt, du hättest ihn reingelassen und dich von ihm verabschiedet. Und dass Elise sich vor ihm erschreckt und darum auf ihn geschossen hat, aber vierzehn Minuten sind eine ganz schön lange Zeit für etwas, das ziemlich schnell vonstattengegangen sein müsste.«

Ich ziehe die handschriftlichen Notizen zu mir rüber, verwirrt und mit steigender Panik. Es dauert einen Moment, bis ich die fragliche Stelle gefunden habe. Aber Vera nimmt bereits den Kampf auf.

»Das lässt keinerlei Schlüsse zu«, sagt sie.

»Das denke ich aber doch«, hält Ward dagegen.

»Dann liegen Sie falsch«, entgegnet Vera. »Vierzehn Minuten sind gar nichts. Nehmen wir an, er schreibt ihr schon in der Auffahrt und sie liest es nicht sofort, da können schon mal zwei Minuten vergehen. Dann unterhalten die beiden sich erst mal eine Weile, wie Remy es geschildert hat – sechs Minuten, vielleicht sieben. Und anschließend muss sie ja erst mal zu ihrem Auto gehen, wo sie die Schüsse hört, und zurück ins Haus rennen. Dann wird sie eine Weile bei seiner Leiche gesessen haben. Sie stand unter Schock. Da sind vierzehn Minuten nichts.«

Doch während Vera redet, klopft mein Herz wie wild, denn Detective Ward hat recht: Was ist in diesen vierzehn Minuten passiert? Alles, was Vera aufzählt, ist möglich, aber ich war schließlich selbst dabei und bringe es auf allerhöchstens sieben.

Jack kommt an, wir reden kurz miteinander, ich gehe zum Auto, und kaum, dass ich eingestiegen bin, höre ich die Schüsse. Vielleicht hat Vera ja recht, und ich habe nicht sofort den Notruf gewählt, vielleicht stand ich ja zu sehr unter Schock und konnte mich nicht früher von Jacks Leiche losreißen, um zu telefonieren.

Trotzdem bringt es mich ins Grübeln. Irgendwas an dieser Geschichte kommt mir falsch vor, aber ich weiß nicht, was es ist.

In Gedanken gehe ich die ganze Nacht noch einmal durch, versuche, die Erinnerungsfetzen zu einem stimmigen Ganzen zusammenzusetzen. Wie Elise und ich uns gestritten haben und wie ich danach auf der Treppe hockte. Wie Jack kam und allein mit ihr reden wollte. Wie ich im Auto saß, den Schlüssel schon im Zündschloss, und gerade losfahren wollte.

Es ergibt keinen Sinn. Ich versuche, Veras Ausführungen zu folgen, aber wie ich es auch drehe und wende, jedes Mal bleiben ein paar Minuten zu viel übrig. Ich habe Jacks Nachricht nicht verpasst und ihn sofort reingelassen, als er da war. Okay, dann haben wir uns unterhalten, aber ganz sicher keine sechs oder sieben Minuten. Danach bin ich zum Auto gegangen, um nach Hause zu fahren, in der Hoffnung, dass Jack und Elise die Sache schon klären würden.

Dort hat man meinen Schlüssel entdeckt, im Zündschloss. Ich erinnere mich vage, wie ich zurück die Treppe hochgerannt bin.

Vielleicht hat Jack Elise ja nicht auf Anhieb gefunden. Vielleicht hat er eine Weile drinnen gewartet, bis sie vom Balkon zurück ins Haus kam.

Vielleicht bin ich ja im Auto ganz kurz eingenickt und erst von den Schüssen wieder aufgewacht. Irgendeine Erklärung wird es geben, muss es geben. Und am Ende ist das alles, was zählt.

Vierzehn Minuten sind gar nichts, sage ich mir immer wieder im Stillen. Das hat alles nichts zu bedeuten.

Aber ich bin nicht sicher, wen ich damit überzeugen will, Ward oder mich selbst.

31.

Gegen Mittag machen wir eine Pause. Meine Eltern haben mir ein Putensandwich besorgt, aber ich kann jetzt unmöglich ans Essen denken. Stattdessen verschanze ich mich, so lange es geht, auf der Toilette.

Ich bin so müde, dass ich mich kaum auf den Beinen halten kann und schaufele mir kaltes Wasser ins Gesicht, um wach zu werden. Mein Magen ist leer, aber mir ist trotzdem übel von dem vielen Adrenalin. Meine Eingeweide sind vollkommen verkrampft, und ich muss mich mit aller Kraft zusammenreißen, mich nicht schon wieder zu übergeben. Mein Körper scheint zu denken, dass ich sterbe. Dass ich um mein Leben kämpfe. Und vielleicht hat er damit sogar recht.

Jede Sekunde, die ich mit Detective Ward in diesem Vernehmungszimmer hocke, fühlt sich an, als ginge es um Leben und Tod.

Ich stütze mich mit beiden Händen auf den Waschbeckenrand. Als ich in den Spiegel gucke, starrt eine Fremde zurück, und ich kann den Blick nicht von ihr abwenden.

Es *geht* um Leben und Tod, denke ich, aber das ist noch nicht alles. In erster Linie geht es um unsere Freundschaft.

Von dem Moment an, in dem Elise wie eine Bombe in meinem Leben eingeschlagen ist, gab es für mich nur noch uns beide. Sie war wie eine Sternschnuppe, ein Asteroid, der meine Welt in Schutt und Asche gelegt hat. Und aus dieser Asche bin ich wiederauferstanden – sind wir beide wiederauferstanden, endlich vollständig.

Ich darf sie nicht verlieren. Ich darf sie nicht noch mal im Stich lassen. Ich kann nicht zulassen, dass ein einziger tragischer Fehler uns für alle Zeiten zum Verhängnis wird.

Ich *werde* es nicht zulassen.

SONNTAG, 2. APRIL
TAG 205

32.

Elise hatte nicht nur eine Schwäche für Helden, sie wollte selbst eine Heldin sein. Und zwar nicht irgend so eine popelige Heldin des Alltags, die sich hin und wieder mal für gebeutelte Klassenkameraden einsetzte. Nein, Elise strebte nach Höherem.

»Weißt du, was ich mir überlegt habe?«, fragte sie am Tag nach ihrem Geburtstag.

Argwöhnisch musterte ich sie, beobachtete jede ihrer Bewegungen. Ich machte mir Sorgen, aber ich hatte auch Angst, und zwar nicht nur davor, etwas Falsches zu sagen oder zu tun, sondern vor der gesamten Situation. Elise tat immer so, als hätte sie alles unter Kontrolle, aber wie hätte man so was unter Kontrolle haben sollen?

»Was?« Ich schnippte gedankenverloren meine Zigarette über die Balkonbrüstung und starrte runter auf den Fluss. Es war später Vormittag und die Sonne fing langsam an zu brennen.

»Wir sollten anderen helfen«, sagte sie, und ihre Augen leuchteten.

»Wobei?«, fragte ich verwirrt.

»Bei allem.« Aufgeregt packte sie mich bei der Schulter. »So wie wir es eh schon machen, mit den Racheaktionen, nur noch krasser.«

»Krasser?«

Sie nickte und zog hastig an ihrer Zigarette. »Wir sollten richtig planvoll vorgehen und Fälle übernehmen.«

»Was?«

»Ja, so wie die Tödliche Viper bei ›Kill Bill‹«, sagte sie. »Oder die Justice League oder die Avengers.«

Ich dachte, sie würde nur Spaß machen, und lachte.

»Ich mein's ernst«, beharrte sie, aber dann lachte sie auch. »Klingt erst mal albern, ich weiß, aber wär doch toll, wenn wir ganz vielen Leuten helfen könnten, oder?«

»Klar«, erwiderte ich, hielt das Ganze aber immer noch für schlichte Blödelei. »Und wer willst du sein – Superman?«

In dem Moment fiel mir Jack wieder ein. Aber auch diesmal passte der Zeitpunkt nicht, um Elise von ihm zu erzählen. Wir waren ja gerade bei einem ganz anderen Thema. Bestimmt würde sich später noch eine Gelegenheit ergeben.

»Quatsch, Superman ist doch der totale Langweiler. Batman!«, antwortete sie, und ich dachte, wie gut das passte. Ein Waisenkind, das eine schreckliche Tragödie erlebt und seine persönlichen Dämonen bezwungen hat, um schließlich über sich hinauszuwachsen. »Ein Held, den niemand verdient, aber jeder braucht.«

Ich nickte.

»Ich bin die Rache. Ich bin die Nacht. Ich bin Batman!«, schloss sie mit einer theatralischen Geste, und es hätte mich nicht gewundert, sie elektrische Funken versprühen zu sehen.

»Gut, und wer bin ich?«, fragte ich, mehr um sie bei Laune zu halten. »Wehe, du sagst jetzt Robin.«

Elise aschte über die Balkonbrüstung und dachte kurz nach. »Wonder Woman«, befand sie. »Zu gut für diesen verkorksten

Planeten.« Sie lächelte und strich mir eine Haarsträhne aus dem Gesicht.

Als wir wieder ins Haus gingen, checkte ich mein Handy und sah, dass ich zwei Nachrichten von Jack bekomme hatte.

Jack: **Wollte eigentlich noch ein paar Tage warten, bis ich dir schreibe, aber weißt du, was? Rarmachen können sich andere, ich will dich einfach nur wiedersehen**

Jack: **Wie wärs mit heute zum Abendessen?**

Ich fand es einfach nur cool, dass er sich nicht mit den üblichen Spielchen aufhielt, und konnte mir ein seliges Grinsen nicht verkneifen, als ich ihm zurückschrieb.

Was Elise natürlich sofort auffiel. »Ist irgendwas? Du wirkst auf einmal so anders.«

»Anders?«

»Ja. Aufgekratzt. Richtig glücklich.«

»Oh. Ach so, ja, ganz vergessen. Ich hab jemanden kennengelernt.« Und da war er, der Moment, vor dem ich mich die ganze Zeit gefürchtet hatte. »Auf der Party. Nachdem du gegangen warst.«

»Echt? Wieso hast du denn noch gar nichts davon gesagt?«, fragte sie etwas vorwurfsvoll. »Oder warte, meintest du das in deiner Nachricht?«

»Ich wollte es dir ja erzählen, aber –«

Aber du brauchtest mich und du warst so verzweifelt und –

Doch stattdessen sagte ich: »Aber irgendwie hat sich nie der passende Moment ergeben und so wichtig war es dann auch wieder nicht.« Das stimmte sogar, aber wenn ich ganz ehrlich war, hatte ich einfach ein kleines bisschen Angst – davor dass sie sauer werden würde, weil ich so eine tolle Zeit gehabt hatte, während es ihr einfach nur dreckig ging.

Vielleicht hatte ich aber auch am meisten Angst davor, dass sich zwischen uns etwas verändern könnte. Bislang war immer

Elise diejenige gewesen, die die Entscheidungen traf: wo wir hingingen, was wir machten, mit wem wir uns verabredeten. Und Jack in mein Leben – *unser* Leben – zu holen, war nicht abgesprochen gewesen.

In dem Moment wurde mir klar, wie paranoid ich war. Elise war meine beste Freundin! Sie würde sich für mich freuen.

Oder?

»Jetzt rück schon raus damit!«, drängte sie.

»Er heißt Jack. Seinen Nachnamen weiß ich noch gar nicht«, fügte ich dann mit einem verlegenen Lachen hinzu und gab mir besondere Mühe, unbeschwert zu wirken. »Du musst ihn unbedingt kennenlernen, ich bin mir ganz sicher, dass du ihn auch magst.« Ängstlich wartete ich auf ihre Reaktion.

Doch ihre Miene war unmöglich zu deuten, und je länger sich das Schweigen zwischen uns hinzog, desto mulmiger wurde mir zumute. Oh nein, dachte ich. Jetzt war sie wirklich sauer.

Aber dann lächelte sie. »Ich kann's kaum erwarten«, sagte sie.

»Wirklich?«

Sie nickte, immer noch lächelnd. »Für dich tu ich doch alles.«

33.

Zu Hause ging ich als Erstes duschen und stopfte Jacks Superman-T-Shirt in die Waschmaschine. Im Haus herrschte Stille – Mom war in ihrem Arbeitszimmer, Christian unterwegs, und

Dad schien im Büro oder beim Golf zu sein. Erschöpft von der vergangenen Nacht schlief ich ein und wachte erst auf, als mein Handy auf meinem Bauch vibrierte.

Jack: **Lola sucht mir mein Outfit für heute Abend aus**

Ich setzte mich auf und rieb mir verwirrt die Augen.

Ich: **Lola?**

Kurz darauf schickte Jack ein Foto, das ihn mit einem Golden Retriever in der Sonne zeigte, beide mit genau demselben fröhlich-sorglosen Gesichtsausdruck. Lächelnd speicherte ich es als Jacks Kontaktbild.

Jack: **Wie du siehst, hab ich kein Problem damit, meinen Hundejoker einzusetzen, um bei dir zu punkten**

Mein Grinsen wurde immer breiter, und ich war so damit beschäftigt, wieder und wieder seine paar Nachrichten zu lesen, dass ich fast vergaß zu antworten.

Ich: ☺

Jack: **Und, funktionierts?**

Ich: **Brauche noch mehr Lola-Fotos**

Er schickte mir drei weitere: Lola und er pudelnass am See, eins von Lola allein, auf dem sie einem Spielzeug hinterherjagte, und ein Selfie, auf dem er ihr einen Schmatzer auf den Kopf gab.

Wie konnte dieser Typ bloß so hinreißend sein? Das war ja schon nicht mehr normal. Ich ließ mich zurück aufs Bett fallen und dachte, ich müsste sterben vor Glück.

Ich: **Sei lieber vorsichtig**

Jack: **?**

Ich: **Ich glaub, ich verliebe mich gerade in deinen Hund**

Jack: **Hätte ich wohl mit rechnen müssen**

Ich: **Nicht so schlimm, ihr Mensch ist zum Glück auch ganz in Ordnung**

Jack: **Puh**

Ein paar Minuten später überlegte ich noch immer, was ich antworten sollte, als eine weitere Nachricht von ihm kam.

Jack: **Sag mir was Wahres**

Ich reckte mich kurz, bevor ich mich auf die Seite drehte und anfing zu tippen.

Ich: **Ich wollte auch schon immer einen Hund haben**

Jack: **Bist du allergisch oder so?** 😢

Ich: **Nee, meine Eltern wollen keine Haustiere**

Jack: **Gemein**

Wieder schickte er mir zwei Fotos, eins von Lola in der Badewanne und eins, auf dem sie hinterher in ein Handtuch gewickelt auf seinem Bett lag und schlief.

Ich: **Ist die niedlich!**

Jack: **Leider weiß sie das auch**

Ich: **Sollte echt verboten werden, so süß zu sein**

Jack: **Stimmt, ich sollte echt die Polizei rufen**

Ich: **Guten Tag, mein Hund ist zu süß, bitte kommen Sie schnell**

Jack: **Lol**

Nach ein paar Minuten schickte ich ihm seine eigene Forderung zurück.

Ich: **Sag mir was Wahres**

Jack: **Kanns kaum erwarten, dich später zu sehen**

Er antwortete jedes Mal in Sekundenschnelle, und als seine letzte Nachricht kam, drückte ich mir mein Handy an die Brust. Dann las ich mir alles noch mal von vorne durch und musste die ganze Zeit lächeln.

Ich probierte gerade Outfits für mein Date mit Jack an, als Elise anrief.

»Ist Christian zu Hause?«, fragte sie.

Ich warf einen Blick aus dem Fenster, um zu gucken, ob sein Auto in der Auffahrt stand. »Nein wieso?«

»Okay, bin in fünfzehn Minuten bei dir«, sagte sie.

»Moment mal, was?« Ich legte ein weinrotes Cocktailkleid, das ich für zu schick befunden hatte, aufs Bett.

»Die Clique trifft sich heute Abend. Ich dachte mir, wir zwei gehen vorher noch was essen.« Im Hintergrund hörte ich ihren Autoschlüssel klimpern, dann die zufallende Haustür.

»Ich kann nicht«, sagte ich mit ein bisschen schlechtem Gewissen, das aber sofort wieder verflog, weil ich mich einfach viel zu sehr freute, Jack wiederzusehen. Und obwohl ich es mir selbst ungern eingestand, konnte ich nach den Enthüllungen der vergangenen Nacht gut eine kleine Pause von Elise gebrauchen.

»Wie, du kannst nicht? Wieso?«

»Ich treffe mich mit diesem Typen, von dem ich dir erzählt hab – Jack.«

»Ach so«, sagte sie. Und dann nichts mehr.

»Aber mach du dir einen schönen Abend mit den anderen. Wir sehen uns ja morgen in der Schule.« Jetzt fühlte ich mich doch mies. Andererseits hatte Elise am Freitag schließlich dasselbe mit mir gemacht, oder etwa nicht? Da hatte ich mit ihr allein sein wollen und sie war einfach abgeschwirrt.

»Kannst du ihm nicht absagen?«

»Warum?«, entgegnete ich überrascht.

»Wir wollen uns heute überlegen, wie wir Leuten helfen können«, erklärte sie. »Und dabei brauchen wir dich doch. Das ist echt wichtig.«

»Ach, das meintest du ernst?« Ich setzte mich aufs Bett und konzentrierte mich aufs Zuhören. »Ich dachte, das war nur …« Irgendwie hatte ich wohl gehofft, sie würde den Plan nicht weiterverfolgen.

»Na klar!«, rief sie. »Ich meinte das hundertprozentig ernst. Es gibt so viel Ungerechtigkeit auf der Welt, dagegen müssen wir doch was unternehmen. Willst du da denn nicht dabei sein, Rem, und etwas bewirken?« Sie klang, als würde sie tatsächlich glauben, dass wir Superkräfte hatten und damit die Pflicht, das Böse zu bekämpfen.

»Geh ruhig ohne mich«, sagte ich. Wenn ich ehrlich war, hätte ich, selbst wenn ich nicht mit Jack verabredet gewesen wäre, keine Lust auf das Treffen gehabt. Ich machte mir immer noch ein bisschen Sorgen, sie könnte sich das mit ihrem Rachestreich an Christian wieder anders überlegen. Und wenn sie dafür erst mal den Rest der Clique auf ihre Seite brachte, würde ich kaum noch Nein sagen können.

»Aber wir brauchen dich«, ließ sie nicht locker. »Ich meine, wie sollen wir denn ohne Wonder Woman für Gerechtigkeit sorgen?

Langsam wurde es mir doch ein bisschen zu blöd. »Das kriegt ihr schon hin. Du kannst mir ja hinterher alles erzählen.«

Wieder Schweigen.

»Wann musst du denn los?«, fragte sie.

Ich guckte auf die Uhr. »So in einer halben Stunde vielleicht?«

»Dann fahre ich dich hin«, bot sie an. »Ich bin sowieso schon unterwegs.«

»Nein, das ist doch Quatsch«, wollte ich protestieren, doch sie hatte bereits aufgelegt. Ich schrieb ihr eine Nachricht, aber sie antwortete nicht mehr.

Zwanzig Minuten später hatte Elise mitten in unserer Auffahrt geparkt, auf Christians Platz.

»Wolltest du Christian nicht aus dem Weg gehen?«

Sie zuckte mit den Schultern. »Scheiß drauf. Er ist hier das Arschloch, wieso sollte ich darunter leiden müssen?« Und von einer Sekunde zur anderen war sie über ihren Liebeskummer hinweg oder zumindest schien es so.

»Okay.« Verstohlen spähte ich aus dem Fenster und hoffte, dass Christian blieb, wo immer er auch war. Einen weiteren, potenziell explosiven Streit konnte ich jetzt echt nicht gebrauchen.

Dann wechselte sie das Thema: »Das ziehst du an?« Ich hatte mich für Jeans und ein schwarzes Top entschieden, dazu rote High Heels und ein passendes Armband.

Ich nickte. »Wieso?«

»Ach, nur so. Siehst gut aus«, sagte sie und lächelte.

»Danke.« Ich erwiderte das Lächeln, aber jetzt war ich noch aufgeregter als vorher.

»Wo wollt ihr denn hin?«, fragte sie weiter und ließ sich auf den Haufen ausgemusterter Klamotten auf meinem Bett plumpsen.

»Ins Waffle House.« Das Waffle House war ein Diner mit einer altmodischen Jukebox, Sitznischen mit roten Kunstlederbänken und einem von diesen uralten Coca-Cola-Kühlschränken mit Türklinke.

»Öfter mal was Neues, was?« Sie zwinkerte mir zu.

»Frühstück ist nun mal die wichtigste Mahlzeit des Tages – egal zu welcher Uhrzeit«, verkündete ich grinsend.

»Na, dann lass uns mal«, sagte sie. »Sonst kommst du noch zu spät.«

»Du musst mich echt nicht bringen«, versuchte ich es noch einmal.

Mir war immer noch nicht ganz klar, warum sie so darauf bestand, und ich machte mir ein bisschen Sorgen, was Jack davon halten würde. Ob er denken würde, dass ich ihn schon meinen Freundinnen vorstellen wollte? Oder, noch schlimmer, dass Elise ihn für mich abchecken sollte?

»Ich hab eh nichts Besseres vor und so kannst du hinterher mit Jack zurückfahren und musst dich nicht um dein Auto kümmern.« Sie hakte sich bei mir ein. »Und außerdem bekomm ich ihn so mal zu sehen.«

»Okay …« Sie war so hartnäckig, dass ich schließlich nachgab. Ich beschloss, Jack zu erzählen, mein Auto wäre nicht angesprungen und Elise hätte mich deswegen gefahren.

Wir waren ein bisschen zu früh da und hockten uns auf die Motorhaube der Rostigen Rosi, um auf Jack zu warten.

»Sehr süß«, flüsterte Elise mir zu, nachdem er angekommen und seinen Helm abgesetzt hatte, und ich stieß ihr den Ellenbogen in die Seite.

Jack lief auf uns zu. Er lächelte, aber ich sah ihm seine Verwirrung deutlich an. »Hi«, sagte er und blieb beinahe schüchtern ein paar Schritte vor uns stehen.

»Hi.« Ich sprang auf den Boden und umarmte ihn. »Das ist meine Freundin Elise. Sie hat mich hergefahren.«

»Ich bin Jack«, stellte er sich vor und winkte knapp. »Cooles Auto.« Er hatte die Rostige Rosi schon vorgestern Nacht gesehen, aber nur von Weitem.

»Danke«, sagte Elise. Dann umarmte sie mich rasch. »Viel Spaß.«

Jack und ich gingen rein und setzten uns einander gegenüber an einen der Tische. »Okay«, sagte er und griff sich die riesige Speisekarte.

»Okay«, erwiderte ich nervös.

Wir sahen uns in die Augen und lachten über unsere Verkrampftheit, über dieses vollkommen Neue, was sich da zwischen uns entspann.

Dann blieb Jacks Blick an etwas vor dem Fenster hängen und er kniff die Augen zusammen. »Ist das da nicht deine Freundin?«

»Was?« Ich hob erschrocken den Kopf und tatsächlich, draußen auf dem Parkplatz saß noch immer Elise im Schneidersitz auf der Motorhaube der Rostigen Rosi. »Ja stimmt«, sagte ich vollkommen perplex, und zog mein Handy aus der Tasche.

Ich: **Bist du immer noch hier?**

Elise: **Sorry, hab gerade so Hunger auf Frühstück gekriegt**

Elise: **Hab mir was zum Mitnehmen bestellt, dann bin ich weg**

Sie hob die Hand und winkte.

»Was schreibt sie denn?«, fragte Jack.

»Ach, äh, sie hat bloß Hunger gekriegt und sich was zum Mitnehmen bestellt.« Ungläubig schüttelte ich den Kopf.

Ich: **Hättest du dir nicht woanders was holen können?**

Elise: **Hab irgendwie nicht nachgedacht, tut mir leid!**

Elise: **Ich kann echt auch fahren**

»Warum schreibst du ihr nicht einfach, sie soll mit uns essen?«, schlug Jack vor und lächelte.

»Na ja, eigentlich hat sie gleich noch was vor und –«

»Ist schon okay.« Er griff ganz sanft nach meiner Hand und ich wurde rot. »Ich will ja sowieso deine Freunde kennenlernen.« Was natürlich supernett von ihm war, aber ich war trotzdem ein bisschen sauer, weil ich kaum fünf Minuten mit ihm alleine gehabt hatte. Unfassbar, wie es Elise gelang, sich in unser Date reinzuwieseln.

Ich holte tief Luft. »Okay.«

Ich: **Dann komm doch rein und iss mit uns**

Elise: **Nein, will euch nicht stören**

Ich: **Ist schon ok**

Ich: **Wenn du sowieso schon mal da bist**

Elise: **Nur wenns wirklich in Ordnung ist**

Ich: **Jetzt komm endlich rein und lunger nicht vor dem Fenster rum wie so ne Stalkerin**

Elise: **Lol, ok, bin gleich da**

Sie hüpfte von der Motorhaube, schnappte sich ihre Tasche vom Rücksitz und kam ins Diner. »Tut mir leid«, sagte sie, als sie sich neben mir auf die Bank fallen ließ. »Ich wollte euch echt nicht stören.«

»Kein Ding.« Jack winkte lächelnd ab.

»Rem?«, wandte Elise sich an mich, wie um auch wirklich ganz sicherzugehen.

»Klar, ist okay.« Aber das war es nicht. Immer wieder warf ich ihr Seitenblicke zu, fragte mich, was sie vorhatte, ob sie möglicherweise irgendeinen ausgeklügelten Plan verfolgte. Gleich darauf bekam ich ein schlechtes Gewissen, als mir der Bluterguss an ihrer Schulter wieder einfiel und das, was sie mir in der Nacht zuvor erzählt hatte. Sie wollte nicht in der Erdbeervilla sein. Nicht allein sein. Oder vielleicht hatte sie wirklich einfach nur der Heißhunger auf Rührei und Pfannkuchen gepackt.

»Bist du auch in der Elften?«, fragte sie Jack.

»Nee, in der Zwölften, aber ich hab mir das Schuljahr freigenommen.«

»Oh«, machte sie, bohrte jedoch nicht nach, worüber ich froh war. Wir quatschten ein bisschen über Elise' Party auf dem Footballfeld, die nervigsten Lehrer an unserer Schule und unsere Pläne für die Sommerferien.

»Ich will auf jeden Fall wieder mit dem Schwimmen anfangen«, sagte Jack. »Ich bin echt komplett außer Form.«

»Sieht man dir aber nicht an«, bemerkte Elise.

Er lächelte. »Danke, aber im Wasser würde ich mich im Moment wohl so dynamisch wie ein Stück Treibholz bewegen. Und ihr? Habt ihr auch schon Pläne?«

Ich verneinte. »Meine Eltern zwingen mich bestimmt, für die Collegeauswahlprüfungen zu lernen. Wenn man meiner Mom Glauben schenkt, hinke ich nämlich jetzt schon hinterher, während mein Bruder Christian wahrscheinlich als Embryo damit angefangen hat.«

Jack lachte. »Warte mal, ist Christian Tsai dein Bruder?«

»Yep.« Klar, die beiden waren ja in derselben Stufe, ging mir auf. Oder zumindest gewesen – bevor Jack das Schuljahr abgebrochen hatte.

»Ich wusste gar nicht, dass er eine Schwester hat«, sagte er jetzt.

»Da bist du nicht der Einzige«, entgegnete ich. »Hätte mich eher gewundert, *wenn* du es gewusst hättest.«

»Bist du mit ihm befreundet?« Elise gab sich locker, aber ich hörte die Anspannung in ihrer Stimme. Ich sah Jack an und betete im Stillen, er würde Nein sagen.

»Nicht so richtig?« Es klang mehr wie eine Frage. »Ich glaube, wir waren in der Neunten zusammen im Schwimmteam, aber irgendwie hatten wir immer verschiedene Freundeskreise.« Es war offensichtlich, dass er versuchte, höflich zu sein, und ich seufzte innerlich auf, dass die zwei nichts miteinander zu tun hatten.

»Ist schon okay.« Elise grinste. »Du kannst ruhig ehrlich sagen, was du von ihm hältst. Remy und ich sind uns nämlich einig, dass er ein ziemliches Arschloch ist.« Ich stieß ihr den Ellenbogen in die Seite. »Was denn? Ist doch wahr.«

»Dafür kenne ich ihn gar nicht gut genug«, bemühte Jack sich weiter, neutral zu bleiben. Dass er sich nicht von Elise zum Lästern anstiften ließ, gefiel mir.

Sobald Elise aufgegessen hatte, warf sie einen Blick auf ihre Handyuhr. »Okay, dann sollten wir auch bald los, Rem«, sagte sie, ohne hochzugucken.

»Was?«, fragte ich. Auch Jack hob überrascht den Kopf.

»Wir müssen doch noch weiter.« Jetzt sah sie mir bedeutungsvoll in die Augen. »Schon vergessen?«

Das war also die ganze Zeit ihr Plan gewesen, dachte ich. Unglaublich.

»Du hast gesagt, du würdest ohne mich dahin gehen, *schon vergessen*?« Ich funkelte sie an.

»Können wir mal kurz reden?« Sie nahm mich beim Arm und zog mich Richtung Toiletten, bevor ich auch nur antworten konnte. Im Gehen drehte ich mich zu Jack um und warf ihm einen entschuldigenden Blick zu.

Als die Klotür hinter uns zufiel, guckte Elise in jede einzelne Kabine, um sich zu vergewissern, dass wir allein waren. »Ich brauche dich heute ganz dringend«, drängelte sie dann.

»Wieso?« Mir war klar, dass das nicht stimmte. Anscheinend hatte ich völlig zurecht gezögert, ihr von Jack zu erzählen, aber mit so was hatte ich dann doch nicht gerechnet. »Und jetzt sag bitte nicht, dass ich dabei sein muss, weil ihr über dein komisches Rachekommando reden wollt, das interessiert mich nämlich ganz ehrlich überhaupt nicht, okay?« Ich bereute die Worte, sobald ich sie ausgesprochen hatte.

Schweigen breitete sich zwischen uns aus.

»Tut mir leid«, lenkte ich ein. »War nicht so gemeint.«

»Doch, war es.« Sie wandte sich ab und guckte in den Spiegel. »Tut mir leid, dass ich dich so nerve.« Ihre Stimme klang kraftlos, matt.

»Das hab ich doch gar nicht behauptet. Komm schon.«

»Ich …« Sie holte tief Luft und atmete langsam wieder aus. »Ich will nur einfach gerade nicht allein sein. Klar, gleich hab ich ja die anderen, aber die kennen mich halt nicht so gut. Nicht wie du.« Unsere Blicke trafen sich im Spiegel. »Keiner kennt mich so gut wie du. Was ich dir gestern Nacht erzählt hab – davon weiß keiner. *Keiner*.« Jetzt schien sie regelrecht in sich zusammensacken, die Arme verschränkt, die Schultern hochgezogen. »Ich brauche dich, Remy«, sagte sie. »Bitte.«

»Okay«, antwortete ich und nahm sie fest in den Arm.

»Danke.«

Es war regelrecht unheimlich, sie den Tränen so nahe zu sehen, so kurz vor dem Zusammenbruch.

Ich brauche dich. Diese Worte, die mich vor Kurzem noch mit Wärme erfüllt hatten, machten mir nur noch Angst.

34.

»Tut mir leid, dass ich gehen muss«, sagte ich zu Jack. »Und dass wir heute Abend eigentlich überhaupt keine Zeit zu zweit hatten.« Wir standen auf dem Parkplatz neben seinem Motorrad, und er strich mir mit den Fingern über die Arme, während Elise ein Stück weiter schon abfahrbereit in der Rostigen Rosi wartete. Ich kehrte ihr den Rücken zu, um uns ein Minimum an Privatsphäre zu verschaffen.

»Mach dir keinen Kopf. Wir sehen uns einfach ein andermal, und deine Freundin will wahrscheinlich bloß auf dich aufpassen«, sagte er. Selbst jetzt klang er noch so verständnisvoll, dass ich regelrecht dahinschmolz.

»Leid tut's mir trotzdem«, wiederholte ich. »Und dein T-Shirt hab ich auch nicht dabei.« Das hatte ich nämlich nach dem Waschen im Trockner vergessen.

»Was, das olle Superman-Teil?«, fragte er. »Das darfst du behalten. Sahst echt süß darin aus.«

»Im Ernst?«, fragte ich, insgeheim geschmeichelt.

Er beugte sich vor und küsste mich sanft. Meine Füße schienen sich vom Boden zu lösen. Ich zog ihn an mich, schlang die Arme um ihn und ließ die Finger durch sein Haar gleiten.

»Okay.« Ich wollte nicht gehen.

Auf der Fahrt zum Footballfeld redeten wir nicht viel. Der Himmel hatte sich verdunkelt, während wir im Waffle House saßen, und war jetzt nur noch von ein paar fahlen lila und rosa Streifen durchzogen. Wir waren als Erste da, hockten uns auf die Tribüne und rauchten, während wir auf die anderen warteten.

»Ist irgendwas geplant für heute?«, fragte ich.

»Geplant?»

»Na ja, eine Racheaktion oder so?«

»Ach so, du meinst, ob wir schon jemanden im Visier haben? Nein«, antwortete Elise. »Dafür treffen wir uns ja.«

»Warum ist dir das eigentlich so wichtig?« Ich legte mich rücklings auf die Sitzbank.

»Einfach so.« Sie ließ ihre Zigarette auf den Boden fallen und trat sie aus. »Ich weiß halt, wie das ist, jemand anderem ausgeliefert zu sein. Und du auch: schrecklich. Niemand sollte sich jemals so fühlen müssen, nie! Daran, wie unsere Eltern sind, können wir nun mal nichts ändern, aber –«

»Okay, okay«, schnitt ich ihr das Wort ab. Den Vortrag kannte ich schon auswendig.

»Ich wusste, dass du mich verstehen würdest«, sagte sie. »Guck mal, ich glaube, da kommen Julie, Madi und Jae.«

Ich warf einen letzten Blick hoch zu den Sternen und dachte kurz daran, wie Jack und ich unter demselben Himmel gelegen hatten. Dann schwang ich die Beine von der Bank, stand auf und streckte mich, während Elise den anderen zuwinkte. Jae hatte Getränke dabei, die von Freitag übrig geblieben waren. Als wir in der Mitte des Platzes ankamen, suchte ich den Boden nach Anzeichen dafür ab, dass hier Leute gefeiert hatten – Plastikbecher, Müll –, aber ich fand nichts.

»Wir haben hinterher aufgeräumt«, sagte Elise, als hätte sie meine Gedanken gelesen. »Wir wollten nicht erwischt werden, um uns nicht die Chance auf die nächste Party zu verbauen.«

»Wie, die nächste Party?«, zischte ich ihr zu, aber sie tat so, als hätte sie mich nicht gehört.

»Okay, was steht an?«, fragte Jae, der sich einen Wodka-O mischte, bevor er die Flaschen an Elise weiterreichte. »Wer muss heute dran glauben?«

»Keiner«, antwortete sie.

»Worüber wolltest du denn dann mit uns reden?«, erkundigte sich Julie, und während Elise anfing, ihre Vision eines improvisierten Rachekommandos zu beschreiben, vibrierte mein Handy.

Jack: **Sollen wir uns später noch treffen?**

Elise ging voll und ganz in ihrer Eröffnungsansprache auf, also tippte ich hastig eine Antwort.

Ich: **Wird leider schwierig**

Jack: **Kann dich auch abholen**

Dann schickte er ein Foto von ihm und Lola, die beide mit übertriebenem Hundeblick in die Kamera schmachteten, und ich konnte das Grinsen nicht unterdrücken.

»Remy?«, sagte Elise.

»Entschuldige, was?« Ich sah fragend hoch.

»Ich hab gerade erklärt, dass wir anderen auf diese Weise helfen könnten.« Sie klang leicht gereizt.

»Ja.« Was wollte sie denn von mir hören?

»Wie bei den Aktionen für Jaes Ex und Cameron, nur besser organisiert«, fuhr sie fort. Es nervte mich, dass sie immer wieder unseren allerersten Streich zur Sprache bringen musste, als wäre der eine ihrer größten Errungenschaften. Die Nacht damals war etwas Besonderes gewesen, aber die Art, wie Elise die Sache für ihre Zwecke benutzte, nahm dem Ganzen irgendwie seinen Zauber.

»Tja, Arschlöcher laufen da draußen jedenfalls genug rum«, merkte Julie an.

»Wir würden uns nicht mehr unbedingt auf Ex-Freundinnen und -Freunde beschränken«, fügte Elise schnell hinzu, als sie Madisons ablehnende Miene sah. »Und Rache steht dabei nicht im Vordergrund.«

Ich: **Ich glaub nicht**

Ich: **Tut mir leid**

Jack: **Kein Problem, dachte mir, ich frag einfach mal**

Ich: **Sorry**

Jack: **Schon ok**

Jack: **Grüße von uns 2**

Er schickte ein weiteres Foto, und ich speicherte alle Bilder, die ich von ihm hatte, in einem Album, das ich »Jack & Lola« nannte. Als ich Elise' Blick auffing, steckte ich mein Handy schnell in die Tasche. Es war traurig, dass ich hier sitzen und über ihre blöden Pläne reden musste, anstatt den Abend mit Jack zu verbringen.

»Ich bin dabei«, meldete sich Jae, direkt gefolgt von Julie.

Madison dagegen zögerte. »Ich weiß nicht. Wie soll das denn überhaupt funktionieren?«

»Wie eine Art Bürgerwehr«, erklärte Elise. »Wir halten einfach Ausschau nach Leuten, die einen Denkzettel verdient haben, solche wie Mr Dawkins zum Beispiel.« Sie stellte ihren Becher hin. »Eine Gruppe von Undercover-Superhelden, die es sich zur Aufgabe gemacht haben, den Schwächeren zu helfen.« Die Entschlossenheit in ihrer Stimme und der unverhohlene Schmerz darin fuhren mir durch Mark und Bein. Meine Wut wegen des geplatzten Dates mit Jack verpuffte.

»Okay«, sagte nun auch Madison. »Ich bin auch dabei.«

Elise drehte sich zu mir um, und es war, als stünde nichts mehr zwischen uns, als könnte sie mich allein mit einem Blick vollkommen elektrisieren. *Kann ich auf dich zählen?,* schien sie zu fragen.

Es hatte eine Zeit gegeben, in der ich mich, ohne zu zögern, für sie in den Kampf gestürzt hätte, aber irgendwas schien sich verändert zu haben. Bislang hatte es sich immer so angefühlt, als wäre sie der einzige Mensch, der mich kannte, der mich jemals kennen würde, aber jetzt fragte ich mich, ob das überhaupt stimmte. Schließlich senkte ich dennoch den Kopf zu einem kaum sichtbaren Nicken und sie lächelte.

Es war stockdunkel, als Elise und ich uns zurück auf den Weg zur Erdbeervilla machten. Wir gingen mit einem Armvoll Decken auf den Balkon und richteten uns dort ein.

»Versprichst du mir was?«, fragte Elise. Ihr Blick wirkte verletzlich. Keine Spur von ihrem gewohnten Selbstbewusstsein.

»Was?« Ich guckte sie besorgt an.

»Versprichst du mir, dass du immer bei mir bleibst?« Sie klang richtig niedergeschlagen, als hätte ich sie bereits verlassen. »Ich brauche dich.«

»Red doch keinen Quatsch«, entgegnete ich und aschte in den Kaffeebecher neben mir auf dem Boden.

»Das ist kein Quatsch. Ich bin schon so oft verlassen worden.« Natürlich meinte sie ihre Mom. »Manchmal komme ich mir vor wie ein schwarzes Loch, das den Menschen alle Zuneigung aussaugt. Ich brauche so viel davon, dass es früher oder später keiner mehr mit mir aushält.«

»Ich verlass dich nicht«, sagte ich eindringlich und schlang ihr den Arm um die Schultern. »Ich brauche dich doch genauso.«

Mir fiel alles ein, was sie je für mich getan hatte, wie oft sie bedingungslos für mich da gewesen war. Darum musste ich jetzt auch für sie da sein.

»Versprichst du mir, dass ich bei dir immer an erster Stelle stehen werde?«

»Versprochen«, erwiderte ich, obwohl ich mir ziemlich sicher war, dass sie das nur fragte, weil jemand Neues in mein Leben getreten war.

»Und dass du dich nicht irgendwann nur noch für Jack interessierst und mich vergisst?« Na bitte.

»Jetzt wird's aber echt albern.«

»Versprich mir, dass du ihn mir nie vorziehst«, beharrte sie.

»Okay, versprochen«, sagte ich. »Bist du jetzt zufrieden?« Ich war vollkommen baff, dass sie anscheinend schon eifersüchtig auf Jack war, aber vielleicht waren das auch einfach noch die Nachwirkungen des miesen Wochenendes, das sie hinter sich hatte.

Elise lächelte und lehnte den Kopf an meine Schulter. Die letzten Tage waren die reinste Achterbahnfahrt gewesen, aber in diesem Moment dort draußen auf dem Balkon glaubte ich tatsächlich, wir hätten wieder festen Boden unter den Füßen.

FRÜHLINGSFERIEN
TAGE 210 bis 219

FREITAG, 7. APRIL

35.

Als ich mich das nächste Mal mit Jack traf, erzählte ich Elise nichts davon und schaltete mein Handy aus. Es war der letzte Schultag vor den Frühlingsferien, und sie hatte sicher vor, den Abend mit mir und den anderen auf dem Footballfeld zu verbringen oder so, ich dagegen wollte einfach nur Jack sehen. Zwar fühlte ich mich absolut mies dabei, aber ich würde auf keinen Fall das Risiko eingehen, dass sich die Aktion vom letzten Mal wiederholte. Und solange Elise nicht wusste, wo ich war, konnte sie auch nicht unser Date crashen.

Als Jack mich um sieben bei mir zu Hause abholte, wirkte er ungewohnt nervös. Auch beim Essen war ihm die Anspannung anzumerken, und am Ende bestand er darauf, mich einzuladen.

»Ist alles okay mit dir?«, fragte ich schließlich. Vor einer Woche, auf Summers Party und danach, hatten wir uns doch noch so ungezwungen unterhalten.

»Klar«, antwortete er. »Warum? Hab ich was falsch gemacht?«

»Nein, überhaupt nicht«, entgegnete ich und musterte ihn über unseren Tisch in dem Sushi-Restaurant hinweg, das er ausgesucht hatte. Er wollte mich beeindrucken, wurde mir plötzlich klar. Es war geradezu rührend, wie viel ihm daran zu liegen schien, dass ich ihn mochte. Als ich nach seiner Hand griff, zuckte er zusammen, aber dann breitete sich ein Lächeln auf seinem Gesicht aus.

Ich sah ihm in die Augen. »Wir müssen nicht dieses Standard-Date-Programm durchziehen«, sagte ich. »Ist mir total egal, was wir machen, ich will einfach nur mit dir zusammen sein.« Dieser eine Abend gehörte mir. Ich konnte damit anfangen, was ich wollte, und ich wollte ihn mit Jack verbringen.

Kurz wirkte er überrumpelt, aber dann lächelte er wieder und warf mir einen schüchternen Blick zu. »Okay.«

»Sag mir was Wahres«, forderte ich ihn leise auf.

Er fing an, mit meiner Hand zu spielen, verflocht seine Finger mit meinen und ließ sie wieder los. »Ich war mal Wettkampfschwimmer.«

»Echt?« Jetzt war ich wirklich beeindruckt.

Jack nickte. »Ich glaube, ich halte immer noch den Landesrekord über zweihundert Meter Delfin in meiner Altersklasse.«

»Wow«, staunte ich. »Und ich hab dich letzte Woche gefragt, ob du überhaupt schwimmen kannst!«

Er lachte. »Kein Problem, du warst ja nur um meine Sicherheit besorgt.«

»Äh, ja genau.« Ich grinste. »Bist du Mannschaftskapitän im Schulteam?«

»War ich mal. Aber ich hatte schon aufgehört, bevor ich mir den Rest des Schuljahrs freigenommen hab. Sag mir was Wahres«, wechselte er dann rasch das Thema.

Diesmal musste ich lange überlegen. Mein Leben war ziemlich langweilig – mir war einfach noch nicht viel Weltbewegendes passiert. Ich war mehr oder weniger das schwarze Schaf in meiner ehrgeizigen Familie, der Durchschnitt in Person. Und so witzig und charmant wie Elise war ich auch nicht. So sprühend vor Energie.

»Ich kann's kaum erwarten, Lola kennenzulernen«, sagte ich, was zwar der Wahrheit entsprach, aber trotzdem ein Ablenkungsmanöver war.

Jacks Lächeln hätte das ganze Restaurant erleuchten können. »Okay.«

Eigentlich hatten wir nach dem Essen noch ins Kino gewollt, aber das ließen wir jetzt sausen und fuhren stattdessen zu Jack nach Hause, um Lola zu holen. »Ich wohne gerade bei meinem Cousin Evan«, erklärte er. »Ist 'ne lange Geschichte. Warte kurz hier, ja?« Er verschwand im Haus und kam ein paar Minuten später mit Lola wieder raus.

»Hey, langsam«, rügte er die Hündin, als sie direkt an mir hochsprang.

»Macht nichts.« Ich beugte mich über sie, streichelte ihr Kopf und Nacken und kraulte sie hinter den Ohren.

»Sie mag dich«, sagte Jack. »Und Lola verfügt über eine ziemlich gute Menschenkenntnis.« Ich lachte, als sie mir den Arm abschlabberte.

Jack hatte einen Rucksack mit einer Thermoskanne Kaffee dabei und wir spazierten eine Meile bis zu einer Hundewiese. Da es schon fast dunkel war, waren wir komplett allein dort. Jack hielt mit der einen Hand meine und warf mit der anderen einen Tennisball für Lola, bis sie müde wurde. Irgendwann legte sie sich neben der alten Holzbank, auf der Jack und ich es uns bequem gemacht hatten, ins Gras.

»Warum hast du mit dem Schwimmen aufgehört?«, fragte ich und zog meine Beine in den Schneidersitz.

»Ich hatte vor fast zwei Jahren einen Autounfall.« Er hob die linke Hand und zeigte mir eine Narbe. Ich strich mit dem Daumen über die glänzende, straff gespannte Haut. »Ich hab eine Schraube im Handgelenk und noch ein bisschen mehr Metall in der linken Schulter.«

»Oh Mann.« Vorsichtig legte ich die Finger um sein Handgelenk.

»Um ehrlich zu sein«, fuhr er fort, »bin ich mir nicht mal sicher, ob ich im Team geblieben wäre, selbst wenn ich den Unfall nicht gehabt hätte. Ich hab mit dem Schwimmen angefangen, als ich acht war, und ich war gut. Richtig gut.«

Jack hatte die passende Figur für einen Schwimmer – breite Schultern, lange Beine, durchtrainierter Oberkörper und Arme, mit denen er gleich zwei von meiner Sorte hätte umschlingen können. Ich konnte mir gut vorstellen, wie er wie ein Fisch durchs Wasser schoss.

»Ich hab ziemlich oft gewonnen. Eigentlich immer.« Er schraubte die Thermoskanne auf und nahm einen Schluck Kaffee.

»Nur keine falsche Bescheidenheit.« Ich lachte. »Na los, erzähl mir noch ein bisschen mehr darüber, wie gut du warst.«

Jetzt musste er auch lachen. »Tut mir leid, so sollte das nicht rüberkommen.«

»Ich weiß«, sagte ich und grinste.

»Okay, auf die Gefahr hin, dass du mich nur wieder aufziehst, aber eigentlich wäre es mir lieber gewesen, wenn ich nicht so oft gewonnen hätte.«

»Oooh, eine Runde Mitleid!« Ich verdrehte die Augen und

stieß ihn mit der Schulter an. »Armer kleiner Jack, so einsam da oben auf dem Siegertreppchen.« Gott, war der Junge süß.

»Jaja, ich weiß, ich bin unmöglich.« Er seufzte. »Aber lass mich erst mal ausreden. Wenn man noch so jung ist und entdeckt, dass man in irgendwas richtig, richtig gut ist, dann kann das ziemlich schnell ausarten. Ist wie eine Sucht. Die ganzen Pokale und Medaillen, man will immer mehr davon, selbst wenn sie nur aus Plastik sind. Und wenn man nicht aufpasst, dreht sich das ganze Leben um nichts anderes mehr. Ich bin nur noch geschwommen, wollte nur noch gewinnen. Aber davon abgesehen, wusste ich überhaupt nicht, wer ich bin. Und dann ging es irgendwann gar nicht mehr ums Gewinnen, sondern nur noch darum, nicht zu verlieren.« Er schüttelte den Kopf und lächelte wehmütig. »Ich weiß, ich weiß, Luxusprobleme.«

»Nein, ich versteh schon, was du meinst.« Ich drückte seine Hand. »Meine Eltern und mein Bruder, die sind ganz genauso. Ich bin ein bisschen aus der Art geschlagen«, witzelte ich. »Von mir sind alle immer nur enttäuscht.«

»Das ist ja echt mies, tut mir leid«, sagte er, und ich merkte ihm an, dass er es ernst meinte. »Wenn deine Eltern erwachsene Versionen von Christian sind, will ich mir gar nicht vorstellen, wie es bei euch zu Hause zugeht.«

»Die sind alle wahnsinnig auf Erfolg aus, aber mich interessiert so was eben nicht.« Ich streichelte Lola, die mitterweile vor uns saß und die Schnauze auf die Bank zwischen uns gelegt hatte. »Manchmal könnte man meinen, das Leben wäre ein Wettrennen, bei dem sie auf keinen Fall verlieren wollen.«

»Ganz genau.« Er sah mir in die Augen und mein Herz geriet kurz ins Stolpern. Da war sie wieder, diese Verbundenheit, die ich schon an unserem ersten Abend gespürt hatte. Wie wenn man sich auf einmal selbst in einem anderen Menschen wiedererkennt und gleich weniger allein fühlt. »Es geht nur noch darum, wie man oben bleibt, wie man schneller ist als alle anderen und wie man diesen Zustand erhält. Aber ab einem gewissen Punkt kann man einfach nicht mehr und an den gelangt früher oder später jeder. Wenn ich nie diesen Unfall gehabt hätte, wäre ich wahrscheinlich irgendwann komplett ausgebrannt gewesen. Das war nur noch eine Frage der Zeit.« Er zuckte mit den Schultern. »Nicht dass das noch eine Rolle spielen würde, ich hatte den Unfall ja nun mal.«

Ich musste an das denken, was er vor einer Woche gesagt hatte, über dieses Heimweh nach einem anderen Leben, das Gefühl, im falschen Leben gefangen zu sein, der falschen Version von einem selbst. Er meinte, er hätte das Schwimmteam in jedem Fall verlassen, dennoch überlegte ich, ob er wohl fand, dass der Unfall alle seine Pläne zunichte gemacht und ihm die Chance genommen hatte, selbst darüber zu entscheiden.

»Was ist denn eigentlich passiert?«, fragte ich.

»Ach, das war selten dämlich, eine der dämlichsten Aktionen meines Lebens, um genau zu sein. Ich war auf einer Party, und ein Kumpel von mir war ziemlich voll, wollte aber unbedingt selbst nach Hause fahren. Da hab ich ihn halt gebracht und dann haben wir trotzdem einen Unfall gebaut. Ein anderer Wagen hat uns beim Überholen geschnitten und wir sind gegen einen Strommast geknallt. Wir haben beide irrsinniges Glück gehabt, aber das Auto war ein Totalschaden.«

»Puh, wie mies ist das denn?«, sagte ich. »Tut mir echt leid.«

»Tja, passiert. Ich hab schon lange die Hoffnung aufgegeben, dass es im Leben auch nur im Entferntesten fair zugeht.« Er war so anders als Elise, die ständig mit der ganzen Welt haderte und keine noch so kleine Ungerechtigkeit hinnehmen konnte.

»Hast du direkt danach mit dem Schwimmen aufgehört?«, fragte ich.

»Jein. Selbst nach ein paar Monaten Physiotherapie war ich noch nicht wieder in Form. Vielleicht lag's an der OP oder den Schrauben oder dem Narbengewebe, jedenfalls ist mein Bewegungsumfang links seitdem ziemlich eingeschränkt.« Er bog demonstrativ beide Arme nach hinten. »Und zum Wettkampfschwimmen braucht man jede Menge Flexibilität im Oberkörper.«

»Glaubst du, du fängst irgendwann trotzdem wieder an?« Die Vorstellung, dass eine einzige Nacht ihm so viel genommen hatte, machte mich traurig.

»Vielleicht? Mein Grandpa war immer dafür, meinte, ich könnte vielleicht zumindest ein Schwimmstipendium fürs College abstauben, selbst wenn ich es nicht mehr in die Nationalauswahl schaffen würde. Und ich hab ihm versprochen, dass ich's versuchen würde, aber keine Ahnung.«

In der Ferne erhellte ein Blitz den Himmel, dann grollte es gedämpft und Lola hob den Kopf. Kurz darauf fing es an zu regnen.

»Komm.« Jack nahm meine Hand und wir rannten los. Wir lachten, und Lola bellte, als der unerwartete Wolkenbruch uns bis auf die Knochen durchnässte. Alle zusammen flüchteten wir uns unter ein Vordach. Dort sahen Jack und ich uns in die Augen. Er beugte sich vor und legte die Stirn gegen meine.

»Hey«, sagte er leise.

»Hey«, erwiderte ich.

Dann küsste er mich, und ich schlang so fest die Arme um ihn, als wollte ich ihn nie wieder loslassen.

SAMSTAG, 8. APRIL

36.

»Wo warst du denn?«, verlangte Elise am nächsten Morgen zu wissen, als ich endlich an mein Handy ging. »Ich bin bei dir zu Hause vorbeigefahren, aber du warst nicht da.«

»Tut mir leid, ich war mit Jack unterwegs, und mein Akku war leer.« Nur eine kleine Notlüge. Nicht dass ich ihr eine Erklärung schuldig gewesen wäre, aber es war trotzdem ein seltsames Gefühl, sie zum ersten Mal bewusst anzulügen. Andererseits hatte sie schließlich selbst mit der Lügerei angefangen. »Wir mussten uns draußen vor dem Unwetter in Sicherheit bringen, und als ich zu Hause war, konnte ich nur noch schnell duschen und bin dann sofort eingepennt.«

»Du hast alles verpasst«, entgegnete sie merklich verärgert. »Wann schaffst du, fertig zu sein? Ich komme dich abholen.« Bevor ich auch nur antworten konnte, fuhr sie fort: »Ach was, zieh dich einfach an, ich bin in einer Viertelstunde da«, und legte auf. Das war mal wieder typisch. Sie traf die Entscheidungen, stellte die Bedingungen und ich ordnete mich brav unter. Anfangs hatte ich es noch bequem gefunden, ihr einfach zu folgen, aber langsam fing es an, mir auf die Nerven zu gehen.

Zehn Minuten später wartete sie bereits draußen vor dem Haus auf mich. Ich hatte nicht mal Zeit gehabt, um zu duschen oder was zu essen.

»Du siehst ja schlimm aus«, sagte sie, als ich rauskam.

»Dir auch einen guten Morgen.«

»Und was hast du da überhaupt an?« Sie starrte auf mein T-Shirt.

»Ach, das gehört Jack«, antwortete ich und erklärte dann

auf ihren skeptischen Blick hin: »Für was anderes war keine Zeit, *du* musstest ja so einen Stress machen!« In Wahrheit aber mochte ich das Superman-T-Shirt einfach. Der Stoff war vom vielen Tragen schön weich, und obwohl ich es inzwischen gewaschen hatte, roch es irgendwie immer noch ein bisschen nach Pfefferminz.

»Schon gut, ist ja auch egal«, sagte sie. »Steig ein.«

»Wo wollen wir denn hin?«

»Siehst du dann.«

»Können wir uns zumindest unterwegs was zu essen holen?«, maulte ich. »Ich hab Riesenhunger.«

»Okay, von mir aus.«

»Und was gibt's hier zu sehen?«, fragte ich, als sie vor der Einfahrt zur Schule hielt. Die beiden Flügel des Eisentors waren mit einer Kette zusammengeschlossen worden, also mussten wir ab dort zu Fuß weiter.

»Wart's einfach ab. Los, komm!« Sie ergriff mein Handgelenk und zog mich mit. Schon seltsam, während der Ferien das Schulgelände zu betreten. Die Parkplätze lagen komplett verlassen da und die Stille war fast schon bedrückend.

»Was wollen wir denn hier?«, drängelte ich erneut, während wir das Gebäude umrundeten.

»Wart's ab«, wiederholte sie und zog vor dem Eingang einen Schlüsselbund aus der Tasche.

»Wo hast du den denn her?«, fragte ich erschrocken.

Sie zuckte mit den Schultern. »Hab ich gestern stibitzt. Keine Sorge, ich lass mir bloß welche nachmachen, dann kriegt Ms Corkern sie zurück.«

Ms Corkern unterrichtete Chemie. Ich war nicht in ihrem Kurs, aber Elise offenbar schon. Mir fiel wieder ein, wie sie einmal dieser fiesen Vertretungslehrerin den Autoschlüssel geklaut hatte, ohne dass es jemand mitbekommen hatte, nicht mal ich.

»Und was ist mit den …« Drinnen sah ich mich als Erstes nach den Überwachungskameras um.

»Entspann dich, um die haben wir uns gestern Abend gekümmert. Da war's dunkel und wir hatten alle Schwarz an und unsere Gesichter vermummt.«

Blinzelnd näherte ich mich einer der Kameras. »Du …«

»… bist echt 'ne Wucht?«, vollendete sie lachend meinen Satz. »Ein Genie? Weiß ich.« Sie hatten das Stromkabel jeder einzelnen Kamera durchgeschnitten. »Los, komm.« Wieder nahm sie meine Hand und zog mich weiter, während ich den Blick nicht von all den außer Gefecht gesetzten Überwachungskameras wenden konnte. Schließlich blieb sie vor einem Klassenraum stehen. »Bereit?«

Ich nickte, immer noch verwirrt, aber dann gingen wir rein und ich sah Mr Dawkins' Namensschild auf dem Lehrerpult.

»Tadaaa!«, trällerte Elise und präsentierte mit großer Geste ihr Werk der Zerstörung.

»Oh Gott!« Sie und die anderen hatten ganze Arbeit geleistet. Die Schülerpulte waren zu vier Türmen aufgestapelt, die bis zur Decke reichten. Mr Dawkins' Pult dagegen hatte offensichtlich als Zielscheibe für einen Eierweitwurfwettbewerb gedient. Die Wände waren voll mit Sprühluftschlangen und irgendeinem giftgrünen Schleimzeugs. Außerdem hatten sie etwas an die Tafel geschrieben, eine Liste im Stil von Kindergartenregeln, komplett mit putzigen kleinen Zeichnungen drum herum: »Bleib auf deinem Platz« – »Wenn du was sagen möchtest, heb die Hand« – »Renn nicht durch die Klasse« – »Sag immer schön Bitte und Danke«. Die üblichen Verdächtigen. Bis zum letzten Punkt, der schlicht lautete: »Sei keine notgeile Sau«.

Elise lachte. »Das Beste ist übrigens, dass man alle Punkte mit dem trockenen Schwamm abwischen kann, bis auf den letzten, der ist mit Edding geschrieben. Wenn Dawkins die Tafel wischt, geht also alles weg, bis auf den. War Julies Idee.«

»Wow«, hauchte ich und sah mich in dem Chaos um.

»Echt doof, dass du nicht dabei warst«, sagte Elise. »Unsere erste Mission und du verpasst die ganze Action.« Sie schüttelte übertrieben enttäuscht den Kopf, bis ich offenbar genug Reue demonstrierte, obwohl ich überhaupt keine empfand. »Wie gefällt's dir?«, fragte sie dann. »Krass, oder?«

»Ja«, antwortete ich, während ich noch immer damit beschäftigt war, das Ganze zu verarbeiten – den verwüsteten Klassenraum, die Überwachungskameras, die geklauten Schlüssel. Das war Elise in Hochform: brillant in der Planung und noch besser in der Umsetzung. Trotzdem war ich nicht so begeistert, wie ich es früher gewesen wäre. Und wie Elise es sichtlich jetzt noch war.

»Der Typ ist einfach so widerlich.« Sie schnaubte. »Klar, dass wir uns den als Erstes vorgeknöpft haben.« Zumindest in dem Punkt musste ich ihr beipflichten. Ich ging selbst nicht gerne an seinem Klassenraum vorbei, wenn er mal wieder in der Tür stand und auf den Flur glotzte.

»Echt schade, dass du nicht dabei warst«, ritt sie weiter auf dem Thema rum. Mir war klar, was sie damit bezweckte: Sie wollte, dass ich mich ausgeschlossen fühlte, dass ich neidisch war. Aber ich bereute es kein bisschen, den Abend mit Jack verbracht zu haben, und würde es jederzeit wieder genauso machen.

»Wann habt ihr das denn alles geplant?«, fragte ich aus purer Neugier.

»Gestern Abend, ganz spontan«, antwortete sie. »Und genau darum solltest du kein einziges unserer Treffen verpassen.«

»Aber du hast doch gesagt, du hättest die Schlüssel –«

»Ja, die hatte ich mir schon vormittags geschnappt, aber noch nicht ausprobiert. War mir ja nicht mal ganz sicher, ob ich die richtigen erwischt hatte. Und dann war uns langweilig und irgendwie kam eins zum anderen.«

Elise war den ganzen Tag bester Laune, hochzufrieden mit sich selbst und der Viper. Bis ins winzigste Detail schilderte sie mir den gesamten Ablauf, erzählte von ihrem Schlüsselklau, wie sie alle bei Jae zu Hause geparkt hatten, der am nächsten an der Schule wohnte, und den restlichen Weg gelaufen waren. Wie sie ganz entspannt ins Gebäude spaziert waren, wie sie die Kameras außer Gefecht gesetzt und sich Dawkins' Klasse vorgenommen hatten.

»Das Einzige, was wir uns noch überlegen müssen, ist ein Name für unsere Truppe«, schloss sie.

»Warum denn nicht einfach Tödliche Viper?«, schlug ich vor, erstaunt, dass sie nicht selbst darauf gekommen war. »Das ist knackig und klingt schön gefährlich.«

»Na bitte, und genau darum brauchen wir dich, Rem«, sagte sie. »Du hast einfach immer die besten Ideen.«

»Haha.« Ich stieß ihr den Ellenbogen in die Seite.

»Ich mein's ernst«, beharrte sie. »Du hättest echt dabei sein sollen. Du hättest uns *sehen* sollen.« Sie war so stolz und ich war tatsächlich ein wenig beeindruckt. Aber was sie mir eigentlich vermitteln wollte, war: Du hättest bei mir sein sollen, nicht bei Jack.

Dass ich da immer noch nicht ganz ihrer Meinung war, behielt ich lieber für mich.

Dabei ging es gar nicht nur um Jack oder die Racheaktion. Wenn ich ganz ehrlich war, hatte ich einfach überhaupt keine Lust gehabt, mich mit ihr zu treffen. Auch wenn ich mir selbst nicht so recht erklären konnte, warum. Ich wusste nur, dass ich, seit sie mir die Wahrheit über ihren Vater erzählt hatte, plötzlich permanent ein schlechtes Gewissen ihr gegenüber hatte.

Sie war mein Lieblingsmensch auf der ganzen Welt, aber gestern hatte ich mich zum ersten Mal vor einem Treffen mit ihr gedrückt.

SONNTAG, 9. APRIL

37.

Meine Eltern stritten mal wieder. Eigentlich war ich mit Jack verabredet, aber um zu meinem Auto zu kommen, hätte ich an ihnen vorbeigemusst, mitten durch die Kampfzone.

Ich: **Wird ein bisschen später, tut mir leid**

Jack: **Alles okay bei dir?**

Ich: **Erzähl ich dir gleich**

Ich verkroch mich in meinem Kleiderschrank und wartete darauf, dass es vorüberging. Die Enge und Dunkelheit darin waren tröstlich wie immer, aber ich konnte die beiden trotzdem noch hören. Dad war sauer über irgendein Arbeitsessen, zu dem Mom mitkommen sollte.

»Wie oft muss ich's dir eigentlich noch erklären?«, fauchte sie. »Es geht nicht. Ich hab an dem Tag eine OP nach der anderen.«

»Der Termin ist in drei Wochen! Du kannst doch jetzt noch überhaupt nicht wissen, welche OPs du da genau hast.«

»Das muss ich auch nicht wissen, vollgepackt sein wird der

Tag auf jeden Fall, weil bei mir nun mal jeder Tag vollgepackt ist. Ich bin Gehirnchirurgin. Ich habe *immer* OPs.«

»Es ist doch nur ein Mittagessen. Kannst du dir dafür nicht mal zwei Stunden freinehmen? Oder einen Urlaubstag?«, zischte er durch zusammengebissene Zähne.

»Nein.« Ihre Stimme war gefährlich ruhig, ihr Tonfall kompromisslos.

»Okay, nur damit ich das hier richtig verstehe: Wenn du mich einen ganzen Abend lang brauchst, damit ich mich bei irgendwelchen Spendern und Vorstandsmitgliedern für dich einschleime, hab ich keinerlei Mitspracherecht. Aber wenn ich dich mal um zwei beschissene Stunden deiner Zeit bitte, ist das nicht drin?«

»Ich weiß nicht, wie oft ich dir das noch erklären muss, aber während du ein paar Akten von links nach rechts schiebst, oder was du sonst den ganzen Tag so treibst, rette ich Leben.« Diesen Satz warf sie ihm nicht zum ersten Mal an den Kopf. Der ganze Streit war nichts als ein Neuaufguss einer alten Auseinandersetzung.

»Ach, leck mich doch«, knurrte Dad, und ich zuckte zusammen und machte mich noch kleiner.

Ich heiße Remy.

Ich bin siebzehn Jahre alt.

Das hier ist nicht für immer.

Das half, wenigstens ein bisschen.

»Du mit deinem selbstgerechten Getue«, sagte er. »Ich kann diese ganze Scheiße nicht mehr hören.«

So ging es noch eine Weile weiter. Er bezeichnete sie als eiskalt, sie ihn als egoistisch. Er warf ihr vor, mit zweierlei Maß zu messen, sie ihm, sie zu betrügen. Irgendwann brauste Dad mit dem Auto davon, Mom verschanzte sich in ihrem Arbeitszimmer und unten wurde es still.

Sie konnten einander nicht mehr ausstehen, aber auch nicht loslassen.

Ich: **Mache mich jetzt auf den Weg, bin gleich da**

Jack schickte mir ein niedliches Selfie von ihm und Lola und mir ging es sofort ein bisschen besser. Als ich ankam, stand er mit Lola vor dem Haus und redete mit einer Frau, die seine Tante sein musste.

Ich stieg aus. Jack lief zu mir, gab mir einen Kuss und griff nach meiner Hand.

Seine Tante winkte uns zu. »Ich bin Diane«, stellte sie sich vor.

»Hallo, ich bin Remy«, entgegnete ich.

»Mensch, die ist ja hübsch«, sagte sie zu Jack, und ich wurde rot.

»Ich weiß.« Er lächelte.

Seine Tante lachte fröhlich und klopfte ihm auf die Schulter. »Viel Spaß, ihr zwei.«

»Tut mir leid«, murmelte Jack, aber er wirkte entspannt. Er schnallte Lola mit einem Hundesicherheitsgurt auf dem Rücksitz an und lotste mich anschließend zu einem Parkplatz am Chattahoochee River.

»Alles in Ordnung?«, fragte er, nachdem wir ausgestiegen waren und uns auf der großen Infotafel einen Wanderweg ausgesucht hatten. »Du bist so still.«

Ich zuckte mit den Schultern. »Ja klar. Tut mir leid, dass ich so spät dran war«, sagte ich, aber er schien zu spüren, dass etwas nicht stimmte.

»Komm mal mit.« Er führte mich zu einem der Picknicktische am Rand des Parkplatzes. »Was ist denn los?«

»Gar nichts, wirklich. Lass uns einfach gehen.« Ich wollte nicht darüber reden. Die Einzige außerhalb meiner Familie, die Bescheid wusste, war Elise, und das war schon schlimm genug.

Jack bohrte fürs Erste nicht weiter nach, aber als wir uns auf den Weg durch den Wald machten, konnte ich mich kaum auf unsere Unterhaltung konzentrieren.

»Jetzt aber mal im Ernst, was ist denn los mit dir?«, fragte er erneut, als wir wieder am Parkplatz angelangten.

»Ach, ist total albern.«

»Egal, was es ist, ich verspreche dir, dass ich es nicht albern finden werde«, sagte er. Wir setzten uns in mein Auto, und ich erzählte ihm von meinen Eltern, während es draußen langsam dunkel wurde.

»Es ist echt so krank.« Ich beschrieb ihm die Streitereien, die ständigen Scheidungsdrohungen, wie mein Dad mich einmal mit nach Chicago auf Geschäftsreise genommen hatte, die Wohltätigkeitsgala vor ein paar Monaten und alles, was danach gewesen war. Ich versuchte, ihm unsere komplizierte, völlig gestörte Familiendynamik zu schildern, wie offensichtlich meine Mom meinen Bruder bevorzugte, wie mein Dad ständig tagelang verschwand und wie Christian sich einfach aus allem rauszog, als hätte das nichts mit ihm zu tun.

Jack hörte aufmerksam zu und unterbrach mich nur gelegentlich, um Fragen zu stellen.

»Ich wünschte echt, sie würden es einfach mal durchziehen«, stieß ich hervor. »Sich endlich trennen und uns alle von unserem Elend erlösen.«

Jack nickte. »Meine Eltern haben sich scheiden lassen, als ich zwei war, und wenn ich ehrlich sein soll, war das am besten so.«

»Wirklich?« Ich wusste nicht viel über Jacks Familie, aber es musste schließlich einen Grund dafür geben, dass er bei seiner Tante und seinem Onkel lebte.

»Ja. Mein Dad ist ans andere Ende von Georgia gezogen. In den ersten Jahren habe ich ihn noch zu Weihnachten und jeden Sommer für ein paar Wochen gesehen, aber jetzt nicht mal mehr das und damit kann ich gut leben.«

»Und deine Mom?«, fragte ich.

Er seufzte. »Zwischen uns herrscht gerade Funkstille. Hauptsächlich darum, wie es am Schluss mit meinem Grandpa gelaufen ist.«

»Tut mir leid.«

»Muss es nicht. Jeder reagiert halt anders auf solche Tragödien – oder manche Menschen eben gar nicht.« Er wirkte angespannt. »Aber ist auch egal, sie ist ja sowieso kaum zu Hause, war sie nie. Eigentlich hat mich mein Grandpa aufgezogen. Und meine Tante und mein Onkel sind echt in Ordnung.« Lola war hinter uns auf dem Rücksitz eingeschlafen und fing nun lautstark an zu schnarchen. Wir lachten.

»Du«, sagte er dann. »Tut mir echt leid, was bei dir zu Hause los ist.« Ganz schlicht und trotzdem so tröstlich. Wieder einmal fiel mir auf, wie unterschiedlich Elise und er waren.

Elise lag viel an mir, das wusste ich. Aber während sie ständig glaubte, irgendwelche Maßnahmen ergreifen und Feinde besiegen zu müssen, hatte Jack niemals einfache Antworten parat oder überhaupt Antworten. Er verstand meine Probleme, aber er versuchte nicht, sie für mich zu lösen. Beide hatten mir von ihren familiären Schwierigkeiten erzählt, Jack jedoch breitete unsere Erlebnisse nicht nebeneinander aus, um sie zu vergleichen.

Schließlich fuhren wir einvernehmlich schweigend zurück zu Jack nach Hause. Dort angekommen stieg er nicht gleich aus. »Mein Großvater hatte so einen Spruch, den er immer gebracht hat, aber ich hab ihn erst wirklich verstanden, nachdem er gestorben war.«

»Wie ging der denn?«, fragte ich.

»Das Leben ist hart, und manchmal hat man Pech, aber was

hat es überhaupt für einen Sinn, wenn man sich nicht trotzdem bemüht?«

»Gefällt mir.«

»Mir auch. Zuerst hab ich immer gedacht, das wäre nur irgendeine hohle Floskel, aber in letzter Zeit hab ich ziemlich oft darüber nachgedacht. Vielleicht weil er mir so fehlt, aber vielleicht auch einfach, weil so viel Wahrheit drinsteckt.«

Noch lange, nachdem ich mich von Jack und Lola verabschiedet hatte, gingen mir seine Worte durch den Kopf. Sie erinnerten mich an etwas, was Elise mal gesagt hatte: *Was hat das Leben denn für einen Sinn, wenn man es nicht lebt?*

Elise war eine Kämpferin, die eine Schlacht nach der anderen focht. Sie wollte, dass man sich an sie erinnerte, und führte einen endlosen Krieg gegen all die kleinen Ungerechtigkeiten des Lebens, während Jack einfach versuchte, das Beste daraus zu machen. Zuerst war ich fasziniert von Elise' Heldenmut gewesen, hatte mich davon mitreißen lassen, aber was war denn mit all den Dingen, an denen wir nichts ändern konnten? An ihrem Vater, an meinen Eltern? Elise sann ständig auf Rache, aber ein Leben in immerwährendem Zorn war einfach nichts für mich.

Jack wusste genauso gut wie Elise, dass die Welt nicht fair war, aber er wusste auch, dass er nichts daran ändern konnte. Und was er gemeint hatte – was sein Grandpa gemeint hatte –, war, dass in der Entscheidung, bestimmte Dinge einfach zu akzeptieren, sehr viel Kraft liegen konnte. Darin, zu akzeptieren, dass das Leben hart war, und sich trotzdem zu bemühen.

SAMSTAG, 15. APRIL

38.

Das erste Mal gerieten Jack und Elise am Ende der Frühlingsferien aneinander. Obwohl ich mich weiterhin fast jeden Tag mit ihr traf und mein Handy eingeschaltet ließ, wenn ich mit Jack unterwegs war, beschwerte sie sich, dass ich sie vernachlässigte. Also holte Jack am Samstagabend Evan dazu und wir gingen zu viert essen. Niemand konnte mir vorwerfen, dass ich mich nicht genügend um sie kümmerte, wenn ich sie einfach zu meinen Treffen mit Jack mitnahm, und nachdem ich ein bisschen Zeit mit ihm allein verbracht hatte, wollte ich sowieso, dass die beiden sich kennenlernten. Dass sie Freunde wurden.

Wir gingen wieder ins Waffle House. Anfangs lief es noch ganz okay, aber nachdem wir bestellt hatten, begann die Stimmung langsam, aber sicher zu kippen.

Ich konnte mich nicht entscheiden, ob ich etwas Süßes oder Herzhaftes wollte, also schlug Jack vor: »Nimm du doch einfach süß und ich nehme herzhaft und dann teilen wir.«

»Okay!«, sagte ich, insgeheim glücklich über die Pärchenaktion. Elise dagegen verdrehte die Augen.

»Erzähl doch mal«, wandte sie sich an Jack, als die Bedienung wieder weg war. »Was machst du eigentlich so den ganzen Tag?«

»Warum, was meinst du?«, fragte er zurück.

»Na, wenn du nicht zur Schule gehst.« An der Frage selbst war nichts Unhöfliches, aber ihr Tonfall war eindeutig herablassend.

Jack ließ sich davon nicht aus der Ruhe bringen und antwortete freundlich wie immer. »Ich arbeite in einem Fitnessstudio. Ich lese viel. Oder ich gehe mit Lola joggen, das ist mein Hund.«

»Süßer Name«, befand Elise, aber ihr Lächeln wirkte aufgesetzt.

»Alles okay bei dir?«, flüsterte ich ihr wenig später zu, als Jack und Evan in irgendein Gespräch vertieft waren.

»Klar, wieso fragst du?« Sie zog die Stirn kraus, dabei wusste ich, dass sie verstand, wieso ich mich erkundigte. Seit der Nacht, in der sie mir die Wahrheit über ihren Vater erzählt hatte, war ich nicht mehr darauf zu sprechen gekommen, aber das Thema war allgegenwärtig und verfolgte uns, wohin wir auch gingen. Die meiste Zeit über war es, als hätte sich zwischen uns nichts verändert, fast als hätte sie mir nie davon erzählt. Aber eben nur fast.

»Elise –«, fing ich an.

»Mir geht's *gut*«, zischte sie und brachte mich mit einem Blick zum Schweigen.

Als wir gerade beim Essen waren, rief Evans Freundin Lara an, und er entschuldigte sich und ging vor die Tür.

»Die beiden machen ungefähr alle zwei Wochen miteinander Schluss«, erklärte Jack und schüttelte den Kopf.

Elise spähte interessiert nach draußen, wo Evan auf dem Bordstein hockte. Er hatte die Schultern hochgezogen und war sichtlich angespannt.

Als er zurückkam und sich wieder neben Jack setzte, wirkte er niedergeschlagen.

»Alles okay?«, fragte Jack, als würde er die Antwort schon kennen.

»Sie hat Schluss gemacht. Diesmal endgültig«, murmelte Evan.

»Tut mir leid«, seufzte Jack. »Aber das sagst du eigentlich jedes Mal. Vielleicht gibt's ja doch noch 'ne Chance?«

Evan schüttelte den Kopf. »Sie hat ’nen Neuen. Anscheinend schon seit ein paar Wochen.«

»Was?« Jack war sichtlich entsetzt.

»Ich glaub, ich fahr lieber heim«, sagte Evan, ohne auch nur den Blick zu heben.

»Klar, kein Problem«, erwiderte Jack. »Remy kann mich ja später nach Hause bringen.«

»Warte mal«, meldete sich jetzt Elise zu Wort und hielt ihn am Handgelenk fest. »Geh noch nicht. Ich glaube, ich weiß, was du jetzt brauchst.«

Sonst hatte niemand von der Tödlichen Viper so kurzfristig Zeit, aber für die Umsetzung von Elise’ Idee waren wir auch so genug.

Zuerst hatte Evan noch gezögert, nachdem Elise ihm von ihren Rachestreichen erzählt hatte.

»Denk doch mal dran, wie sie dich behandelt hat. Sie hat dich hintergangen und gedemütigt«, versuchte sie, ihn zu überzeugen. »Was hat sie denn eigentlich genau gesagt?«

»Dass sie es total erbärmlich findet, wie ich mich dauernd von ihr rumschubsen lasse«, gestand Evan. Er war knallrot vor Scham.

Elise schüttelte traurig den Kopf. »Dann solltest du echt lernen, für dich selbst einzustehen. Erst recht, wenn es kein anderer macht.«

Ihre Worte riefen mir die Nacht in Erinnerung, in der wir zum ersten Mal »Kill Bill« geguckt hatten. *Es geht nicht nur um Rache. Sondern um Selbstachtung. Um die Überzeugung, dass man die ganze Scheiße, die andere einem zufügen, nicht einfach hinnehmen muss. Darum dass man, selbst wenn einen jemand zu Boden trampelt, weiß: Irgendwann kommt der Tag der Abrechnung. Irgendwann kommt der Tag, an dem man auf-*

ersteht wie Phönix aus der Asche und es den Leuten heimzahlt, die einen fertigmachen wollten.

»Ständig sagt einem irgendwer, nimm's dir nicht zu Herzen, lass es hinter dir, konzentrier dich auf dich selbst, vergiss es einfach, Erfolg ist die beste Rache der Welt und bla, bla«, redete Elise weiter. »Das ist alles gequirlte Kacke. Weißt du, was die beste Rache der Welt ist? *Rache.*«

Evan dachte kurz nach und nickte. »Okay.«

Jack warf mir einen verwirrten Blick zu. »Was hat sie denn vor?«

»Keine Ahnung«, antwortete ich, selbst ein bisschen besorgt. Elise' Aktionen waren absolut unvorhersehbar und konnten überall auf einer Skala zwischen harmlos und komplett verheerend liegen. Blieb nur zu hoffen, dass es nicht allzu schlimm wurde.

Als Erstes hielten wir an einem Supermarkt und kauften fünf große Dosen Thunfisch.

»Gesalzen oder ungesalzen?«, fragte Evan.

»Egal«, sagte Elise. »Hauptsache, in Öl.«

»Mir gefällt das nicht«, raunte Jack mir zu, während Evan und Elise sich vor uns an der Kasse anstellten. »Macht ihr so was öfter?« Er runzelte die Stirn.

»Was in der Größenordnung eher nicht, aber den einen oder anderen Streich haben wir schon mal gespielt. Nichts Wildes«, fügte ich schnell hinzu, obwohl das nicht ganz der Wahrheit entsprach – das mit Jaes Ex-Freundin Dana war schon ziemlich heftig gewesen.

»Was hast du vor?«, fragte ich Elise im Auto.

»Wirst du gleich sehen«, antwortete sie mit einem verschlagenen Grinsen. Elise hatte einen Hang zur Theatralik und wartete gern bis zur allerletzten Minute, bevor sie ihre Pläne enthüllte.

An der Erdbeervilla öffneten wir die Dosen und füllten das Öl vorsichtig in einen Plastikbehälter um. Den Fisch warfen wir weg. Anschließend machten wir uns wieder auf den Weg. Um kurz vor Mitternacht hielten wir vor Laras Haus, direkt neben ihrem Auto, einem schwarzen Corolla. Alles schwieg und wartete gespannt auf Elise' Anweisungen.

»Immer wenn man im Auto die Heizung, Klimaanlage oder Lüftung anmacht – und eigentlich sogar, wenn das alles aus ist –, wird durch diese kleinen Schlitze unterhalb der Windschutzscheibe Luft von draußen reingepustet«, erklärte sie. »Und genau da gießen wir das Thunfischöl rein.« Jack guckte mich entsetzt an, Evan dagegen wirkte begeistert.

»Meinst du das jetzt ernst?«, fragte Jack. Auch ich war überrascht, wenn auch eher über die genial einfache Idee. Elise war schon immer gut darin gewesen, mit geringsten Mitteln Großes zu bewirken, wie zum Beispiel mithilfe von ein paar Dosen Thunfisch ein komplettes Auto zu ruinieren. Aber Jack ließ sich nicht von Elise' Cleverness beeindrucken und bei aller Ehrfurcht war auch mir ziemlich mulmig zumute. Wir hatten noch nie jemands Auto zerstört. Wir hatten noch nie jemandem so handfesten Schaden zugefügt.

Elise legte den Kopf schief, als würde sie über eine Antwort nachdenken. »Klar«, sagte sie dann. »Todernst.« Dann wandte sie sich mit einer einladenden Geste an Evan: »Die Ehre gebührt dir.«

»Mach's nicht«, beschwor Jack seinen Cousin.

»Wieso nicht?« Evan wirkte immer aufgekratzter und fing an, auf den Fußballen auf und ab zu wippen.

»Weil es das nicht wert ist«, sagte Jack. »Lass uns einfach nach Hause fahren.«

»Na los«, ermutigte Elise Evan, ohne Jack zu beachten.

Evans Blick huschte ein paarmal zwischen den beiden hin

und her und schließlich nickte er Elise zu. Dann zog er den Deckel von der Plastikdose, ging zu Laras Auto und fing vorsichtig an zu gießen. Auf dass Lara bis zu dem Tag, an dem ihr Auto in der Schrottpresse landete, von ranzigem Fischgestank heimgesucht würde. Sie würde das ganze Auto auseinandernehmen lassen müssen, um die Lüftung wieder sauber zu bekommen, aber wahrscheinlich würde selbst das den Geruch nicht ganz vertreiben. »Ahhh, der süße Duft der Gerechtigkeit«, kommentierte Elise.

»Wie bist du denn darauf gekommen?«, fragte ich sie.

Sie zuckte mit den Schultern. »Das hatte ich erst mit Christian vor, aber dann dachte ich mir, dass deine Eltern ihm wahrscheinlich einfach ein neues Auto kaufen würden.«

»Oh.« Das verschlug mir kurz die Sprache. Diese Idee hatte Elise überhaupt nicht erwähnt, als sie mir von ihren Racheplänen für Christian erzählt hatte. Damals hätte ich mir sowieso noch nicht vorstellen können, dass sie so was Extremes wirklich durchziehen würde, aber sie hatte mir gerade das Gegenteil bewiesen.

»Okay, das war's.« Evan klopfte den letzten Tropfen Öl aus der Dose.

Dann standen er und Elise eine Weile da und begutachteten ihr Werk, während Jack sichtlich unruhig von einem Fuß auf den anderen trat. Ich wandte mich ab und bemühte mich, nicht allzu genau über den Schaden nachzudenken, den wir soeben angerichtet hatten.

Schließlich fuhren wir zu Jack und Evan nach Hause und bestellten Pizza. Evan und Elise waren bester Laune und plauderten und lachten in einer Tour über ihre Heldentat. Jack dagegen beobachtete die beiden meist schweigend. Ich griff nach seiner Hand und er entzog sie mir nicht. Es war ein Fehler gewesen, dachte ich. Das Abendessen, mein Versuch, Zeit mit den beiden gleichzeitig zu verbringen. Ich ertappte Elise dabei, wie sie immer wieder unauffällig zu uns rüberguckte. Ihr Lächeln wirkte aufrichtig, aber ich fragte mich dennoch, was genau sie eigentlich gerade feierte: wie erfolgreich die Rachemission verlaufen war oder der Abend an sich? Sie hatte eine Chance gewittert, als sie von Evans Trennung erfahren hatte, und blitzschnell zugeschlagen.

»Oh Mann, ich wünschte, ich könnte morgen früh ihr Gesicht sehen«, prustete Evan.

Am nächsten Tag würde Lara sich in ihr Auto setzen, den Zündschlüssel drehen und losfahren. Irgendwann würde sie den Thunfischgestank bemerken. Wahrscheinlich würde sie als Erstes das Fenster runterlassen und, da der Geruch nicht wegging, beschließen, dass er von draußen kommen musste. Aber er würde bleiben, stärker werden, sich über die Lüftung in ihrem ganzen Wagen ausbreiten.

Eigentlich konnte man das Ganze wirklich nicht mehr als Streich bezeichnen. Wir hatten Laras Auto komplett runiniert. Aber Elise hatte sich noch nie um das Danach gekümmert, den Schaden, die Folgen. Und Evan, der regelrecht berauscht von unserem Abenteuer wirkte, schien sich genauso wenig dafür zu interessieren.

Als Jack mich später nach Hause fuhr, zögerte er, bevor er wieder auf sein Motorrad stieg. »Wir hätten das echt nicht machen sollen«, sagte er.

»Zerbrich dir nicht den Kopf darüber«, versuchte ich, ihn zu beruhigen. Die Sache war gelaufen und es gab kein Zurück mehr. Aber wohl war mir auch nicht dabei.

»Mache ich aber«, entgegnete er. »Was Lara gemacht hat, war beschissen, gar keine Frage, aber das hat sie nun auch nicht verdient. Keiner hat so was verdient.« Er seufzte. »Ich hätte was unternehmen sollen.«

»Hast du doch«, merkte ich an. »Du hast was gesagt, bevor Evan das Öl in die Lüftung gekippt hat.«

»Nein, ich hätte ihn dran hindern sollen. Mein Grandpa hätte das jedenfalls gemacht«, sagte er und setzte seinen Helm wieder auf.

Elise behauptete immer, es ginge ihr nicht um Rache, sondern um Gerechtigkeit. Aber was an diesem Abend passiert war, hatte nichts mehr mit richtig oder falsch zu tun. Sondern mit purer Vergeltung. Andererseits war ich vermutlich die Letzte, die sich darüber beschweren durfte – schließlich hatten wir den allerersten Rachestreich meinem Ex-Freund gespielt. Und damals hatte ich mich großartig gefühlt. Elise' Aktion hatte mir einen Höhenflug verschafft, als ich vollkommen am Boden gewesen war. Vielleicht hatte Evan ja genau das gebraucht. Obwohl ich den Verdacht nicht loswurde, dass Elise kein bisschen an Evan gedacht hatte, als sie ihn dazu angestachelt hatte, das Öl in die Lüftung zu gießen.

Elise fühlte sich selbst hilflos und am Boden und auf gewisse Weise war das wohl schon immer so gewesen. Die Streiche, die Tödliche Viper, das alles diente bloß dazu, ihr ein Gefühl von Macht zu verschaffen, das sie sonst niemals verspürte.

Das mitzuerleben, machte mir Angst. Denn ihre Streiche eskalierten. Anfangs waren es bloß ein paar Feuerwerkskörper vor einem Wohnheim, aber jetzt hatten wir fremdes Eigentum zerstört.

Als ich in dieser Nacht im Bett lag und nicht schlafen konnte, wünschte ich mir nichts mehr, als einen Weg zu finden, Elise zu helfen. Sie von ihrem Rachetrip runterzubringen. Doch je länger ich darüber nachgrübelte, desto mehr fragte ich mich, ob es überhaupt irgendetwas gab, was sie zum Aufhören bewegen würde.

MITTWOCH, 10. MAI
TAG 243

39.

Elise gefiel sich in ihrer Rolle als Richterin über Gut und Böse. Ich saß meist schweigend daneben, wenn die Tödliche Viper – Elise, Julie, Madi, Jae und Evan, unser neustes Mitglied – sich in den Mittagspausen darüber beriet, wer als Nächstes fällig war. Offiziell gehörte ich zwar auch dazu, aber ich hatte aufgehört, mich an den Planungen zu beteiligen.

Manchmal wusste ich ja kaum noch, wie ich mit Elise reden sollte. »Hi, wie geht's dir?«, hatte ich sie am ersten Tag nach den Ferien gefragt.

»Wie soll's mir schon gehen?« Argwöhnischer Blick. »Gut natürlich.« Sie hasste es, wenn jemand sie fragte, wie es ihr ging, und jedes Mal, wenn ich es trotzdem machte, tat sie so, als wüsste sie überhaupt nicht, was ich von ihr wollte. Ich hatte fast den Eindruck, dass sie es bereute, mir von der Sache mit ihrem Vater erzählt zu haben. Seit der Nacht nach der Party hatte sie nie wieder ein Wort darüber verloren oder zugegeben, dass es ihr schlecht ging. Aber die Spannung zwischen uns war mit Händen greifbar.

Die Streiche liefen immer mehr aus dem Ruder. Zuerst hatten die fünf sich hauptsächlich Lehrer herausgepickt, die sich mal ein bisschen danebenbenommen hatten, oder schulbekannte Mobber wie Ian und George aus meinem Mathekurs, die aus reinem Spaß an der Freude Schwächere triezten, wenn auch nur noch, solange Elise nicht dabei war.

Nach der Verwüstung von Mr Dawkins' Klassenraum in den Frühlingsferien hatte niemand Bemühungen angestellt, die Täter zu finden. Der Lehrer hatte lediglich still und leise gekündigt. Was bis dahin nicht mehr als ein offenes Geheimnis gewesen war, wäre sonst vollends zutage getreten, also hatte die Riverside Schadensbegrenzung betrieben. Niemand hatte die Polizei gerufen, und sobald Mr Dawkins gegangen war, wurde die Sache einfach unter den Teppich gekehrt.

Dadurch ermutigt, startete Elise erst recht durch mit ihren Plänen. Mehr Mäuse in Schlafzimmern, mehr Thunfischöl in Lüftungssystemen. Sie und die anderen schlitzten Reifen auf, bewarfen Autos mit Eiern, füllten Wasserbomben mit Essig und Lebensmittelfarbe und lauerten damit ihren Opfern auf. Elise dachte sich immer neue Arten aus, um ihre Gegner fertigzumachen. Sie ging bis ans Limit und noch weiter und wurde jedes Mal, wenn sie wieder mit einer Aktion davonkamen, wagemutiger. Nach Dawkins achtete die Viper jedoch eine Weile darauf, nur noch außerhalb des Schulgeländes zuzuschlagen, um die Spur von sich wegzulenken.

Bei den ersten Missionen war ich noch mit dabei, fing jedoch bald an, Ausreden zu erfinden. Anfangs waren die Streiche ja noch aufregend gewesen, aber inzwischen hatten sie jeglichen Reiz für mich verloren. In gewisser Hinsicht verstand ich, warum Elise dermaßen nach Macht und Gerechtigkeit strebte, aber mir selbst war es einfach zu anstrengend, permanent wütend auf die ganze Welt zu sein.

Wenn ich nicht bei Elise war, war ich bei Jack. Je mehr Zeit ich mit ihm verbrachte, desto weniger blieb mir für sie. Jack und ich gingen mit Lola wandern, fuhren an den See oder machten Spritztouren mit dem Motorrad, auf denen ich fest die Arme um ihn schlang. Ich versuchte, mir einzureden, dass ich zu ihm rannte und nicht vor Elise weg, aber vielleicht log ich mir da auch nur etwas vor, weil es bequemer war.

»Ich versteh dich nicht«, beklagte sich Elise, nachdem ich die dritte Rachemission in Folge geschwänzt hatte. »Du hattest doch vorher auch kein Problem damit.« Wir saßen nach der Schule bei mir zu Hause, nur wir zwei, wie früher. »Was hat sich denn auf einmal verändert?«

Ich zuckte mit den Schultern. »Ich hab einfach keine Lust mehr darauf.«

»Das hat mit Jack zu tun, oder?«

»Nein.« Obwohl sie natürlich recht hatte, zumindest teilweise.

»Der will dich mir wegnehmen.« Sie streckte sich auf einem der Liegestühle am Pool aus.

Ich lachte, überzeugt, dass das ein Witz war.

»Ich mein's ernst! Der Typ war mal Wettkampfschwimmer. Und jetzt hat er keine Wettkämpfe mehr, die er gewinnen kann, also nimmt er das als Ersatz.« Elise schnaubte.

»Sei nicht albern.« Ich steckte uns zwei Zigaretten an und reichte ihr eine. Es war vier Uhr nachmittags und wir hatten das ganze Haus für uns. Mom und Dad waren bei der Arbeit und Christian vermutlich bei seiner Freundin.

»Dann komm zurück«, sagte sie und sah mich eindringlich über den Rand ihrer Sonnenbrille an.

»Ich muss für die Abschlussklausuren nächste Woche lernen«, wandte ich ein.

»Scheiß drauf«, entgegnete sie. »Das hier ist wichtiger.«

Ich antwortete nicht, sondern drückte meine Zigarette aus und starrte in den Pool. »Wie geht's dir, Elise?«

»Wie geht's dir, Elise?«, fauchte sie. »Echt jetzt? Blendend

geht's mir«, beantwortete sie dann meine Frage. »Mann, langsam wünschte ich echt, ich hätte dir überhaupt nichts erzählt, ehrlich. Alles gut. Ich komme klar, also frag nicht ständig nach!« Sie hielt kurz inne. »Du hast doch keinem was davon gesagt, oder?«

»Nein.« Ich schüttelte den Kopf. »Das würde ich nie machen.« Es kränkte mich, wie wenig sie mir offensichtlich vertraute. Erst wünschte sie sich, sie hätte mir nichts erzählt, und jetzt schien sie auch noch Sorge zu haben, dass ich ihr Geheimnis ausgeplaudert hatte.

»Gut.« Ihr Blick war so stechend, dass ich unweigerlich darunter zusammenzuckte. »Und lenk gefälligst nicht vom Thema ab. Wir reden hier immer noch über dich.«

Nach dem Thunfischölstreich hatte Jack zu mir gesagt: »Das hatte nichts mit Gerechtigkeit zu tun, sondern war einfach nur böswillig. Es gibt doch echt schon genug Elend auf der Welt, warum muss man da noch welches beisteuern?«

Ich hatte gehört, dass Laras Eltern über tausend Dollar ausgegeben hatten, um das Lüftungssystem des Wagens reinigen zu lassen, aber der Gestank war trotzdem nicht weggegangen. Als Elise davon erfahren hatte, war sie in schallendes Gelächter ausgebrochen.

Wie konnte man so gemein sein?

»Komm heute Abend mit, ja?«, sagte sie jetzt und zündete sich die nächste Zigarette an. »Diesmal muss Mr V. dran glauben.« Unser Schulleiter.

»Was?« Ich hatte Elise für eine Heldin gehalten, einen Schutzengel der Unterdrückten. Ich hatte gedacht, sie würde ihre Kräfte zum Guten einsetzen und Leuten zur Seite stehen, die Hilfe brauchten. Aber was hatte denn nun bitte Mr Voss verbrochen?

Doch bevor Elise zu einem ihrer Vorträge ansetzen konnte, um mir lang und breit darzulegen, warum ausgerechnet der sanftmütige Mr Voss ihrer Meinung nach ein Fall für die Viper war, sagte ich: »Ich hab schon was vor.«

»Mit Jack? Ich dachte, der muss mittwochabends arbeiten.«

Ich zuckte mit den Schultern. »Hat seine Schicht getauscht.« Staunend und zugleich entsetzt stellte ich fest, wie leicht es mir mittlerweile fiel, sie anzulügen. Dabei waren wir doch beste Freundinnen, Seelenverwandte. Wir zwei gegen den Rest der Welt. Aber danach fühlte es sich in letzter Zeit kaum mehr an.

Sie musterte mich, zog an ihrer Zigarette und blies den Rauch aus. Ihre Miene war unmöglich zu deuten. »Okay, wie du meinst«, sagte sie. »Aber richte ihm aus, dass er sich besser in Acht nehmen soll. So leicht lasse ich ihn nämlich nicht gewinnen.« Das war jetzt wohl wirklich ein Scherz, und ich lachte, obwohl mir kein bisschen danach zumute war. Früher hatte mir die Vorstellung gefallen, dass jemand um mich kämpfte, hatte ich mich dadurch wertgeschätzt gefühlt, aber jetzt wusste ich plötzlich nicht mehr, was ich daran je toll gefunden hatte.

SAMSTAG, 17. JUNI
TAG 281

40.

Meine Eltern stritten mal wieder. Sie waren unten in der Küche und ich in meinem Zimmer gefangen. Mal wieder. Mein Handy fing an zu vibrieren, aber ich ignorierte Elise' Anruf. Kurz darauf schrieb sie mir.

Elise: **Wo bist du?**

Elise: **Geh mal ran**

Ich redete nicht mehr so offen mit ihr über meine Eltern wie früher. Eigentlich gar nicht mehr. Denn auch wenn sie unsere Probleme nicht mehr direkt miteinander verglich, war sie permanent spürbar, diese Distanz zwischen uns. Das, was sie vor inzwischen über einem halben Jahr an Silvester zu mir gesagt hatte, ließ mich einfach nicht los – das über die Abstufungen und dass ich Glück hätte.

Ich pfefferte mein Handy durchs Zimmer und verkroch mich im Kleiderschrank, aber wem machte ich hier eigentlich was vor? Ich konnte die beiden immer noch hören. Wenn ich ihr Geschrei wirklich hätte aussperren wollen, hätte ich schon Kopfhörer aufsetzen und die Lautstärke voll aufdrehen müssen. Aber ich war mir nicht sicher, wovor ich mehr Angst hatte, vor dem Streit oder davor, nicht mitzubekommen, was da unten vor sich ging.

»Du lügst doch! Ich weiß ganz genau, dass du lügst!«, schrie Mom mit tränenerstickter Stimme. Es waren Tränen der Wut. »Gib es einfach mal zu und hör auf mit dem Theaterspielen. Hör auf, mich verrückt zu machen!«

»Dafür brauchst du mich nicht, verrückt machst du dich selber schon genug«, schnauzte Dad zurück.

»Schwachsinn! Immer versuchst du, mich als hysterische Ziege hinzustellen«, sagte sie. »Aber diesmal kannst du nicht behaupten, dass ich mir das alles bloß einbilde. Diesmal kannst du nicht behaupten, ich wäre paranoid oder würde zu viel in irgendwas reininterpretieren. Diesmal habe ich die verdammten Rechnungen gesehen.«

»Das reicht«, entgegnete mein Dad. »Ich kann's nicht mehr hören.«

»Wag es nicht, jetzt wieder einfach abzuhauen!«, schrie Mom ihm hinterher, und eine Weile hörte ich nichts als hastige Schritte. »Können wir vielleicht *ein* Mal wie erwachsene Menschen darüber reden?«

»Was gibt es denn da zu bereden?« Dad senkte die Stimme. »Du glaubst mir doch sowieso kein Wort. Du willst einfach bloß, dass ich hier rumstehe und mich von morgens bis abends von dir anschreien lasse. Nein danke. Ich gehe, und zwar für immer.« Und damit endete auch dieser Streit, genau wie so viele zuvor.

Über die Jahre hatte ich alles von Verzweiflung bis hin zu wilder Hoffnung verspürt, wenn mein Dad verkündete, er würde gehen, und zwar für immer, je nachdem, wie sicher ich mir war, dass er mich mitnehmen würde.

Mit angehaltenem Atem wartete ich darauf, dass meine Mutter zu lachen anfing, dass mein Vater die Tür zur Garage zuknallte und den Wagen anließ. Er würde mindestens ein paar Tage wegbleiben, vielleicht eine Woche. Aber vielleicht würde er mich ja diesmal mitnehmen. Ich versuchte, mich nicht allzu sehr an diese Vorstellung zu klammern, dafür war ich einfach schon zu oft an diesem Punkt gewesen, aber ein winziger Teil von mir weigerte sich einfach noch immer, ihn komplett aufzugeben.

»Ich mein's ernst«, sagte er.

Mom lachte und ich machte mich auf das Türenknallen gefasst. *Na also*.

»Klar, geh nur«, erwiderte sie. »Mach dir 'ne schöne Zeit. Wir sehen uns dann in ein paar Tagen. Könntest du auf dem Weg nach draußen vielleicht den Müll mitnehmen?«

Das Schweigen, das darauf folgte, war lang und eisig. Fröstelnd zog ich einen Mantel vom Bügel und deckte mich damit zu.

»Ich mein's ernst«, wiederholte er, und plötzlich war jegliche Wut aus seiner Stimme verschwunden. »Ich halte das nicht mehr aus.«

Unten wurde es totenstill.

»Mach dich doch nicht lächerlich«, höhnte Mom. »Als ob du mich je wirklich verlassen würdest. Du brauchst mich. Als deine Frau, als Schurkin in deiner Geschichte. Schließlich gefällst du dir doch so gut in deiner Rolle als tragischer Held, dem alle anderen zu Füßen liegen.« Am Anfang ihrer kleinen Rede hatte sie noch gefasst geklungen, aber jetzt begann ihre Stimme, vor Zorn zu beben. »Was erzählst du deinen ganzen Verehrerinnen eigentlich? Dass wir nur der Kinder wegen zusammenbleiben? Nein, wie edelmütig, wie selbstlos! Genau, wie du dich gern sehen willst, was? Aber ohne mich als deine böse Gegenspielerin geht das nun mal nicht und darum *brauchst* du mich. Was wärst du denn ohne mich? Ein einsamer, bemitleidenswerter geschiedener Mann mittleren Alters«, beendete sie ihre Tirade, und wieder senkte sich gespenstische Stille über das Haus. Keine wütenden Schritte, kein Türenknallen. Kein Dad, der einen wutschnaubenden Abgang hinlegte. Zum ersten Mal, seit ich die beiden beim Streiten belauschte, hörte ich überhaupt nichts, und das war unheimlicher als jedes Geschrei.

Abends, als der Park sich bereits langsam leerte, traf ich mich mit Jack am See. »Komm mal her«, sagte er, sobald er mich sah, und nahm mich in die Arme. »Was ist denn los?« Ich hatte ihm geschrieben, dass ich ihn dringend sehen musste, aber nicht, warum.

»Meine Eltern«, fing ich an. »Ist eigentlich nichts Neues, aber …« Ich brachte den Satz nicht zu Ende.

»Komm, ist ja gut.« Er nahm meine Hand und führte mich zu einer der Hollywoodschaukeln mit Blick über den See. »Lass es ruhig raus.« Wir wiegten uns leicht im Wind und ich kuschelte mich an seine Schulter. »Erzähl mir einfach, was passiert ist.«

»Meine Eltern – ich glaube, diesmal geht mein Dad wirklich.« Ich berichtete ihm von den Sachen, die meine Mom Dad an den Kopf geworfen hatte, davon, wie sie ihn ausgelacht hatte. Normalerweise folgten ihre Streits immer demselben Schema, aber diesmal nicht.

»Oh Mann.« Jack fuhr sich schockiert mit der Hand durchs Haar.

»Irgendwie kam es mir diesmal schlimmer vor als sonst, aber andererseits denke ich das fast jedes Mal. Ich weiß echt nicht, warum ich mir das überhaupt noch so zu Herzen nehme.«

»Ist doch klar, dass du dir Sorgen machst.« Er zog mich an sich und gab mir einen sanften Kuss auf den Scheitel.

»Warum kann ich nicht einfach stärker sein? So wie Elise.« Elise weinte fast nie. Sie schien immer zu wissen, was sie tun musste. Sie war unzerstörbar, wie aus Stahl.

»Das ist doch Quatsch«, sagte Jack. »Du *bist* stark.«

»Nein, ich –«, fing ich an zu protestieren.

»Lass mich ausreden.«

»Okay.«

»Letzte Woche war ich zum ersten Mal seit fast einem Jahr wieder schwimmen und das ist ganz allein dein Verdienst.« Er löste sich kurz von mir, um mir in die Augen zu sehen. »Als wir uns kennengelernt haben, war ich echt am Boden, Remy, aber du hast mir wieder Mut gemacht.«

Wow. So etwas hatte noch nie jemand zu mir gesagt. »Wieso hast du mir denn gar nichts davon erzählt?«

»Ich wollte einfach sichergehen, dass das keine einmalige Sache war. Aber ich war seitdem noch öfter da. Und das hab ich nur deinetwegen geschafft.« Jetzt lehnte er sich zurück, schlug ein Bein über das andere und sah mich an. »Ich hab immer noch schlechte Tage, klar, aber es sind auch ziemlich viele gute dabei. Tage, an denen mir ganz viele glückliche Momente mit meinem Grandpa einfallen.«

Ich wusste nicht, was ich darauf erwidern sollte. Eigentlich war ich doch immer selbst diejenige gewesen, die wartete, dass jemand in mein Leben geplatzt kam und mich rettete. War mir so hilflos vorgekommen. Schwach. Aber seit ich Jack kannte, schien sich das alles ins Gegenteil verkehrt zu haben.

Einen Moment lang war es, als würde die ganze Welt sich nur um uns drehen, als wären wir zwei der alleinige Mittelpunkt des Universums. Jack hob die Hand an mein Gesicht, strich mir sanft mit dem Daumen über die Wange, und ich lehnte mich an ihn, diesem Gefühl entgegen.

»Elise mag vielleicht stark wirken, aber nur, weil sie gern andere Leute fertigmacht, heißt das noch lange nicht, dass sie es auch ist. Eigentlich eher umgekehrt, so wie sie ständig nach neuen Opfern sucht und allen beweisen muss, dass ihr keiner was kann. Ich weiß, dass nichts zu tun, schnell nach Schwäche aussieht, aber oft stimmt das gar nicht. Mein Grandpa hat immer gesagt: ›Zum Überleben braucht es Talent. Und du bist immer noch da, du hast es so weit geschafft und wirst auch das hier überstehen, genau wie alles, was noch kommt.‹« Er hob mein Kinn an und nahm mein Gesicht zwischen die Hände. Und als wir uns schließlich küssten, frischte der Wind auf, und es war, als würden wir fliegen.

Im Haus herrschte noch immer Stille, als ich wiederkam. Niemand war in der Küche, niemand im Wohnzimmer und auch im Arbeitszimmer brannte kein Licht. Allerdings standen beide Autos in der Garage, also schlich ich auf Zehenspitzen nach oben.

In der Dusche lächelte ich vor mich hin bei der Erinnerung daran, wie Jack und ich an unserem ersten Abend ganz allein im Park gesessen und uns im Wasser geküsst hatten, an das Gefühl seines Körpers an meinem, als wir im Dunkeln schwimmen gegangen waren und seine Haut meine gestreift hatte.

In dieser Nacht beschloss ich, in den Keller umzuziehen. Ich hatte es satt, ständig oben in meinem Zimmer festzusitzen. Also schnappte ich mir mein Bettzeug und mein Ladekabel und richtete mir ein Lager auf dem Sofa ein. Den Rest meiner Sachen würde ich später holen.

Aber ich war nicht die Einzige, die um diese Zeit noch auf den Beinen war. Ich sah ihn erst, nachdem ich das Licht ausgeschaltet hatte. Er saß im Garten auf einem der Liegestühle und starrte mit leerem Blick auf den Pool. Mein Dad.

Überrascht, dass er überhaupt noch hier war, und beflügelt von meiner Unterhaltung mit Jack, wickelte ich mich in eine Wolldecke und ging zu ihm nach draußen. Ich ließ mich auf den Liegestuhl neben seinem fallen.

»Remy, hi«, sagte er.

Wir guckten beide aufs Wasser, das still und friedlich dalag.

»Warum gehst du nicht einfach?«, fragte ich, ohne ihn anzusehen. »Für immer.« Es klang kaum nach einer Frage. Vor der Antwort darauf fürchtete ich mich schon, solange ich denken konnte, aber inzwischen war es mir fast egal, wie sie ausfallen würde, wenn es wenigstens eine gab.

Dad schwieg eine Weile, bis mir Zweifel kamen, ob er mich überhaupt gehört hatte, aber dann stieß er einen Seufzer aus.

»Ich … Ich weiß es nicht«, gestand er.

»Du und Mom, ihr liebt euch doch überhaupt nicht mehr«, sagte ich, denn das wusste ich mit Sicherheit. »Vielleicht war das ja mal anders, aber was auch immer da jetzt zwischen euch ist, ist ganz sicher keine Liebe.« Er widersprach nicht. »Du drohst ihr immer an, dass du sie verlassen willst, aber dann kommst du jedes Mal wieder zurück. Meinst du es überhaupt noch ernst, wenn du das sagst?« In meiner Stimme lag kein Vorwurf, bloß Traurigkeit.

Ich war immer davon ausgegangen, dass Dad und ich die Außenseiter in dieser Familie waren und wir deswegen eine Front gegen Moms Schreckensherrschaft bildeten, aber mit einem Mal war ich mir da nicht mehr so sicher. Ich war immer davon ausgegangen, dass wir auf derselben Seite waren und füreinander einstehen würden, aber inzwischen hatte ich das Gefühl, dass nie irgendwer für mich einstand, und das machte mich wütend.

»Weißt du eigentlich, wie das ist, euch zwei dabei zuzugucken, wie ihr euch wieder und wieder und wieder zerfleischt? Über Jahre hinweg? Ihr seid beide völlig verbittert und zieht alle um euch rum mit runter.« Ich holte tief Luft. »Das zwischen Mom und dir ist keine Liebe. Das ist nichts als Elend.«

Sein Schweigen senkte sich über uns wie ein tonnenschweres Gewicht.

»Habt ihr euch eigentlich überhaupt mal geliebt?«, fragte ich. Ich wollte so gern daran glauben. Wollte so gern glauben, dass die beiden, bevor Christian und ich auf der Welt waren, die Helden in ihrer eigenen Liebesgeschichte gewesen waren. Dass vor all der Zeit vielleicht irgendwann mal alles gut gewesen war.

»Ich weiß es nicht«, sagte er wieder, ohne mir in die Augen sehen zu können. Er saß da mit hängendem Kopf und starrte zu Boden.

»Warum habt ihr denn dann überhaupt geheiratet?« Ich war nicht mehr wütend auf ihn, ich wollte es einfach bloß wissen.

»Wahrscheinlich dachte ich, es würde mich glücklich machen, uns beide.«

»Und, hat es geklappt? Wart ihr glücklich?«

»Ich glaube schon. Zumindest am Anfang, dann irgendwann nicht mehr.« Noch immer wich er meinem Blick aus.

»Und warum bleibst du dann trotzdem noch?«

»Das hat so viele Gründe.«

»Was ist der Wichtigste davon? Und jetzt sag nicht, es wären Christian und ich.« Ich würde ihm keine Chance geben, sich rauszureden.

Schließlich hob er den Kopf und versuchte sich an einem Lächeln, das allerdings eher einer Grimasse glich. »Was soll ich sagen? Ich bin eben ein unverbesserlicher Romantiker«, witzelte er kläglich.

Ich sah ihn ausdruckslos an.

»Ich habe Angst«, sagte er dann. Endlich die Wahrheit.

»Davor, sie zu verlassen?«

»Davor, allein zu sein.«

Wie beklemmend, wie schrecklich dieser Moment zwischen uns war. Manchmal liebte ich meinen Dad über alles und manchmal hasste ich ihn. Manchmal überraschte er mich, und manchmal enttäuschte er mich, aber das, was ich jetzt fühlte, hatte ich noch nie für ihn empfunden: Mitleid.

Es war deprimierend. Man wuchs in dem Glauben auf, dass Eltern die Antworten auf alle Fragen des Lebens kannten, dass mit dem Alter unweigerlich die Weisheit kam. Nur um eines Tages festzustellen, dass niemand alle Antworten kannte und dass Eltern weder Götter noch Monster waren, sondern einfach bloß Menschen. Dass sie in gewisser Hinsicht immer noch Kinder waren, genau wie man selbst. Dass wir alle nichts als Kinder waren, die kopflos und voller Angst durchs Leben irrten und versuchten, den richtigen Weg zu finden.

Ich dachte an Jacks Grandpa, der gesagt hatte, zum Überleben brauche es Talent. Und daran, dass wir wohl alle bloß versuchten, irgendwie zu überleben.

MONTAG, 26. JUNI
TAG 290

41.

Diane und Dale Novak, Jacks Tante und Onkel und Evans Eltern, waren beide Lehrer. Mr Novak unterrichtete an einer Grundschule und Mrs Novak war stellvertretende Schulleiterin an einer Highschool. In der zweiten Woche der Sommerferien luden sie mich zum Abendessen ein. Das ganze Haus roch nach Zimtschnecken und in sämtlichen Ecken standen Souvenirs von ihren Reisen.

»Das ist alles noch aus der guten alten Zeit, bevor Evan auf der Welt war«, witzelte Mr Novak.

»Stimmt doch gar nicht«, widersprach seine Frau. »Ein paar davon haben wir auch erst gekauft, als Evan schon alt genug war, um mitzukommen. Das Beste am Lehrersein ist nämlich, dass man jedes Jahr zwei Monate freihat, um zu reisen.«

Ich saß die meiste Zeit schüchtern neben Jack und Lola am einen Ende des Tisches. Auf meiner anderen Seite saß Evan. Nach den Frühlingsferien hatte auch Evan angefangen, die Mittagspausen mit uns zu verbringen. Seit dem Thunfischcoup, wie wir die schicksalhafte Nacht inzwischen nannten, klebte er regelrecht an Elise. Was mich wurmte, und zwar nicht, weil ich eifersüchtig war, sondern weil er mich an mich selbst erinnerte: zu der Zeit, als ich noch überzeugt war, dass Elise eine

Heldin war, überzeugt, dass sie meine Seelenverwandte war, so überzeugt wie von nichts zuvor in meinem Leben. Evan himmelte sie an, als wäre sie seine Retterin. Hatte ich das genauso gemacht?

Ich fragte mich, ob ich immer noch die Remy war, die Elise so verzweifelt brauchte. Und falls nicht, was das für uns bedeutete. Ich konnte den Gedanken nicht ertragen, sie nicht mehr in meinem Leben zu haben, kein *Elise + Remy* mehr, aber als ich jetzt Jack ansah, wurde mir klar, dass nie wieder alles so werden würde wie früher, als Elise meine ganze Welt war und ich ihr treuer Satellit.

»Erzähl doch mal, Remy«, wandte Jacks Tante sich jetzt an mich. »Habt ihr zwei euch in der Schule kennengelernt? Bist du auch im Schwimmteam?«

»Äh, nein«, antwortete ich. »Ich bin in keinem Sportteam und in der Schule haben wir uns noch nie gesehen.« Die Riverside High war riesig, fast zweitausendfünfhundert Schüler.

»Wir haben uns im März auf einer Party kennengelernt«, erklärte Jack. »Da sind wir ins Gespräch gekommen, weil uns beiden eigentlich überhaupt nicht nach Feiern war.« Seine Tante und sein Onkel lachten.

»Na jedenfalls«, sagte seine Tante«, »ist es schön, Jack in letzter Zeit so glücklich zu sehen.«

Jack und ich lächelten uns an. Ich war in letzter Zeit auch glücklicher.

»Remy«, meldete sich jetzt sein Onkel zu Wort. »Wusstest du eigentlich, dass Jack mal fast bei Olympia mitgemacht hätte?«

»Echt?«

»Nicht, Onkel Dale, hör auf«, stöhnte Jack.

»Wir haben hier Fotos von ihm und Evan, da tragen die beiden noch Schwimmflügelchen«, fügte seine Tante hinzu.

»Oh Mann, Mom«, protestierte jetzt auch Evan.

»Och, ich würde die sehr gerne mal sehen«, sagte ich mit einem verschmitzten Lächeln.

»Ja klar, fall du uns noch in den Rücken.« Evan verdrehte die Augen.

»Hör nicht auf die beiden, Remy. Wir zeigen dir die peinlichsten Fotos, die wir finden können«, versprach Jacks Onkel schmunzelnd.

»Was haben wir euch eigentlich getan?« Jack schüttelte den Kopf, aber er grinste dabei.

»Uns ist langweilig! Wir haben eben auch ein Sommerloch zu füllen«, antwortete seine Tante gut gelaunt.

Den Rest der Mahlzeit über plauderten wir über die Schule und Diane und Dales Pläne für den Rest der Ferien. Eigentlich war an dem Abend gar nichts Besonderes, aber er hinterließ trotzdem einen bleibenden Eindruck bei mir, dieses Gefühl von Wärme und Verbundenheit in einer Familie, deren Mitglieder einander wertschätzten.

Selbst in der Öffentlichkeit wirkte die Harmonie zwischen meinen Eltern gezwungen, zumindest auf mich. Und Melodys Eltern waren zwar nett, aber zurückhaltend und sprachen meist Koreanisch mit ihr.

An Elise und ihren Vater wollte ich lieber nicht denken. Sie hatte mir an dem Abend schon mehrmals geschrieben, aber ich hatte noch nicht die Gelegenheit gehabt, ihr auf die Nachrichten zu antworten.

Trotzdem, ewig konnte ich sie nicht ignorieren. Nach dem Essen nahm Evan mich beiseite, während Jack beim Tischabräumen half. »Du, Remy, Elise macht sich echt Sorgen. Willst du nichts mehr mit ihr zu tun haben?«

»Blödsinn«, antwortete ich. Es überraschte mich, dass Elise mit Evan über mich geredet hatte. »Was hat sie denn gesagt?«

»Nicht viel, nur dass ihr euch seit über einer Woche nicht gesehen habt.«

»Ach so. Ich hatte halt viel um die Ohren. Tut mir leid, ich rede mal mit ihr.«

Als ich später nach Hause kam, rief ich sie an, und sie nahm beim ersten Klingeln ab.

»Remy?« Ihre Stimme klang herzerweichend hoffnungsvoll.

»Hi«, sagte ich zerknirscht. Dabei war ich ihr wirklich nicht aktiv aus dem Weg gegangen. Ich hatte ihr immer zurückgeschrieben, wenn auch vielleicht nicht sofort. Allerdings hatten wir uns das letzte Mal am Tag vor den Ferien gesehen und damit so lange nicht mehr wie noch nie, seit wir uns kannten. Früher hatte ich jede Minute mit ihr verbracht, hatte jede Minute mit ihr verbringen *wollen*, aber in letzter Zeit war mir ihr Gejammer, dass ich sie für Jack vernachlässigte, einfach ein bisschen zu viel geworden.

»Bist du zu Hause?«, fragte sie. »Dann komme ich dich abholen. Lass uns ein bisschen rumfahren, ja?«

42.

Eine Weile fuhren wir schweigend dahin, das Verdeck runtergeklappt, jede von uns eine Zigarette in der Hand. Elise war beunruhigend still.

»Hey, was hast du denn?«, fragte ich, dabei kannte ich die Antwort natürlich.

Mir war klar, dass sie Jack dafür verantwortlich machte, dabei war er nicht der einzige Grund. So ungern ich es mir selbst eingestehen wollte, seit der Nacht, in der Elise mir von ihrem Vater erzählt und den Bluterguss an ihrer Schulter gezeigt hatte, hatte ich den Drang, mich von ihr zurückzuziehen. Ich schämte mich dafür, aber ich hatte einfach Angst. Angst vor dem, was ich nicht verstand, Angst vor Elise, Angst *um* Elise. Angst vor ihrem Vater. Angst vor der Tödlichen Viper und ihren Aktionen. Angst vor Elise' unstillbarem Rachedurst.

Am Tag, nachdem Mr Voss der Viper zum Opfer gefallen war, hatte Elise mir erzählt, warum. Anscheinend hatte er von Mr Dawkins' Neigungen gewusst, aber nichts dagegen unternommen und, was noch schlimmer war, das Ganze zu vertuschen versucht.

»Wie habt ihr davon erfahren?«, fragte ich Elise.

»Ach komm.« Sie wandte mir den Kopf zu. »Der *muss* davon gewusst haben.« Was möglicherweise stimmte, aber möglicherweise auch nicht.

»Aber –«, setzte ich an.

»Mann, du klingst ja schon genau wie Madi. Okay, wir sind in sein Büro eingebrochen, haben das Schloss an seinem Aktenschrank geknackt und die Personalordner durchgestöbert. Wir hatten Beweise. Es stand in Dawkins' Akte. Er hatte schon mehrere Verwarnungen kassiert, also wusste Voss Bescheid, aber er hat ihn einfach so weitermachen lassen.«

»Und was habt ihr dann deswegen unternommen?«, fragte ich mit wachsendem Unbehagen.

»Gar nichts Schlimmes eigentlich«, antwortete sie und lächelte unschuldig. »Bloß einen Brief mit einer Kopie des Akteneintrags an den lokalen Nachrichtensender geschickt. Die haben es gleich zwei Tage später gesendet. Und danach ist Voss lieber vorzeitig in den Ruhestand gegangen.«

»Echt? Gab es eine offizielle Ankündigung?« Ich staunte

nicht schlecht, was ich in der kurzen Zeit alles verpasst hatte, aber andererseits versuchte ich ja auch mit allen Mitteln, mich vor den Missionen der Viper zu drücken.

»Nee. Wahrscheinlich wollte die Schulbehörde nicht, dass die Sache noch größere Wellen schlägt.«

Ich starrte sie ehrfürchtig an, aber eigentlich hätte mich das Ganze kaum überraschen sollen. Elise' Macht schienen einfach keine Grenzen gesetzt zu sein.

»Na jedenfalls«, fuhr sie dann fort, »hab ich von Evan gehört, dass du bei ihm zu Hause zum Essen warst.« So beiläufig sie es klingen ließ, ich hörte ihr an, dass da etwas im Busch war. Ich war mir nur nicht ganz sicher, was.

»Ja.«

»Muss ja echt hart gewesen sein.« Elise bremste an einer roten Ampel und nahm einen ausgiebigen Zug von ihrer Zigarette.

»Was?«

»Na ja, brav da am Tisch zu sitzen und dich zu verstellen, um Jacks Tante und Onkel zu beeindrucken.« Sie warf mir einen Bestätigung heischenden Blick zu, bevor die Ampel grün wurde. »Du konntest es doch bestimmt gar nicht abwarten, da endlich wieder wegzukommen.«

Ich schüttelte den Kopf. »Nein. Eigentlich war es echt nett. Irgendwie so …« Ich suchte nach dem richtigen Wort. »… normal.«

Sie verzog das Gesicht. »Normal? Wäh.«

»Weiß nicht, eigentlich hätte ich so was auch gern«, erklärte ich. »So eine Familie.« Jacks Eltern waren zwar kaum besser als unsere, aber dafür hatte er immerhin seine Tante und seinen Onkel, die ihn liebten.

Elise hielt an einer Tankstelle. »Du hast doch eine Familie: mich. Wir zwei werden immer eine Familie sein.« Ich lächelte schwach, als ich die vertrauten Worte hörte, die Elise so oft wiederholte wie ein Mantra. Wie einen Treueschwur.

Elise wollte ein bedeutsames Leben. Sie wollte, dass man sich an sie erinnerte. Oder vielleicht auch nur, dass man sie nicht vergaß. Was sie mal über Melodys Nullachtfünfzehn-Leben gesagt hatte, das ihrer Meinung nach Verschwendung war, das hatte mir gefallen.

Aber in letzter Zeit war ich mir nicht mehr so sicher, was ich von dieser Einstellung halten sollte. Vielleicht war so ein ruhiges, gewöhnliches Leben ja gar nicht schlecht. Eine Familie zu haben, die einen liebte. Glücklich zu sein. Vielleicht brauchte ich gar nicht mehr.

»Hast du es nicht manchmal satt, immer wütend zu sein?«, fragte ich ehrlich interessiert.

»Nein«, antwortete sie entschieden.

»Wieso nicht?« Ich fand allein den Gedanken daran anstrengend, ständig diese glühende Wut neu anzufachen, die sie mit sich rumschleppte.

»Weil man«, sie zündete eine weitere Zigarette an und reichte sie mir, »in dem Moment, in dem man die Wut loslässt, den Willen zum Kämpfen verliert. Weil man dann einfach alles hinnimmt, was andere Leute einem antun.« Also war die Wut der Ursprung ihrer Kraft. Die Triebfeder ihrer ganzen Persönlichkeit.

Und mit einem Mal kam sie mir überhaupt nicht mehr so stark vor.

»Das ist mir echt zu anstrengend«, sagte ich. »Ich will nicht mehr die ganze Zeit kämpfen.«

Jetzt sah sie mich an und die Enttäuschung stand ihr ins Gesicht geschrieben. »Das klingt eher nach Jack als nach dir.«

Ich schüttelte den Kopf. »Nein.«

»Ist echt, als hätte er dir ’ne Gehirnwäsche verpasst.«

»Ach komm.« Ich lachte, obwohl ich langsam wirklich sauer wurde. »Red doch keinen Unfug.«

»Du hast dich total verändert«, beschwerte sie sich. »Und das ist alles Jacks Schuld.«

»So ein Quatsch.«

»Doch!«, beharrte sie. »Du gehst nicht mehr an dein Handy. Es dauert Tage, bis du auch nur mal eine Nachricht beantwortest. Und neulich, als wir dich brauchten, warst du schon wieder nicht auffindbar.«

»Wofür denn?«

»Eine Mission«, sagte sie.

Ich zog ein letztes Mal an meiner Zigarette und schnippte sie auf den Asphalt.

»Du warst wieder mit Jack unterwegs, stimmt's? Und lüg mich gefälligst nicht an. Ich glaub's einfach nicht, dass du –«

»Ich war nicht mit Jack unterwegs«, unterbrach ich sie genervt. »Ich saß zu Hause fest, weil bei meinen Eltern mal wieder die Fetzen geflogen sind und ich nicht wegkonnte.«

Das nahm ihr den Wind aus den Segeln. »Oh.«

»Und nur zur Erinnerung: Ich hab Jack überhaupt erst kennengelernt, weil du mich auf Summers Party sitzen gelassen hast.«

»Ach, das ist es also! Du bist deswegen immer noch sauer auf mich?«, fragte sie und wirkte dabei seltsam erleichtert. »Oh mein Gott. Ja, oder?«

»Nein –«

»Du willst, dass ich um dich kämpfe, stimmt's? Kannst du haben.«

»Das ist überhaupt nicht das Problem«, fauchte ich sie an. »Hör auf damit. Hör einfach auf mit diesem Mist. Das ist doch kein Wettbewerb! Ich liebe euch beide, okay?«

»Du liebst Jack?«, wiederholte sie schockiert. Auch ich war

ziemlich überrascht. Bis zu diesem Moment war mir überhaupt nicht klar gewesen, wie tief meine Gefühle für Jack waren.

»Ja.«

Sie schnaubte.

Ich seufzte. »Ich weiß, du hättest es am liebsten, wenn es bis ans Ende unserer Tage nur uns beide gäbe.«

»Und was wäre daran so schlimm?«, fragte sie. »Liebe macht einen unzurechnungsfähig. Und damit meine ich nicht so was wie zwischen uns. Sondern Verknalltheit. Was wir füreinander empfinden, das ist wahre Liebe. In Christian war ich bloß verknallt und das hat mir den Verstand vernebelt. Mit Jack wird es genauso laufen, wirst schon sehen. Du bist verknallt. Und eines Tages wird dich das zu irgendeiner Dummheit verleiten und dann bereust du's.«

Ich schüttelte den Kopf. Das konnte sie doch nicht ernst meinen. Ich war mir meiner Liebe für Jack hundertprozentig sicher.

»Das zwischen uns ist echt«, wiederholte Elise. »Was wir haben, hat keiner. Und keiner wird dich je so lieben wie ich.«

»*Keiner wird mich je so lieben wie du?* Spinnst du?« Vielleicht hatte ich das irgendwann auch mal geglaubt. Hatte geglaubt, Elise wäre meine Rettung. Oder dass wir beide füreinander die Rettung waren, aber Elise hatte das nicht gereicht. Dadurch war ich ja am Ende überhaupt Jack begegnet. Und jetzt war sie unzufrieden, weil ich sie nicht mehr so dringend brauchte wie früher. »Merkst du eigentlich, was für einen Bockmist du da verzapfst?«

Sie sah mich an, als hätte ich ihr einen Schlag in die Magengrube versetzt.

»Ich will nach Hause«, sagte ich und wandte mich ab. Einen Moment lang saßen wir schweigend nebeneinander in der Rostigen Rosi mitten auf dem verlassenen Tankstellengelände. Dann ließ sie den Motor an und fuhr los.

Elise hielt vor meinem Haus und packte mich dann beim Handgelenk. »Heißt das jetzt, das war's mit uns?«, wollte sie wissen.

»Nein.« Ich seufzte. »Ich bin einfach nur müde, okay?«

Widerstrebend ließ sie mich los. Ich stieg aus und war schon fast an der Haustür, als sie meinen Namen rief.

»Was?« Ich drehte mich um.

»Du nutzt andere Leute aus«, sagte sie. »Cameron, Melody … und mich. Erst sonnst du dich in unserer Aufmerksamkeit, und wenn du mit uns fertig bist, lässt du uns einfach fallen. Denkst du, wir haben keine Gefühle?«

Und bevor ich antworten konnte, war sie weg.

43.

Ich erzähle Detective Ward nichts Genaueres über diesen Streit, nicht, wer was gesagt hat, nur dass es einen gab. Und dass er schlimm war. »Danach hab ich nicht mehr mit ihr geredet. Hab auf keine ihrer Nachrichten und E-Mails geantwortet. Wenn sie angerufen hat, bin ich nicht drangegangen und hab meine Mailbox gelöscht, ohne sie abzuhören.«

Zwei Wochen habe ich durchgehalten. Danach bekam ich plötzlich eine Reihe ziemlich beunruhigender Nachrichten.

Elise: **Mein Dad war schon ewig nicht mehr bei der Hausfrau**

Elise: **Versuche, ihm aus dem Weg zu gehen, aber hab mehr oder weniger Hausarrest**

Elise: **Ich hab Angst, Rem**

Elise: **Bitte, Rem. Tut mir so leid, was ich gesagt hab**

Elise: **Ich brauche dich**

Was mir am meisten Sorgen machte, war, dass sie ihren Vater überhaupt erwähnte, nachdem sie das Thema monatelang totgeschwiegen hatte. Also fuhr ich gleich, als ich die Nachrichten gelesen hatte, zur Erdbeervilla. Dort angekommen schrieb ich Elise und wartete, bis sie sich zu mir rausschleichen konnte.

»Remy!« Sie strahlte übers ganze Gesicht, als sie mich sah, und ich nahm sie fest in den Arm.

»Ist was passiert?«, fragte ich. »Alles in Ordnung mit dir?«

Es schien ihr gut zu gehen. Sie hatte bloß Angst gehabt.

»So ging das mindestens vier- oder fünfmal«, erkläre ich Detective Ward. »Sie hat aus heiterem Himmel angerufen oder geschrieben, und immer hieß es, es wäre ein Notfall oder sie hätte Angst vor ihrem Vater oder sonst was. Und dann bin ich hingefahren.« Ich räuspere mich und versuche, die Tränen zu unterdrücken. »Ich weiß, dass ich jemandem davon hätte erzählen müssen. Ich weiß, dass ich Mist gebaut hab.«

Detective Ward schreibt mit, und ich würde alles geben, um es lesen zu können, um zu erfahren, was sie denkt. Ob ihr schon aufgegangen ist, dass ich an allem schuld bin, weil ich ein einziges Mal nicht auf Elise' Anrufe reagiert habe.

»Andauernd hat sie das gemacht«, wiederhole ich. »Und ich bin jedes Mal hingefahren.« *Sie müssen mir glauben*, würde ich am liebsten schreien. *Ich hab getan, was ich konnte,* obwohl das nicht stimmt.

»Niemand wirft dir irgendwas vor«, entgegnet Detective Ward. »Das weißt du doch, oder? Du stehst hier nicht vor Gericht.«

Trotzdem frage ich mich, was wohl in dieser Akte mit Elise' Namen darauf steht. Was Ward über mich denkt, was Vera über mich denken muss. Ob die beiden mich für ein Monster halten, so wie ich selbst.

SAMSTAG, 5. AUGUST
TAG 330

44.

An dem Wochenende war nichts Ungewöhnliches. Es gab kein böses Omen, keine Warnung, kein plötzlich heraufziehendes Unwetter, keine schwarzen Katzen. Aber auf eine Reihe von guten Tagen folgte nun mal allzu oft ein schlechter. Das war wie ein Rhythmus, eine sich ewig wiederholende Routine. Man hätte es fast vorhersehen können. Fast.

Die Sache mit Elise war nicht eskaliert. Oder vielleicht doch, ganz langsam, und wir waren einfach wie Hummer im Kochtopf, die nicht merkten, wie die Wassertemperatur stieg, bis es zu spät war.

Meistens lief es so: Ich traf mich mit Jack. Eine Stunde später bekam ich die erste Nachricht. Dann wurde ich mit Anrufen bombardiert. Bis ich Jack irgendwann am See oder bei ihm zu Hause oder wo auch immer wir gerade waren, sitzen ließ und zur Erdbeervilla fuhr.

Manchmal zeigte Elise mir einen neuen Bluterguss. Meistens nicht. Wir setzten uns in mein Auto, das ich ein Stück die Straße runter geparkt hatte, damit ihr Vater uns nicht sah, und redeten. Manchmal weinten wir. Ich versuchte, sie abzulenken, denn das half am besten.

Und dann ging das Ganze von vorne los.

Auch an diesem Abend war es mal wieder so weit.

»Hat unsere Dramaqueen sich schon gemeldet?«, erkundigte Jack sich trocken, als ich bei ihm zu Hause ankam. Evan und seine Eltern waren mit seinen Großeltern väterlicherseits essen gegangen, also hatten wir das ganze Haus für uns.

»Sie ist keine Dramaqueen«, protestierte ich und streichelte Lola, die neben mir lag, während Jack am Herd stand und uns Nudeln kochte. »Sie braucht mich nur einfach im Moment.«

Liebe heißt brauchen und gebraucht werden. Liebe ist dann am aufrichtigsten und am stärksten, wenn man einander braucht. Wenn man ohne einander nicht leben kann.

»Ach komm, Remy«, tadelte er, als hätte er mehr von mir erwartet. »Du weißt, dass ich recht hab. Meistens bist du ja wohl selber genervt davon.«

»Das ist kompliziert.« Ich seufzte. Dann wurde mir klar, was ich gerade gesagt hatte. Genau das waren Dads Worte gewesen, als wir einmal gegen Mom rebelliert hatten und zusammen Eis essen gegangen waren. Damals hatte ich gar nicht verstanden, was er damit meinte. Für mich war alles ganz eindeutig, Schwarz und Weiß, klar getrennt. Erst jetzt verstand ich, wie er sich in dem Moment gefühlt haben musste und sich wahrscheinlich heute noch fühlte. Wie schwer es sein konnte, einen Menschen aufzugeben, mit dem einen so viel verband. Und mit einem Mal erschienen mir meine Eltern viel menschlicher.

Jack schüttelte den Kopf. »Die will nur sichergehen, dass du immer schön springst, wenn sie dich ruft.« Aber er hatte ihre Blutergüsse nicht gesehen. Und ich hatte Elise versprochen, niemandem davon zu erzählen. »Sie will sichergehen, dass sie immer noch an erster Stelle bei dir steht, nicht ich. Dass du mich für sie jederzeit sitzen lassen würdest. Und ganz besonders will sie, dass *ich* das weiß.«

»Stimmt doch gar nicht!« Manchmal war ich kurz davor,

mein Versprechen Elise gegenüber zu brechen, bloß damit Jack begriff, was wirklich los war, aber ich brachte es einfach nicht über mich.

»Bist du sicher?« Jack klang immer frustrierter.

»Ja«, erwiderte ich.

»Dann beweis es mir«, forderte er mich heraus. »Elise meldet sich sowieso gleich, weil mal wieder irgendwas Schlimmes passiert ist.«

Da konnte ich ihm nicht widersprechen. Ich warf einen Blick auf meine Handyuhr. Vermutlich blieb uns noch eine Dreiviertelstunde, mit Glück ein bisschen mehr, bevor Elise von sich hören ließ.

»Antworte ihr heute einfach mal nicht«, fuhr er fort. »Beweis mir und ihr und dir selbst, dass du Nein sagen kannst.« Jack war sauer. So hatte ich ihn noch nie erlebt, aber verdenken konnte ich es ihm nicht. Wir hatten uns in den letzten paar Wochen kaum gesehen. Er war mit seiner Geduld am Ende und vielleicht war ich es auch.

»Okay.«

»Egal, was sie sagt?«

»Egal, was sie sagt, ich fahre nicht hin«, versprach ich.

Erleichterung breitete sich auf Jacks Gesicht aus und ich kriegte ein furchtbar schlechtes Gewissen.

Die erste Nachricht kam, als wir uns gerade zum Essen hingesetzt hatten. Der erste Anruf kam, als wir uns mit Lola auf die Couch gekuschelt hatten, um einen Film zu schauen. Ich stellte mein Handy auf lautlos und versuchte, die Nachrichten nicht zu beachten.

Elise: **Remy, warum gehst du nicht ran?**

Elise: **Bist du sauer auf mich? Hab ich was falsch gemacht?**

Ich griff nach meinem Handy, um zu antworten, und Jack seufzte.

»Was denn? Ich fahre ja nicht hin. Ich schreibe ihr nur schnell, damit sie Bescheid weiß.«

Er wirkte nicht überzeugt.

Ich: **Bin nicht sauer, hab nur grad keine Zeit. Ruf dich später von zu Hause an**

Elise: **Ich muss mit dir reden**

Elise: **Ich hab Angst**

Elise: **Mein Dad hat superschlechte Laune, so hab ich ihn noch nie erlebt**

Elise: **Remy? Bist du noch da?**

Elise: **Ich glaube, er war bei der Hausfrau und die zwei hatten Stress**

Ihre Nachrichten waren nur zu vertraut. Es waren die gleichen, die sie immer schickte, wenn ich mal einen Abend mit Jack verbrachte.

Elise: **Remy, bitte**

Elise: **Das ist echt ein Notfall**

Ich ignorierte sie, drehte mein Handy mit dem Display nach unten und legte den Kopf auf Jacks Schulter. Seine Haare dufteten nach Minze, angenehm und tröstlich. Langsam entspannte ich mich. Es war so schön, einfach mal mit ihm allein zu sein – wirklich allein.

Wieder ein Anruf. Ich gab dem Handy einen Schubs und es rutschte zwischen die Sofakissen. Wir küssten uns, erst sanft und dann immer stürmischer.

Irgendwann gingen wir in Jacks Zimmer. Ich schlang ihm die Arme um den Hals, vergrub meine Finger in seinem Haar und zog ihn an mich.

Mein Handy im Wohnzimmer vibrierte und vibrierte, vergraben zwischen den Kissen, aber ich bekam es nicht mit. Elise schrie um Hilfe und ich hörte nicht hin.

SONNTAG, 6. AUGUST
TAG 331

45.

Ich hab dich angerufen und du bist nicht drangegangen. Ich hab dich hunderttausendmal angerufen, flüsterte sie mir im Rettungswagen zu. Es kommt mir vor, als wäre das Ewigkeiten her.

Irgendwann nach Mitternacht hatte ich mein Handy wieder aus der Sofaritze gefischt und Elise' Nachrichten überflogen.

Auf dem Weg nach Hause rief ich sie zurück, aber sie ging nicht dran. Jetzt war sie eingeschnappt, dachte ich.

Einmal versuchte ich es noch von zu Hause und dann ging ich ins Bett.

Ich: **Elise, tut mir leid, dass ich mich nicht eher gemeldet hab**

Ich: **Redest du jetzt nie wieder mit mir?**

Ich: **Okay, dann kann ichs wohl nicht ändern**

Ihr Schweigen war ohrenbetäubend, und langsam fing ich an, mir Sorgen zu machen. Ich setzte mich auf, scrollte noch mal ihre Nachrichten durch und las sie diesmal aufmerksamer. Bei den letzten fünf wurde mir eiskalt.

Elise: **Oh Gott, mein Dad ist vor meiner Zimmertür**

Elise: **Remy, der will zu mir rein**

Elise: **Was soll ich machen**

Elise: **Hilf mir**

Elise: **Rem**

Nachdem ich noch einmal versucht hatte, sie anzurufen, hielt ich es nicht mehr aus. Ich rannte los zu meinem Auto und vor lauter Panik rutschten mir die Schlüssel aus der Hand. Ich überfuhr eine rote Ampel und ein Stoppschild, aber es war sowieso zu spät.

Es war schon in dem Moment zu spät gewesen, als ich ins Auto gestiegen war. Es war schon zu spät gewesen, als ich noch bei Jack wieder auf mein Handy geguckt hatte. Es war zu spät, und keine Sekunde, die ich jetzt aufholte, würde die Stunden, die ich hatte verstreichen lassen, wieder wettmachen.

46.

Die Haustür der Erdbeervilla stand einen Spaltbreit offen. Ein Lichtstrahl fiel nach draußen und verlor sich im Dunkeln.

Ich fand sie auf der Treppe.

»Oh Gott! Elise, oh Gott!« Ich rief einen Krankenwagen und flehte die an, sich zu beeilen.

Elise lag schlaff da, einen Arm in Richtung des oberen Stockwerks ausgestreckt, ein blutiger Handabdruck auf der Stufe darunter, der aussah wie Geisterfinger, die nach der Freiheit tasteten.

Ich fiel neben ihr auf die Knie und ein Schluchzer entwand sich meiner Kehle. Aus Angst, ihr wehzutun, es nur noch schlimmer zu machen, blieb ich auf Abstand und berührte sie nicht.

»Remy?«, Elise' Stimme war kaum noch ein Flüstern. Als

sie die Hand nach mir ausstreckte, nahm ich sie ganz vorsichtig in meine. Mir stockte der Atem, als ich Elise richtig ansah: Ihre Haut war eine Landkarte aus Grün und Blau, aus im Kampf verlorenen Gebieten. Ihr rechtes Auge war fast komplett zugeschwollen. Ein dünnes Blutrinnsal zog sich über ihr Schlüsselbein und die Schulter. Ihr Haar war dunkel verkrustet, ihr Hals voller Blut von einem herausgerissenen Ohrring.

»Wo warst du?«, fragte sie, und das Sprechen kostete sie merklich Kraft.

Warum hast du mir nicht geholfen?

Liebe heißt brauchen und gebraucht werden. Elise hatte mich gebraucht und ich war nicht für sie da gewesen. So einfach war das.

Während der Fahrt ins Krankenhaus saß ich neben ihr. Grellweißes Licht saugte sämtliche Farben im Inneren des Rettungswagens auf und überzog Elise' Haut mit einem harten, unnatürlichen Schimmer.

»Ich hab dich angerufen, aber du bist nicht drangegangen«, flüsterte sie. »Ich hab dich hunderttausendmal angerufen.«

Ich konnte ihr nicht in die Augen sehen.

»Es tut mir so leid.« Ich nahm ihre Hand und konnte nur beten, dass sie mir irgendwann verzeihen würde.

Sie holte tief Luft und zuckte zusammen vor Schmerz.

»Es tut mir so, so leid.« Ich schwor mir, es wiedergutzumachen, und wenn es mein Leben lang dauern würde.

47.

Die Notaufnahme war nahezu verlassen, als Elise gegen Mitternacht auf einer Trage hineingeschoben wurde. Ich saß allein im Wartezimmer und rief Dad an. Als er beim dritten Versuch immer noch nicht dranging, fing ich an zu weinen und schlang die Arme um meinen Oberkörper, verzweifelt, verloren.

Schließlich versuchte ich es bei meiner Mutter. Sie meldete sich sofort – ganz die pflichtbewusste Ärztin –, und eine Viertelstunde später kam sie ins Krankenhaus gefegt, in Jeans und einem alten T-Shirt, das Haar locker zum Pferdeschwanz gebunden. So katastrophal sie in ihrer Rolle als Mutter auch versagte, im Notfall konnte man sich wirklich auf sie verlassen.

»Was ist passiert?«, wollte sie wissen, und in ihrer Stimme lag nicht der geringste Vorwurf.

Ich erzählte ihr, wie ich Elise auf der Treppe gefunden hatte. Und dann erzählte ich ihr von Elise' Vater. Ich beichtete ihr alle meine Sünden und hoffte auf Erlösung.

»Warum hast du denn nie was davon gesagt?«, fragte sie voller Ärger und Entsetzen.

»Weil ich dachte, mir würde sowieso keiner glauben. *Uns*.« Ich starrte auf meine Schuhe und sah zu, wie meine Tränen auf den Boden tropften. *Weil ich es ihr versprochen habe.*

Moms Miene wurde sanfter. »Tut mir leid. Es ist natürlich nicht deine Schuld. Und Elise' auch nicht.« Sie hatte sich noch nie bei mir entschuldigt, nie Verständnis für mich gezeigt. Ich war sprachlos. Und dann überraschte sie mich gleich noch mal, indem sie mich fest in den Arm nahm, und in diesem Moment war sie ausnahmsweise mal nicht der Feind. In diesem Moment war sie nicht meine gemeine Mutter, die meinen Bruder bevorzugte, die permanent enttäuscht von mir war und sich wünschte, ich wäre niemals geboren worden. In diesem Moment war sie einfach nur meine Mom und genau der Mensch, den ich jetzt brauchte. Eine Weile hielt sie mich einfach nur im Arm und ließ mich weinen.

Mom redete mit den Ärzten, sah nach Elise, telefonierte mit Kollegen, die in diesem Krankenhaus arbeiteten, und klingelte sogar einen plastischen Chirurgen aus dem Bett, damit er Elise' Wunden nähte.

»Achte darauf, dass keine Narben bleiben«, wies sie ihn an.

Die Polizei kam und befragte Elise zu ihrem Vater. Er war zurück zu seiner Hausfrau gefahren, aber die hatte ihm nicht aufgemacht. Davon hatte er sich jedoch nicht abschrecken lassen und so lange an ihre Tür gehämmert, bis sie die Polizei gerufen hatte. So hatten sie ihn gefunden. Jetzt saß er auf der Wache und verlangte nach einem Anwalt.

»Was genau ist denn passiert?«, wollte ein Officer von Elise wissen.

»Können Sie sich das nicht denken?«, erwiderte sie unter Tränen. Mit Elise' Erlaubnis machten die Ermittler Fotos von ihr in Unterwäsche: von den Platzwunden, den blauen Flecken, ihren getapten Rippen, dem zugeschwollenen Auge und ihrer blutverkrusteten Kopfhaut.

Erst am frühen Sonntagmorgen, als die Polizei endlich weg war und meine Mom auf dem Flur mit Elise' Ärzten redete, waren wir zum ersten Mal allein miteinander.

»Hey«, sagte ich leise und legte ihr vorsichtig die Hand auf den Unterarm, noch immer besorgt, ihr wehzutun.

»Hey.« Elise wandte mir den Kopf zu und lächelte erschöpft.

»Tut mir leid«, flüsterte ich. »Tut mir so schrecklich leid.«

»Ich weiß«, sagte sie freundlicher, als ich es verdient gehabt hätte. Mein schlechtes Gewissen dehnte sich immer weiter aus und grub sich mir in die Eingeweide wie scharfkantiges Metall.

Ich hatte Elise im Stich gelassen, als sie mich am dringendsten gebraucht hätte. Und ich war so auf Jack fixiert gewesen, hatte so sehr auf Wolke sieben geschwebt, dass ich nicht gemerkt hatte, in welcher Gefahr sie sich befand.

Vielleicht war es einfach zu leicht gewesen, ihre Hilfeschreie zu ignorieren. Selbst die, auf die ich reagiert hatte, waren nicht vollends zu mir durchgedrungen, weil das Ganze – ihr gewalttätiger Vater – so alltäglich für uns geworden war. Es war verrückt, wie schnell etwas so Schlimmes Normalität werden konnte. So belanglos wie der morgendliche Fußmarsch zur Schule, so banal wie atmen.

»Was ist passiert?«, fragte ich.

Elise zuckte mit den Schultern und verzog gleich drauf gequält das Gesicht. »Dasselbe wie immer. Er war in Krawalllaune und ich zur falschen Zeit am falschen Ort. Wenn ich doch einfach …« Sie brach ab und drehte sich weg. Ich hatte das Gefühl, dass sie mir etwas verschwieg. Und das machte mir Angst. Elise' Geheimnisse waren wie Landminen: Man ging nichts ahnend seiner Wege, dann ein falscher Schritt und plötzlich flog einem alles um die Ohren.

Sie versuchte, tief durchzuatmen, aber der Schmerz, als ihre Lungenflügel gegen die gebrochenen Rippen drückten, trieb ihr die Tränen in die Augen. Sie hustete, was es natürlich noch schlimmer machte. Ich ließ ihre Hand los und griff nach der Karaffe an ihrem Bett, doch sie schüttelte den Kopf, als ich ihr einen Becher Wasser reichen wollte.

»Aber wie kam das denn?«, fragte ich weiter. »Haben die Hausfrau und er sich jetzt endgültig getrennt?«

Sie nickte kaum merklich.

»Genau weiß ich's nicht. Nur dass er total sauer von ihr nach Hause gekommen ist und seinen Frust an mir auslassen wollte. Irgendeinen Grund findet er ja sowieso immer. Diesmal hat er rumgeschrien, weil die Küche nicht aufgeräumt war. Hat mich aus meinem Zimmer gezerrt und gezwungen, sauber zu machen.« Ihre Stimme klang abwesend, als wäre sie tief in ihren Erinnerungen versunken, als wäre sie noch immer in der Erdbeervilla und versuchte zu entkommen.

Ich hätte sie so gern zurück in die Wirklichkeit geholt. Hätte sie so gern vor ihren bösen Gedanken beschützt, aber ich war vollkommen hilflos. Ich wusste nicht, was ich tun sollte. Elise war doch diejenige von uns beiden, die auf alles eine Antwort hatte, aber diesmal schien auch sie ratlos zu sein.

»Er meinte, ich wüsste gar nicht zu schätzen, was er alles für mich tut. Dass er ständig Opfer für mich bringt. Dasselbe wie immer.« Sie versuchte, die Tränen zurückzuhalten, als wollte sie seine Worte nicht an sich ranlassen, sich nicht aufs Neue von ihnen verletzen lassen. »So schlimm sah die Küche überhaupt nicht aus. Aber darum ging es ihm halt auch gar nicht.« Ich dachte an etwas, was Elise mal zu mir gesagt hatte: *Wenn er einen schlechten Tag hat, sorgt er dafür, dass ich auch einen habe.*

»Remy?«, wandte sie sich schließlich wieder an mich.

»Ja, ich bin da.« *Und ich lasse dich nie wieder allein,* dachte ich. *Nie wieder.*

»Findest du, dass ich eine Last bin?«

»Was? Blödsinn.« Sie wirkte nicht überzeugt, und das konnte ich ihr wohl kaum übel nehmen, so wie ich sie in letzter Zeit behandelt hatte.

»Keiner will mich um sich haben. Das war schon immer so. Meine Mom nicht, mein Dad nicht. Ich habe niemanden.« Tränen rollten ihr übers Gesicht und tropften von ihrem Kinn. »Auch nicht dich.« Die Worte bohrten sich mir tief ins Fleisch.

Als ich die Hand an meine Wange hob, merkte ich, dass ich ebenfalls weinte. Ich hatte keine Ahnung, wann ich damit angefangen hatte. Vielleicht hatte ich aber auch einfach nie aufgehört.

»Das stimmt nicht«, entgegnete ich. »Natürlich hast du mich. Ich brauche dich.«

Bevor ich Elise kannte, hatte ich meine Zeit an Jungs verschwendet, denen ich egal war, die bloß eine willkommene Ablenkung von meinen streitenden Eltern, meinem Leben, darstellten. Und dann war Elise über mich hereingebrochen, hatte meine Welt mit leuchtenden Farben gefüllt und eine Zeit lang hatte es nur uns zwei gegeben.

»Nein.« Sie schüttelte den Kopf. »Nicht so wie ich dich.«

»Was soll das denn heißen? Natürlich brauche ich dich.« Das war eine Lüge, aber es musste keine bleiben. Wir waren einmal *Elise + Remy* gewesen und wir konnten es wieder werden.

»Du brauchst mich nicht. Du hast Jack und du hast deine Eltern.«

»Meine Eltern zählen nicht. Du weißt genau, wie die sind. Nie da und wenn doch, dann interessieren sie sich ’nen Dreck für mich. Oder sie gehen sich gleich wieder an die Gurgel und ziehen alle in ihren Streit mit rein.«

Elise deutete mit dem Kopf Richtung Flur, wo meine Mutter stand, und ich wurde rot. Mir war klar, was sie mir damit sagen wollte. Da war meine Mutter doch, sofort zur Stelle, wenn ich rief.

»Du hast recht«, gestand ich kleinlaut. »Das ist nicht dasselbe.«

Elise wandte sich ab und starrte aus dem Fenster auf den Krankenhausparkplatz.

»Aber ich brauche dich trotzdem, Elise«, bekräftigte ich und berührte sanft ihr Handgelenk, als könnte ich sie so zu mir zurückholen. »Genauso sehr wie du mich.« Wir waren Seelenverwandte, Freundinnen fürs Leben, und trotzdem war ich irgendwann unterwegs von unserem gemeinsamen Weg abgekommen.

»Das ist einfach nicht wahr.« Sie klang immer aufgewühlter. »Lüg mich nicht an, Remy. Lüg mich bitte nicht an. Nie hast du Zeit für mich. Ich muss dich fast auf Knien anflehen, damit ich dich überhaupt mal zu Gesicht kriege. In einer Woche fängt die Schule wieder an, und du hattest die ganzen Sommerferien lang Besseres zu tun, als dich mit mir zu treffen.« Ihre Stimme brach vor Traurigkeit, vor Wut. »Woraus ich mal ganz haarscharf schlussfolgere, dass du mich *nicht* brauchst.«

»Doch«, protestierte ich kläglich. »Tu ich.«

»Du gehst ja nicht mal ans Telefon, wenn ich anrufe.« Elise' Augen bohrten sich in meine und fanden dort die schreckliche Wahrheit. Ich hatte sie im Stich gelassen, hatte uns beide im Stich gelassen.

»Tut mir leid«, schluchzte ich. »Es tut mir so leid.«

Aber ich wusste, dass das nicht reichte, dass es niemals reichen würde.

Ein Trauma übt seine ganz eigene Anziehungskraft aus und die lässt einen nicht los. Niemals. In gewisser Hinsicht waren wir nach wie vor in der Umlaufbahn dieser einen Nacht gefangen. In gewisser Hinsicht hat in dieser Nacht die ganze Geschichte ihren Anfang genommen.

MONTAG, 28. AUGUST
TAG 353

48.

Tja, und das ist sie. Die Wahrheit. Darüber, wie ich Elise im Stich gelassen habe. Über die Nacht, die mir bis heute Albträume beschert und die in Elise' Polizeiakte vermerkt sein muss.

Es tut mir so leid, Elise, denke ich.

Detective Ward mustert mich aufmerksam. Sie hatte alle Fakten in ihrem Ordner, aber sie kannte nicht die ganze Geschichte. Bis jetzt. Nur Elise, Jack und ich wussten die Wahrheit über diese eine Nacht, dass ich mit ihm zusammen war, als sie angerufen hat, und ihre Hilfeschreie bewusst ignoriert habe. Allein beim Gedanken daran wird mir schon wieder übel.

»Ich kann mir nicht ansatzweise vorstellen, was Elise durchmachen musste. Was ihr Vater ihr angetan hat, ist absolut unverzeihlich«, sagt Detective Ward. »Es ist nicht zu übersehen, dass du dir Vorwürfe machst und dich verantwortlich fühlst, darum lass mich dir nochmals versichern, dass du absolut nichts dafürkannst.«

»Ich bin ihre beste Freundin.« Ich sehe sie an, als hätte sie den Verstand verloren. »Sie hat niemanden außer mir.«

»Die alleinige Verantwortung für das, was passiert ist, liegt bei ihrem Vater. Nicht bei dir. Und auch nicht bei Elise.«

»Klar, aber –«

»Was genau hättest du denn tun sollen?«, unterbricht sie mich. »Sagen wir mal, du wärst beim ersten Anruf an dein Handy gegangen und sofort zu ihr gefahren. Woher willst du denn wissen, dass er nicht auch dich angegriffen hätte? Es ist nicht deine Schuld.«

Doch, ist es, will ich erwidern, aber das würde Ward sowieso nicht verstehen. So knallhart Elise sich gern gibt, in Wahrheit ist sie bloß verängstigt und genauso hilflos wie alle anderen. Und dieses eine Mal hätte ich die Starke von uns beiden sein müssen. Dieses eine Mal hätte ich sie beschützen müssen, aber ich hatte Besseres zu tun.

»Hör auf, dich damit zu quälen«, fährt Detective Ward fort. »Solche Dinge sind nicht vorhersehbar. Das ist nicht wie in der Achterbahn, wo man zuerst steil nach oben fährt, bevor es losgeht. Ich weiß, dass man sich in solchen Fällen fragt, ob man irgendwelche Warnzeichen übersehen hat, und manchmal hat man das vielleicht auch, aber genauso oft gab es auch einfach keine. Manchmal sind die Täter lange Zeit vollkommen unauffällig und kein bisschen gewalttätig oder es zumindest ihrer Familie gegenüber noch nie gewesen. Und dann rasten sie ganz plötzlich aus. Gewalt ist nicht logisch, sie folgt keinen Regeln oder verhält sich so, wie wir es von ihr erwarten.«

Ich mustere sie argwöhnisch. Warum erzählt sie mir das alles? Warum versucht sie, mich zu trösten? Ich traue ihr noch immer nicht über den Weg. Woher soll ich wissen, was für ein Spielchen sie mit mir spielt? Noch wichtiger: Woher soll ich wissen, was sie zu Elise gesagt hat oder was sie zu ihr sagen wird, wenn sie mit mir fertig ist?

»Remy«, fährt sie jetzt fort. »Manchmal sind gewalttätige Menschen in einer Art Stand-by-Zustand, bis eines Tages wieder alles aus ihnen hervorbricht. Du hättest nichts von dem, was passiert ist, ahnen können.«

»Das hätte ich ja auch gar nicht müssen«, entgegne ich. »Es hätte gereicht, wenn ich ans Telefon gegangen wäre, aber das habe ich nun mal nicht gemacht.« Ich denke an Elise' Fotos in der Polizeiakte, an all die Platzwunden, all die Schrammen, jede einzelne ein Beweis dafür, dass ich als Freundin versagt habe.

Ich denke an alles, was Elise für mich getan hat, an all die Male, die sie mir Zuflucht gewährt hat. Ich denke daran, wie ich ihr versprochen habe, dass ich immer bei ihr bleiben und sie bei mir immer an erster Stelle stehen würde.

Ich habe sie im Stich gelassen, aber das werde ich nie wieder tun.

»Du hättest nichts davon vorhersehen können«, wiederholt Detective Ward. »Du kannst nichts dafür.«

In ihren Worten liegt so viel Nachdruck, dass ich es erschöpft aufgebe.

»Hat Elise jemals behauptet, irgendwas davon wäre deine Schuld?«, fragt sie.

»Nein. Wenn überhaupt, hat sie gesagt, es wäre *nicht* meine.« Aber anders als Ward war Elise nie davon überzeugt, dass ihren Vater die alleinige Schuld trifft.

SONNTAG, 13. AUGUST
TAG 338

49.

Am darauffolgenden Mittwoch wurde Elise aus dem Krankenhaus entlassen, weniger als eine Woche, bevor die Schule wieder anfing. Sie zog zu uns und schlief mit in meinem Zimmer, während ein Verfahren gegen ihren Vater eingeleitet wurde und zu ihrem Schutz eine einstweilige Verfügung in Kraft trat. Eine Sozialarbeiterin vergewisserte sich, dass sie gut bei uns aufgehoben war, und kündigte regelmäßige Besuche an.

Ich wich Elise nicht von der Seite. Wir verbrachten jede Minute zusammen, saßen den ganzen Tag bei uns im Keller und guckten Filme und fuhren mit dem Auto rum, wenn Elise nicht schlafen konnte, was so ziemlich jede Nacht der Fall war. Dann rauchten und quatschten wir oder sahen einfach nur schweigend rauf in den dunklen Himmel.

Sie hatte schlimme Albträume. Manchmal riss mich ihr verzweifeltes Gewimmer aus dem Schlaf. Dann weckte ich sie und hielt sie so lange im Arm, bis sie wieder eingeschlafen war. »Schhh«, versuchte ich, sie zu beruhigen, und streichelte ihr übers Haar.

Jack und ich schrieben uns, wann immer ich die Zeit dafür fand, was in der ersten Woche nach Elise' Einzug nicht allzu oft vorkam. Elise hatte eingesehen, dass ich ihm die Wahrheit sagen musste, weil ich eine Sache dieser Größenordnung unmöglich vor ihm geheim halten konnte, zumal ich immer neue Erklärungen dafür finden musste, warum ich mich nicht mit ihm treffen konnte. Zuvor hatte sie nie gewollt, dass irgendwer erfuhr, was ihr Vater ihr antat, aber jetzt, nachdem sowieso ein paar Leute die Wahrheit kannten, schien sie es kaum erwarten zu können, dass ich Jack davon erzählte, vermutlich damit ihm endlich klar wurde, was er unabsichtlich angerichtet hatte.

Jack war entsetzt und gab sich die Schuld an allem. Und ich wusste, dass Elise das genauso sah. Diese Tatsache war für sie so offensichtlich, dass sie sie nicht mal aussprechen musste. Aber Jack konnte nichts dafür. Ich war diejenige, die entschieden hatte, ihre Nachrichten nicht zu lesen. *Ich* hatte sie im Stich gelassen.

»Du bist so schnell gekommen, wie du konntest, Remy, das weiß ich.« *Aber du warst nicht schnell genug.*

»Mach dir keine Vorwürfe, es war nicht deine Schuld.« *Sondern Jacks.*

»Wenn du gewusst hättest, was los war, wärst du doch früher gekommen.« *Und du wusstest es deswegen nicht, weil Jack dich dazu gebracht hat, meine Anrufe und Nachrichten zu ignorieren.*

Nichts davon sprach sie jemals aus, aber die Worte hingen permanent in der Luft. Ich musste oft daran denken, was sie zu mir gesagt hatte: *Liebe macht einen unzurechnungsfähig. Und damit meine ich nicht so was wie zwischen uns. Sondern Verknalltheit. Was wir füreinander empfinden, das ist wahre Liebe. In Christian war ich bloß verknallt und das hat mir den Verstand vernebelt. Und mit Jack wird es genauso laufen, wirst schon sehen. Du bist verknallt. Und eines Tages wird dich das zu irgendeiner Dummheit verleiten und dann bereust du's.*

Vielleicht hatte sie am Ende ja recht gehabt. Aber ich war

nicht bloß verknallt in Jack, das zwischen ihm und mir war genauso echt. Und darum war es die Hölle, wenn ich seine Anrufe oder Nachrichten nicht beantworten konnte.

Jack: **Wie gehts ihr?**

Jack: **Ich weiß, dass sie dich jetzt braucht**

Jack: **Wollte dir nur sagen, dass du mir fehlst**

Jack: **Ruf mal an, wenn du Zeit hast, ok?**

Mit ihm reden konnte ich nur, wenn Elise schlief, aber auch dann nicht lange für den Fall, dass sie aufwachte. Die Situation zehrte an meinen Nerven, und Jack fehlte mir, aber ich hatte mir geschworen, für Elise da zu sein, und diesmal würde ich mein Wort halten.

»Hey«, flüsterte ich ins Handy, als ich es eines Abends schaffte, mich wegzuschleichen.

»Hey«, flüsterte er zurück, und seine Stimme zu hören, war unbeschreiblich. Einen Moment lang schwiegen wir beide und überließen dem Rhythmus unserer Atemzüge das Reden.

»Ich vermiss dich«, sagte Jack schließlich.

»Ich dich auch«, erwiderte ich.

Er erzählte mir, wie er mit dem Schwimmtraining vorankam, und wollte wissen, wie es Elise ging.

»Ich fühle mich so mies«, gestand er. »Ich kann gar nicht aufhören, darüber nachzugrübeln. Warum hab ich dir nicht einfach geglaubt, als du gesagt hast, sie würde dich brauchen? Ich …« Er brach ab und räusperte sich, als kämpfte er mit den Tränen. »Tut mir leid. Sag ihr, es tut mir leid, ja?«

»Das hab ich schon«, antwortete ich. »Aber ich mach's gerne noch mal. Und es war nicht deine Schuld.« *Sondern meine.* »Ich muss auflegen, okay?«

Er zögerte kurz und ich hörte nichts als seinen rauen Atem. »Wir sehen uns in der Schule«, sagte er dann leise.

»Ja, bis nächste Woche.«

»Wird bestimmt komisch, die Zwölfte noch mal anzufangen, jetzt, wo alle meine Freunde weg sind.«

»Du hast ja noch mich«, tröstete ich ihn, und die Aussicht, ihn jeden Tag in der Schule zu sehen, entlockte mir ein Lächeln.

Am Abend vor dem ersten Schultag packten Elise und ich unsere Taschen und gingen früh ins Bett. Doch sobald Elise eingeschlafen war, stand ich wieder auf. Etwas nagte an mir, schon seit Elise aus dem Krankenhaus entlassen worden war. Als wir noch mal in der Erdbeervilla vorbeigefahren waren, damit sie ihre Sachen holen konnte, war sie kurz auf den Dachboden verschwunden. Sie wollte noch ein Foto von ihrer Mutter mitnehmen, hatte sie gesagt, aber ich wusste, dass das nicht stimmen konnte. Die ganze Woche hatte ich immer wieder darüber nachgedacht und jetzt hielt ich es nicht mehr aus.

Die meisten Kisten mit Elise' Sachen hatten wir im Gästezimmer zwischengelagert, also fing ich dort an und sah sie möglichst geräuschlos durch. Es dauerte fast eine Stunde, aber schließlich fand ich, wonach ich gesucht hatte: das Revolverfutteral. Ich holte tief Luft, öffnete die Schnallen und klappte es auf.

»Nein«, hauchte ich. Die Ersatzpatronen waren noch da, das Reinigungsset auch. Aber die Waffe selbst fehlte.

»Was machst du da?«, ertönte in dem Moment Elise' Stimme hinter mir, und ich hätte beinahe aufgeschrien. In Tanktop und Shorts stand sie in der Tür und rieb sich die Augen.

Mich rauszureden, hatte keinen Zweck. Also stand ich langsam auf und zeigte ihr meinen Fund. »Wo ist der Revolver?«

»Wieso durchwühlst du meine Sachen?«, fuhr sie mich an und riss mir das Futteral aus der Hand.

»Wo ist er?«

Sie antwortete nicht.

»Das kann echt nicht dein Ernst sein. Bitte sag mir, dass du den nicht überall mit dir hinschleppst«, flehte ich.

Sie schwieg weiter.

»Bitte, Elise. Sag mir, dass er nicht in der Tasche ist, die du morgen mit zur Schule nimmst.«

»Natürlich nicht«, erwiderte sie. »Ich bin doch nicht bescheuert. Während der Schule bleibt er im Auto.«

»Du spinnst!«, rief ich entsetzt. »Du kannst doch keine Waffe mit aufs Schulgelände nehmen.« Dazu war sie zu clever, dachte ich. Das würde sie niemals tun.

»Der Revolver gehört mir. Ich kann damit machen, was ich will. Und du weißt ganz genau, warum ich ihn bei mir habe.« Sie setzte sich aufs Gästebett und wirkte plötzlich unendlich müde.

»Aber dein Dad –«

Mit einem einzigen Blick brachte sie mich zum Schweigen.

»Ganz genau. Mein Dad. Was denn, glaubst du etwa, so eine alberne einstweilige Verfügung kann ihn mir vom Leib halten? Das ist doch bloß ein Stück Papier, Remy. Mein Dad ist auf Kaution raus, und wenn er sich vornimmt, mir irgendwo aufzulauern, dann hindert ihn keiner daran.« Die Angst und Wut in ihrer Stimme verschlugen mir die Worte und einen Moment lang sagte keine von uns etwas.

Ich schluckte. Klar konnte ich Elise' Gründe nachvollziehen, aber trotzdem drehte ich schier durch vor Panik. Dass sie eine Waffe auch nur in die Nähe der Schule mitnehmen wollte, war einfach unvorstellbar.

»Keine Sorge«, versuchte sie, mich zu beschwichtigen. »Ich nehme ihn ja nicht mit rein, ich will ihn einfach nur bei mir haben, besonders wenn ich alleine bin.« Sie legte mir sanft die Hand auf den Arm. »Ich muss das Gefühl haben, mich verteidigen zu können.«

Ich ging duschen, um einen klaren Kopf zu bekommen. Nach einer Weile war das warme Wasser aufgebraucht, aber ich blieb trotzdem zitternd unter der Brause stehen. Elise wirkte so viel härter, so viel kälter als früher, was wahrscheinlich kaum verwunderlich war, aber ich wusste einfach nicht mehr, was ich noch tun sollte. Vielleicht hatte ich auch das Gefühl, ich hätte mein Recht verspielt, ihr zu widersprechen, ihr Handeln infrage zu stellen. Also ließ ich es sein.

»Alles wird gut, Remy«, sagte Elise, als ich zurück ins Bett kam. »Du machst dir viel zu viele Sorgen. Alles wird wieder gut.«

Wie gern hätte ich ihr geglaubt.

MONTAG, 14. AUGUST
TAG 339

50.

»Ich weiß, was wir den anderen erzählen können«, instruierte mich Elise auf dem Weg zur Schule. »Wir sagen einfach, mein Dad musste aus beruflichen Gründen umziehen, aber ich wollte nicht mit, und da haben deine Eltern angeboten, dass ich bei euch wohnen kann.«

»Okay.«

»Hast du mir überhaupt zugehört? Wiederhol mal, was ich gerade gesagt hab.«

Brav ratterte ich ihre Worte runter, und als wir uns vor dem Unterricht trennten, schrieb ich Jack und weihte ihn ein. In der Mittagspause traf ich mich mit ihm in der Cafeteria, nachdem wir uns über eine Woche nicht gesehen hatten.

»Hey«, begrüßte er mich sanft, als ich ihm um den Hals fiel. »Mann, hast du mir gefehlt.« Es war so schön, wieder seine Arme um mich zu spüren. Trotzdem löste ich mich sofort wieder von ihm, aus Sorge, Elise könnte uns sehen und sauer werden. Sie hatte jetzt oberste Priorität. Alles andere musste aus Rücksicht auf sie zurückstehen und damit auch meine Beziehung zu Jack.

»Du mir auch«, sagte ich.

»Echt komisch«, bemerkte er, als wir uns an einen Tisch

setzten und auf die anderen warteten. »Ich kenne hier fast keinen mehr.«

»Evan ist doch noch da.«

»Ja, aber das macht es fast noch verrückter. Für mich war Evan immer der Kleine und jetzt haben wir auf einmal drei Kurse zusammen. Ich fühle mich so abgehängt. Mir schwirrt total der Kopf.«

»Das wird bestimmt bald besser.« Ich nahm seine Hand und verschränkte locker die Finger mit seinen.

Kurz danach tauchten die anderen auf und ich stellte Jack Jae und Julie vor.

»Wo ist denn Elise?«, fragte ich und sah mich suchend um.

»Hinten vielleicht?«, sagte Jae.

»Hinten?«, wandte sich Jack an mich.

»Kommt mit.« Ich ging voran Richtung Ausgang, und tatsächlich, hinter dem Schulgebäude saß Elise auf einem Bordstein und wirkte ein kleines bisschen verloren.

»Hey«, rief sie, sobald sie uns sah. »Wo ist denn Madi?«

»Na, die ist doch schon fertig mit der Schule«, antwortete Julie verdutzt.

»Ach ja. Klar. Tut mir leid, ich bin irgendwie noch nicht ganz wach.«

Wir setzten uns zu Elise und quatschten eine Weile darüber, was wir in den Ferien so gemacht hatten. Elise war ungewöhnlich still und verschlossen, sie lächelte kaum und schien mit den Gedanken weit weg.

»Alles in Ordnung?«, fragte ich sie, als es zur nächsten Stunde klingelte.

»Ja klar«, antwortete sie mit einem kaum merklichen Nicken. *Später.* Bevor sich alle auf den Weg zum Unterricht machten, rief sie uns noch mal zusammen. »Ich hab nachgedacht.«

»Oha«, witzelte Jae, »das ist nie ein gutes Zeichen.«

Sie lächelte. »Und ich bin zu dem Schluss gekommen, dass man aufhören sollte, wenn es am schönsten ist.«

»Was soll das denn heißen?«, fragte Evan.

»Mit der Tödlichen Viper, den Rachemissionen. Ich bin raus.« Und damit drehte sie sich um und ließ uns einfach stehen.

SAMSTAG, 26. AUGUST
TAG 351

51.

»Ich will noch einen letzten Streich spielen«, sagte Elise eines Abends zu mir, zwei Wochen, nachdem die Schule wieder angefangen hatte. Bislang hatte sie Wort gehalten und keine nächtlichen Missionen mehr angezettelt. Alle waren verwirrt, aber Elise hatte beharrlich erklärt, sie hätte eben keine Lust mehr – bis heute. »Als krönender Abschluss.«

»Was? Aber du wolltest doch nicht mehr«, merkte ich an, und sofort stieg wieder Angst in mir auf.

»Nicht mehr mit der Tödlichen Viper«, erklärte sie. »Aber das hier wäre nur für uns zwei. Du und ich.« Wir saßen bei mir im Keller und im Hintergrund lief der Fernseher.

»Wann denn?«

»Heute Nacht«, sagte sie und lächelte zum ersten Mal seit Wochen. Es war schön, einen Blick auf ihr altes Ich zu erhaschen.

»Das wird auch der allerletzte«, versicherte sie mir, und ich sah das vertraute Funkeln in ihren Augen. »Versprochen. Nach diesem einen ist mir alles egal, selbst wenn ich danach nie wieder einen Streich spiele. Wirklich.«

So ganz nahm ich ihr das nicht ab. Da redete sie monatelang von nichts anderem als davon, Gerechtigkeit zu schaffen und die Schwachen zu rächen, und mit einem Schlag hatte es vorbei sein sollen? Sie war doch immer so stolz auf ihre Weltverdrossenheit gewesen, hatte sie wie eine Flamme in ihrem Herzen getragen und sorgsam darauf geachtet, dass sie niemals erlosch. Ob das wirklich der letzte Streich sein würde? Ich blieb skeptisch. »Was hast du denn vor?«

»Ich will mich an meinem Dad rächen.«

»Was?« Perplex starrte ich sie an.

»Der ist immer noch auf Kaution draußen und zurück in Chattanooga.« Sie sprach ruhig und besonnen, als hätte sie sich alles aufs Sorgfältigste überlegt. »Er hat unser altes Haus nie verkauft. Ich wette, dass er jetzt wieder da wohnt.«

»Aber …« Mein Blick suchte fieberhaft ihr Gesicht ab.

»Die ganze Zeit habe ich anderen geholfen, jedem, der mich drum gebeten hat. Dir, Jae, Evan … Jetzt bin ich mal dran. Und diesmal geht's mir sogar nicht mal um Rache. Sondern einfach nur darum, mit diesem Kapitel abzuschließen«, fügte sie hinzu, und ihre Stimme fing an zu beben. »Ich *muss* damit abschließen.«

»Ich weiß nicht«, entgegnete ich. Vor nicht mal drei Wochen war sie aus dem Krankenhaus entlassen worden. Sie konnte erst seit Kurzem wieder schmerzfrei atmen. »Ich finde, wir sollten die Sache lieber der Polizei überlassen. Ich verstehe ja, dass du aufgebracht bist, aber …« Allein die Vorstellung, mich auch nur in die Nähe ihres Dads zu begeben, jagte mir eine Heidenangst ein.

»Nein«, widersprach sie. »Ich bin nicht aufgebracht. Das ist nicht der Grund, warum ich das machen will.«

»Ich glaube, das ist keine gute Idee. Du bist einfach noch total emotional, was das Thema angeht. Du willst das doch gar nicht«, flehte ich sie regelrecht an.

»Doch. Ich will«, erwiderte sie. »Ich *muss*.«

»Nein.« Ich machte mich auf einen Streit gefasst. Das hier war keine gute Idee und ich musste Elise beschützen. »Du bist doch noch gar nicht wieder du selbst, du –«

»Doch, bin ich.« Sie stieß einen frustrierten Seufzer aus, beinahe ein Knurren. »Ich fühle mich komplett wie ich selbst. Das hier *bin* ich.«

»Tut mir leid«, sagte ich. »Ich finde nur, du solltest dir noch ein bisschen mehr Zeit nehmen, um dich von alldem zu erholen. Wir reden noch mal drüber, wenn du wieder die Alte bist, okay?« Ich hoffte, sie so lange hinhalten zu können, bis sie ihren Plan von selbst verwarf oder ihr Vater nach seiner Gerichtsverhandlung vielleicht längst im Gefängnis saß.

»Was versuche ich dir denn die ganze Zeit klarzumachen?«, stöhnte sie entnervt. »Ich *bin* wieder die Alte. Weißt du, so läuft das echt immer. Alle Leute mögen Elise, wenn sie sie kennenlernen.«

Ich hatte keine Ahnung, worauf sie hinauswollte, und wunderte mich, warum sie plötzlich in der dritten Person von sich redete.

»Elise ist nämlich witzig und wild und alle mögen diese … diese *Version* von ihr. Aber wenn sie irgendwann die echte Elise zu Gesicht bekommen, tja, dann …« Sie zuckte mit einer Schulter. »Hör mal, das hier bin ich. Ich bin nun mal nicht immer witzig und wild. Manchmal bin ich auch traurig und wütend und hab die Schnauze voll von allem. Vielleicht ist das ja sogar mein wahres Ich. Also, von mir aus, lass mich einfach fallen, genau wie alle anderen. Ich halte dich bestimmt nicht auf. Ich würd's dir nicht mal übel nehmen.« Der Schmerz in ihrer Stimme war kaum zu ertragen.

»Was redest du denn da?«, rief ich. »Ich bin deine beste Freundin. Wir gehören zusammen.« Es brach mir das Herz, sie so zu sehen. Früher hatte sie so stark gewirkt, so unbesiegbar, aber jetzt erkannte ich, dass auch Elise nur ein Mensch war. Und so verletzlich wie wir alle.

»Du magst bloß ein Idealbild von mir, genau wie die anderen.« Jetzt fing sie an zu weinen und vergrub ihr Gesicht in den Händen.

»Ich bin nicht wie die anderen, das weißt du ja wohl!« Plötzlich fühlte ich mich in die allerersten Tage unserer Freundschaft zurückversetzt. Damals als es hieß: Wir gegen den Rest der Welt. *Elise + Remy*. Als niemand uns besser kannte als wir einander. Als wir uns nur aufeinander verlassen konnten und auf sonst niemanden.

Sie schluchzte und schluchzte, und ich war absolut hilflos, wünschte, ich könnte sie irgendwie trösten. Am meisten aber wünschte ich mir, ich könnte all die schlimmen Sachen, die ihr passiert waren, einfach ausradieren.

»Ich hab dich lieb.« Jetzt fing ich auch an zu weinen. »Und daran wird sich auch nie was ändern. Wenn das hier wirklich dein wahres Ich ist, dann ist das in Ordnung.« Elise brauchte mich, brauchte meine Unterstützung. Wie hätte ich ihr das nach allem, was sie durchgemacht hatte, verwehren können?

Sie streckte die Hände nach mir aus und wir sanken einander weinend in die Arme.

»Ich kann das nicht ohne dich. Bitte, Remy. *Bitte*.«

Sie war die Schutzheilige all derer, denen Unrecht geschehen war. Sie war völlig verzweifelt. Sie war meine beste Freundin.

Also sagte ich Ja.

52.

»Ich will, dass er eine richtig miese Nacht hat.« Das hatte Elise gesagt. »Eine einzige richtig miese Nacht.«

Von Lyndens Creek nach Chattanooga waren es nur zwei Stunden Fahrt und um diese Zeit waren wir fast allein auf der Straße. Beim Dachbodenaufräumen hatte Elise doch noch einen weiteren Karton Feuerwerkskörper gefunden, und ihr Plan war simpel: die letzten Raketen vor ihrem alten Zuhause zünden und ihren Vater mit grellem Licht und lautem Geknall aus dem Schlaf reißen. Was für eine wunderbare Parallele zu der Nacht, in der wir uns kennengelernt hatten. Unsere Rachemissionen hatten mit einem Feuerwerk angefangen und sie würden auch mit einem enden.

Es hätte ein harmloser Streich werden sollen. Niemand sollte zu Schaden kommen, schon gar nicht Jack.

»Weißt du, was ich in der Nacht neulich gedacht habe?«, fragte Elise, als wir auf der 75 Richtung Norden fuhren. »Nachdem er gegangen war, lag ich einfach im Dunkeln, alles drehte sich, ich konnte kaum aus meinem rechten Auge gucken, und jeder Atemzug tat weh. Ich lag einfach nur da, und alles, was ich denken konnte, war ›Hoffentlich sterbe ich‹.«

Mein Kopf ruckte zu ihr rum und mein Mund klappte auf vor Entsetzen. »Elise.«

»Ich dachte *hoffentlich sterbe ich*, weil dann endlich alle erfahren hätten, was für ein Monster er ist. Dann würde er den Rest seines jämmerlichen Lebens im Knast schmoren, so wie er es verdient hat. Und alle hätten mich plötzlich vermisst und gesagt, wie gern sie mich gehabt hätten, was für ein toller Mensch ich gewesen wäre und wie traurig das doch alles wäre – *Sie war doch noch so jung.* So war das jedenfalls auf der Beerdigung meiner Mutter. Sie war ein totales Miststück, aber alle haben geweint und gejammert, sie wäre ja so ein Engel gewesen, der aus unserer Mitte gerissen wurde. Damals hab ich noch überhaupt nicht kapiert, warum Leute sich auf Beerdigungen so benehmen. Diesen ganzen Bloß-nicht-schlecht-über-Tote-reden-Scheiß. Aber als ich dann auf der Treppe lag und sterben wollte, hab ich's auf einmal begriffen. Jeder weiß ja, dass Beerdigungen nicht für die Toten da sind, sondern für die Menschen, die zurückbleiben. Aber nicht nur, damit die Leute trauern und mit der Sache abschließen können. Sondern auch, damit sie einen Vorgeschmack auf ihren eigenen Tod bekommen.« Sie wandte sich mir zu, und unsere Blicke trafen sich für eine endlos lange Sekunde, bevor sie wieder nach vorn auf die Straße guckte, die Hände fest am Lenkrad. »Beerdigungen rufen den Menschen in Erinnerung, dass sie selber eines Tages tot sein werden, dass jeder irgendwann stirbt. Und weil man den Hinterbliebenen als eine Art Heiliger im Gedächtnis bleiben will, geben sich die Leute auf Beerdigungen solche Mühe, den Toten eine neue Biografie zu verpassen.«

Ich wusste nicht, was ich sagen sollte. Es war offensichtlich, dass sie sich intensiv mit diesem Thema beschäftigt hatte, was an sich schon beunruhigend war. Ich wollte nicht über Elise' Beerdigung nachdenken, ich wollte über *niemands* Beerdigung nachdenken. Und wenn sie neulich wirklich gestorben wäre, hätte ich mir das nie verziehen. Ich war so egoistisch gewesen. Elise war immer für mich da, wenn es mir schlecht ging – nach der Trennung von Cameron, wenn meine Eltern sich mal wieder stritten –, aber als sie mich gebraucht hatte, war ich nicht erreichbar gewesen. Es war feige gewesen, mich komplett von ihr zurückzuziehen, sobald es ein bisschen kompliziert wurde. Die ersten Tränen tropften mir in den Schoß, bevor ich überhaupt merkte, dass ich weinte. Ich konnte es nicht fassen, wie knapp ich davor gewesen war, sie zu verlieren. Und als ich ihr jetzt einen Blick von der Seite zuwarf, konnte ich mir eine Zukunft ohne sie nicht mal mehr vorstellen.

»Ich hab mir immer ausgemalt, wie es wäre, wenn ich einfach verschwinde«, fuhr sie fort. »Wenn ich dieses Mädchen wäre, das beschließt, sein Leben selbst in die Hand zu nehmen und zu gehen. Die Leute würden sich manchmal fragen, was wohl aus mir geworden ist. Und dann würden sie mich auf einmal im Fernsehen wiedererkennen oder von mir lesen und kapieren, was für ein außergewöhnlicher Mensch ich bin.« Sie wollte, dass man sich an sie erinnerte. »Nur dass sie sich in diesem Fall gefragt hätten, was wohl aus mir hätte werden *können.*« Über ihren Worten lag ein verträumter Schimmer.

Mittlerweile schluchzte ich ungehemmt.

»Nicht weinen, Remy«, tröstete sie mich. »Ist doch alles gut! Ich bin ja nicht gestorben, wie du siehst. Es hat halt nur verdammt wehgetan.«

»Tut mir leid«, schniefte ich und wusste selbst nicht, ob ich mich dafür entschuldigte, dass ich weinte oder dass ich nicht für sie da gewesen war. »Tut mir so furchtbar leid.«

»Ist doch nicht deine Schuld. Wenn überhaupt, ist es meine eigene.«

»Was?«, flüsterte ich erstickt.

»Ich hätte einfach in meinem Zimmer bleiben sollen. Er hat an meine Tür gehämmert und geschrien, er würde sie eintreten, und ich hatte solche Angst. Aber auf einmal hat er aufgehört und ist gegangen, und ich dachte, es wäre vorbei. Dass er seinen Wutrausch ausschlafen würde und ich mich vielleicht irgendwann aus dem Haus schleichen könnte. Aber nach einer Stunde stand er wieder vor der Tür, hat sich entschuldigt und mich angebettelt, ihm zu verzeihen. ›Tut mir leid, Elise, ich hab's nicht so gemeint‹. So erbärmlich, dass ich Mitleid gekriegt habe.« Ich konnte mir gar nicht ausmalen, dass Elise' Dad derart um Vergebung winselte. In meiner Vorstellung war er ein unverbesserliches Monster, das Böse in Person.

Sie seufzte schwer, und als ich aus dem Fenster sah, fiel mir auf, wie schnell sie fuhr. Die Straßenlaternen flogen nur so an uns vorbei und die Bäume verschmolzen zu einer einzigen dunklen Mauer. In den letzten Tagen hatte es geregnet, darum war das Verdeck geschlossen und knatterte laut im Wind. Ich stemmte eine Hand gegen die Tür, als könnte ich mich so gegen einen Aufprall wappnen.

»Er ist immer wieder weggegangen und zurückgekommen, um mich um Entschuldigung zu bitten, und irgendwann hab ich die Tür aufgemacht.« Sie schüttelte den Kopf, als wäre sie von sich selbst enttäuscht. »Wie blöd kann man eigentlich sein?«

»Tut mir so leid«, war alles, was ich herausbrachte. Bislang hatte sie mir das noch nie in allen Einzelheiten erzählt, und ich hatte sie auch nicht danach gefragt, weil ich sie nicht zwingen wollte, die Nacht erneut zu durchleben. Aber jetzt wurde mir plötzlich klar, dass der wahre Grund dafür vollkommen egoistischer Natur war: Ich hatte es gar nicht hören *wollen*. Ich hatte nicht Elise schonen wollen, sondern mich selbst. Und so zwang ich mich jetzt umso verbissener, mich auf jedes einzelne schreckliche Wort zu konzentrieren.

»Ich hab dir ja erzählt, dass mein Dad immer behauptet hat, es würde ihm mehr wehtun als mir. Dass er mich nur aus Liebe schlagen würde. Weißt du noch?« Sie schnaubte. »Mit der Lüge hat er sich in der Nacht gar nicht erst aufgehalten. Hat nicht mal versucht, sich rauszureden. Da war nichts als blanke Wut. Die Hälfte von dem, was er mir alles vorgeworfen hat, war kompletter Schwachsinn! Aber ich war selbst schuld. Ich hätte es echt besser wissen müssen.«

Ihre Stimme war wie der Wind draußen, ein stetig lauter

werdendes Heulen. Wir beschleunigten immer mehr und die Tachonadel näherte sich langsam der Hundertfünfzig-Stundenkilometer-Marke. Ich saß da wie erstarrt und traute mich nicht, Elise zu unterbrechen.

»Ich hätte warten sollen, bis er die Tür eintritt.« Vor Wut auf sich selbst schluchzte Elise auf und schlug mit dem Handballen aufs Lenkrad. »Ich hätte einfach warten sollen.«

»Was, wieso?«, fragte ich verwirrt.

Tränen strömten ihr übers Gesicht. Ich warf einen Blick auf die Straße vor uns, und es war, als bewegten wir uns mit Lichtgeschwindigkeit ins Ungewisse.

»Elise?«, fragte ich vorsichtig. Ich wollte sie nicht noch mehr aufregen, aber der Tacho zeigte inzwischen mehr als hundertsechzig Stundenkilometer. »Nicht so schnell.« Sie antwortete nicht. »Bitte fahr nicht so schnell.« Ich berührte sie sachte an der Schulter, was sie mit einem sichtlichen Ruck in die Wirklichkeit zurückholte. Endlich nahm sie den Fuß vom Gas und das Dröhnen des Motors wurde leiser.

»Ich hätte einfach warten sollen, dann wäre er jetzt weg«, sagte sie, und jedes ihrer Worte triefte vor Hass.

Ich verstand gar nichts mehr. Er war doch weg, in Chattanooga.

»Für immer.«

Ich starrte sie an. Es war, als stünde sie unter Strom, mit wirrem Haar und funkelnden Augen. Ich traute mich nicht zu fragen, was genau sie damit meinte. Alles, woran ich denken konnte, war eine Zeile aus »Kill Bill«: *Ich war wild. Und ich war wütend. Und ich fand es äußerst befriedigend.*

»Weißt du, was ich noch begriffen habe?« Sie wartete meine Antwort nicht ab. »Wenn um dich herum nichts als Chaos und Verwüstung herrschen, kannst du entweder dein Leben lang versuchen, alles wiederaufzubauen, und kläglich scheitern, oder du kannst komplett niederbrennen, was noch übrig ist, und dann wiederauferstehen.«

Wie ein Phönix aus der Asche.

53.

Kurz vor Chattanooga legten wir eine Pause ein, um zu tanken. Draußen war es merklich kälter geworden, aber Elise klappte trotzdem das Verdeck runter. Nachdem sie uns im Tankstellenshop mit Snacks und neuen Zigaretten versorgt hatte, fuhren wir weiter bis zum verlassenen Parkplatz eines Einkaufszentrums. Dort machten wir ein Picknick mit Muffins und Cola light. Wir redeten beide nicht viel, wenn auch aus verschiedenen Gründen. Ihrer Miene nach zu urteilen, die immer entschlossener wurde, schien Elise sich innerlich auf ihre Mission vorzubereiten. Ich dagegen bemühte mich vergeblich, das, was sie mir erzählt hatte, zu verarbeiten. Langsam, aber sicher wurde mir bewusst, dass ich mit der Situation heillos überfordert war.

Nach dem Essen sammelte Elise die Verpackungen ein und brachte sie zum Mülleimer. Währenddessen suchte ich in ihrer Tasche nach Zigaretten.

Ich ertastete hartes, kaltes Metall, aber es war nicht das Zigarettenetui, das ich ihr zum Geburtstag geschenkt hatte.

»Was machst du da?«, fragte sie, als sie sich zurück auf den Fahrersitz fallen ließ.

Mit spitzen Fingern zog ich den Revolver aus ihrer Tasche.

Er war schwer und glänzte im Mondlicht. Wir starrten beide stumm darauf.

»Wieso durchwühlst du schon wieder meine Sachen?« Elise riss mir die Waffe aus der Hand und packte sie zurück in die Tasche.

»Hab ich doch gar nicht!« Ich konnte es nicht fassen, dass *das* jetzt ihre größte Sorge war.

»Sah aber ziemlich danach aus.«

»Ich hab bloß nach Zigaretten gesucht«, entgegnete ich und hob beschwichtigend die Hände.

Mit finsterem Blick warf sie ihre Tasche auf den Rücksitz, bevor sie den Motor anließ.

»Elise?«

Keine Antwort.

»Warum hast du den Revolver dabei?«, fragte ich, als wir an der Auffahrt zum Highway auf Grün warteten. Meinen anfänglichen Schock hatte ich überwunden.

»Du solltest echt damit aufhören, anderer Leute Sachen zu durchwühlen.« Als die Ampel umsprang, trat sie aufs Gas.

»Tut mir leid, ich wollte nur –«

»Das mach ich bei dir ja auch nicht!« Sie wurde immer lauter. »Ich schnüffele nicht in deinem Zimmer rum, gucke in alle Schubladen oder krame in deiner Tasche.«

»Komm schon, wenn dich damit einer erwischt …«

Sie hüllte sich in wütendes Schweigen, aber ich hatte einfach zu viel Angst um sie, um die Sache auf sich beruhen zu lassen.

»Also, warum hast du ihn dabei?«, wollte ich wissen. *Ausgerechnet jetzt, wo wir auf dem Weg zu deinem Vater sind? Nachdem du gesagt hast, dass du ihm eine richtig miese Nacht bescheren willst?* Was hatte Elise vor? Mir wurde ganz flau.

»Um mich zu verteidigen! Mein Gott, Remy, wozu denn

wohl sonst? Glaubst du, ich ziehe einfach los und knalle meinen Vater ab?« Sie schnaubte. »Krieg dich mal wieder ein.«

»Aber –«

»Findest du nicht, dass ich nach der Nacht neulich ein Recht darauf habe? Ich hab ja nicht vor, das Ding zu benutzen, aber ich hab dir schon mal erklärt, ich fühle mich einfach sicherer damit«, sagte sie mit wesentlich ruhigerer Stimme. Sie klang jetzt so besonnen, sachlich, fast schon emotionslos, als hätte sie eine mathematische Gleichung vor sich: mögliche Begegnung mit ihrem Vater plus seine gewalttätigen Neigungen gleich Revolver. »Der ist nur für den Notfall.«

Ich antwortete nicht. Was hätte ich auch sagen sollen? Denn obwohl sie nichts davon laut aussprach, las ich den versteckten Vorwurf in ihren Worten: *Der ist nur für den Notfall.* Im Klartext: *Wenn du mich das nächste Mal hängen lässt.*

Wir verfielen in vielsagendes Schweigen. Was als harmlose Rachemission begonnen hatte, entwickelte sich unaufhaltsam zu etwas ganz anderem. Ich wusste nur noch nicht, was.

»Ich finde den zweiten Film am besten«, sagte Elise, nachdem sie die Ausfahrt nach Chattanooga genommen hatte. Es klang, als wollte sie bloß ein bisschen plaudern, aber ich merkte ihr an, dass sie auf etwas Ernsteres hinauswollte.

»Warum? Weil sie ihn am Ende umbringt?«, ging ich auf den Themenwechsel ein, obwohl er mich verwirrte. Das beklommene Gefühl in meiner Magengegend wurde mit jeder Meile, die wir uns auf unser Ziel zubewegten, stärker. Elise' Vater war ein Ungeheuer und wir steuerten direkt auf seine Höhle zu.

»Ja, aber es geht gar nicht darum, dass sie ihn tötet, sondern darum, dass sie ihn endlich stellt«, erklärte sie. »Der Akt des Tötens an sich ist gar nicht so wichtig. Am Ende spielt es fast keine Rolle mehr, ob Bill stirbt oder nicht – okay, irgendwie natürlich doch, aber das allein wäre ja gar keine angemessene Vergeltung. Was für ein lahmes Finale wäre das denn, wenn die Braut einfach bloß auftauchen, ihn umnieten, sich ihre Tochter schnappen und abhauen würde?« Sie wandte mir den Kopf zu und hob eine Augenbraue, als erwartete sie eine Antwort.

»Kann sein, ja.« Inzwischen sah die Umgebung wieder etwas bewohnter aus. Weit konnte es nicht mehr sein. Mit dem runtergeklappten Verdeck mangelte es zwar nicht an frischer Luft, aber irgendwie fiel mir dennoch das Atmen schwer.

»Nur dass es im wirklichen Leben selten so einen sauberen Abschluss gibt.« Sie schüttelte traurig den Kopf. »Mein Dad wird sich nie bei mir entschuldigen, zumindest nicht ernsthaft, und …«

»Hat sie denn eine gekriegt?«, fragte ich. »Die Braut?«

»Zumindest hat Bill seine Fehler eingestanden. Weißt du noch, diese Szene, in der er ihrer gemeinsamen Tochter erzählt, was er der Braut angetan hat? Da sagt er, er wäre traurig gewesen, nachdem er auf sie geschossen hatte. ›Denn mir wurde klar, es gibt Dinge, die man nie ungeschehen machen kann.‹« Elise konnte die beiden Filme nahezu auswendig. Manchmal flüsterte sie sogar den Text mit und traf jeden Einsatz, jede Betonung perfekt.

»Lass uns einfach umdrehen und wieder nach Hause fahren«, platzte es aus mir heraus. »Ich hab irgendwie kein gutes Gefühl bei der Sache. Was ist denn, wenn er wach ist und dich sieht? Wenn er rauskommt und –«

»Wenn sich irgendwer über so was Sorgen machen sollte, dann er«, schnitt Elise mir das Wort ab. »*Er* sollte Angst haben, nicht wir.« Ihre Worte jagten mir einen Schauer über den Rücken. Ihr Vater würde Angst haben, weil sie ihm einen Grund dazu geben würde – das wollte sie damit sagen.

Um kurz nach zwei Uhr morgens bogen wir in ein Wohngebiet ein. Mir wurde immer mulmiger zumute, als wir am Straßenrand hielten. Ich guckte auf mein Handy und sah ein paar verpasste Anrufe und Nachrichten von Jack, der wissen wollte, wo ich steckte. Aber ich hatte jetzt keine Zeit zum Antworten, ich musste mich auf Elise konzentrieren.

»Es gibt Dinge, die man nie ungeschehen machen kann«, wiederholte Elise leise. Dann schenkte sie mir ein trauriges Lächeln. »Nur weil ich neulich Nacht nicht gestorben bin, heißt das nicht, dass nicht ein Teil von mir weg ist, für immer. Er hat mir ein Stück von meiner Seele geklaut, Remy. Meine gesamte Kindheit. Das bekomme ich nie wieder zurück.«

Ihre Stimme zitterte so stark, dass ich dachte, sie würde jeden Moment anfangen zu weinen, aber das tat sie nicht. In ihren Augen stand nur blanke Wut. Es war schrecklich, sie so reden zu hören. Ich wünschte mir so sehr, ihr helfen zu können. Wünschte mir, ich könnte ihr alles zurückgeben, was er ihr genommen hatte, aber wir wussten beide, dass das nicht möglich war.

»Er hat mir so viele schlimme Nächte beschert, Remy. Zu viele, um sie auch nur zu zählen. Darum soll er wenigstens eine davon zurückkriegen«, sagte sie mit so viel Schmerz in der Stimme, dass ich wusste, ihre Worte würden mich bis an mein Lebensende verfolgen.

54.

Wir parkten die Rostige Rosi ein Stück die Straße runter, damit ihr Dad uns nicht sah. Nirgendwo brannte Licht. Elise stieg aus und ging an den Kofferraum, um das Feuerwerk rauszuholen. Sobald sich hinter mir die Klappe hob und die Sicht blockierte, nahm ich den Revolver aus ihrer Tasche und stopfte ihn so hastig ins Handschuhfach, als wäre er glühend heiß. Mein Herz raste.

Sie würde die Waffe sowieso nicht brauchen. Ich würde die ganze Zeit bei ihr sein, und falls ihr Dad rauskommen sollte, würde ich die Polizei rufen und so laut schreien, dass alle Nachbarn aufwachten. Es war besser so. Der Revolver war bloß dazu da, damit Elise sich sicherer fühlte, sie würde gar nicht merken, dass er weg war. Weil sie ja sowieso nicht vorhatte, ihn zu benutzen.

Ich atmete tief durch und stieg aus.

»Hör mal, Remy«, sagte Elise. Sie sah mich nicht an, sondern sortierte betont gewissenhaft die Feuerwerksraketen in dem Karton im Kofferraum. »Ich hab noch mal drüber nachgedacht, und ich finde, ich sollte allein gehen.«

»Nein, das ist keine gute Idee. Lass mich doch helfen.« Meine Angst wurde immer größer. Die Anzeichen waren kaum mehr zu übersehen – Elise' Entschlossenheit, allein zu gehen, die Waffe in ihrer Tasche, all das, was sie auf dem Weg hierher gesagt hatte. *Eine einzige richtig miese Nacht*. Ich wurde den Gedanken nicht los, dass das womöglich nicht alles war, was ihrem Dad bevorstand.

»Das ist einfach etwas, was ich allein machen muss«, beharrte sie und sah mir endlich in die Augen. »Ich muss ihm allein gegenübertreten.«

»Gegenübertreten?«, wiederholte ich. »Willst du etwa bei ihm klingeln, oder was?«

»Quatsch. Mach doch nicht so einen Stress, Remy.« Sie hievte sich den Karton auf eine Hüfte und schloss den Kofferraum. »Warte einfach hier.«

»Und wieso wolltest du mich dann überhaupt dabeihaben?«, fragte ich. »Ich dachte, wir würden das hier zusammen machen! Sollte das nicht für uns beide das große Finale werden?« Ich wollte sie davor bewahren, einen Riesenfehler zu machen. Ich wollte sie vor sich selbst retten.

»Versuch doch mal, dich in meine Lage zu versetzen«, entgegnete sie fest. »Mir liegt das echt am Herzen. Ich muss wissen, dass ich es allein geschafft hab.«

»Nein!«, protestierte ich so energisch, dass es uns beide überraschte. »Ich komme mit. Ich lasse dich nicht alleine gehen. Was ist, wenn …« Ich musste den Satz nicht beenden. Was war, wenn sie mich brauchte? Wenn ihr Vater rauskam und sie zur Rede stellte? Wenn –

Ich wollte gar nicht daran denken, was alles passieren konnte.

Elise stellte den Karton ab und umarmte mich. »Ich hab dich lieb, Remy. Und ich weiß, dass du dir nur Sorgen um mich machst. Aber ich schaffe das schon, versprochen«, flüsterte sie mir ins Ohr.

Dann hob sie den Karton wieder auf, schlang sich ihre Tasche über die Schulter und marschierte los. Ich wollte ihr folgen. Wollte in ihrer Nähe bleiben, für den Fall, dass sie Hilfe brauchte. Aber ich traute mich nicht. Was, wenn sie mich entdeckte und wir uns stritten und damit ihren Vater weckten? Also stieg ich zurück ins Auto und zitterte trotz der lauen Sommernacht.

Ich lehnte den Kopf zurück und sah rauf in den Himmel,

an dem die Wolken das Mondlicht zerstreuten. Dann schloss ich die Augen und strich mit dem Finger über die Gravur in Elise' Feuerzeug, immer wieder. Ich ließ die Kappe auf- und zuschnappen in der Hoffnung, das metallische Klicken würde mich beruhigen. Ich holte mein Handy raus und entschuldigte mich bei Jack, schrieb ihm, dass ich mit Elise unterwegs sei und er sich keine Sorgen zu machen brauchte. Ich wusste nicht, wie ich ihm erklären sollte, wo wir waren und was wir vorhatten. Letzteres wusste ich ja nicht mal selbst genau. Mir war klar, dass Elise sich hintergangen fühlen würde, wenn sie erfuhr, dass ich Jack davon erzählt hatte. Das hier war ihre Privatangelegenheit. Das hier war *ihr* Vater.

Dann wartete ich. Am liebsten hätte ich Elise geschrieben, um zu fragen, ob alles in Ordnung war, aber im letzten Moment fiel mir ein, dass sie vielleicht ihr Handy nicht lautlos geschaltet hatte. Und der Klingelton sie verraten würde.

Die Zeit schien stillzustehen, und alles um mich herum wirkte wie versteinert – die Häuser, die Straße, ich im Auto. Elise brauchte eine gefühlte Ewigkeit, um die Raketen in Position zu bringen, und plötzlich ging mir auf, dass ich nicht mal wusste, in welchem Haus ihr Vater überhaupt wohnte. Ich wusste nicht, ob sie vielleicht gerade auf einen Baum kletterte, um das Feuerwerk direkt vor dem Schlafzimmerfenster ihres Dads zu zünden. Ich wusste nicht, ob sie vielleicht schon erwischt worden war, ob irgendwas schieflief, ob es ihr gut ging.

Schließlich ergriff mich doch die Panik und ich schrieb ihr.

Ich: **Wo bist du?**

Weitere fünf Minuten krochen dahin.

Ich: **Elise, bitte, wo bist du?**

Keine Antwort. Inzwischen war es kurz vor drei. Die Straße lag still und verlassen da wie ein Friedhof. Ich konnte nicht länger rumsitzen und warten. Ich musste wissen, ob mit ihr alles in Ordnung war. Also stieg ich aus und ging in die Richtung, in die sie verschwunden war, aber kaum, dass ich die Autotür hinter mir zugemacht hatte, schoss auch schon die erste Rakete in den Himmel und explodierte. Gleich darauf folgte eine weitere und das scharfe Pfeifen zerschnitt die nächtliche Stille. Ich lehnte mich an den Wagen und sah zu. Als Nächstes gingen die Böller los, wie eine Salve von Schüssen.

Ich hörte die Detonation, noch bevor ich den Lichtblitz sah. Es krachte noch ein paar weitere Male, als würde eine Reihe von Bomben in die Luft fliegen.

Dann ging sechs Häuser von mir entfernt ein Dach in Flammen auf.

55.

Immer mehr Licht aus den umliegenden Häusern fiel auf die Straße, während das Getöse von Elise' Feuerwerk durch die Nacht hallte. Eine erneute Explosion erschütterte das Haus mit dem brennenden Dach, diesmal begleitet vom Klirren zerberstenden Glases, und die Flammen schlugen noch höher. Ich war so schockiert über den Anblick, dass ich Elise erst bemerkte, als sie nur noch ein paar Schritte von mir entfernt war. Ohne ein Wort riss sie mir den Autoschlüssel aus der Hand, sprang auf den Fahrersitz und ließ den Motor an. Ich folgte ihr hastig und verrenkte mir fast den Hals, um das Feuer weiter im Auge zu behalten, während wir ohne Licht die Straße runterfuhren.

»Was ist passiert?«, fragte ich ängstlich. Elise' Gesicht

glänzte vor Schweiß, ihr Haar war zerzaust, ihr Blick gehetzt. »War das – sollten wir nicht –«

»Wir müssen hier weg.« Ihre Hände zitterten, und sie musste sich sichtlich zwingen, langsam zu fahren, um nicht zu viel Aufmerksamkeit zu erregen.

Am Ende des Wohngebiets hielt sie noch einmal an, stieg aus und blickte zurück zu der nun ein paar Straßen entfernten Rauchwolke.

»Oh mein Gott«, flüsterte ich. Ich war so in Panik, dass ich kaum klar denken konnte. »Was ist passiert?«

»Eine von den Raketen hat das Dach getroffen«, antwortete sie mit undurchdringlicher Miene.

»Meinst du, dein Dad …« Ich brach ab, unfähig, den Gedanken auch nur zu Ende zu denken.

»Es war ein Unfall«, erwiderte Elise so leise, dass ich sie kaum hörte. In der Ferne heulten Sirenen auf und kamen langsam näher. »Wir müssen weiter.«

Elise stieg zurück in die Rostige Rosi. Sie holte tief Luft und dann rasten wir los in die Dunkelheit.

56.

»Wo ist der Revolver, Remy?«, fragte Elise auf der Fahrt. »Wo hast du ihn hingetan?«

»Ich –«

Also hatte sie es gemerkt. Tausend Gedanken fluteten gleichzeitig mein Gehirn. Vielleicht hatte sie bloß nach Streichhölzern gesucht oder sich gewundert, warum ihre Tasche plötzlich so leicht war.

Aber vielleicht traf auch die eine Möglichkeit zu, an die ich nicht mal denken wollte, und sie hatte die Waffe doch benutzen wollen.

»Wo ist er?«, verlangte sie zu wissen.

Mit einem frustrierten Seufzer öffnete ich das Handschuhfach und zeigte ihr den Revolver. Sie sah kurz hin, aber sie fragte nicht, warum ich ihn genommen hatte, oder machte mir Vorwürfe.

Immer wieder guckte ich verstohlen zu ihr rüber, versuchte zu begreifen, was in ihr vorging, aber langsam begann ich, mich zu fragen, ob ich das überhaupt noch konnte.

Als wir ein paar Meilen von Chattanooga entfernt waren, sagte sie: »In der öffentlichen Wahrnehmung ist ziemlich genau festgelegt, wie man sich als Gewaltopfer zu verhalten hat.«

»Was meinst du denn jetzt damit?« Obwohl wir längst auf dem Highway waren, drehte ich mich immer wieder um, weil ich schon fast damit rechnete, hinter uns die ersten Blaulichter nahen zu sehen.

»Alle erwarten von mir, dass ich mein Los einfach hinnehme und mit den schrecklichen Sachen leben lerne, die man mir angetan hat. Dass ich das alles hinter mir lasse, mich nicht daran festklammere.« Sie klang immer wütender. »Alle erwarten von mir, dass ich mich auf unser Rechtssystem verlasse, was eine Scheißidee ist. Unser Rechtssystem hat keinerlei Interesse daran, Leute wie mich zu schützen. So einen wie meinen Dad wollen die doch nicht an den Pranger stellen. Vielleicht kriegt er Bewährung, 'ne kleine Geldbuße, vielleicht sogar ein paar Monate Knast. Aber mehr auch nicht.« Sie rang zittrig nach Luft. »Die werden ihn einfach wieder laufen lassen, Remy. Nach allem, was er mir angetan hat, werden die ihn wieder laufen lassen.« Ihre Stimme brach. »Erst kommen sie mit einer einstweiligen Verfügung und dann lassen sie ihn wieder *laufen.*« Jetzt fingen ihre Tränen an zu fließen und sie wischte sie schnell mit dem Handrücken ab.

»Was meinst du damit?«, fragte ich. *Ich will, dass er eine richtig miese Nacht hat,* hatte sie gesagt, aber vielleicht wollte sie in Wirklichkeit, dass er eine richtig miese *letzte* Nacht hatte.

»Ich meine damit, dass das unfair ist!«, rief sie. »Ich meine damit, dass mein Dad, egal, was ich tue – selbst wenn ich mich total mustergültig verhalte –, nie die Strafe bekommen wird, die er verdient hätte. Dass ich nie die Gerechtigkeit kriegen werde, die *ich* verdient hätte. Ich kann das, was er mir angetan hat, nicht einfach so hinnehmen. Das geht einfach nicht, Remy!«

Wir rasten über den Highway Richtung Süden. Elise' Stimme bebte. Wieder wischte sie sich ungeduldig die Tränen ab, als wäre sie wütend auf sich selbst, weil sie weinte.

»Und alle denken, ich bin selbst schuld«, sagte sie dann.

»Was?«

»Sogar du.«

»Stimmt doch gar nicht!«

»Ach nein? Im Krankenhaus haben sie mich gefragt, ob so was schon mal vorgekommen ist, und ich wusste genau, was sie dachten: *Warum hast du ihn denn dann nicht längst angezeigt?* Und ich weiß, dass du dasselbe denkst. Und Jack, deine Eltern, Christian … die auch. Die wollen wissen, warum ich nicht schon viel früher was gesagt und damit allen jede Menge Mühe erspart habe – den Ärzten, der Polizei, dem Gericht?« Sie schluchzte jetzt so heftig, dass sie beim Reden immer wieder nach Luft schnappen musste.

»Elise?« Vorsichtig legte ich ihr die Hand auf den Arm, ließ jedoch sofort wieder los, als sie vor mir zurückzuckte. Ich sah auf die Straße. »So kannst du nicht weiterfahren. Halt mal an.« Sie schien mich gar nicht zu hören.

»Und ehrlich gesagt gebe ich ihnen recht! Warum *hab* ich denn nicht schon viel früher was gesagt? Jetzt ist das alles so was von einleuchtend. Warum hab ich verdammt noch mal nicht einfach was gesagt? Wie scheißblöd kann man denn sein?« Immer wieder schlug sie mit dem Handballen aufs Lenkrad. »Ich bin wirklich selber schuld.«

»Nein«, widersprach ich. »Bist du nicht!« Auch mir strömten wieder Tränen übers Gesicht. All das, was schon die ganze Zeit zwischen uns geschwelt hatte, brach sich jetzt Bahn. Ihre Wut, mein schlechtes Gewissen. Meine Wut, ihr schlechtes Gewissen.

»Ich frag mich die ganze Zeit: Was, wenn ich jemandem davon erzählt hätte, wenn ich mich neulich nachts in meinem Zimmer verschanzt hätte, wenn ich mich einfach mal gewehrt hätte?«

Hätte, hätte, hätte.

Dann, endlich, nahm sie den Fuß vom Gas und fuhr rechts ran.

»Und jetzt muss ich für immer damit leben. Mit den mitleidigen Blicken, die mir alle zuwerfen. Sogar du.«

»Gar nicht«, protestierte ich schwach.

»Jedes Mal, wenn ich mit Evan, Jae oder Julie rede oder neue Leute kennenlerne, denke ich als Erstes: *Oh Gott, ob sie Bescheid wissen?* Wer sagt mir denn, wem Jack oder du was erzählt habt?«

»Wir haben keinem was erzählt«, entgegnete ich. »Das schwöre ich dir.«

Sie ging nicht darauf ein. »Manchmal hab ich das Gefühl, die Leute spüren es einfach. Als könnten sie es an mir riechen, als müssten sie nur einen Blick auf mich werfen, um meine Fassade zu durchschauen und mein echtes Ich dahinter zu sehen, dieses armselige Würmchen. Und das macht mich so sauer. Ich hasse ihn dafür, Remy. Für das, was er aus mir gemacht hat.«

»Du bist nicht armselig«, erwiderte ich flehentlich. »Kein bisschen.«

»Ich werde nie was anderes sein als das. Ich werde nie diese eine Nacht vergessen können.« Sie krümmte sich zusammen, den linken Arm wie im Reflex schützend vor dem Brustkorb, als würde jemand auf sie eintreten. »Ich träume die ganze Zeit davon. Ich kann nicht aufhören, daran zu denken. Ich werde nie frei davon sein. Nie, nie, nie.«

»Tut mir leid«, flüsterte ich weinend. Die Welt außerhalb des Autos schien zu verblassen. Der Highway, die wenigen anderen Autos, die an uns vorbeifuhren – es war, als würde all das immer mehr mit der Nacht verschwimmen, bis es nur noch Elise und mich und die Rostige Rosi auf einer Straße ins Nirgendwo gab.

»Ich weiß jetzt, dass ich das alles nie hinter mir lassen werde. Ich weiß, dass ich immer dieses schwache, jämmerliche Etwas sein werde, an dem irgendein Arschloch seine Wut ausgelassen hat.« Sie wurde immer kleiner, wie ein einst strahlender Stern, der plötzlich verglüht. »Ich dachte« – sie schüttelte kläglich den Kopf – »ich dachte, nach dieser Aktion hier würde ich mich besser fühlen. Ich dachte, es würde reichen, mich an ihm zu rächen, und wenn es nur mit ein paar albernen Raketen ist. Ich dachte – keine Ahnung. Ist auch egal. Er könnte tot sein und es würde trotzdem keinen Unterschied machen.« Mittlerweile ließ sie die Tränen einfach fließen.

Der letzte Satz hallte in mir wider wie ein Donnerschlag.

»Wie meinst du das?« Meine Stimme klang hohl vor Furcht. *Er könnte tot sein und es würde trotzdem keinen Unterschied machen.*

»Es macht keinen Unterschied, ob er da ist oder nicht – ich werde mich immer schwach und wehrlos fühlen. Er hat mir meine ganze Kindheit versaut! Ich musste so viele Jahre in Angst leben. Jede Zelle in meinem Körper hat sich damit vollgesogen. Das ist, als hätte er meine Seele manipuliert. Egal, was ich mache, ich werde mich nie von ihm befreien können.« Den letzten Satz flüsterte sie nur noch.

Egal, was ich mache – das Feuerwerk vor dem Haus ihres Vaters, all die Rachestreiche –, *ich werde mich nie von ihm befreien können.* Ihre Worte trafen mich tief, aber noch schlimmer war ihre Stimme, denn die klang, als hätte sie längst aufgegeben, als fühlte sie sich in die Ecke gedrängt und sähe keinen Ausweg mehr.

Den Rest der Fahrt verbrachten wir schweigend. Vielleicht gab es einfach nichts mehr zu sagen.

In dem Moment konnte ich es mir noch nicht eingestehen, aber ich hatte unglaubliche Angst um Elise. Jack hatte recht: Egal, wie viele Streiche wir spielten, egal, wie vielen Menschen wir zu Gerechtigkeit verhalfen, nichts davon würde dazu führen, dass sie sich besser fühlte.

Sie hatte gedacht, wenn sie jetzt handelte, wenn sie nach Chattanooga fuhr und sich an ihrem Vater rächte, würde das ihre, wie sie es offenbar empfand, Passivität wieder wettmachen.

Aber nichts, was sie tat, konnte verhindern, dass sie immer tiefer in ihrer Wut und ihrem Selbsthass versank. Ich hätte ihr so gern geholfen, hätte sie so gern vor dem Ertrinken gerettet, aber als ich jetzt neben ihr in der Rostigen Rosi saß und auf die dunkle Straße vor uns starrte, wurde mir klar, dass mir dazu die Kraft fehlte. Ich war einfach nur müde.

Wir hatten geglaubt, unsere Wunden würden uns zu etwas Besonderem machen. Wir hatten geglaubt, was uns nicht umbrachte, würde uns stärker machen. Wir hatten geglaubt, unser Leid würde uns zu einer Art tragischen Heldinnen machen.

Nur dass ich mich kein bisschen besonders oder stark oder heldenhaft fühlte. Sondern bloß hilflos und verängstigt und furchtbar erschöpft.

»Erzähl keinem, was wir heute gemacht haben«, schärfte sie mir ein, als wir um kurz nach fünf schließlich vor der Erdbeervilla hielten. »Versprich's mir, Remy. Versprich mir, dass du keinem davon erzählst, nicht mal Jack.«

»Und wenn er fragt? Was soll ich denn dann sagen?«

»Keine Ahnung, denk dir was aus. Oder sag einfach, du willst nicht drüber reden.« Ich wollte mich abwenden. Sie packte meine Hände und riss mich wieder zurück. »Remy, versprich's mir.« Ich nickte wortlos.

Vielleicht war mir in diesem Moment schon klar, dass ich mein Versprechen nicht halten würde.

SONNTAG, 27. AUGUST
TAG 352

57.

Ohne uns zu waschen oder die Zähne zu putzen, ließen wir uns ins Bett fallen, wo Elise sofort einschlief. Ich dagegen lag noch lange wach und grübelte über all das nach, was Elise auf der Fahrt gesagt hatte.

Nach einer Stunde gab ich es auf, zog mich wieder an und machte mich auf den Weg zu Jack. Dort angekommen schrieb ich ihm, dass ich vor dem Haus stand. Er stolperte im Pyjama nach draußen, sein Haar war zerzaust und er blinzelte schläfrig. »Remy?«

Ich warf mich ihm in die Arme und er hielt mich fest. Die letzten paar Wochen waren hart für uns beide gewesen. Wir hatten uns so gut wie gar nicht außerhalb der Schule gesehen und selbst dort nur beim Mittagessen, zusammen mit allen anderen. Und vor Elise traute ich mich sowieso kaum, auch nur mit ihm Händchen zu halten. Zwar schrieben wir uns viel, aber seit jener schrecklichen Nacht vor drei Wochen schien sich eine gewisse Distanz zwischen uns breitgemacht zu haben. Manchmal gab ich ihm die Schuld an dem, was passiert war, manchmal mir selbst. Manchmal fragte ich mich, ob Elise nicht recht hatte und ich mit ihm hätte Schluss machen sollen.

Aber jetzt, als ich endlich wieder allein mit ihm war, umfangen von seiner Wärme, fühlte ich mich einfach nur sicher und geborgen.

»Was ist denn los?«, fragte er besorgt.

Ich schüttelte den Kopf, legte das Kinn auf seine rechte Schulter und drückte ihn noch fester an mich.

»Sag schon! Wo warst du die ganze Nacht? Du antwortest auf keine meiner Nachrichten, gehst nicht ans Telefon, und jetzt tauchst du hier einfach so auf, um«, – er guckte auf sein Handy – »sechs Uhr morgens?«

»Schhh!« Ich sah nervös Richtung Haus. »Ich will deine Tante und deinen Onkel nicht wecken.«

Leise gingen wir in sein Zimmer, machten die Tür hinter uns zu und setzten uns aufs Bett. Lola begrüßte mich kurz und legte sich dann wieder in ihr Körbchen. Ich zog die Beine an und kauerte mich zu einer Kugel zusammen, als könnte ich den Rest der Welt dadurch aussperren.

»Remy, was ist los, verdammt noch mal?« Jack wirkte nun ernsthaft beunruhigt.

»Kannst du mir einen Gefallen tun? Kannst du mal im Internet gucken, ob du was über einen Hausbrand in Chattanooga findest?«, fragte ich und traute mich nicht mal, zu ihm hochzusehen.

»Was?« Jack starrte mich verständnislos an und rieb sich die Augen.

Als ich nichts sagte, seufzte er und griff nach seinem Laptop. »Okay.«

Während er suchte, stieg mir Furcht die Kehle hoch wie bittere Galle, und ich dachte, ich müsste mich übergeben.

»Da ist nichts«, murmelte er nach einer Weile und ertappte mich dabei, wie ich ihn ängstlich beobachtete. »Kannst du mir nicht vielleicht wenigstens verraten, wonach ich überhaupt suche? Wenn ich mehr Infos hätte, könnte ich –«

Ich schüttelte den Kopf und umklammerte noch fester meine Beine.

»Auf den Lokalseiten steht nichts in der Art«, sagte er. »Okay, du erzählst mir jetzt sofort, was passiert ist, ich krieg nämlich langsam echt Schiss. Wo warst du? Und warum soll ich auf einmal nach Hausbränden suchen?«

»Ich kann nicht«, flüsterte ich.

Er stieß einen frustrierten Seufzer aus und klickte sich weiter durch die Trefferliste.

»Auf Twitter und Facebook ist auch nichts. Was willst du denn genau wissen?« Er schob seinen Laptop zur Seite und nahm meine Hände.

»Vielleicht was über Verletzte? Opfer mit Verbrennungen?«, fragte ich.

»Ich mache hier nicht weiter, solange du mir nicht verrätst, was los ist.« Draußen wurde es schon hell. Jacks Zimmer war so gemütlich wie eh und je mit den vielen Büchern und dem kleinen Schreibtisch, unter dem Lola döste.

»Remy.«

»Elise wollte noch einen letzten Streich spielen«, sagte ich schließlich kaum hörbar. »Nur sie und ich.«

»Was?«, fragte er. »Okay, was habt ihr gemacht? Warte mal, wart ihr in Chattanooga? So weit weg?«

Ich nickte.

»Wieso ausgerechnet da?« Er runzelte verwirrt die Stirn.

»Da wohnt ihr Dad jetzt wieder«, erklärte ich. »Die beiden sind erst letztes Jahr hergezogen, nachdem Elise' Grandma ihr die Erdbeervilla vererbt hatte. Eigentlich wollten sie das Anwesen bloß verkaufen, aber dann hat ihr Dad hier eine Frau kennengelernt und sie sind geblieben.« Meine Stimme klang dumpf und monoton vor Erschöpfung. Ich war jetzt seit fast vierundzwanzig Stunden auf den Beinen.

»Okay«, sagte Jack. »Und was hattet ihr jetzt geplant?«

»Bloß ein paar Feuerwerkskörper vor seinem Haus zünden, um ihn zu erschrecken. Elise wollte nur, dass er eine richtig miese Nacht hatte, weißt du?« Lola stand auf, setzte sich vor mich und legte mir den Kopf aufs Knie. »So was haben wir schon mal gemacht und dabei ist auch alles gut gegangen«, schwor ich verzweifelt.

»Und weiter?«, fragte Jack beunruhigt. »Was dann?«

»Ich war nicht dabei, aber es war ein Unfall. Elise wollte die Sache alleine durchziehen. Und – und –«

»Was?« Jack wich entsetzt vor mir zurück.

»Eine der Raketen muss ...« Ich bekam es nicht über die Lippen.

»Ach du Scheiße«, sagte Jack, der dennoch begriff. »Erzähl mir nicht, ihr zwei habt das Haus in Brand gesteckt.«

Mein Schweigen war Antwort genug.

Eine Weile kraulte er geistesabwesend Lola hinter den Ohren. Ich wünschte mir so sehr, er würde sagen, dass alles in Ordnung war. Ich wünschte mir, er würde dafür *sorgen*, dass alles in Ordnung war.

»Woher weißt du denn eigentlich, dass es ein Unfall war, wenn du gar nicht dabei gewesen bist?«, fragte er schließlich.

»Was meinst du damit? Willst du behaupten, Elise hätte absichtlich das Haus ihres Dads in Brand gesteckt?« Ich weigerte mich, diese Möglichkeit in Betracht zu ziehen, aber eigentlich hatte Jack soeben meine schlimmste Befürchtung in Worte gefasst.

»Ich behaupte gar nichts. Ich frage dich, ob du glaubst, dass Elise dazu fähig wäre. Das kannst du besser einschätzen.«

»Ich weiß nicht«, murmelte ich, erschöpft und verwirrt. »Wahrscheinlich hat sie das Feuerwerk einfach nur ein bisschen zu nah am Haus gezündet oder eine der Raketen ist auf was leicht Brennbarem gelandet oder so.« Ich war nicht ganz sicher, ob ich damit ihn überzeugen wollte oder mich selbst.

»Kann gut sein«, erwiderte Jack. »Aber ich frage mich trotzdem, ob da nicht doch ein bisschen böser Wille im Spiel war. Ob ihr nicht ganz genau bewusst war, dass sie sich zu nah am Haus befand. Dass irgendwas in der Nähe war, das leicht Feuer fangen konnte. Oder ob sie vielleicht eine von den Raketen absichtlich genau aufs Haus abgeschossen hat.«

Ich musste an das splitternde Glas denken.

»Klar geht man da erst mal von einem Unfall aus, aber hat sie so was nicht schon öfter gemacht? Raketen abschießen, meine ich?« Ich nickte. »Dann müsste sie sich doch eigentlich gut auskennen.«

»Oh Gott«, stöhnte ich. »Aber –«

Ja, es war möglich, dass das alles bloß ein Unfall gewesen war. Aber wahrscheinlich war es nicht.

»Wir müssen das irgendwo melden«, sagte Jack. »Was sie gemacht hat, war Brandstiftung! Am Ende bringt sie so eine Aktion noch mal.«

»Nein«, widersprach ich hastig. Hätte ich gewusst, dass er so reagierte, wäre ich nicht zu ihm gefahren und hätte ihm alles erzählt. Das Letzte, was ich wollte, war, dass Elise Ärger bekam. »Das können wir nicht machen. Außerdem hat sie mir versprochen, dass es der allerletzte Rachestreich war.«

»Und woher weißt du, dass sie das nicht nur gesagt hat, weil sie dachte, dass sie ihren Dad heute für immer loswerden würde?« Er ließ es schlimmer klingen, als es war. »Woher willst du wissen, dass sie es nicht noch mal versucht?«

Ich schüttelte weinend den Kopf. »Das kann ich ihr nicht antun, sie ist meine beste Freundin!«

Jack seufzte. »Mit Freundschaft hat das nichts mehr zu tun. Du fühlst dich bloß schuldig. Wach endlich auf!« Aufgebracht fuhr er sich durchs Haar. »Denk mal daran, wie es war, bevor ihr Vater sie angegriffen hat. Da habt ihr zwei eine Weile kaum miteinander geredet und dir ging es gut. Wenn du mich fragst, hat sie sich kein bisschen verändert, aber du siehst das gar nicht vor lauter schlechtem Gewissen.«

War ich wirklich blind für die Tatsachen gewesen? Ich musste an meine Eltern denken und all die Gründe, die sie in ihrer unglücklichen Ehe gefangen hielten.

Und in einem plötzlichen Moment der Erleuchtung ergab sich für mich ein kristallklares Bild. Vielleicht hatten die beiden einander tatsächlich mal geliebt, aber mit den Jahren hatte sich das Gefühl in etwas verwandelt, was nichts mehr mit Liebe zu tun hatte. Mein Gespräch mit Dad fiel mir wieder ein. *Das hat so viele Gründe,* hatte er auf meine Frage geantwortet, warum er mit meiner Mom zusammenblieb. Und jetzt dämmerte mir, dass es mit meiner Beziehung zu Elise ganz ähnlich war. Jack hatte gerade genauso versucht, mich wachzurütteln wie ich damals Dad. Und genau wie Dad hatte ich mich dagegen gesperrt.

Elise und ich mochten einmal beste Freundinnen gewesen sein, aber inzwischen waren nur noch Schuldgefühle, Wut und Eifersucht davon übrig.

Vielleicht wurde es Zeit, dass wir getrennte Wege gingen.

MONTAG, 28. AUGUST
TAG 353

58.

»Ich möchte dir etwas vorspielen«, sagt Detective Ward. Ich werfe einen Blick zur Tür und frage mich, wann wir eigentlich zum letzten Mal eine Pause gemacht haben. Seit ich in diesem Kämmerchen eingesperrt bin, ist mir jegliches Zeitgefühl abhandengekommen. Ich weiß nicht mehr, wie lang eine Stunde ist, versuche nur noch, von einer Minute zur nächsten zu überleben. Von einer Sekunde zur nächsten, einem Atemzug zum nächsten. »Möglicherweise wird es dich ein bisschen mitnehmen, diese Aufnahme zu hören«, fügt sie hinzu, obwohl meine Gefühle ihr herzlich egal scheinen.

»Was ist das für eine Aufnahme?«, fragt Vera, die sich müde die Schläfen reibt.

»Von Remys Anruf in der Notrufzentrale.«

Vera und ich gucken sie überrascht an.

»Und warum wollen Sie ihr den vorspielen?«, will Vera wissen. Ich umklammere so fest meine Knie, dass meine Fingerknöchel weiß werden.

»Weil Remy ganz offensichtlich ein bisschen verwirrt ist, was den zeitlichen Ablauf der Mordnacht angeht.« *Mord* – es ist das erste Mal, dass dieses Wort fällt, und ich erstarre. Um mich scheint alles aus den Fugen zu geraten.

»Der Nacht, in der Jack gestorben ist«, korrigiert Vera. Sie meinen beide dasselbe und doch könnte die Wirkung unterschiedlicher nicht sein. Veras *gestorben* klingt neutral, als wäre Jacks Tod eben irgendwie passiert. *Mord* dagegen ist etwas völlig anderes. Dahinter steckt Absicht. Der Ausdruck ist wie ein Fenster zu Wards Gedanken, zu dem, was sie wirklich glaubt.

»Genau, Sonntagnacht«, sagt sie ungerührt.

»Und inwiefern meinen Sie, dass es uns weiterhilft, Remy erneut mit dieser traumatischen Situation zu konfrontieren?«, fragt Vera scharf. Angriffslustig stützt sie die Ellenbogen auf den Tisch.

Detective Ward zuckt mit den Schultern und wendet sich mir zu. »Erinnerst du dich an den Anruf?« Nur vage. Mein Schweigen scheint ihr Antwort genug zu sein. »Tja, *würdest* du dich denn nicht gerne daran erinnern? Bist du nicht ein kleines bisschen neugierig?«

Vera kommt mir zuvor. »Das ist keine gute Idee, Remy«, warnt sie mich und beugt sich dicht zu mir vor, als könne sie Detective Ward auf diese Weise aussperren und uns ein wenig Privatsphäre verschaffen. Das gefällt mir an Vera: Sie gibt sich wirklich Mühe, mich zu beschützen.

Ich zögere. Detective Ward spielt auf die vierzehn Minuten an, für die ich keine Erklärung habe, die Zeitspanne zwischen Jacks Ankunft an der Erdbeervilla und meinem Notruf. Und in dem Moment wird mir klar, worauf sie hinauswill. Sie muss denken, dass Elise und ich Jack ermordet haben und uns erst mal einen Plan zurechtlegen wollten, bevor wir Hilfe gerufen haben.

Was natürlich nicht stimmt. Obwohl sie in einem Punkt recht hat: Neugierig bin ich tatsächlich. Die Aufnahme wird das Rätsel der vierzehn Minuten nicht lösen. Meine eigene panische Stimme wird mir Jack nicht zurückbringen, wird nichts von dem, was passiert ist, ungeschehen machen. Aber anhören muss ich es mir dennoch. Ich erinnere mich daran, dass ich geweint habe. Dass meine Stimme und Hände gezittert haben. An einzelne Wortfetzen: *Bitte beeilen Sie sich – überall Blut –*, aber sonst nicht viel.

Ich sehe Vera in die Augen. »Ich will es hören.« Vera runzelt besorgt die Stirn.

»Das ist keine gute Idee, Remy«, wiederholt sie sanft.

»Trotzdem«, erwidere ich entschlossener.

»Bist du ganz sicher?«

Ich nicke.

Sie wendet sich Detective Ward zu und sagt widerstrebend: »In Ordnung, aber ohne Kamera.« Detective Ward erklärt sich einverstanden und kurz darauf sind wir drei unter uns.

Meine Stimme erfüllt den Raum, atemlos und panisch.

»Hallo?«

»Notrufzentrale.«

»Oh Gott, oh Gott«, höre ich mein abgehacktes Keuchen. *»Oh Gott, Jack.«* Meine Tränen platschen auf den Metalltisch vor mir.

»Ma'am?«

»Hier ist überall Blut.« Ich weine, sowohl hier und jetzt als auch auf der Aufnahme. Meine Schluchzer aus Vergangenheit und Gegenwart vermischen sich. Das Ziehen in meiner Brust wird unerträglich, bis ich glaube, sterben zu müssen. Ich knie wieder auf dem Boden in der Erdbeervilla. Jack liegt in meinen Armen und er blutet.

»Bitte.«

»Ma'am, können Sie uns sagen, wo Sie sind? Sind Sie in Gefahr?«

»Ich bin in der Erdbeervilla. Bitte machen Sie schnell.«

»Der Rettungswagen ist unterwegs.«

»Bitte, bitte, bitte«, fleht meine Stimme. *»Bleib bei mir, bleib bei mir.«* Ich erinnere mich an Jacks Augen, die mich nicht mehr zu erkennen schienen, seine wild umherzuckenden Pupillen.

Die Aufnahme endet, doch ich bekomme mein Zittern noch lange danach nicht unter Kontrolle. Vera hatte recht, es mir anzuhören, war eine absolut hirnrissige Idee. Wie hatte ich bloß denken können, dass mich das weiterbringen würde? Selbst Detective Ward wirkt überrascht über meine heftige Reaktion. Nur mit letzter Kraft schaffe ich es, mich auf meinem Stuhl zu halten. Am liebsten würde ich mich hinlegen und zusammenrollen.

Jack war tot, bevor der Rettungswagen ankam, da bin ich mir relativ sicher. Ich kann mich immer noch nicht daran erinnern, mein Handy rausgeholt und die Notrufnummer gewählt zu haben, aber wenigstens rutschen nun noch ein paar Puzzleteile mehr an ihren Platz.

Ich habe auf dem Boden gekniet. Jacks Blut hat sich in einer Lache um mich gesammelt und meine Jeans, meine Espadrilles und die weiche blaue Baumwolle seines Superman-T-Shirts durchtränkt. Ich habe ihn fest an mich gedrückt, als könnte ich ihn dadurch am Leben halten.

»Tut mir leid, Remy«, sagt Detective Ward, die aufrichtig betroffen wirkt. »Ich habe nur noch ein paar letzte –«

»Ich kann das nicht«, bringe ich gerade noch hervor. »Ich kann nicht, ich kann nicht. Ich muss hier raus. Sofort.«

Vera reißt besorgt die Augen auf. »Okay«, sagt sie. »Okay, dann gehen wir.«

»Ja bitte«, keuche ich.

»Rufen Sie mich an, wenn Sie noch weitere Fragen haben«, sagt Vera zu Detective Ward, während sie mich bereits zur Tür führt. Keine von uns wartet auf ihre Antwort.

Ich habe auf dem Boden gekniet. Jacks Blut hat sich in einer

Lache um mich gesammelt und aus seinem Blick wich langsam das Leben. Ich habe ihn fest an mich gedrückt, ihn ein allerletztes Mal umarmt.

Ich habe auf dem Boden gekniet. Jacks Blut hat sich in einer Lache um mich gesammelt. Ich habe ihn angefleht, bei mir zu bleiben. Aber er konnte mich schon nicht mehr hören. In der Ferne heulten Sirenen.

Ich habe auf dem Boden gekniet. Jacks Blut hat sich in einer Lache um mich gesammelt. Elise hat mir die Hand auf die Schulter gelegt und gesagt: »Alles wird gut, Remy. Alles wird wieder gut.«

59.

Auf der Fahrt nach Hause herrscht Stille, und wir alle versuchen, einander so gut wie möglich zu ignorieren. Christian fliegt morgen nach Providence, wo er an der Brown University sein Studium anfängt, aber keiner von uns ist in der Stimmung, seinen Abschied zu feiern. Kaum zu Hause angelangt, fangen meine Eltern sofort wieder an zu streiten. Ich gehe schnurstracks nach oben in mein Zimmer und versuche, sie nicht zu beachten. Aber seltsamerweise sind ihre wütenden Stimmen fast tröstlich, ein bisschen wie ein endlos tropfender Wasserhahn, nervig, aber irgendwie auch beruhigend. Meine Eltern streiten – zumindest darauf kann ich zählen.

Ich verstehe nicht jedes Wort, aber ich weiß trotzdem, worum es geht. Jacks Beerdigung ist nächsten Sonntag. Mom will, dass wir uns nur kurz dort blicken lassen und dann wieder gehen, Dad dagegen ist der Meinung, dass ich dableiben soll, solange ich möchte, zum Gottesdienst, zur Beisetzung und zum anschließenden Empfang.

Oder zumindest ist das der Aufhänger, denn es dauert nicht lange, bis sie wieder bei ihren üblichen Themen angelangt sind – wer wie viel Zeit im Büro oder im Krankenhaus verbringt, wer in seiner Elternrolle schlimmer versagt hat. Selbst jetzt, nach allem, was passiert ist, sind sie nur mit sich selbst beschäftigt.

Was mir etwas ins Gedächtnis ruft, was Elise mal über ihren Vater gesagt hat: *In Wirklichkeit hat das alles überhaupt nichts mit mir zu tun. Hatte es nie. Selbst wenn ich die perfekte Tochter gewesen wäre, ich hätte es ihm trotzdem nie recht machen können. Als ich dann älter wurde, hab ich langsam ein Muster erkannt. Wenn er einen schlechten Tag hat, sorgt er dafür, dass ich auch einen habe.*

Meine Eltern haben nicht viel mit Elise' Vater gemeinsam, aber ein paar Parallelen gibt es schon. Es hätte genauso wenig eine Rolle gespielt, wenn ich die perfekte Tochter gewesen wäre. Christian ist der perfekte Sohn und trotzdem bekriegen die beiden sich unermüdlich. Entweder ignorieren sie uns oder spannen uns für ihre Zwecke ein. Es ist, als sähen sie uns gar nicht als Menschen, sondern als Gegenstände. Als ihr Eigentum, mit dem sie machen können, was sie wollen.

Ihre Stimmen prallen aufeinander, vermischen sich und lenken mich von meinen Grübeleien über Jack und Elise ab, über den Unterschied zwischen *gestorben* und *ermordet worden.* Über das, was Elise zu mir gesagt hat, als Jack im Sterben lag.

Ihre Stimmen schwellen an und wieder ab. Ich hole tief Luft und starre an die Decke. Damit komme ich klar.

Zumindest für eine Weile.

Irgendwann werden ihre Stimmen wieder lauter, aber nicht mehr leiser. All ihre zerstörerische Energie entlädt sich in einem Hurrikan. Wieder klammere ich mich an die Vertrautheit dieses Geschreis. Aber diesmal hilft es nicht. Stattdessen ist es, als würde das Gewicht ihrer Worte mich in die Tiefe ziehen.

Ich nehme mein Kopfkissen und drücke es mir über die Ohren, aber ich höre sie noch immer.

Schließlich gelingt es mir einzuschlafen, und als ich ein paar Stunden später wieder aufwache, ist es endlich still im Haus.

»Hey.« Gegen Abend klopft Christian an meine Zimmertür und ich gucke überrascht hoch. »Komm, du musst mal was essen.«

Ich habe keinen Appetit, aber er lässt nicht locker, also folge ich ihm benommen nach unten. In der Küche setze ich mich an den Tisch und sehe zu, wie er eine Packung Fertig-Käsemakkaroni in die Mikrowelle schiebt.

»Bist du, äh –«, setzt er dann zögernd an, »ist alles –«, *in Ordnung mit dir?,* will er vermutlich fragen, aber schließlich sagt er nur: »Tut mir leid«, und ich bin so baff, dass ich ihn bloß anstarren kann.

»Ich weiß, ich war –« Wieder bricht er ab und scheint nach den richtigen Worten zu suchen. Ich mustere ihn skeptisch, kann nicht einschätzen, worauf er hinauswill. »Tut mir echt leid. Alles.«

Er wirkt zerknirscht, aber so ganz kaufe ich ihm die Nummer nicht ab. »Alles«, wiederhole ich. Meint er, dass Jack tot ist? Oder was mit Elise passiert ist? Oder meint er tatsächlich *alles* seit unserer Kindheit?

»Ja«, sagt er schlicht. »Und ich bin für dich da, falls du reden möchtest.«

»Hat Mom dich dazu angestiftet?«, frage ich. »Gehst du ihr gleich Bericht erstatten?«

»Was? Nein!«, erwidert er empört.

»Okay, dann nur damit du Bescheid weißt: Nein, mit mir ist *nicht* alles in Ordnung.« Was ja wohl mehr als offenkundig sein dürfte. Ich habe keine Ahnung, wie ich aussehe, aber wahrscheinlich furchtbar. Und innerlich fühle ich mich noch viel schlimmer.

Christian zuckt zusammen, als hinter ihm die Mikrowelle piepst. »Ich kannte Jack nicht gut, aber nach allem, was ich so über ihn gehört habe, war er ziemlich nett.«

»Oh.« Ich vergesse immer, dass die beiden in einer Stufe gewesen waren, bevor Jack das Schuljahr abgebrochen hat.

»Tut mir echt leid.« Christian lehnt sich an die Küchentheke und guckt mich an – guckt mir richtig in die Augen. Das hier fühlt sich an wie die erste wirkliche Interaktion, seit wir klein waren. Er holt die Makkaroni aus der Mikrowelle, teilt sie auf zwei Teller auf und stellt einen vor mir auf den Tisch. »Hier, iss was.«

»Ich kann nicht.« Ich schüttele den Kopf und schiebe das Essen weg. Am liebsten würde ich mich wieder in meinem Zimmer verkriechen. Es tut einfach zu weh, unter Menschen zu sein, wenn der Einzige, den ich wirklich bei mir haben will, unwiederbringlich fort ist.

Christian schaufelt sich ein paar Gabeln voll in den Mund, hört aber auf, als er sieht, dass ich meine Portion nicht anrühre.

»Was machst du überhaupt hier?«, frage ich, um nicht an Jack denken zu müssen.

»Ich wohne hier, falls du das vergessen hast, zumindest noch bis morgen«, erwidert Christian und versucht sich an einem Lächeln.

»Nein, ich meine, wieso bist du nicht mit deiner Freundin unterwegs? Ist immerhin euer letzter Abend zusammen.«

Er zögert kurz. »Vanessa und ich haben uns getrennt.« Dieses Geständnis überrascht mich. Wir sind zwar Geschwister, aber so eng ist unser Verhältnis nicht. »Egal, mir ist nicht so danach, darüber zu reden. Weißt du, wo Mom und Dad sind?«, wechselt er das Thema.

»Mom wahrscheinlich im Krankenhaus. Und Dad, keine Ahnung, wieso? Kümmert dich doch eh nicht.« Ich frage mich, warum er überhaupt mit mir redet. Wir sitzen nie einfach mal so zusammen. Wir reden ja kaum je ein Wort miteinander, und jetzt tut er so, als wäre das alles hier ganz normal.

»Natürlich kümmert mich das«, widerspricht er leise.

»Ach ja? Seit wann interessierst du dich denn dafür, was hier los ist? In zehn Stunden machst du dich auf den Weg zur Uni und an Dad hat dir sowieso noch nie was gelegen. Du hast gesagt, es wäre dir egal, ob er geht oder bleibt, weil du ja immer noch Mom hast.«

»Was, wovon redest du da eigentlich?« Er scheint sich tatsächlich nicht zu erinnern, und das macht mich wütend, aber ich klammere mich an dem Gefühl fest wie an einem Rettungsring in einem Meer aus Trauer. Allein schon, dass er das vergessen hat, zeigt, wo die Fronten verlaufen. Er musste sich nämlich noch nie einen Kopf darum machen, wie er mit einer Mutter wie Mom überleben soll.

»Du weißt genau, was ich meine«, entgegne ich steif. »Du hast Mom. Dich macht sie nicht ständig fertig.«

»Ach komm, so schlimm ist sie nun auch wieder nicht«, sagt er.

»Was?« Beinahe hätte ich losgelacht. »Dann warst du anscheinend nie dabei, wenn Mom mich mal wieder angeschrien hat, ich sollte gefälligst mehr sein wie du.«

»Okay, aber dann warst *du* wohl nie dabei, wenn ich zugucken durfte, wie Dad und du euch mal wieder abgekapselt habt. Mich hat er überhaupt nicht beachtet, wenn er von der Arbeit gekommen ist. Mich hat er nie auf seine tollen Geschäftsreisen nach Chicago mitgenommen.«

»Das hat er doch nur gemacht, weil du sowieso Moms Liebling warst. Von Anfang an. Ich war halt das Einzige, was übrig war. Er und ich waren *beide* übrig. Dad hat sich mich nicht ausgesucht. Mom hat sich dich ausgesucht und da hatten wir eben nur noch uns.« Ich dachte, es wäre ein gutes Gefühl, mir das alles endlich von der Seele zu reden, es Christian ins Gesicht zu schreien, aber alles, was zurückbleibt, ist Leere.

»So kam das für mich aber nicht rüber. Dad mochte dich immer lieber als mich. Mit mir hat er nie stundenlang gespielt. Oder ist mal irgendwo mit mir hingefahren, nur er und ich. Oder hat mir beigebracht, wie man Fahrrad fährt.«

»Ja, weil du das nicht nötig hattest! Du warst ja schon immer ein Wunderkind. Dir musste keiner irgendwas beibringen.« Unglaublich. Dass ausgerechnet Christian, Moms Aushängekind, sich beschwerte, vernachlässigt worden zu sein.

»Schwachsinn.«

»Mom haut es mir doch die ganze Zeit um dir Ohren. *Die ganze Zeit.* ›Remy, warum kannst du nicht genauso klug wie Christian sein? Remy, warum kannst du nicht wie Christian sein? Remy, warum kannst du nicht einfach Christian sein?‹«

Nun macht er doch ein schuldbewusstes Gesicht, zumindest für einen kurzen Moment.

»Du weißt genau, wie das für mich war.« Ich starre runter auf meine Käsemakkaroni. Jetzt ist mir erst recht der Appetit vergangen.

»Glaubst du etwa, für mich ist es einfacher?«, fragt er, und ich schnaube. »Ist es nämlich nicht. Du weißt überhaupt nicht, wie das ist, wenn man ständig das Gefühl hat, die Welt auf den Schultern zu tragen.«

»*Die Welt auf den Schultern tragen,* schon klar. Was würden wir bloß alle ohne dich tun?« Ich verdrehe die Augen. »Ohne dich würde die Menschheit glatt zugrunde gehen.«

»So fühlt es sich jedenfalls manchmal an«, entgegnet er zu meiner Überraschung. »Weißt du eigentlich, wie oft ich mir gewünscht habe, ich könnte mit dir tauschen? Wie oft ich mir gewünscht habe, Mom würde aufhören, mich ständig als ihr persönliches Prestigeprojekt hinzustellen, und mich einfach mal in Ruhe lassen? Du warst nicht dabei, als ich ihr gesagt habe, dass ich nicht nach Princeton will. Da hat sie sich aufgeführt, als hätte ich ihr eröffnet, ich würde nach Hawaii ziehen und Surflehrer werden.«

»Quatsch, sie erzählt doch jedem, wie stolz sie ist, dass du die Eliteuni-Tradition unserer Familie weiterführst, was man von mir ja wohl leider nicht erwarten kann.«

»Natürlich *erzählt* sie das jedem. Sie wird sich hüten, öffentlich rumzujammern, dass die Brown ja wohl leider *alles andere als eine Eliteuni* ist.«

»Hat sie das zu dir gesagt?«, frage ich verblüfft.

»Allerdings. Als ich noch in der Bewerbungsphase war. Sie wollte noch nicht mal, dass ich es überhaupt an der Brown versuche, und meinte, an der Princeton würde ich ganz sicher angenommen. Sie würde lauter einflussreiche Absolventen von da kennen und dafür sorgen, dass meine Bewerbung in die richtigen Hände gerät.« Er verdreht die Augen. »Pff.«

Bisher kam es mir nie seltsam vor, dass wir in gegnerischen Teams sind. Nicht mal, dass es in unserer Familie überhaupt Teams gibt.

Erst jetzt wird mir klar, dass wir alle zusammen ein Team sein sollten.

Und vielleicht sieht Christian das genauso. Vielleicht ist das ja der Grund, warum er eben an meine Zimmertür geklopft hat. Die Nudeln, die er mir gemacht hat, kratze ich zwar am Ende in den Mülleimer, aber dann fasse ich mir ein Herz und stelle ihm eine Frage.

»Du, was lief da eigentlich zwischen dir und Elise?«

Er reißt die Augen auf. »Wieso jetzt?«

»Sie meinte, du hättest behauptet, dass du dich von Vanessa trennen wolltest, und hättest sie geküsst, als sie mal hier übernachtet hat.«

Einen Moment lang starrt er mich bloß sprachlos an. »Also, erstens hat *sie mich* geküsst. Und ich hab ihr überhaupt nicht erzählt, dass ich mich von Vanessa trennen wollte! Ich hab nur gesagt, wir wären gerade nicht so sicher, wie es mit uns weitergehen soll, wenn wir erst auf dem College sind.«

Irgendwas ist mir von Anfang an komisch vorgekommen an Elise' Geschichte über ihre Gegen-Gegenparty, aber ich habe nie richtig benennen können, was es war.

»Und was war neulich bei der Party auf dem Footballfeld?« Ich will mich nicht mehr mit Halbwahrheiten abspeisen lassen. »Sie meinte, du wärst da gewesen.«

»Ich wusste nicht, dass das Elise' Party war«, verteidigt er sich. »Vanessas Freunde wollten nach dem Ball noch weiterfeiern, also sind wir schließlich alle dahin gegangen, weil wir nichts anderes wussten.« Er stieß einen frustrierten Seufzer aus. »Was hat sie denn gesagt?«

»Nur dass du sie total hättest abblitzen lassen.«

Christian guckt betreten zu Boden. »Okay, das hab ich wahrscheinlich wirklich verbockt«, gab er zu. »Ich hatte Schiss, dass Vanessa was mitkriegen würde, und zu der Zeit hatte ich noch Hoffnung, wir würden vielleicht zusammenbleiben.« Dann schüttelt er ruckartig den Kopf, wie um die Erinnerung zu verscheuchen. »Na ja, du solltest dich jetzt lieber ein bisschen ausruhen. Du musst doch total erschöpft sein.«

Es ist verrückt, diesen völlig neuen Christian zu erleben. Der an meine Tür klopft und sich erkundigt, wie es mir geht. Der mir Abendessen macht und Mom kritisiert. Der mir die Wahrheit sagt und Fehler eingesteht.

»Alles Gute für die Brown«, sage ich zu ihm, als wir oben sind. So viel wie in der letzten halben Stunde haben wir seit fünf Jahren nicht mehr miteinander geredet. Die Kluft zwischen uns ist noch immer so breit wie eh und je, aber zum ersten Mal, seit ich denken kann, bin ich mir nicht sicher, ob sie ewig bestehen wird oder ob wir sie vielleicht eines Tages werden schließen können.

DIENSTAG, 29. AUGUST
TAG 354

60.

Mein Handy und mein Laptop wurden von der Polizei konfisziert und ich fühle mich komplett von der Außenwelt abgeschnitten. Mom hat mich dazu verdonnert, den Rest der Woche zu Hause zu bleiben, daher bin ich fast den ganzen Tag allein. Ich glaube, sie weiß einfach nicht, was sie sonst mit mir anfangen soll. Das weiß keiner, nicht mal ich selbst. Im Moment kann ich mir auch gar nicht vorstellen, wie ich je wieder zur Schule gehen soll, ohne Jack und ohne Elise.

Jeden Tag rechne ich halb damit, dass Elise vor der Tür steht, und überlege, was ich dann zu ihr sagen soll. Ich weiß nicht mal, ob ich mich darüber freuen würde oder nicht.

Aus Gründen, die mir selbst schleierhaft sind, gucke ich noch mal beide »Kill Bill«-Filme, obwohl ich die schon tausendmal zusammen mit Elise gesehen habe. Keine Ahnung, was ich mir dadurch erhoffe, aber ich werde das Gefühl nicht los, dass die Antwort irgendwo in der Geschichte der Braut zu finden ist.

Fünf Stunden später liege ich schluchzend auf dem Sofa. Sie war da, die ganze Zeit, hat mir regelrecht ins Gesicht geschrien, ich hatte sie nur einfach nicht wahrhaben wollen.

Oberflächlich betrachtet handeln die beiden Filme von Rache. Das kommt sogar im Eröffnungsmonolog zur Sprache – *Rache ist ein Gericht, das am besten kalt serviert wird.* Dabei geht es gar nicht um Rache. Sondern um Liebe.

Und um Schmerz.

Denn davon ist Liebe niemals frei. Und zwar nicht nur im Fall von Bill und der Braut, Beatrix, deren wahrer Name erst ziemlich gegen Ende enthüllt wird. Auch als Beatrix sich in die Hände von Pai Mei begibt, damit er ihr die Kampfkunst lehrt, verdient sie sich seinen Respekt einzig und allein dadurch, dass sie seine Grausamkeiten erträgt.

Wenn man das einmal begriffen hat, sieht man es plötzlich überdeutlich vor sich.

Uns wurde eine Lüge verkauft. Unsere Eltern haben sich nichts dabei gedacht, als sie uns im Namen der Liebe Gewalt angetan haben. Was für eine schockierende Lektion für ein kleines Kind, dass Schmerz gleich Liebe ist. Dass Liebe blaue Flecken und seelische Narben bedeutet.

Elise' Vater hat immer gesagt, sie zu schlagen würde ihm mehr wehtun als ihr, und dass er sie bloß schlagen würde, weil er sie liebt. Wenn man seiner Tochter so was oft genug eintrichtert, fängt sie zwangsläufig irgendwann an, es selbst zu glauben, bis sie schließlich von Grund auf überzeugt ist, dass Liebe wehtun muss.

Und wenn es nicht wehtut, dann ist es keine Liebe.

Wir haben geglaubt, unser Leid würde uns zu einer Art tragischen Heldinnen machen. Haben geglaubt, was uns nicht umbringt, würde uns stärker machen. Haben geglaubt, unsere Wunden würden uns zu etwas Besonderem machen, denn auf irgendeine kranke Art waren sie der Beweis dafür, dass jemand uns liebte.

Ein Trauma übt seine ganz eigene Anziehungskraft aus, und für die Liebe gilt das genauso – ein geheimnisvoller Sog, der eine unlösbare Verbindung schafft. Kein Wunder, dass so viele Menschen das eine spüren und es mit dem anderen verwechseln.

61.

Nachmittags kommt Vera mit einem Update vorbei. »Es gibt Neuigkeiten«, eröffnet sie uns. Wie sich herausstellt, hat sie mit einem Bekannten von der Staatsanwaltschaft gesprochen. »Im Moment sieht es nicht so aus, als würde ein Strafverfahren gegen Elise und dich eingeleitet.«

»Was?«, frage ich atemlos. »Wie jetzt? Warum nicht?«

»Es ist noch nichts offiziell«, bremst sie mich. »Und falls sich an der Sachlage etwas ändert, kann es unter Umständen ganz schnell gehen. Aber fürs Erste scheint es, als käme der Fall nicht zur Anklage.«

Ich bin zu perplex, um etwas zu erwidern.

»Momentan sieht es aus, als wäre das Recht auf Elise' Seite. Jack hat sie erschreckt. Es war dunkel. Es war ihr Zuhause. Sie wusste nicht, dass er kommen würde.« Vera erklärt mir ausführlich, welche Faktoren dabei eine Rolle spielen. Anscheinend würde Elise als Angeklagte zu viel Mitgefühl auslösen. »Keine Jury der Welt, die die Fotos von den Verletzungen gesehen hat, würde sie schuldig sprechen. Wahrscheinlich wird sich jetzt das Jugendamt ihrer annehmen, da sie ja sonst niemanden mehr hat.« Vera redet noch weiter, aber meine Gedanken schweifen ab.

Ich habe es geschafft, denke ich. Ich habe Elise beschützt. Ich sacke zu Boden und fange an zu schluchzen. Vera kniet sich neben mich und legt mir den Arm um die Schultern. Sie denkt, ich würde vor Freude weinen, vor Erleichterung. Aber ich bin nicht erleichtert.

Es ist gekommen, wie ich es mir erhofft habe. Wir sind frei. Nur dass ich mich kein bisschen so fühle.

DONNERSTAG, 31. AUGUST
TAG 356

62.

Ich muss sie sehen.

Es ist jetzt vier Tage her, dass sie Jack erschossen hat, vier Tage ohne mein Handy, ohne jeglichen Kontakt zu ihr. Mom und Dad haben meinen Autoschlüssel einkassiert. Sie überlegen, ob ich die Schule wechseln oder sogar in Zukunft zu Hause unterrichtet werden soll, und bis sie sich entschieden haben, stehe ich quasi unter Hausarrest.

Trotzdem. Ich muss sie sehen. Sie ist die Einzige, die die Antworten kennt, die weiß, was am Sonntag wirklich passiert ist. Also warte ich, als meine Mom spätabends von der Arbeit kommt, bis sie duschen gegangen ist, schnappe mir ihren Autoschlüssel und schleiche mich raus.

»Remy?« Elise taucht wie aus dem Nichts in unserer Auffahrt auf. Es ist geradezu surreal, sie plötzlich hier zu sehen.

»Was machst du denn hier?«, flüstere ich, immer noch heiser vom vielen Weinen.

Ich weiß nicht, ob ich mich ihr in die Arme werfen oder vor ihr wegrennen soll. Sie ist meine beste Freundin, aber gleichzeitig habe ich Angst vor ihr.

»Gott sei Dank, da bist du ja«, stößt sie hervor, ohne meine innere Zerrissenheit zu bemerken. »Ich hab mehr oder weniger hier draußen gecampt, um dich endlich mal zu Gesicht zu kriegen.«

»Was?« Verwirrt gucke ich mich um. »Wo ist denn dein Auto?«

»Hab ich ein paar Straßen weiter geparkt wegen deiner Eltern. Komm.« Sie bleibt stehen, als sie merkt, dass ich ihr nicht folge. »Ich will nur mit dir reden. Lass uns ein bisschen rumfahren, ja?« Als ich mich immer noch nicht rühre, lächelt sie unsicher. »Remy?«

Einen Moment lang bin ich kurz davor, einfach zurück ins Haus zu gehen. Vielleicht war das hier doch keine gute Idee. Allein bei der Vorstellung, mit Elise in die Rostige Rosi zu steigen, wird mir flau im Magen.

Aber ich muss die Wahrheit rausfinden.

»Okay«, sage ich schließlich, und Elise zuckt zusammen, als sie die Anspannung in meiner Stimme hört.

»Was ist denn los mit dir?«, fragt sie, sobald wir im Auto sitzen.

Natürlich will sie bloß wissen, warum ich so distanziert und schweigsam bin, aber innerlich schreie ich dennoch: *Was mit mir los ist? Das fragst du noch?* Doch ich bin wie versteinert und zu überfordert mit der Situation, um zu antworten.

An einer roten Ampel hält sie mir das Zigarettenetui hin, das ich ihr zum Geburtstag geschenkt habe. Ich schüttele den Kopf. »Was?« Jetzt wirkt sie ernsthaft besorgt. Sie zögert kurz, sagt jedoch nichts und steckt sich schließlich selbst eine Zigarette an. Beim Weiterfahren späht sie alle paar Sekunden zu mir rüber. Ich starre auf das Etui, das nun auf dem Armaturenbrett liegt, die Verzierungen, die Gravur. Das Feuerzeug, das sie mir geschenkt hat, habe ich in meine Nachttischschublade verbannt. Ich konnte den Anblick nicht mehr ertragen.

Wir sind in Richtung Erdbeervilla unterwegs, vielleicht aus

Gewohnheit, aber ich werde ganz sicher keinen Fuß in dieses Haus setzen, heute nicht und auch sonst nie wieder. »Wo fahren wir denn hin?«, frage ich.

»Wohin du willst«, antwortet sie. »Im Ernst, lass uns abhauen. Heute. Wir reißen aus und kommen nie wieder.« Dann sieht sie mein Gesicht und ihr Lächeln erstarrt. »War doch nur ein Scherz«, rudert sie zurück. »Aber wenn das alles hier vorbei ist – vielleicht können wir dann ja wirklich von hier verschwinden. Du bist bald achtzehn, und was ich mache, interessiert sowieso keinen.«

Wie kann sie jetzt an so was denken, wo Jack gerade mal ein paar Tage tot ist? Sie hat noch kein Wort über ihn verloren. Am liebsten würde ich schreien, damit sie endlich merkt, wie sehr ich leide.

Ich will, dass sie genauso leidet.

Aber Elise deutet mein Schweigen als Ermutigung. »Wir könnten die antike Einrichtung aus der Erdbeervilla verkaufen und den Schmuck meiner Grandma. Und wenn ich dann nächstes Jahr auch achtzehn werde, müssen wir uns keine Sorgen mehr um Geld machen. Rem –«

»Was ist passiert?«, frage ich, weil ich es einfach nicht mehr aushalte. »Sonntagnacht?«

Sie lässt sich Zeit mit der Antwort. »Ich kann mich nicht erinnern«, sagt sie schließlich langsam.

»An gar nichts?« Ich glaube ihr kein Wort.

»Nein.« Ihre Stimme bebt, als wäre sie kurz davor, in Tränen auszubrechen. »Jack stand vor mir und im nächsten Moment lag er auf dem Boden und ich hatte den Revolver in der Hand.«

»Dann erzähl mir, woran du dich erinnerst.« Sie wirft mir einen Blick zu und ich weigere mich wegzusehen. Weigere mich, sie davonkommen zu lassen.

»Hab ich doch gerade gesagt, ich –«

»*Bevor* Jack vor dir stand. Alles, was du noch weißt.« Wir fahren mit runtergeklapptem Verdeck und der Wind peitscht mir die Haare ins Gesicht.

»Keine Ahnung, was du von mir hören willst.« Ihre Stimme ist ausdruckslos, ihre Miene abweisend. Alle Wärme ist daraus verschwunden und einem wachsenden Misstrauen gewichen.

»Die Wahrheit«, erwidere ich schlicht. »Kannst du dich daran erinnern, wie wir zur Erdbeervilla gefahren sind?«

Sie nickt.

»An unseren Streit?«, bohre ich ungeduldig weiter, und sie nickt wieder. »Was kam danach?«

Sie antwortet nicht und blickt betont konzentriert auf die Straße.

»Elise!«

»Wir haben uns über Jack gestritten und das, was vorher war.« Sie meint den Rachestreich in Chattanooga. »Warum hast du es ihm erzählt, Remy? Du hast mir versprochen, keinem was davon zu sagen, auch nicht ihm. Du hast mir dein Ehrenwort gegeben. Warum hast du es doch gemacht?« Sie fängt an zu weinen.

»Ich weiß nicht«, entgegne ich, obwohl das nicht stimmt. Ich hatte Angst. Und ich war verwirrt. Ich wusste nicht, wie ich mit dem, was passiert war, umgehen sollte. Ich wusste ja nicht mal, was überhaupt genau passiert war. Und Jack hat mich beruhigt, hat mir geholfen, meine Gedanken zu ordnen.

Aber nachdem er einmal die Wahrheit kannte, hat er nicht mehr lockergelassen.

Ich war Sonntagabend zur Erdbeervilla gefahren, um genau so einen Zusammenprall zwischen den beiden zu verhindern.

»Es war alles ganz harmlos«, sagte ich am Telefon zu Jack, während ich auf dem Weg zu Elise war.

»Du weißt genau, dass das nicht stimmt, Remy. Elise' Aktionen sind nie harmlos.« Ich sah ihn förmlich vor mir, wie er traurig den Kopf schüttelte.

»Es ist ja keinem was passiert.«

»Nur soweit wir wissen. Und darum geht's auch überhaupt nicht.« Er seufzte.

»Es war ein Unfall. Mit Feuerwerk kann immer was schiefgehen.« Elise hatte gesagt – hatte darauf bestanden –, dass es ein Unfall war, und ich wollte ihr so gern glauben.

»Ganz genau«, entgegnete Jack. »Mit Feuerwerk kann immer was schiefgehen. Und das wusste Elise.«

Schweigen.

»Ich rede mit ihr.«

»Remy –«

»Ich muss auflegen«, sagte ich und beendete das Gespräch.

»Hast du mit Jack geredet?«, fragte Elise, sobald ich die Erdbeervilla erreicht hatte. Sie hatte schon draußen auf mich gewartet. Mir blieb nichts anderes übrig, als ihr die Wahrheit zu sagen. Was ich Jack erzählt hatte. Und wie er reagiert hatte.

»Ja.« Elise lehnte mit verschränkten Armen an der Wand der Eingangshalle und ich schlüpfte direkt an der Haustür aus meinen Espadrilles.

»Und?«

»Er hat seine Meinung nicht geändert.« Ich wich ihrem Blick aus. »Aber das wird er schon noch. Ich erkläre ihm alles und dann –« Das war alles bloß ein riesiges Missverständnis, dachte ich. Ich musste die beiden nur dazu bringen, dass sie einander zuhörten.

»Hast du ihm erzählt, dass es ein Unfall war?«

»Ja.« Wir gingen raus auf den Balkon. Es war noch immer schwül nach dem heißen Tag.

»Warum musstest du ihm überhaupt davon erzählen?«, fuhr

sie mich an. »Wenn du einfach mal –« Als sie meine verletzte Miene sah, stieß sie einen frustrierten Seufzer aus.

»Was willst du jetzt machen?«, fragte ich.

Sie guckte runter auf den Fluss. In den letzten Tagen hatte es viel geregnet und der Pegel war sichtlich gestiegen. Das Rauschen der Strömung erfüllte die Luft mit einer wütenden Symphonie.

»Du hast mich da echt in eine beschissene Situation gebracht.«

Ich wollte den Zusammenprall verhindern, aber stattdessen habe ich das Ganze lediglich beschleunigt.

»Was ist passiert?«, frage ich erneut. Mir reicht's. Ich will endlich Antworten.

»Ist das denn wichtig?« Elise schüttelt den Kopf.

»Natürlich!«, schreie ich sie an.

»Ändern lässt es sich doch sowieso nicht mehr.«

»*Mir* ist es aber wichtig.«

»Nein«, erwidert sie. »Du und ich, wir sind wichtig. Alles wird gut, Remy. Alles wird wieder gut. Du und ich, wir sind eine Familie. Jetzt sind wir wieder zu zweit und so wird es auch immer bleiben.«

Ihre Worte verschlagen mir den Atem und mir wird schwindlig.

Jetzt sind wir wieder zu zweit.

Ich krümme mich vornüber, die Ellenbogen auf den Knien, und vergrabe den Kopf in den Händen. Meine Haare bleiben an den frischen Tränen kleben, die mir über die Wangen strömen.

Ich bin zurück in der Erdbeervilla. Elise legt mir die Hand auf die Schulter und sagt: *Alles wird gut, Remy. Alles wird wieder gut.* An das, was sie danach gesagt hat, konnte ich mich bislang nicht erinnern. Dafür war alles zu verworren, zu weit weg. Aber jetzt fällt es mir wieder ein, und ich höre ihre Stimme so klar und deutlich, als würde ich noch immer auf dem Wohnzimmerboden neben Jacks Leiche knien.

Alles wird gut, Remy. Alles wird wieder gut, hat sie gesagt. *Wir sind eine Familie, du und ich. Jetzt sind wir wieder zu zweit und so wird es auch immer bleiben.*

Die Erinnerung bricht über mich herein wie eine Flutwelle.

»Remy!« Elise dreht sich besorgt zu mir. Sie streckt die Hand nach mir aus, aber ich weiche von ihr zurück.

»Fass mich nicht an!« Ich schlage nach ihr. »Nein, nein, nein«, flüstere ich. »Nein.«

Denn ich erinnere mich.

An die vierzehn Minuten.

An alles.

SONNTAG, 27. AUGUST
TAG 352

63.

»Es war alles ganz harmlos«, sagte ich am Telefon zu Jack, während ich auf dem Weg zu Elise war. Es wurde langsam spät und ich war jetzt seit fast vierzig Stunden auf den Beinen. Ich dümpelte hin und her zwischen Schläfrigkeit und adrenalinbefeuerten Panikschüben.

»Du weißt genau, dass das nicht stimmt.« Ich sah ihn förmlich vor mir, wie er traurig den Kopf schüttelte. Nach langem Suchen hatte er abends schließlich auf einer Nachrichtenseite aus Chattanooga einen winzigen Artikel über einen Hausbrand gefunden, der durch den illegalen Einsatz von Feuerwerksraketen entstanden war, und mich direkt angerufen. Die Flammen, die einen Teil des Dachs und ein Badezimmer im Obergeschoss zerstört hatten, waren schnell gelöscht worden.

»Es ist ja keinem was passiert«, sagte ich. Zumindest behauptete das Internet nichts Gegenteiliges, aber noch während ich mich an diesen Gedanken zu klammern versuchte, sah ich wieder das brennende Dach vor mir. Hörte das Glas splittern.

Nichts davon war harmlos gewesen. Das war mir klar.

»Nur soweit wir wissen. Und darum geht's auch überhaupt nicht.« Er seufzte.

»Es war ein Unfall.« Aber war es wirklich einer? »Mit Feuerwerk kann immer was schiefgehen.« Mir war klar, dass ich mich wiederholte, aber ich wusste einfach nicht, was ich sonst sagen sollte. Entweder Jack glaubte mir oder nicht.

Entweder ich glaubte Elise oder nicht.

»Ganz genau«, entgegnete Jack. »Mit Feuerwerk kann immer was schiefgehen. Und das wusste Elise.«

Schweigen breitete sich zwischen uns aus.

»Ich rede mit ihr.«

»Remy –«

»Ich muss auflegen«, sagte ich und beendete das Gespräch. Ich wollte der Wahrheit noch immer nicht ins Gesicht sehen. Dafür war ich einfach nicht bereit und wollte es auch nicht sein, aus Angst vor dem, was das für Elise und mich bedeuten würde, für unsere Freundschaft.

Mein Zuhause war ein Mensch, und dieser Mensch war noch immer Elise, der erste Mensch, der mich jemals so geliebt hatte, wie ich wirklich war.

Sie wartete bereits draußen auf mich.

»Hast du mit Jack geredet?«, fragte sie und beäugte mein T-Shirt – Jacks Superman-Shirt.

»Ja.« Wir machten uns auf den Weg nach oben.

»Und?«

»Er hat seine Meinung nicht geändert.« Ich wich ihrem Blick aus. »Aber das wird er schon noch. Ich erkläre ihm alles und dann –«

»Hast du ihm erzählt, dass es ein Unfall war?«

»Ja.« Wir gingen raus auf den Balkon. Es war noch immer schwül nach dem heißen Tag. Elise steckte sich eine Zigarette an.

»Warum musstest du ihm überhaupt davon erzählen?«, fuhr sie mich an. »Wenn du einfach mal –« Als sie meine verletzte Miene sah, stieß sie einen frustrierten Seufzer aus.

»Was willst du jetzt machen?«, fragte ich. Was *sollte* sie jetzt machen?

Aber andererseits redete ich hier mit Elise. Und Elise wusste immer, was zu tun war.

Sie guckte runter auf den Fluss. In den letzten Tagen hatte es viel geregnet und der Pegel war sichtlich gestiegen. Das Rauschen der Strömung erfüllte die Luft mit einer wütenden Symphonie.

»Du hast mich da echt in eine beschissene Situation gebracht.«

Eine Weile herrschte Schweigen zwischen uns. Dann als Elise aufgeraucht hatte, schnippte sie ihre Zigarette über die Brüstung und wandte sich wieder mir zu. »Du weißt, dass ich alles für dich tun würde, oder?«

Ich nickte zaghaft, unsicher, worauf sie hinauswollte.

»Für *uns*.«

»Ich weiß«, erwiderte ich, noch immer zögerlich.

»Gut.« Sie zündete sich die nächste Zigarette an und reichte mir das Etui, das ich ihr geschenkt hatte. *Remy + Elise*. »Woran denkst du gerade?«

»Eigentlich an gar nichts.« Ich zündete mir selbst eine Zigarette an und gab ihr das Etui zurück. »Ich bin einfach total kaputt.« Ich hatte Angst, etwas Falsches zu sagen und sie wütend zu machen.

»Du glaubst ihm doch nicht etwa, oder?«, fragte sie und zog die Augenbrauen hoch.

»Was?«

»Dass ich das mit Absicht gemacht habe.«

»Ich –« Vielleicht lag es daran, dass ich so müde war, so erschöpft, aber am Ende sagte ich doch das Falsche. »Keine Ahnung.«

In ihren Augen loderte Wut auf. »Wie, keine Ahnung?«

»So meinte ich das doch gar nicht«, versuchte ich, sie zu beschwichtigen.

»Es war ein Unfall«, wiederholte sie. »Du kennst mich, Remy. Du weißt, dass ich so was nie machen würde.«

Alles, woran ich denken konnte, war der Moment, als ich aus der Rostigen Rosi gestiegen war, um sie suchen zu gehen, der Moment, in dem das Dach in Flammen aufgegangen war. Alles, woran ich denken konnte, war das Geräusch von splitterndem Glas, daran, wie Elise auf mich zugerannt gekommen war. Alles, woran ich denken konnte, war der Revolver, den sie auf die Fahrt nach Chattanooga mitgenommen hatte. Und dessen Fehlen sie bereits bemerkt hatte.

Wie gut kannte ich sie wirklich?

Vielleicht hatte sie nur in ihrer Tasche nach etwas gekramt und dabei bemerkt, dass er weg war. Die andere Möglichkeit – dass sie die Waffe bewusst gesucht hatte, weil sie vorgehabt hatte, sie zu benutzen – wollte ich nicht mal in Betracht ziehen.

»Sag mir, dass du weißt, dass ich das Haus von meinem Dad nicht absichtlich in Brand gesetzt hab«, flüsterte sie verzweifelt. »Sag mir, dass du das weißt, Remy.«

Vielleicht war es wirklich bloß ein Unfall gewesen. Ein Fehler. Ich war hin- und hergerissen. Es gab Momente, in denen ich überzeugt war, dass sie es mit Absicht gemacht hatte, aber dann wieder gab es Momente wie diesen, in denen Elise mich anflehte, ihr zu glauben.

»Nicht dass ich in Tränen ausgebrochen wäre, wenn ihm die Hütte über dem Kopf abgefackelt wäre«, fuhr sie fort. »Schon als ich nur das Haus gesehen hab, war mir so beschissen zumute, dass ich hätte kotzen können. Dadrin stecken die unglücklichsten Jahre meines Lebens.« Sie schüttelte den Kopf, ohne mich anzugucken. »Vielleicht hätte er ja genau das verdient gehabt«, fügte sie dann hinzu. »Sein Zuhause zu verlieren, ein bisschen in Panik zu geraten, sich zu fragen, ob er sterben würde. Sich einmal zu fühlen wie ich mich mein ganzes Leben lang.«

»Tut mir leid«, sagte ich leise und rückte ein Stück auf sie zu, um ihr die Hand auf die Schulter zu legen.

»Könntest du es mir wirklich nicht verzeihen, wenn ich es mit Absicht gemacht hätte?«, fragte Elise mit blitzenden Augen. »Würdest du es mir übel nehmen, wenn ich mit dem Gedanken gespielt hätte?«

»Elise«, unterbrach ich sie. »Bitte sag, dass es keine Absicht war.«

»War es nicht«, entgegnete sie hastig. »Ich meine nur, *wenn*.«

Ich starrte sie wortlos an und eisige Furcht breitete sich in mir aus. Was hatte das zu bedeuten?

»Wäre doch geradezu poetisch gewesen – ausgleichende Gerechtigkeit«, redete sie weiter. »Oder zumindest eine gute Rache.« Sie lachte, aber es lag absolut keine Wärme darin. »Keine Sorge, Remy, war ehrlich keine Absicht! Ich will damit nur sagen, dass ich die Aktion nicht bereue. Wenn sich die Gelegenheit ergäbe, würde ich es jederzeit wieder so machen.«

Ich zog meine Hand zurück. In diesem Moment war sie mir vollkommen fremd. Ich erkannte sie einfach nicht wieder – nicht mit diesem kalten Lachen, nicht mit der bitteren Art von Wut in ihrem Blick.

»Rem –«, fing sie an.

»Nein.« Ich wich vor ihr zurück. »Nein.« Als *poetisch* hatte sie das Ganze bezeichnet und dabei für meinen Geschmack eine Spur zu schwärmerisch geklungen.

»Mensch, Remy«, sagte sie, und ich machte noch einen Schritt rückwärts. »Ich meinte das alles doch rein hypothetisch.« Aber so war es mir nicht vorgekommen. Eher als hätte sie sich behutsam vortasten wollen, um meine Reaktion abzuschätzen. Wie ein als abstrakte Gedankenspielerei getarntes Geständnis.

»Lass mich mal kurz.« Ich ging an ihr vorbei zurück ins Haus und setzte mich auf die Treppe, zog die Beine an und schlang die Arme darum.

Jack hatte recht gehabt, dachte ich mit klopfendem Herzen. Verzweifelt presste ich die Stirn auf meine Knie und versuchte, die Welt rings um mich auszublenden. Ich dachte an etwas, was Jack an unserem allerersten Abend gesagt hatte: *Manchmal hab ich das Gefühl, ich bin irgendwo falsch abgebogen und in einem falschen Leben gelandet. Als falsche Version von mir selbst. Und auf einmal weiß ich überhaupt nicht mehr, wo ich hinsoll.*

In diesem Moment verspürte ich Heimweh nach einem Zuhause, das es nicht mehr gab und das vielleicht sowieso nur in meiner Fantasie existiert hatte. Ich wusste nicht, wo ich – wir beide – falsch abgebogen waren, nur dass wir eindeutig in einem falschen Leben gelandet waren. Ich war eine falsche Version von mir selbst, und jetzt wusste ich nicht mehr, wo ich hinsollte.

Aber was, wenn Jack sich trotzdem irrt?, gab ein kleines Stimmchen in meinem Kopf zu bedenken. Elise hatte nur gesagt, es hätte ihr nichts ausgemacht, wenn das Haus abgebrannt wäre, nicht, dass sie tatsächlich vorgehabt hatte, es anzuzünden. Feuerwerkskörper konnten unberechenbar sein und Elise war erschöpft von der langen Fahrt gewesen oder vielleicht zu aufgekratzt. Da passierten schnell mal Fehler. Unter solchen Umständen waren Unfälle doch nahezu vorprogrammiert.

Schon verrückt, wie leicht man sich selbst belügen kann.

Möglicherweise würde ich nie erfahren, was wirklich in Chattanooga passiert war. Aber möglicherweise spielte das auch keine Rolle. Denn, selbst wenn es Absicht gewesen war, hätte ich niemals tatenlos zugesehen, wie Elise ins Gefängnis wanderte.

Ich drehte mich zurück Richtung Balkon, wo Elise war. Die darauf wartete, dass ich mich wieder einkriegte und dann zu ihr zurückkam. Aber ich wusste nicht, ob ich das noch konnte, noch *wollte*.

Elise wäre so gern wie die Braut gewesen, Beatrix Kiddo. Sie spielte so gern die Superheldin, aber besser ging es ihr dadurch nicht. Nichts davon hatte ihr je geholfen, und ich bekam langsam das Gefühl, dass auch ich ihr niemals würde helfen können, egal, was ich machte. Egal, ob ich Nein sagte oder bei ihren Plänen mitspielte, es würde nie genug sein.

Benebelt vor Erschöpfung und Zweifeln holte ich mein Handy raus und schrieb Jack.

Ich: **Ich weiß nicht, was ich machen soll**

Jack: **Fahr nach Hause**

Ich: **Geht nicht**

Sie in der Erdbeervilla allein zu lassen, wäre mir wie Verrat vorgekommen.

Jack: **Wo seid ihr denn?**

Ich: **Erdbeervilla. Wieso?**

Jack: **Gib mir 20 Minuten**

Ich: **Nein, dann wird alles nur noch schlimmer**

Jack: **Ich komm dich abholen**

Jack: **Du musst doch fix und alle sein**

Ich: **So ziemlich**

Und dann, eine Viertelstunde später, bekam ich seine Nachricht.

Jack: **Bin da**

Elise war immer noch draußen, also ging ich leise zur Haustür und ließ Jack rein. »Hey.«

»Wieso flüsterst du?«, wollte er wissen.

»Keine Ahnung«, gestand ich. »Ich weiß echt nicht, was ich machen soll.«

Ich drückte ihn an mich und in seinen Armen fühlte ich mich sicher. Ich vergrub die Hände in seinem Haar. Er roch nach Kaffee und ein bisschen nach Lola, nach dem Zuhause, das ich mir so wünschte, genau dem Leben, das ich leben wollte. Und vielleicht würden wir es ja gemeinsam schaffen, die Version von mir, die ich sein wollte, wieder hervorzulocken, die Remy, die er in mir sah und die er liebte.

»Was ist los?«, fragte er und löste sich sanft von mir, um mir ins Gesicht zu sehen. Wir standen noch immer an der Tür und der Rest des Hauses lag dunkel und viel zu still da. »Was hat Elise gesagt?«

Ich überging seine Frage. »Bitte geh nicht zur Polizei«, flüsterte ich stattdessen. »Bitte. Mir zuliebe.«

Er schien unentschlossen. Nein, schlimmer: enttäuscht von mir.

»Bitte mach es nicht noch schwerer für mich«, redete ich weiter. »Ich hab keine Ahnung, wie unsere Freundschaft das alles überstehen soll und ob ich das überhaupt will.«

»Wie meinst du das?«

»Ich glaube, ich kann einfach nicht mehr.« Die Worte platzten aus mir heraus und überraschten uns beide. Ich warf einen Blick zurück Richtung Balkon. »Aber ich will auch nicht, dass sie verhaftet wird oder so. Vielleicht war es ja wirklich bloß ein Unfall.«

Jack dachte kurz nach. »Okay.«

»Okay?«

Er nickte.

Wieder drehte ich mich zur Balkontür um. Ich konnte Elise' Anwesenheit spüren, diese unsichtbare Kraft zwischen uns, die mich gleichzeitig zu ihr hinzog und abstieß.

»Ist sie da draußen?«, fragte Jack.

»Ja. Ich glaube, ich gehe noch mal zurück und rede mit ihr.« Doch bevor ich mich auf den Weg machen konnte, hielt er mich am Handgelenk fest.

»Lass mich das regeln.« Vielleicht sah er die Furcht in meinem Blick oder wie erschöpft ich war. »Fahr du ruhig nach Hause und leg dich hin. Ich sage ihr selbst, dass ich nicht vorhabe, zur Polizei zu gehen. Vielleicht ist es besser, wenn ich mal allein mit ihr rede.«

Ich zögerte.

»Fahr nach Hause, Remy. Du schläfst ja schon fast im Stehen ein.« Er gab mir einen letzten Kuss auf die Stirn, nur dass ich zu dem Zeitpunkt noch nicht wusste, dass es der letzte war.

»Okay.« Ich zog meine Schuhe an. Ich war völlig fertig. Und vielleicht mussten die beiden wirklich einfach mal unter vier Augen miteinander reden, um das Problem aus der Welt zu schaffen.

»Hey«, sagte Jack, bevor ich ging. »Das wird schon wieder.« Es fiel mir schwer, mich von ihm loszureißen, aber schließlich nickte ich. Ich glaubte ihm.

An meinem Auto angekommen drehte ich mich noch mal zur Erdbeervilla um. So komplett unbeleuchtet wirkte sie wie ein verlassenes Spukschloss. Seit Elise und ihr Vater vor einem Jahr hier eingezogen waren, war das Grundstück sichtlich verfallen. Die Hecken hatten dringend einen Schnitt nötig, auf der schütteren Rasenfläche wucherte Unkraut und die Fensterläden waren verzogen. Traurigkeit erfasste mich bei der Vorstellung, wie schnell etwas einst so Schönes nur noch hässlich und mitleiderregend wirken konnte.

Ich stieg ins Auto, startete den Motor und wollte gerade losfahren, als ich es hörte.

Keine Schüsse, wie ich später glauben sollte, sondern Geschrei. Ich ließ den Schlüssel stecken, riss die Autotür auf und rannte los.

Ich war nicht hinter dem Steuer eingeschlafen. Keine einzige Sekunde.

»Hast du sie noch alle, einfach hier reinzuspazieren und mir Vorschriften zu machen?«, hörte ich Elise im Wohnzimmer schimpfen. Meine Hand schwebte über dem Türknauf, doch die Wut in ihrer Stimme ließ mich zögern.

»Ich mache dir überhaupt keine Vorschriften. Sondern ein Angebot«, erwiderte Jack.

Elise schnaubte. »Das ist kein Angebot, sondern Erpressung.«

Ich rührte mich nicht vom Fleck, war wie erstarrt. Wie all die Male, in denen ich mich im Kleiderschrank verkrochen hatte, wenn draußen mal wieder der Weltuntergang tobte.

»Remy will es so«, entgegnete Jack schlicht.

»Ich glaub dir kein Wort«, fuhr Elise ihn an. »So was würde sie niemals sagen. So was würde sie mir niemals antun. Du lügst!« Sie wurde bedrohlich laut.

»Tu ich nicht.« Jack klang zunehmend frustrierter. »Hör mal, es interessiert mich null, ob du mir glaubst oder nicht. Halt dich einfach von Remy fern. *Das* ist mein Angebot. Du lässt uns in Frieden, und ich gehe nicht zur Polizei und stecke denen, dass du Brandstiftung begangen hast.«

»Ich hab keine Brandstiftung begangen!«, schrie sie ihn an. »Machen diese albernen Machtspielchen dir eigentlich Spaß?«

Jack ließ sich nicht beirren. »Nein.«

»Schon wieder gelogen! Gib's doch zu, dass du es genießt, mich so zu schikanieren. Mit Remy hat das überhaupt nichts zu tun, die ist dir total egal.«

»Remy ist mir kein bisschen egal, und ich hab es satt, wie du sie behandelst, wie sie jedes Mal springt, sobald du pfeifst«, entgegnete er. »Nur darum geht es mir. Ich will sie vor dir beschützen.« Hatte Jack von Anfang an geplant, Elise zur Rede zu stellen? Nachdem er mir geschrieben hatte, dass er da war, hatte er nicht im Auto auf mich gewartet, sondern war direkt zur Haustür gekommen. Und dann hatte er darauf bestanden, allein mit Elise zu reden, und mich nach Hause geschickt.

»Aber damit ist jetzt Schluss, klar?«, drohte Jack. »Halt dich von uns fern. Lass Remy in Frieden.«

»Ich lasse mir Remy nicht von dir wegnehmen.« Elise' Stimme war jetzt schrill vor Verzweiflung. »Wenn ich ihr erzähle, was du –«

»Mach ruhig«, schnitt Jack ihr das Wort ab. »Wie gesagt, Remy will es selbst so.«

Es gefiel mir nicht, wie die beiden über mich redeten, als wäre ich ein Spielzeug, um das sie sich stritten. Es gefiel mir nicht, wie sie alle beide behaupteten zu wissen, was ich wollte und was nicht.

»Lügner«, fauchte Elise. »Du hast bloß Angst, was passiert, wenn Remy dahinterkommt, was für ein Schlappschwanz du bist. Du mieser kleiner Feigling kannst nichts als leere Drohungen aussprechen.«

»Bitte, wie du willst«, entgegnete Jack. »Dann fahre ich direkt morgen zur Polizei und erzähle denen, was mir so zu Ohren gekommen ist.«

»Du kannst mir Remy nicht wegnehmen.« Sie war pures Dynamit.

»Pass auf, entweder du lässt uns in Ruhe, und ich zeig dich nicht an, oder du wanderst in den Knast und verlierst Remy genauso. Such's dir aus.« Er war ein brennendes Streichholz.

Ich ergriff den Türknauf, aber ich konnte mich immer noch nicht dazu überwinden reinzugehen. Mich ein für alle Mal zwischen ihnen zu entscheiden.

»Du nimmst mir Remy nicht weg.« Und dann hörte ich es, das unverkennbare Klicken einer entsicherten Waffe.

»Nein!« Ich stürmte ins Zimmer, aber es war schon zu spät. Sechs Schüsse zerrissen die Luft.

»Remy?« Für den Bruchteil einer Sekunde fing ich ihren Blick auf. Doch was ich darin sah, war keine Wut. In diesem Moment erkannte ich, wer Elise wirklich war, schon immer gewesen war. Das elektrisierende Funkeln in ihren Augen war schiere Angst, die wilde Panik eines in die Ecke gedrängten Tiers.

Ich fiel neben Jack auf die Knie. »Nein, nein, nein«, bettelte ich. »Bleib bei mir, bleib bei mir.« Ganz behutsam umfasste ich seinen Kopf, während er nach Atem rang. »Nein, nein bitte!« Ich weinte und drückte ihn an mich, als könnte ich ihn dadurch am Leben halten.

In dem Moment war es, als würde ich mich von der Welt lösen – von der Zeit, der Wirklichkeit. Alles verblasste, bis nur noch er und ich übrig waren.

»Nein, nein, nein«, flüsterte ich wieder, während sein Blut das T-Shirt durchtränkte, das er mir an unserem ersten Abend geschenkt hatte. Ich schluchzte so heftig, dass ich glaubte, ersticken zu müssen. Meine Welt geriet aus den Fugen, und ich war in freiem Fall, verloren.

»Remy?« Elise' Stimme klang gedämpft, als wäre ich unter Wasser, als würde ich ertrinken.

»Pass auf, Remy, hör mir zu. Du warst nicht hier«, sagte sie. »Du warst nicht hier, okay? Du warst in deinem Auto. Jack ist reingekommen, und ich dachte, er wäre ein Einbrecher. Es war ein Unfall.«

Jacks Augen waren matt und leblos. »Nein!« Ich schrie und schrie und vergrub den Kopf an seiner Schulter. »Bitte, bitte.«

»Remy, hörst du?«, fragte Elise. »Du warst nicht hier. Du hast nichts mitbekommen. Du warst in deinem Auto. Dann hast du Schüsse gehört und bist zurück ins Haus gerannt. Es war dunkel. Ich dachte, Jack wäre ein Einbrecher. Es war ein Unfall.« Sie legte mir die Hände auf die Schultern und rüttelte mich, aber ich nahm sie kaum wahr. »Alles wird gut, Remy. Alles wird wieder gut.«

»Bitte nein.« Noch immer saß ich weinend über Jacks Leiche gebeugt. »Lass mich nicht allein, bitte lass mich nicht allein.«

»Wir sind eine Familie«, fuhr Elise fort, als hätte sie nicht gerade den Jungen ermordet, den ich über alles liebte. »Du und ich.« Diese Worte hatte ich schon eine Million Mal von ihr gehört. »Jetzt sind wir wieder zu zweit und so wird es auch immer bleiben.«

Aber anders als vorher waren sie nun eine Drohung.

DONNERSTAG, 31. AUGUST
TAG 356

64.

Mein Zuhause war ein Mensch und dieser Mensch war Elise. Aber jetzt hatte mein Zuhause sich in ein Gefängnis verwandelt.

»Du hast ihn umgebracht.« Ich fühle mich schwach, stehe kurz vor dem Zusammenbruch. »Du hast ihn ermordet.« Und das ist die Wahrheit, wird mir jetzt klar, noch bevor ich den Satz ganz ausgesprochen habe. Gut möglich, dass ich sie schon die ganze Zeit über kannte und mich bloß geweigert habe, sie mir einzugestehen.

»Das stimmt nicht«, widerspricht Elise und schüttelt vehement den Kopf. »Ich weiß ja nicht, wie viel du mitbekommen hast, aber er hat mich bedroht. Du warst nicht von Anfang an dabei, du hast nicht gehört, wie er mit mir geredet hat.« Ihre Stimme beginnt zu zittern. »Ich hab überhaupt nichts gemacht. Das mit dem Feuerwerk war ein Unfall. Aber er wollte zur Polizei gehen und mich wegen Brandstiftung anzeigen. Er wollte denen erzählen, ich wäre mit der Absicht, meinen Vater zu ermorden, nach Chattanooga gefahren. Er hat mir gedroht, ich könnte für Jahrzehnte ins Gefängnis kommen, Remy.«

Der Wind umpeitscht uns, während Elise immer mehr Gas gibt.

»Mein Dad schlägt mich krankenhausreif und wird gar nicht erst lange festgehalten, sondern darf zu Hause gemütlich auf die Verhandlung warten, bei der er kaum mehr als eine Verwarnung kassieren wird, und *ich* hab ein bisschen Pech bei einem unschuldigen Streich und soll dafür alles verlieren? Das steht doch in keinem Verhältnis, Remy. Kapierst du nicht? Jack wollte dich für sich alleine. Nur darum ging es. Darum ging es die ganze Zeit. Du bist alles, was ich auf dieser Welt habe, und das wollte er mir wegnehmen!«

»Das klingt ja, als hätte ich dazu überhaupt nichts zu sagen. Keiner kann mich irgendwem wegnehmen, weder er mich dir noch umgekehrt«, protestiere ich. Ich weiß, dass ich mich hier und jetzt entscheiden muss, aber nicht zwischen Elise und Jack, sondern zwischen Elise und mir selbst. Will ich zulassen, dass sie weiter über mein Leben bestimmt, oder gehe ich endlich meinen eigenen Weg?

»So meinte ich das doch gar nicht.«

»So kam es aber rüber. Du tust so, als wäre ich etwas, was Jack dir einfach klauen kann, als wäre ich dein Besitz.« Mit einem Mal fühle ich mich gefangen mit ihr in diesem Auto, ohne eine Möglichkeit zur Flucht.

»Quatsch, ich hab nur versucht, unsere Freundschaft zu verteidigen. *Dich* zu verteidigen.«

»Nein.« Ich schüttele entschieden den Kopf. »Hast du nicht.« Ich kann kaum mehr klar denken vor Wut, vor Reue. Mein Magen verkrampft sich beim Gedanken an all das, was ich getan habe, um unsere Freundschaft, um Elise zu verteidigen.

»Jack hat diese ganzen Entscheidungen für dich getroffen, ohne dich auch nur zu fragen. Der war besessen von dir und wollte komplett über dich bestimmen. Ich weiß, dass du das gerade nicht so sehen kannst, aber es stimmt. Und ich war die Einzige, die dich vor ihm beschützen konnte.«

»Nein. Halt den Mund.« Es muss aufhören. All die Lügen, die Halbwahrheiten, ihre Versuche, mich zu manipulieren.

»Du musst mir vertrauen, Rem«, beharrt Elise weiter. »Jack war ein Monster.«

»Nicht jeder Mensch außer mir und dir ist ein Monster«, entgegne ich. »Nicht jeder ist …« Ich muss den Satz nicht beenden, denn sie weiß auch so, wie er weitergeht: *dein Dad.*

»Echt unfassbar. Du tust so, als wäre das alles dir passiert«, blafft sie mich an. »Ist es aber nicht. Sondern mir. Du spielst dich auf, als könntest du mitreden, als wärst du ein armes, geschundenes Opfer. Du hast keine Narben, dir hat niemand echte Wunden zugefügt. Aber mir schon! Körperliche und seelische! Und da denkst du im Ernst, mit deinen ach so gemeinen Eltern, die dich ein bisschen vernachlässigen, wärst du genauso schlimm dran?« Sie lacht, schrill, verbittert. »Bist du nicht, glaub mir! Von uns beiden hat nur eine ein Kindheitstrauma davongetragen und – Überraschung – das bist nicht du!« Inzwischen schreit sie aus voller Kehle.

»Ach, und da hast du beschlossen, für den Ausgleich zu sorgen? Indem du Jack umbringst, damit ich endlich genauso verkorkst bin wie du?«

»Glaubst du etwa, ich würde nicht sofort mit dir tauschen, wenn ich könnte? Scheiße, Remy, wach endlich mal auf!«

Auch Jack hat mich Sonntagmorgen gefragt, wann ich endlich aufwachen würde, und kurz darauf war er tot. Habe ich wirklich die ganze Zeit geschlafen?

»*Ich* bin die mit dem Trauma von uns beiden«, wiederholt sie. »Und seit ein paar Monaten werde ich den Gedanken nicht los, dass ich daran selber schuld bin. Wenn ich nachts im Bett liege, spiele ich im Kopf jeden Schlag, jeden Tritt, jedes Wort, jede schreckliche Sekunde durch. Ich liege da und denke, warum war ich nicht schlauer, warum war ich nicht schneller, warum hab ich ihn nicht schon viel früher angezeigt?« Sie fängt an zu weinen.

»Elise. Fahr rechts ran.«

Sie beachtet mich nicht. »Aber ich bin überhaupt nicht schuld! Das ist alles nur passiert, weil du nicht da warst. Ich hab dich angerufen, und du wusstet – *du wusstest* –, dass ich dich brauche, aber du hast dich einen Scheiß drum gekümmert. Und warum? Wegen irgendeines Typen, den du gerade mal seit ein paar Monaten kennst. Und, war es das wert, Remy?« Schweigen breitet sich zwischen uns aus.

»Was willst du eigentlich von mir hören?«, frage ich nach einer Weile wütend. Ihr muss doch klar sein, dass meine Schuldgefühle mich seit der Nacht, in der ich ihre Anrufe ignoriert habe, förmlich zerreißen. Und jetzt tut sie mir nicht mal mehr den Gefallen zu sagen, das Ganze wäre nicht meine Schuld, sondern nimmt das Messer, das ich selbst für sie geschärft habe, und rammt es mir in die Brust. »Du willst, dass es immer nur um dich und mich geht. Ständig erzählst du mir was von *Liebe heißt brauchen*, aber in Wirklichkeit willst du bloß, dass ich nie jemand anderen brauche als dich. In Wirklichkeit willst du bloß, dass ich nie jemand anderen liebe als dich.«

»Das ist nicht wahr!«, schreit sie, während über uns der Himmel aufreißt und warmer Regen auf uns niederprasselt, der uns und die Autositze komplett durchnässt. »Ach Scheiße!«

»Fahr rechts ran!«, fordere ich erneut, aber sie hört immer noch nicht. »Es muss auch mal in Ordnung sein, wenn ich was anderes brauche, wenn ich andere Menschen brauche. Es muss in Ordnung sein, wenn ich mehr brauche.«

Das, was ich eigentlich sagen will, hängt unausgesprochen zwischen uns in der Luft: *Du kannst nicht alles für mich sein.*

Dann schüttele ich den Kopf. »Aber das ändert auch nichts mehr an dem, was du getan hast: Du hast Jack ermordet.«

»Das war Selbstverteidigung!«

»Nein«, entgegne ich. »War es nicht.«

Der Regen geht nun in Wellen auf uns nieder, strömt mir übers Gesicht, aber dazwischen mischen sich keine Tränen mehr.

Stattdessen schreie ich meinen Zorn Richtung Himmel.

»Doch, war es.« Elise klingt jetzt regelrecht fanatisch, als würde sie immer mehr die Kontrolle über sich selbst verlieren. »Ich musste mich verteidigen.«

»Ich glaub's nicht«, flüstere ich und dränge mich an die Tür, versuche, so viel Abstand zwischen uns zu bringen wie nur möglich. »Dir tut es ja nicht mal leid. Es ist dir scheißegal, dass du ihn ermordet hast.«

»Jetzt übertreib nicht«, entgegnet sie. »Hör mal, ich weiß, dass du Jack gernhattest, aber –«

»Gernhattest?«, wiederhole ich. *»Gernhattest?«*

»Ach komm.« Sie stöhnt auf. »Jetzt erzähl mir nicht, das zwischen euch wäre die große, ewige Liebe gewesen«, höhnt sie, und ich balle die Fäuste. Ich sehe zu ihr rüber, und mir kommt es vor, als wäre nichts mehr übrig von der Elise, die ich kannte, von meiner besten Freundin. Da ist nur noch eine Fremde, das Echo eines Menschen, der mir einmal nahestand. »Du und ich, *das* ist für die Ewigkeit. Wir beide sind seelenverwandt.«

»Nein. Sind wir nicht.«

Sie wirft mir einen Blick zu. »Andere Leute kommen und gehen, aber ich werde immer da sein.«

»Dir geht's doch gar nicht um mich«, sage ich leise.

»Ich bin die Einzige, die dich wirklich sieht«, erwidert sie. »Die *Einzige*.«

»Stimmt nicht. *Jack* hat mich gesehen.« Jetzt fange ich doch wieder an zu weinen, während der Regen zu einem sanften

Nieseln abschwillt. »Und ich ihn. Ich will das alles nicht mehr. Bring mich nach Hause.«

»Nein.«

»Wie nein?« Ich starre sie an, sehe mich alarmiert um. »Wo sind wir überhaupt?« Ich war davon ausgegangen, dass wir bloß ein bisschen durch die Gegend kurven, und habe darum kaum auf die Umgebung geachtet. Erst jetzt fällt mir auf, dass wir kurz davor sind, auf den Highway Richtung Süden zu fahren.

»Nein«, wiederholt sie entschlossen.

»Was soll das werden? Eine Entführung, oder was? Dass ich nicht lache!« Doch mir wird immer mulmiger und ich ringe hektisch nach Luft.

»Du willst doch gar nicht ohne mich sein«, sagt sie. »Du brauchst mich.« Liebe heißt brauchen und gebraucht werden.

»Nein!«

»Doch. Weil du dich nämlich viel zu gerne als Opfer siehst, aber dafür braucht es natürlich auch einen Täter. Die arme, arme Remy. Die nie an irgendwas schuld ist. Der einfach ständig schlimme Sachen passieren, weil so viele Menschen ihr Böses wollen.«

»Als hättest du das alles nicht ganz genauso gewollt«, tobt sie weiter. »Als hättest du es nicht genossen, wie Jack und ich um dich gekämpft haben. Ich kenne dich. Ich weiß, wie du tickst. Ich weiß, wer du bist, und ich liebe dich trotzdem. Keiner wird dich jemals so sehr lieben wie ich. Wirf das, was wir haben, nicht weg, nur um mich zu bestrafen. Wir haben uns, Remy. Wir sind eine Familie.« Und da sind sie wieder, diese schrecklichen Worte, die sich wie eine Kette um meinen Hals schließen, bis mir die Luft wegbleibt.

»Wohin fahren wir? Wo willst du mit mir hin?« Wut und Panik drohen, mich zu überwältigen. Ich sitze in der Falle und kann niemanden um Hilfe bitten. Am allerwenigsten Elise. Zu ihr durchzudringen, ist schlicht unmöglich.

»Wir fahren, wohin du willst«, sagt sie. »L.A., San Francisco, Portland. Einmal quer durchs ganze Land, zum Grand Canyon, worauf immer du Lust hast.«

Sie lächelt jetzt und in ihre Augen tritt wieder dieses gefährliche elektrisierende Funkeln. Ich kann nur hilflos zusehen, während wir auf die nächste Autobahn wechseln. Um diese Zeit sind kaum noch andere Autos unterwegs, schon gar nicht bei diesem Wetter.

»Wie gesagt, fürs Erste können wir die Sachen von meiner Grandma verkaufen, und wenn ich achtzehn werde, erbe ich sowieso genug Geld für uns beide zusammen. Dann kaufe ich dir, was du willst. Und du kommst endlich von deinen Eltern weg, Remy – Freiheit! Wir machen eine Weltreise, wie wär's mit Paris? Oder Tokio? Ich will unbedingt mal nach Japan. Wohin willst du als Erstes? Wir suchen uns einfach immer abwechselnd ein Ziel aus.«

Sie will, dass ich von meinen Eltern wegkomme und stattdessen von ihr abhängig bin. Sie will, dass ich sie brauche, dass niemand außer ihr über mich bestimmt, nicht mal ich selbst. Ein Leben mit ihr würde mich auf Dauer einfach erdrücken.

Der Regen wird wieder stärker und Elise geht ein wenig vom Gas. Meine Hand tastet nach dem Türgriff. Mittlerweile sind wir so langsam, dass ich mich vielleicht mit einem Hechtsprung an den Straßenrand retten könnte, aber was dann? Wir sind mitten auf dem Highway und ich habe kein Handy. Und außerdem kann ich kaum einen klaren Gedanken fassen.

»Was hast du denn?«, fragt Elise. »Ich dachte, du würdest dich freuen!«

»Und wie genau kommst du darauf?« Jetzt bin ich diejenige, die schreit, aber es ist mir egal. Ich habe es so satt, Rücksicht auf sie zu nehmen. »Was an ›Bring mich nach Hause‹ klang für dich danach, dass ich mit dir auf Weltreise gehen will?«

Ihr Blick verfinstert sich. »Du kannst ruhig weiter abstreiten, dass du mich brauchst, aber ich kenne die Wahrheit. Du tust so tough, aber das bist du nicht. Du hast echt keine Ahnung, was für ein Glückspilz du bist, Remy.« Sie schüttelt herablassend den Kopf. »Du hast doch alles, was du dir wünschen kannst. Ich musste mir jede Kleinigkeit erkämpfen, musste mich mit bloßen Händen verteidigen, und das hat mich abgehärtet. Nur darum hab ich bis hierher überlebt.« Wie im Wahn klammert sie sich mal wieder an diese Geschichte, die sie so gern glauben will. In der alles Tragische, was ihr je widerfahren ist, sie immer nur stärker gemacht hat.

»Weißt du, was? Ich bin raus.«

»Was?«

»Aus diesem Spiel. Du hast gewonnen, okay? Dir ist es eindeutig schlimmer ergangen. Du hattest recht. Zufrieden?«

Das trifft sie ganz unerwartet. Ich habe ihr eine ihrer mächtigsten Waffen genommen. Es war ein Fehler, meine Wunden mit ihren zu vergleichen. Ich habe bis heute ein schlechtes Gewissen, weil ich angeblich so ein »Glückspilz« bin, obwohl ich genau weiß, dass das nicht stimmt. Das Leben ist kein Wettkampf um das schlimmste Trauma – wer am meisten leiden musste, gewinnt keinen Preis. Nur weil ihr Schmerz groß ist, macht das meinen nicht kleiner.

Elise ist so stolz auf das, was sie durchmachen musste. Und anfangs habe ich ihr sogar geglaubt, als sie gesagt hat, unsere Wunden würden uns stärker machen, weil ich mich bis dahin immer nur schwach gefühlt hatte. Aber das war, bevor Jack in meinen Armen gestorben ist, bevor ich wusste, was wahrer Verlust bedeutet. Und wie sich wahre Hilflosigkeit anfühlt.

Wir haben uns so gerne als tragische Heldinnen gesehen.

Aber leider enden solche Heldengeschichten nun mal, tja, *tragisch*. Für Romeo und Julia mit Gift und einem Messer, für Gatsby am Pool und für Bonnie und Clyde im Kugelhagel der Polizei.

Was davor kommt, mag spektakulär erscheinen – die anfängliche Aufregung, die immer unüberwindbareren Hindernisse –, aber am Ende lauert trotzdem der qualvolle Untergang.

Und genau auf den steuern wir gerade unaufhaltsam zu. Gut möglich, dass es dafür längst viel zu spät ist, aber ich will nur noch weg, raus aus dem Auto, raus aus dieser Geschichte.

»Pass auf, ich weiß, dass ich viel Mist gebaut hab, okay?«, sagt sie nun. »Das ist mir klar. Aber mir geht's jetzt besser und ich will auch ein besserer Mensch werden.«

»Hörst du mir überhaupt zu?«, frage ich.

»Natürlich! Hörst *du* mir denn zu?«, fragt sie zurück.

»Ich fasse es einfach nicht«, sage ich kopfschüttelnd. »Du bist so eine Lügnerin. Erzählst mir, wir fahren ein bisschen rum, und dann kidnappst du mich. Du hattest gar nicht vor, mich wieder nach Hause zu bringen, stimmt's? Du behauptest, wir wären seelenverwandt, aber warum hast du dann solche Angst davor, mich zu verlieren? Du sagst, dass du mich liebst, aber dann ermordest du Jack? Das ist doch echt nur noch krank. Merkst du nicht, dass wir ineinander nur das Schlechteste zum Vorschein bringen? Wir tun uns nicht gut, das muss dir doch schon mal aufgefallen sein!«

Ihr Kinn zittert und sie fängt an zu weinen.

»Und nur zu sagen, du willst ein besserer Mensch werden, führt nicht dazu, dass du dich automatisch in einen verwandelst. Ich will nicht mit dir ausreißen! Ich will nie wieder mit dir reden, ich will dich nicht mal mehr sehen!«

»Nein bitte, Remy. Ich bin jetzt anders, wirklich. Jack zu erschießen, war ein Fehler –«

»Ein *Fehler*?«

»Remy, bitte«, fleht sie schluchzend, aber ich will nichts davon hören.

»Du bist jetzt anders? Keine Woche, nachdem du Jack umgebracht hast? Was, willst du mir vielleicht dein Indianerehrenwort darauf geben, dass du nicht auch noch den nächsten Menschen erschießt, in den ich mich verliebe?«

Sie weint so heftig, dass ich sie kaum noch verstehe. »Ich weiß, was du der Polizei gesagt hast. Ich weiß, dass du versucht hast, mich zu beschützen. Ich weiß, dass ich dir nicht egal bin, sonst hättest du das ja wohl nicht gemacht.«

Da hat sie sogar recht, aber das werde ich bestimmt nicht zugeben. »Bring mich nach Hause, Elise. Ich will nach Hause.« Ich merke selbst, wie kalt meine Stimme klingt, aber ich darf jetzt nicht einknicken, darf keine Schwäche zeigen. Nein, sie ist mir nicht egal, aber das reicht nicht, nicht nach allem, was passiert ist.

»Okay«, sagt sie endlich. »Wenn du nach Hause willst, dann bringe ich dich nach Hause.« Sie lenkt den Wagen ruckartig auf die rechte Spur, um die nächste Ausfahrt zu nehmen, erwischt dabei fast die Leitplanke und schert nur haarscharf vor einem anderen Auto ein.

»Mein Gott!«, schreie ich und stemme beide Hände gegen das Armaturenbrett, als könne ich mich so für den Aufprall wappnen.

Am Ende der Ausfahrt schlägt sie nach rechts ein, ohne dabei vom Gas zu gehen, doch sie verliert die Kontrolle über den Wagen und wir geraten auf der nassen Fahrbahn ins Schleudern.

Die Rostige Rosi schießt ungebremst von der Straße und eine Böschung hinunter.

Ich schreie aus voller Kehle, während Elise das Steuer umklammert und auf die Bremse tritt. Wir werden endlich langsamer, doch bevor die Reifen wieder Halt finden, krachen wir gegen einen Baum.

Die Airbags öffnen sich, und meiner knallt mir mit solcher Wucht ins Gesicht, dass ich kurz Sternchen sehe. Glücklicherweise bin ich ansonsten okay.

»Alles in Ordnung?«, fragt Elise neben mir.

»Lass mich in Ruhe«, blaffe ich sie an, schnalle mich hektisch ab und stoße meine Tür auf.

»Was machst du denn?«, ruft sie mir hinterher. »Wo willst du hin?«

»Irgendwohin, wo du nicht bist!« Meine Beine zittern so stark, dass ich kaum vorwärtskomme, aber ich muss einfach weg von ihr.

»Du kannst doch jetzt nicht abhauen!«

Ich stolpere weiter.

»So eine Freundin wie mich findest du nie wieder!«, schreit sie verzweifelt.

»Na hoffentlich!«, schreie ich zurück, aber langsam verlassen mich meine Kräfte. Erschöpfung und Trauer fordern ihren Tribut.

Wenn das hier Freundschaft sein soll, *Liebe*, dann kann ich darauf verzichten. Für mich heißt Liebe nicht brauchen, nicht, einem Menschen die Luft abzuschnüren.

»Warte!« Elise rennt mir nach.

»Lass mich in Ruhe«, japse ich, aber dann klappe ich einfach zusammen und fange an zu würgen. Mein Kopf tut weh. Alles um mich dreht sich.

»Du darfst mich nicht alleinlassen«, sagt sie, als sie zu mir aufholt.

Hinter ihr sehe ich Rauch unter der verbeulten Motorhaube der Rostigen Rosi hervorquellen. Der Baum dagegen scheint nicht mal einen Kratzer abbekommen zu haben. »Ich kann ohne dich nicht leben.« Sie kniet jetzt neben mir, krallt die Finger ins Gras und ihre Tränen tropfen auf den Boden.

Verbissen bemühe ich mich, wieder auf die Beine zu kommen.

Wir sind mitten im Nirgendwo gestrandet, aber hin und wieder fahren Autos vorbei. Nur angehalten hat bis jetzt noch niemand.

»Wirklich«, beharrt Elise. »Ich kann ohne dich nicht sein.«

Elise greift nach meinem Handgelenk, aber ich schubse sie weg.

»Fass mich nicht an!«, schreie ich, während ich keuchend versuche, mich hochzustemmen.

Und mit einem Mal lässt sie von mir ab und humpelt zurück zum Wagen. Ich hocke da, auf allen vieren, und ringe noch immer nach Luft. Die ganze Welt scheint in Schieflage geraten zu sein, der Boden unter mir zu schwanken. Nur mit Mühe gelingt es mir schließlich, mich so weit aufzurichten, dass ich sehe, wie Elise auf der Beifahrerseite wieder aus dem Auto steigt. Das Handschuhfach ist offen.

Der Revolver fällt mir erst auf, als sie ihn hochhebt. Einen Moment lang denke ich, sie will ihn auf mich richten. Einen Moment lang bin ich überzeugt, dass ich hier und jetzt sterben werde.

Aber dann hält sie ihn sich selbst an die Schläfe.

»Lass mich nicht allein, Remy. Bitte lass mich nicht allein«, fleht sie.

»Nein!« Ich stolpere auf sie zu, falle über meine eigenen Füße, stehe wieder auf. »Elise, nein!«

»Ich weiß nicht, wie ich ohne dich leben soll, es geht einfach nicht«, schluchzt sie. »Ich brauche dich, Remy. Ich brauche dich.«

»Nein, nein, nein«, stoße ich hervor, als ich endlich bei ihr ankomme. Wie durch einen Nebel registriere ich, dass oben an der Straße ein Auto angehalten hat. Elise kneift die Augen fest zu und ich werfe mich nach vorn.

Ich schlage ihr den Revolver aus der Hand. Er prallt vom Autositz ab und landet im Fußraum. Elise hastet hinterher, findet ihn.

»Nein«, sage ich und versuche, ihn ihr zu entwinden.

Aus dem Augenwinkel sehe ich, dass Leute auf uns zugerannt kommen. Sie sind fast da. Bis dahin muss ich Elise noch in Schach halten.

»Ich will nicht mehr«, weint sie, während sie mit mir ringt. »Lass mich, Remy, bitte lass mich«

»Das kannst du nicht machen!«

Wir kämpfen um die Waffe.

Ich höre, wie jemand hinter mir etwas ruft.

Nur noch ein paar Sekunden, denke ich.

Und dann löst sich ein Schuss.

65.

Schmerz explodiert in meiner Schulter und ich sacke aus Elise' Griff zu Boden. Ich bekomme keine Luft. Um mich herum wird es dunkel. Ich sehe nichts mehr, höre nichts mehr.

Die Welt besteht nur noch aus Schmerz.

»Remy, Remy«, dringt Elise' Stimme wie aus weiter Ferne zu mir durch.

Ich befinde mich in einem seltsamen Schwebezustand, tauche daraus auf und wieder hinab. Als ich die Augen aufmache, blendet mich die Sonne. Es dauert einen Moment, bis ich begreife, dass es Nacht ist und ich nicht mehr draußen auf irgendeiner Böschung an der Straße liege, sondern auf einer Trage in einem Rettungswagen festgeschnallt bin und in die grelle Neonleuchte über mir starre.

Ein einziger Gedanke formt sich in meinem Kopf, bevor es wieder schwarz um mich wird.

Unsere Wunden machen uns nicht zu etwas Besonderem. Sie sind bloß ein Beweis für das, was uns angetan wurde.

Leid hat nichts Romantisches an sich. Es tut einfach nur weh.

FREITAG, 1. SEPTEMBER
TAG 357

66.

Als ich das nächste Mal die Augen öffne, bin ich allein in einem Krankenhauszimmer. Vasen voller Blumen stehen auf meinem Nachttisch und reihen sich auf der Fensterbank. In meiner Schulter pocht ein dumpfer, hartnäckiger Schmerz.

»Sie ist wach«, sagt jemand, und als ich ein wenig den Kopf hebe, sehe ich Christian in der Tür stehen.

Jetzt kommen alle auf mich zu und es ist wie in einem Traum. Mom, Dad und Christian scharen sich um mein Bett und erkundigen sich, wie es mir geht. Keiner streitet, keiner ist wütend oder traurig, stattdessen wirken sie einfach bloß erleichtert.

Die Kugel hat mich in der linken Schulter erwischt, aber weit genug weg von allen wichtigen Arterien, erklären sie mir. Es war nur eine Neun-Millimeter-Patrone, und ich hatte riesiges Glück, sagen sie. Ich lag sechs Stunden lang im OP und muss vielleicht sogar noch ein zweites Mal operiert werden. Außerdem steht mir monatelange Physiotherapie bevor, und es kann sein, dass der Bewegungsradius meines Schultergelenks für immer eingeschränkt bleibt, aber das ist wohl halb so wild. Ich werd's überleben.

»Die Ärzte sind optimistisch, weil du noch so jung bist«, sagt Mom und setzt dann zu einem ausführlichen medizinischen

Vortrag darüber an, was die Chirurgen alles mit mir angestellt haben. Ich habe jetzt Schrauben in der Schulter, Metallteile, die ich für immer und ewig mit mir rumtragen werde. Ich muss an Jack und seine Schulter denken und daran, was für nachhaltige Auswirkungen, körperlich wie seelisch, traumatische Erfahrungen haben können.

»Wie fühlst du dich?«, fragt Dad, während er mir ein Glas Wasser eingießt. Ich versuche, einen Schluck zu trinken, aber mir ist zu schwindlig und übel von den Schmerzmitteln.

Glück. Immer wieder sagen sie, was für ein Glück ich gehabt hätte, aber so kommt es mir nicht vor. Mit der rechten Hand taste ich nach meiner Schulter. Selbst der leichteste Druck tut unendlich weh und ich wimmere vor Schmerzen.

»Nicht anfassen«, ermahnt mich Mom, doch sie klingt nicht verärgert, sondern besorgt.

»Du bist wieder da?«, frage ich Christian, als wir einen Moment allein sind. »Du bist doch vor drei Tagen erst nach Providence geflogen.«

»Ich hab den ersten Flug zurück genommen, den ich kriegen konnte«, antwortet er, und auch er wirkt beunruhigt. »Ich glaub's einfach nicht, dass sie auf dich geschossen hat.«

»Hat sie nicht«, entgegne ich. »Zumindest nicht mit Absicht.«

»Das ist doch wohl echt nicht dein Ernst.« Er stöhnt. »Selbst jetzt verteidigst du sie noch?«

»Nein«, widerspreche ich, und das ist die Wahrheit. »Aber es war nun mal ein Unfall.« Keiner von ihnen glaubt mir, dabei stimmt es: Elise hat den Revolver nicht auf mich gerichtet – wir hatten ihn beide in der Hand, als der Schuss sich gelöst hat.

Und genau das erzähle ich dann auch den Polizisten aus Atlanta, die gekommen sind, um meine Aussage aufzunehmen, ohne mich von den finsteren Blicken meiner Familie beirren zu lassen. Nur mit Mühe kann ich mich davon abhalten, mich nach Elise zu erkundigen. Ich erzähle niemandem etwas von meinen zurückgekehrten Erinnerungen an die Nacht, in der Jack gestorben ist, aber nicht, um Elise zu beschützen. Sondern weil ich selbst noch nicht weiß, was ich mit ihnen anfangen soll, falls ich meine Aussage überhaupt noch revidieren kann.

Hin und wieder frage ich mich, wo sie wohl ist und wie es ihr geht. Ich muss ständig an unsere letzten Momente miteinander denken, unser Gerangel um die Waffe und ihre Stimme, als sie mich angefleht hat, sie nicht alleinzulassen.

Doch gleichzeitig spüre ich eine seltsame Distanz zu ihr. Ich mache mir Sorgen, aber ich fühle mich nicht mehr so verantwortlich für sie wie früher, habe kein schlechtes Gewissen. Das hat nicht unbedingt mit unserem Streit am Ende zu tun oder mit dem, was wir einander alles an den Kopf geworfen haben. Ich kann es schlecht in Worte fassen, aber es ist, als hätte die Revolverkugel mehr als bloß Knochen und Gewebe zerfetzt. Es ist, als hätte sie all das, was von der alten Remy noch übrig war, so gründlich pulverisiert, dass ich als komplett neuer Mensch daraus hervorgegangen bin.

In den nächsten Stunden bekomme ich Fieber, aber so habe ich das noch nie erlebt. Es ist, als würde es mich von innen heraus reinigen, während ich mich glühend vor Hitze in meinem Krankenhausbett hin und her wälze. Als würde es mich niederbrennen, damit ich daraus wiederauferstehen kann.

Wie ein Phönix aus der Asche.

Ich ertappe mich dabei, dass ich diesen Gedanken als tröstlich empfinde, und rufe mich zur Vernunft. Das ist genau die Art von Lüge, an die Elise glauben würde, die Art von Schmerz, von dem sie überzeugt war, er würde sie stärker machen.

Aber ich bin kein Phönix aus der Asche. Und Feuer reinigt

nicht, sondern brennt einfach nur. Tod ist nicht gleich Wiedergeburt.

Ich werde Jack nie wiedersehen.

67.

Am Nachmittag kommt Vera vorbei. »Mit dir wird es wohl nie langweilig, was?«, witzelt sie mit einem sanften Lächeln.

»Tut mir leid.« Ich lächele zurück.

Sie erzählt, dass sie mit Detective Ward geredet hat, die mich noch mal sprechen will. »Der Vorfall hat sich zwar nicht in ihrem Zuständigkeitsbereich ereignet, aber sie möchte wissen, ob du vielleicht etwas an deiner Aussage ändern willst.«

Ich fange an zu weinen, was sofort Mom, Dad und Christian auf den Plan ruft. Vera bittet sie, uns kurz allein zu lassen. Und dann erzähle ich ihr alles. Ich erzähle ihr von den Rachemissionen, von der Fahrt nach Chattanooga, dem darauffolgenden Streit zwischen Elise und Jack und schließlich die Wahrheit über Sonntagnacht.

»Könnten Sie …« Meine Stimme bricht. »Könnten Sie sich vergewissern, dass es Elise gut geht?«

Ich sehe sie noch immer vor mir, wie sie sich im strömenden Regen die Waffe an die Schläfe drückt. Sie braucht Hilfe, die ich ihr nicht geben kann.

»Mache ich«, versichert mir Vera, und ich vertraue ihr. Vera wird wissen, was zu tun ist. »Darf ich?«, fragt sie und legt dann vorsichtig die Hand auf meine.

Einen Moment lang bleiben wir so sitzen, in unentschlossenem Schweigen.

»Was würden Sie mir denn jetzt raten?«, frage ich schließlich.

»Möchtest du meine Meinung als Anwältin oder als Freundin hören?«, fragt sie.

»Beides.«

Sie erklärt mir meine Optionen. Meine Aussage zu revidieren, würde ein nicht unerhebliches Risiko bergen. Erstens könnte ich mir eine Anzeige wegen Behinderung der Justiz einhandeln, zumal meine bisherige Aussage auf Video aufgezeichnet wurde und dadurch als Beweismaterial zulässig ist. Und zweitens könnte ich dadurch, dass ich bei meinem Verhör gelogen habe, plötzlich als Mittäterin gelten.

»Als deine Anwältin bin ich nicht sicher, ob ich dir dazu raten würde, deine Aussage zu ändern. Aber wenn du nichts sagst, kann das ebenfalls Nachteile haben. Falls die Ermittler nämlich weitere Beweise zusammentragen und entscheiden, nun doch ein Verfahren gegen Elise einzuleiten, würdest du mit großer Wahrscheinlichkeit mitangeklagt. Dass die Tatwaffe aufgetaucht ist, hat die Sachlage grundlegend verändert.«

»Und was soll ich jetzt machen?«, frage ich erneut kleinlaut.

»Ich denke, als Erstes sollte ich mal mit Detective Ward und der Staatsanwaltschaft allein sprechen. Natürlich kann ich für nichts garantieren, aber ich könnte mir vorstellen, dass sie im Austausch gegen deine Aussage zu einer Einigung bereit wären.«

»Und was passiert mit Elise?«

Vera setzt zu einer Antwort an, aber dann zögert sie. »Ich glaube, das kannst du dir selbst zusammenreimen«, erwidert sie sanft. »Was du wirklich wissen willst, ist, ob es Hoffnung für sie gibt, stimmt's?«

Ich nicke.

»Ich werde tun, was ich kann, damit sie professionelle Hilfe bekommt«, antwortet sie. »Ich weiß, dass du dich schuldig fühlst. Ich weiß, dass du denkst, nicht genug für sie getan zu haben.« Sie hat recht. Die Schuldgefühle kommen in Wellen. Gut möglich, dass ich sie nie wieder ganz loswerde. »Aber ich muss zugeben, dass ich in diesem Punkt ausnahmsweise mal mit Detective Ward einer Meinung bin, Remy. Es war nicht deine Schuld.« Natürlich weiß ich das selbst, aber es zu akzeptieren, fällt mir immer noch schwer. »Elise wurde in ihrem Leben von einer Menge Menschen im Stich gelassen. Von ihren Eltern, dem Jugendamt. Sie hätte in Therapie gemusst. Sie hätte Unterstützung gebraucht, die du allein niemals hättest leisten können.«

Ich lasse Veras Worte auf mich wirken und denke darüber nach. Sie bleibt noch eine Weile, aber irgendwann werden die Schmerzen in meiner Schulter so stark, dass ich mich nicht mehr auf das Gespräch konzentrieren kann. Als sie geht, verspricht sie mir, bald wiederzukommen.

Kurz darauf wechselt ein Krankenpfleger meinen Verband, und sobald er wieder weg ist, drücke ich auf die Fernbedienung für die Infusionspumpe neben meinem Bett und drifte ab in einen unruhigen, aber traumlosen Schlaf.

Als ich später aufwache, sind Evan und seine Eltern da. Sie erzählen, Jacks Mutter hätte endlich einen Flug erwischt und würde mich gern im Krankenhaus besuchen, da klar ist, dass ich in meinem Zustand nicht zur Beerdigung werde kommen können. Sie wirken alle drei besorgt und das nicht nur wegen meiner Verletzung. Besonders Evan macht einen verstörten Eindruck und scheint nicht gut fertigzuwerden mit dem, was geschehen ist, mit diesem neuen Bild von Elise und dem, wozu sie fähig ist. Als seine Eltern uns kurz miteinander allein lassen, um sich Kaffee zu holen, setzt er sich an mein Bett und sagt, es täte ihm leid.

»Was?«, will ich wissen. Er scheint kurz vor den Tränen zu stehen.

»Jack – das alles.« Er schüttelt den Kopf.

»Wie geht's Lola?«, frage ich. Allein beim Gedanken an sie bekomme ich feuchte Augen. Aus ihrer Sicht ist Jack einfach gegangen und nie wieder zurückgekommen, und niemand kann ihr erklären, warum.

»Sie ist ziemlich verwirrt«, sagt Evan. »Sitzt die ganze Zeit an der Tür oder starrt aus dem Fenster.«

»Das ist ja schrecklich.« Jetzt muss ich wirklich weinen.

»Meine Eltern wollten sowieso, dass ich mal wegen ihr mit dir rede.« Er holt tief Luft. »Jacks Mom kann Lola nicht nehmen, weil sie fast nie zu Hause ist, und – ich meine, wir würden Lola natürlich auch bei uns behalten, aber eigentlich gehörte sie ja Jack, und du hattest so einen guten Draht zu ihr, darum –«

»Ja«, sage ich, ohne zu zögern, und schluchze noch heftiger bei der Vorstellung, wie Lola und ich gemeinsam um Jack trauern werden. Aber immerhin hätten wir einander.

»Okay.« Evan lächelt. »Dann bringe ich sie zu dir, sobald du hier raus bist.«

Als sie sich verabschieden, weine ich noch immer. Meine Eltern, die Pfleger und die Ärztin denken, ich hätte Schmerzen, und damit liegen sie nicht mal ganz falsch, aber es ist nicht vorrangig die Schusswunde, die mich quält.

Jack hatte recht. Das schlechte Gewissen darüber, Elise im Stich gelassen zu haben, als sie mich am dringendsten gebraucht hätte, hat mich fast aufgefressen und mein ganzes Leben bestimmt. Und jetzt, nachdem sich diese Last von meinen Schultern gehoben hat, bin ich plötzlich in der Lage, um Jack zu trauern. Ich weine und weine und weine. Immer wieder gehe ich all die Möglichkeiten durch, wie ich seinen Tod hätte verhindern können, all die Arten, auf die ich *ihn* im Stich gelassen habe.

Als ich in dieser Nacht einschlafe, träume ich von ihm. Wir sind am See und über uns leuchten die Sterne wie an unserem allerersten Abend. Diesmal jedoch springt er als Erster in den See. Ich folge ihm und trotz der Dunkelheit sehe ich sein Gesicht, sein sanftes Lächeln.

Er taucht unter und im Traum halte ich das erst nur für einen Spaß. Ich warte ab, denke, er will mich bloß erschrecken, aber er kommt nicht wieder hoch. Selbst nachdem ich aufgewacht bin, schluchzend und japsend, lässt der Traum mich lange Zeit nicht los.

Ein Nachtpfleger kommt ins Zimmer. »Alles in Ordnung?«, fragt er.

»Ich weiß es nicht«, antworte ich, und das ist die Wahrheit.

SAMSTAG, 2. SEPTEMBER
TAG 358

68.

Am nächsten Tag bekomme ich überraschenden Besuch von Melody, die mich mit selbst gebackenen Kokos-Cupcakes und Schokosplitter-Cookies versorgt. Sie erzählt mir von der Schule und was sie in letzter Zeit so gemacht hat, und es ist schön, ihr einfach nur zuzuhören und mich von ihrer Stimme ablenken zu lassen.

»Du weißt, dass du gerne wieder an unserem Tisch sitzen kannst, oder?«, sagt sie, bevor sie geht. Im Moment weiß ich nicht mal, ob ich jemals wieder an die Riverside zurückkehren will, ob ich mit all dem klarkommen würde, aber ihr Angebot ist nett. »Du bist jederzeit willkommen bei uns. Und das galt auch immer für Elise.«

»Aber Elise und du, ihr …«

In dem Moment fällt mir wieder ein, wie großzügig Elise ihre Begegnung mit Christian ausgeschmückt hatte. Ich denke daran, wie sie mir damals, als wir in der Mittagspause im Auto der Vertretungslehrerin saßen, erzählt hat, Melody hätte sie bedroht. Zuerst will ich Melody danach fragen, aber dann entscheide ich mich dagegen. Ich muss die Vergangenheit loslassen.

Später, als Mom wieder zur Arbeit muss, kommt Dad zum

Mittagessen vorbei. »Ich finde, wir sollten abhauen«, eröffnet er mir.

»Was?«, frage ich argwöhnisch.

»Ja klar, nichts wie weg.«

»Äh, gerade ist's ein bisschen schlecht, weil ich nämlich angeschossen wurde, weißt du?«, entgegne ich mit einem kleinen Lächeln.

»Nein, doch nicht von hier.« Jetzt lacht er auch. »Ich meine, wir ziehen um, nur wir zwei. Okay?«

Ich zucke mit der rechten Schulter. Das höre ich nicht zum ersten Mal. »Okay«, spiele ich mit. »Machen wir.«

»Ich mein's ernst, Remy«, bekräftigt Dad. »Das hier – das hat mich wachgerüttelt. Ich hätte dich fast verloren.« Jetzt steigen ihm Tränen in die Augen. »Ich will einfach einen Neuanfang. Und ich will dich nicht im Stich lassen.«

»Dad …«

»Ich fange sofort an, eine Wohnung für uns zu suchen.«

»Okay.« Diesmal ist mein Lächeln eine Spur breiter. Ich weiß nicht, ob ich mich noch auf irgendwas verlassen sollte, was er mir verspricht, aber ich kann sowieso nicht anders, als zu hoffen.

FREITAG, 8. SEPTEMBER
TAG 364

69.

Ich sitze draußen auf der Verandatreppe, den linken Arm in einer Schlinge, als Evan in unsere Auffahrt einbiegt. Lola stürmt sofort auf mich zu und zum ersten Mal seit Jacks Tod breitet sich ein von Herzen kommendes Lächeln auf meinem Gesicht aus. Evan und ich drehen eine Runde mit ihr um den Block, und als Mom nach Hause kommt, liegt Lola schlummernd unter dem Esstisch.

Mom bleibt wie erstarrt stehen. Dann stellt sie wortlos ihre Tasche ab und schlüpft aus ihren Schuhen. Sie geht zu Lola, lässt sie an ihrer Hand schnüffeln und fängt an, sie zu streicheln.

Ich hatte tausend Argumente parat, aber wie es scheint, brauche ich sie gar nicht.

»Wir hatten mal eine Katze«, erzählt Mom, und mir bleibt die Spucke weg. »Wir haben sie bekommen, als ich sechs war. Prinzessin Georgina hieß sie. Oder einfach George.« Im Laufe der Jahre haben Christian und ich jede nur erdenkliche Ausrede zu hören bekommen, warum wir keine Haustiere haben durften. Doch bevor ich ihr das vorwerfen kann, rollt Mom eine Träne über die Wange.

»Ich hatte George so lieb. Meine frühesten Erinnerungen

drehen sich um diese Katze«, fährt sie dann fort. »Als ich zwölf oder dreizehn war, wurde sie krank, richtig schlimm. Nach ein paar Monaten ist sie schließlich gestorben und ich …« Ihre Augen weiten sich, als ginge ihr plötzlich ein Licht auf.

»Was?«

»Sie ist gestorben und ich wollte mich nie wieder so fühlen. Wir haben uns damals keine neue Katze geholt, und ich glaube, irgendwann hatte ich das einfach so verinnerlicht, dass ich kein Haustier mehr wollte.« Eine weitere Träne tropft ihr vom Kinn, als sie sich auf den Boden setzt und das Gesicht in Lolas Fell vergräbt.

Später am Nachmittag kommt Dad mit ein paar Umzugshelfern vorbei. Ich hatte sein Versprechen fast schon wieder vergessen. Mom hat sich in ihr Arbeitszimmer zurückgezogen, also scheint sie Bescheid zu wissen.

Ich sehe zu, wie sie mein Bett auseinandernehmen und die Einzelteile in den Wagen bringen, und kann es immer noch nicht glauben.

»Ach übrigens«, sage ich zu Dad, »wir haben jetzt einen Hund.«

Er hebt eine Augenbraue. »Hab ich gemerkt.« Wir lächeln uns an. Als alle Sachen eingeladen sind, tritt Mom zu uns. Sie und Dad reden kurz miteinander. Dad sagt ihr, wann sie mit den Scheidungsunterlagen rechnen kann. Sie wirken beide ruhig, geradezu höflich. Es kommt mir vor wie das Ende einer Ära.

All die Jahre war Mom die Wut und Dad der Frust in Person. Die Rollen waren klar verteilt, die Geschichte dahinter unmissverständlich.

Heute ist Mom die Traurigkeit und Dad die Reue in Person. Aber seit die Trennung beschlossene Sache ist, sitzen wir nicht mehr auf einem Pulverfass, das jeden Moment in die Luft zu fliegen droht. Und zum ersten Mal frage ich mich, was eigentlich all die Jahre *meine* Rolle in dieser Geschichte war und welche Variante davon ich mir selbst erzählt habe.

Vielleicht dass ich niemals mehr als ein Bauer auf ihrem Schachbrett gewesen bin.

Vielleicht dass sie mich nur für das lieben, was ich sein *könnte*.

Vielleicht dass Liebe eine Waffe ist, ihre Legitimation für alles.

Dass Liebe eine Waffe ist. Punkt.

Und zum ersten Mal frage ich mich, ob das eigentlich so sein muss. Zum ersten Mal frage ich mich, ob es nicht noch eine andere Geschichte gibt, die ich erzählen möchte.

Ein Trauma übt seine ganz eigene Anziehungskraft aus, und ist man einmal in seiner Umlaufbahn gefangen, gibt es kein Entkommen mehr. Allein beim Versuch kann es einem das ganze Leben in Stücke reißen.

Das ist die Geschichte, die ich bislang erzählt habe, aber vielleicht hatte ich damit gar nicht so recht.

Ein Trauma übt seine ganz eigene Anziehungskraft aus, eine Kraft, die man nicht sehen kann, nur fühlen. Aber es ist kein schwarzes Loch. Kein gigantischer Himmelskörper. Die einzige Umlaufbahn, in der ich gefangen bin, ist meine eigene, und alle Fehler, die ich in der Vergangenheit gemacht habe, alle meine schlechten Erinnerungen sind in *meiner* Umlaufbahn gefangen und umkreisen *mich*. Ich spüre ihre Macht wie Gezeiten – mal steigt sie an, mal ebbt sie ab. Aber am Ende bin ich selbst diejenige, die sie festhält und überallhin mitnimmt. Die sie niemals freigibt.

Ich denke an Elise' Lügen, die ich so verzweifelt glauben wollte. Sie waren so schön, so tröstlich. Aber jetzt bin ich bereit für die Wahrheit.

Meine Wunden machen mich nicht zu etwas Besonderem. Was mich nicht umbringt, macht mich nicht zwangsläufig stärker. Schmerz ist keine Lebenslektion, Leid dient keinem höheren Zweck. Ich bin keine tragische Heldin, die einem ihr auferlegten Pfad folgt. Ich muss nicht das ewige Opfer der Fehler meiner Eltern oder meines früheren Unglücks bleiben. Ich muss nicht werden wie meine Eltern und ihre Geschichte fortführen.

Ich kann die Nabelschnur kappen und die Vergangenheit in den finsteren Weiten des Universums verschwinden lassen.

Ich kann eine andere Geschichte erzählen.

SAMSTAG, 9. SEPTEMBER
TAG 365

70.

Aufgeregt betrete ich erneut den Vernehmungsraum. Vera hat einen Deal mit der Staatsanwaltschaft ausgehandelt: Ich zeige mich kooperativ und revidiere meine Aussage, dafür werde ich nicht angeklagt.

Die Kamera ist auf mich gerichtet, und alles erscheint mir seltsam vertraut – Detective Ward sitzt mir gegenüber, Vera links neben mir. Das rote Licht blinkt, aber diesmal halte ich nicht den Atem an und warte auf den großen Knall.

Sag mir was Wahres, hallen mir Jacks Worte durch den Kopf. Die Erinnerung daran gibt mir Sicherheit und hält mich aufrecht.

Heute, und dann nie wieder, werde ich die ganze schreckliche Wahrheit erzählen.

Die Wahrheit über die Nacht, in der Jack gestorben ist, die Wahrheit über das, was dieser Nacht vorangegangen und darauf gefolgt ist.

»Bitte bestätige mir einmal deinen Namen«, fordert Detective Ward mich auf.

Diesmal wirkt der Raum nicht zu eng, das Licht nicht zu grell, und ich habe nicht das Gefühl zu ersticken. Zum ersten Mal ist dieses Zimmer einfach bloß ein Zimmer.

»Ich heiße Katherine Remy Tsai, aber alle nennen mich Remy«, sage ich.

»Okay, Remy«, erwidert Detective Ward, und ihre Stimme klingt sanft. »Würdest du mir erzählen, was am Abend vom siebenundzwanzigsten August passiert ist?«

Ich hole tief Luft und beginne noch einmal ganz von vorn.

DANKSAGUNG

Ich bin allen dankbar, die dazu beigetragen haben, dass mein größter Wunsch in Erfüllung gegangen ist.

Meiner Agentin Kerry Sparks, die meinen ersten Entwurf gelesen hat und von Anfang an von Remys Geschichte überzeugt war. Du bist eine unbeugsame Heldin, und ich bin so glücklich, dich hinter mir zu wissen.

Meiner Lektorin Liesa Abrams, die genauso ein Batman-Fan ist wie ich: Ich wusste schon nach unserem ersten Telefonat, dass ich bei dir in guten Händen sein würde. Danke, dass du meine Vision teilst, und für deine Zuversicht, die uns gemeinsam ans Ziel gebracht hat. Ohne dich wäre dieses Buch nicht dasselbe. Ein besonderer Dank geht außerdem an Jessi Smith, deren kluge Anregungen der Geschichte noch mehr Kraft verliehen haben.

Mara Anastas und dem ganzen S&S-Team: Habt tausend Dank für alles, was ihr tut. Wie sagt man so schön: Um ein Kind aufzuziehen, braucht es ein ganzes Dorf, und dieses Buch – unser aller Baby – durfte im besten Dorf der Welt heranwachsen.

Remys Geschichte hat von den Ratschlägen so vieler Menschen profitiert, ganz besonders aber von denen von Natasha Razi, Shannon O'Guin und RuthAnne Snow.

Ich bin in der glücklichen Lage, eine Menge wundervolle Lehrer und Mentoren an meiner Seite zu haben, aber zwei möchte ich ganz besonders erwähnen: Liz Van Doren und Jane

O'Connor. Danke, dass ihr mir so viel über Bücher und das Leben beigebracht habt.

Meinen Freunden von nah und fern, die mir immer wieder Mut machen: Amanda Yao, D. S., Katarzyna Piękoś, Amy Oliver, Jean Mone, A. C. Leath, Kristin Lambert, Jennifer Fan, Alysia Campbell, Beth Branch, Anna Birch und Tia Bearden. Jen, Anna und Kristin haben das Buch ebenfalls in verschiedenen Stadien der Vollendung zu lesen bekommen und ihre Begeisterung war mir ein unschätzbar wertvoller Antrieb.

Meinen Eltern, die mit meinem Englischstudium alles andere als glücklich waren, aber mir dennoch freie Hand gelassen haben – danke, dass ihr mir euer Vertrauen geschenkt habt. Und natürlich ein dicker, fetter Gruß an meinen Bruder Tyler, der immer so stolz auf mich war. Genau wie ich auf dich.

Meiner Familie, die mich in allem unterstützt, was ich tue. Naga, der besten Hündin der Welt, die jede einzelne durchschriebene Nacht mit mir zusammen aufgeblieben ist. Und meinem Mann Gene, der einen unermesslichen Beitrag zu diesem Buch geleistet hat. Danke, dass du Tausende von Entwürfen gelesen und dir immer wieder die Zeit genommen hast, meine Ideen mit mir durchzusprechen. Ich liebe dich.

Und schließlich dir, liebe Leserin/lieber Leser: Danke, dass du dich mit mir auf diese Reise begeben hast.

Natürlich magellan©

FSC
www.fsc.org
MIX
Papier aus verantwortungsvollen Quellen
FSC® C083411

Wir pflanzen Bäume
Für unsere Umwelt
www.magellanverlag.de

FAIR PRODUZIERT
www.magellanverlag.de

Hergestellt in Deutschland
Gedruckt auf FSC®-Papier
Lösungsmittelfreier Klebstoff
Drucklack auf Wasserbasis

1. Auflage 2020

Die Originalausgabe erschien 2019 unter dem Titel »The Best Lies«
bei Simon & Schuster, Inc.
Aus dem Englischen von Sandra Knuffinke und Jessika Komina
Umschlaggestaltung: Christian Keller unter Verwendung
von Motiven von shutterstock / Aleshyn_Andrei / Tanapoom Chaiyanual / Avector
Druck: CPI, Leck
ISBN 978-3-7348-5047-9

www.magellanverlag.de